KB077740

파벽

파벽

초판 1쇄 찍은 날 ｜ 2013년 11월 18일
초판 1쇄 펴낸 날 ｜ 2013년 11월 25일

지은이 ｜ 밀밭
펴낸이 ｜ 서경석

편 집 장 ｜ 권태완
편집책임 ｜ 손수화
편　　집 ｜ 장미연
디 자 인 ｜ 신현아

펴낸곳 ｜ 도서출판 청어람
등록번호 ｜ 제1081-1-89호
등록일자 ｜ 1999. 5. 31
어람번호 ｜ 제5-0353호

주소 ｜ 경기도 부천시 원미구 심곡2동 163-2 서경B/D 3F (우) 420-822
전화 ｜ 032-656-4452 팩스 ｜ 032-656-4453
http://www.chungeoram.com
E-mail ｜ chungeorambook@daum.net

ISBN 978-89-251-3554-0 03810

Chungeoram romance novel

파벽

밀밭 장편 소설

도서출판 청어람

목차

생과 사의 경계를 가르는 만년석의 틈새가 벌어졌다.

귀문(鬼門)이 열렸다.

인간들은 전력을 다해 싸웠으나 귀의 공세를 이길 수는 없었다. 대륙의 마지막 희망이자 전장의 신이라 불리던 대장군 주승제마저 죽고 말았다. 남편의 죽음을 전해 들은 자로부인(紫露夫人)은 만삭의 몸에도 불구하고 세 아이의 손을 끌고 신령한 산으로 들어가 하늘을 향해 도움을 청했다. 냉담한 천신(天神)들의 마음을 돌리는 건 쉽지 않았다. 하지만 그녀의 인내심도 만만치 않았다. 부인은 눈물이 마르고 목이 찢어질 때까지 간절히 호소하고 또 설득했다.

결국 천신들은 적극적으로 도와주지는 않겠지만 살아남을 수 있는 방책을 마련해 주겠다며, 감히 인간은 가질 수 없는 신의 능력을 조금 떼어 네 개의 구슬에 봉인해 자로부인에게 주었다. 각

각의 구슬엔 서로 다른 능력이 들어 있다고 했다.

이에 자로부인은 구슬을 잘 간직했다가 뱃속의 아기가 태어나 아이가 넷이 되자 각자의 성정을 고려해 구슬을 나눠주었다. 막내가 열다섯이 되어 성인식을 치름과 동시에 아이들은 구슬을 삼켰다. 이들은 화(火), 수(水), 풍(風), 토(土) 종족의 시조가 되었다.

그리고 그로부터 삼백 년 후.

여전히 인간이 귀(鬼)의 지배를 받는 시대.

드넓은 대륙은 네 개의 제후국으로 나뉘어졌고, 그 중심엔 네 종족 중 어디에도 속하지 못한 인간들이 살았다. 제후국 사람들은 이곳을 일컬어 외곽지대라 하였다. 그리고 더 중앙으로 들어가면 천신들도 두려워 견제한다는 귀왕(鬼王)의 나라가 있었다.

귀왕은 삼 년에 한 번씩 제후국으로부터 접견을 받는데, 온갖 악귀와 흉사로 가득한 외곽지대를 지나야 겨우 귀왕의 나라로 들어갈 수가 있었다. 말이 접견이지 살아남아 귀왕을 접견하는 사신은 반백년에 한 번 나올까 말까 했다. 그야말로 귀의 무서움을 똑똑히 알게 하는 제물 의식이나 다름없었다.

아무도 살아남지 못했던 지난 접견의 아픔이 간신히 아물 무렵, 또다시 귀왕으로부터 명이 내려왔다. 그가 지목한 사신 목록을 보고 제후국의 성이 술렁였다. 귀왕을 처단하기 위해 각 제후국이 은밀히 키우고 있던 인재들인 것.

설마 우리의 모의를 알아차리고 싹을 자르려 함인가? 다시금 귀왕의 능력에 몸을 떨었지만 이미 명이 내려왔으니 거스를 수가 없었다.

때는 초가을로 접어드는 구월의 어느 하루였다.

사신

화국(火國)의 수도 홍안(紅岸).

"어서 오세요!"

낭랑한 목소리가 여관으로 들어서는 손님 일행을 맞았다. 안쪽에서 나와 인사하는 젊은이나 짐을 대신 들어주는 아이 할 것 없이 모두 사내인데 이 맑은 목소리는 대체 어디서 나오는 것인지? 어리둥절한 손님들을 향해 젊은이가 말을 걸었다.

"저희 온천장은 처음이신지요?"

"아, 그렇소. 사실 홍안 자체가 처음이라오."

"지방 분이시군요. 다시 한 번 환영합니다. 하면, 저희 여관은 어찌 아시고……."

웃음기 어린 선한 얼굴에 차분한 목소리가 손님들의 긴장을 누그러뜨렸다. 윤이 반들반들한 마룻바닥이나 정갈한 분위기가 몹시도 마음에 들었다. 사람도 많고 길도 복잡한 초행길에 정신이 없었는데 이 여관에 들어서자 마음이 차분해지는 듯했다.

"이웃집 사람이 장사를 하는데 물건 떼러 올라올 때마다 예 머문다고 들었소. 그 사람이 엽전 한 닢에 벌벌 떠는 이로 유명한데 말이오. 여기 온천장에 묵는 것만큼은 돈이 아깝지 않다더군."

"과찬이십니다. 좋게 봐주시니 감사할 따름이지요."

젊은이가 노련하게 응수하며 여관을 소개했다.

"식사는 일층에서 제공되나 방에서도 드실 수 있습니다. 욕의(浴衣)를 포함한 기본 세면도구는 방에 비치되어 있습니다. 일층 후문으로 나가시면 노천탕으로 연결되며, 원하신다면 방에서도 온천욕을 즐기실 수 있답니다. 뜨거운 온천수를 바로 길어다 편백나무 욕조에 채워 드립니다."

"오오, 듣기만 해도 귀가 황송하구려."

손님들의 입가에 만족스런 미소가 걸렸다. 오길 잘했다며 연신 고개를 끄덕이던 그들은 어디선가 홀연히 나타난 소녀를 보고 멈춰 섰다. 진녹색 단을 댄 소박한 흰옷이 잘 어울렸다.

"처제입니다. 저희 온천장은 가족끼리 해 나가고 있지요."

"저희 여관을 찾아주셔서 감사합니다."

소녀가 살짝 고개를 숙여 예를 갖추자 손님들은 공연히 헛기침을 하였다. 저마다 아무렇지 않은 척하며 흘깃흘깃 소녀를 훔쳐보았다. 여관에 들어설 때 그들을 맞았던 맑은 목소리의 주인이 그녀인 모양이다. 소녀와 여인의 경계에 서 있는 묘태가 남달랐다.

"이쪽 방입니다. 그럼 여장을 푸시지요."

"언제든 불러주세요."

나붓이 인사하는 두 사람의 모습이 닮았다. 손님들이 방으로 들어가는 것을 확인한 뒤 소녀가 기지개를 켜며 작게 하품했다. 방금 전 조신한 모습은 온데간데없었다.

"처제, 많이 힘든가 봅니다."

사시사철 손님이 끊이지 않는 온천장(溫泉場)의 셋째 딸 염소흔(炎簫欣)은 다정하게 물어오는 작은형부를 보았다.

"피곤하면……."

온천장의 여주인이자 여장부란 표현이 아깝지 않은 어머닐 쏙 빼닮은 작은언니, 그리고 그런 작은언니와 천생연분인 사람이 바로 작은형부이다. 그가 말을 이었다.

"일 다 끝내고 밤에 쉬세요."

이 집 사람들은 다 이렇다니까. 그렇다고 작은형부에게 악의가 있는 것은 아니다. 단지 온천장의 사람들은 하나같이 요령이란 걸 모른다고 할까. 오늘 하기로 한 일을 절대 내일로 미루는 법이 없는 사람들이었다. 이런 사람을 고용인으로 둔 주인은 행복할 것이다. 하지만 이런 사람을 고용주로 둔 일꾼은 어디 호소할 수도 없는 답답함을 안고 살아야 한다.

바로 소흔이 그런 것처럼.

"네, 그럴 거예요."

다음 할 일을 위해 분주히 걸음을 옮기는 소흔은 그 와중에도 복도의 손님들에게 미소를 날리는 걸 잊지 않았다. 남자 손님들이 흠칫했다가 묘한 설렘을 담아 미소를 되돌렸다. 누가 뭐래도 열아

홉의 소흔은 이 온천장은 물론이요, 도성 내에서도 소문난 미인이다.

'홍안 상가 삼대미인'이라 하면 토박이들은 주저 없이 온천장의 막내딸부터 꼽았다. 소흔의 이름은 갓 온천욕을 마치고 나온 듯한 촉촉한 피부, 발그레한 두 볼, 꽃잎 같은 입술, 크고 맑은 눈과 직결되었다.

여인들 사이에서는 소흔의 몸매가 화제였다. 잦은 온천욕이 풍염한 몸매에 일조하지 않았겠느냔 소문이 한때 도성을 휩쓸었었다. 덕분에 무더운 한여름, 때아닌 온천욕이 대유행하기도 했다.

"풍염한 몸매는 얼어죽을."

그러나 그림 속 미인처럼 예쁜 얼굴과 달리 입이 꽤 거칠다. 사람들 눈이 닿지 않는 일터로 간 소흔은 소매를 둥둥 걷어 올린 뒤 황갈색 욕의를 빠는 데 매진했다. 물을 흠뻑 먹은 욕의 더미가 꽤 무거울 텐데도 서슴없이 덥석덥석 들어 올렸다.

수십 벌의 욕의를 빨랫줄에 넌 다음엔 주방에서 쓸 장작을 팼다. 무거운 도끼를 다루는 게 익숙해 보인다. 이만하면 오늘 하루는 넉넉히 쓰겠다는 확신이 들자 도끼를 내려놓았다.

그다음엔 주방으로 들어가 설거지를 했다. 산더미처럼 쌓인 식기를 씻는 동안 다섯 번이나 손님들의 부름에 올라가 봐야 했다. 간신히 점심 먹을 짬을 내 국수를 말면서 소흔은 하루에 열두 번도 더 하는 생각을 또 했다.

"이놈의 집구석엔 일 귀신이 붙었나."

주방을 보고 있던 작은언니가 눈치를 줬지만 이를 무시하고 고명을 팍팍 얹었다. 손님들 찬으로 나갈 생선튀김도 두 점 빼돌렸다. 이렇게라도 하지 않으면 아무도 나서서 챙겨주지 않았다. 소흔은 국수를 후루룩 빨아들였다.

"촉촉한 피부는 땀이요, 발그레한 두 볼은 더위요, 풍염한 몸매는 노동 때문인 것을."

바닥까지 깨끗이 비운 그녀가 어깨를 주무를 즈음이다.

"어서 오십시오."

작은형부의 목소리가 들렸다. 거의 반사적으로 주방 밖으로 튀어나왔는데 입구 쪽의 분위기가 이상했다. 관복을 입은 자, 즉 관리로 보이는 이들이 무리 지어 있었다.

작은형부와 그들 사이에 약간의 실랑이가 벌어졌다. 손님들을 고려해 최대한 목소리를 낮추려는 작은형부와 달리 관리들은 제 주장을 굽히지 않았다. 일 년에 한 번 있을까 말까 한 소란에 온천장의 여주인이자 자매들의 어머니인 송 부인도 얼굴을 비쳤다.

"대체 무슨 일인가?"

"장모님, 이분들이……."

상황을 설명하려는 작은형부의 말을 끊고 선두에 서 있던 관리가 말했다.

"귀왕의 명이오. 사신 염소흔은 속히 나와 명을 받드시오!"

모두의 시선이 저절로 소흔에게 꽂혔다. 그 시선을 따라간 관리가 한 발 앞으로 나서며 손안에 든 검은 두루마리를 내보였다.

"사신 염소흔은 명을 받들라!"

"자, 잠깐. 그게 무슨 말씀입니까? 사신이라니요? 귀, 귀왕이라니요?"

"처제에게 온 것이 맞습니까? 화국에 염소흔이란 사람이 처제 뿐만은 아닐 겁니다!"

"다시 한 번 확인해 주세요!"

소흔은 식구들이 저마다 따지고 드는 광경을 멍하니 쳐다보았다. 현실감이 없는 장면이다. 귀왕의 사신 염소흔. 시신도 수습하기 힘든 운명. 갈가리 찢긴 제 몸뚱이가 눈에 선하다. 서서히 정신이 돌아올 무렵, 웬만한 일에는 꿈쩍도 하지 않는 송 부인이 떨리는 목소리로 재차 물었다.

"이 아이가 확실한가요? 너무 어리지 않습니까?"

"지지난번의 사신은 열여섯 살이었소."

그랬다. 평생 검 한 번 들지 않고 살아온 열여섯 살 소녀가 화족을 대표하는 사신에 낙점된 것이 육 년 전이다. 그해 제후국이 보낸 사신단 중 살아 돌아온 자는 없었다.

"그 아이는……."

죽었다고 말하려던 큰언니가 입을 다물었다. 그러고는 절대 뺏기지 않겠다는 듯 소흔의 팔을 꽉 잡았다.

"귀 댁 자녀라면 그리 걱정만 하지 않아도 될 텐데."

관리가 수염을 쓸면서 말했다.

"접해본 날붙이라곤 부엌칼이 전부인 사신이 얼마나 많소? 그에 비해 염 소저는 화후(火侯)께서 발탁하신 인재가 아니오?"

송 부인이 고개를 내저었다.

"이 아이만 있는 것도 아니고 오십 명이나 된다고 들었습니다.

고관께서 점찍으셨으니 저희야 안 보낼 수도 없지만…… 매번 훈련 때마다 실력이 부족해 야단을 맞는다고 했는데…….''

"그럴 리가? 잘못 알고 있는 게 아니오? 이 화국에서 염 소저를 대적할……."

저 관리 나부랭이가 뭐라는 거야? 너무 많이 조잘대는 거 아니야? 소흔은 오른쪽 소매를 내린 뒤 넉넉한 소매 안에서 손가락을 움직였다. 엄지와 중지를 붙이고 손목을 가볍게 돌리는 즉시,

"어이고! 어이고! 이게 웬 불이야? 옷에 불이 붙었구먼!"

"물! 이보게, 여기 물 없나?"

"아, 여보! 얼른 물 좀 가져와요!"

어디선가 휙 날아온 불꽃. 관리의 옷자락에 불이 붙었다. 다행히 아무도 알아차리지 못했다. 급한 대로 발로 밟고 가져온 물을 끼얹는 동안 소흔의 이야기는 잠시 잊혔다. 송 부인이 좀 더 자세한 사항을 물을 쯤엔 관리도 더는 친절을 베풀기 힘든 상태가 되었다.

"내 할 일은 예까지요. 나흘 뒤 화후의 성으로 오시오. 한나절 준비를 마치고 나서 바로 사신관으로 이동할 것이오. 올해는 본국 사신관에 모여서 출발하기로 했으니 그리 아시오."

"자, 잠깐만요. 잠깐만!"

"이보시오!"

관리 일행이 떠나갔다. 내내 미소를 잃지 않던 온천장 식구들 얼굴에 어두운 그림자가 내렸다.

나흘 동안 소흔은 여관 일에서 제외되었다. 아무도 그녀에게 일을 시키지 않았다. 대신 평소 소흔이 좋아하던 찬으로만 상이 올라왔다. 큰언니는 임신한 몸인데도 불구하고 멀리 있는 영험한 절에서 부적을 받아왔다.

큰형부는 생일 선물을 다소 일찍 건네주게 되었다며 소흔이 눈독 들이던 댕기를 내밀었다. 값이 상당한 물건이다. 무엇보다 여관 일꾼이 하기엔 지나치게 화려하다는 송 부인의 한마디가 있었다.

여태 장모의 말을 어겨본 적이 없는 그가 내민 선물에 소흔이 웃었다. 본시 노골적인 애정 표현과는 거리가 먼 사람들이라 상황이 이런 데도 소흔을 껴안고 운다는 건 생각할 수도 없었다. 다만 손을 오래도록 꼭 잡았다가 자리를 뜰 뿐이었다.

"하필 아버지께서 자릴 비우셨을 때 이런다니."

세 자매의 아버지는 지방에 내려간 참이다. 소식을 받고 바로 출발한다 해도 아슬아슬할 것이다. 살아서 막내딸을 보는 마지막 기회가 될지도 모르는데. 큰언니가 속눈썹이 눈에 들어간 것 같다며 자꾸만 눈을 깜빡였다.

마침내 화후의 성에 들어가는 날 아침이다. 사신관까지는 마차로 꼬박 사흘을 가야 하는 여정. 온천장에선 작은사위를 딸려 보내기로 결정했다. 높으신 분들이 여인인 소흔을 배려해 시녀를 붙여줄 것 같지는 않았다. 그럴 바에야 이쪽도 든든한 사내를 붙이는 게 나을 듯했다.

성에서 보낸 마차가 여관 입구에 떡하니 버티고 섰다. 어서 떠날 것을 재촉했으나 여관 식구들은 반대쪽 큰길에서 쉽사리 눈을 떼지 못했다.

"우리가 도착하고도 이미 한 시진이나 더 기다리지 않았소? 아마 안 오실 듯한데."

병사가 이를 쑤시며 말했다. 이미 한상 푸짐하게 받아먹고도 반각마다 압박하길 그치지 않았다.

"일각만 더 주시게."

"아까도 그 소릴……."

"오신다! 저기 오세요!"

큰언니의 아들로 여덟 살의 소흔이 그랬듯 여관 잡일을 돕고 있는 조카가 팔짝팔짝 뛰었다. 식구들의 표정이 일순 밝아졌다가 차마 아버지와 막내가 조우하는 모습을 보지 못하고 고개를 돌렸다.

유난히 막내를 귀여워하는 염 씨는 말에서 굴러 떨어지듯 내려왔다. 평소 단정한 매무새와 달리 머리는 바람 따라 흐트러졌고 옷자락에선 흙먼지가 풀풀 날렸다.

"소식 들었다."

다른 식구가 그랬듯 별말하지 못하고 딸의 두 손만 꼭 쥐는 염 씨다. 소흔이 먼저 와락 안기자 그제야 그는 소매로 눈물을 훔쳤다. 빨래나 하던 아이를 귀가 들끓는 사지로 보내야 하다니. 이럴 줄 알았으면 호적에도 올리지 말고 꽁꽁 숨겨 키울 것을. 후회는 언제나 늦는 법. 염 씨가 어렵사리 제 몸을 딸에게서 떼어냈다.

"보았으니 됐다. 다녀오너라."

모질게 들릴 법도 하지만 이것이 그들 가족의 표현법이다. 소흔이 밝은 웃음으로 인사한 뒤 마차에 올랐다. 작은사위가 보퉁이 하나를 들고 뒤를 따랐다. 제 부인이 밤새 울며 싼 여장. 소흔을 제대로 된 일꾼으로 키우기 위해 가장 많이 구박을 했던 온천장의 둘째 딸은 아까부터 막내와 눈을 마주치지도 못했다.

"이랴!"

마차 바퀴가 굴러가기 시작했다. 작은 여닫이 창밖으로 머리를 내민 소흔이 손을 흔들었다. 식구들이 저마다 크게 화답했다. 마차가 저만치 멀어졌을 무렵, 갑자기 둘째 딸이 치맛자락을 움켜쥐고 달렸다.

"염소흔!"

마차 안으로 사라진 막내는 듣지 못한 듯 내다보지 않았다.

"염소흔!"

둘째가 목청껏 외쳤다. 눈물이 범벅이 되어 안 그래도 부은 눈이 더욱 붉어졌다. 다시 한 번 크게 부르려는데 여닫이창이 열렸다. 이미 거리가 벌어져 인형처럼 조그맣게 보이는 소흔이 손을 흔들었다.

"……돌아와!"

"뭐라고, 언니? 안 들려!"

소흔도 있는 힘껏 소리를 질렀다. 둘째가 손나팔을 만들어 외쳤다.

"무사히 돌아오라고!"

소흔이 멈칫했다가 크게 손을 흔들었다. 마차 속도를 따라가지 못하고 둘째가 제자리에 털썩 주저앉았다. 창을 닫은 소흔은 괜히 마차 귀퉁이를 노려보면서 중얼거렸다.

"형부 부인은 이상해요. 뭐라는지 모르겠어."

소흔의 입이 한일(一)자로 굳어졌다. 평소라면 부드러운 미소를 띠고 한마디 거들었을 작은형부는 그저 무릎 위에 내려놓은 보퉁이를 만지고 또 만질 뿐이었다.

❖ ❖ ❖

국경에 위치한 사신관. 온정 넘치고 활기찬 화국의 영토 내라고 하기엔 분위기가 음산했다. 사신관을 중심으로 이십 리 안에는 인가(人家)가 보이지 않았다.

사신관을 뒤로하고 한 시진을 걸어가면 제후국이 연합하여 쌓아 올린 철의 성벽이 나온다고 들었다. 그곳에서 국경 수비대의 확인을 받고 문을 통과하면 허허벌판이 이어지며, 반나절을 이동하면 드디어 외곽지대의 시작이라고.

"아저씨, 아직 아무도 안 왔나요?"

소흔은 그새 안면을 튼 사신관 사내에게 말을 걸었다. 젊을 적부터 이 일을 해왔다는 사내는 사신에게 정을 줘봤자 상심만 커진다며 말 섞길 거부했으나 온천장의 두 사람을 당할 재간이 없었다. 본래 규정대로라면 동행인은 진즉에 돌아갔어야 했는데도 작은형부가 눌러앉은 데는 이런 사연이 있었다.

"이쯤이면 도착할 시각인데……."

불청객임이 분명한 작은형부가 어디서 찾았는지 모를 다기를 들고 나와 능숙하게 차를 우렸다. 사내는 얼떨결에 한 잔을 받아 쥐고는 어찌 보면 참 대단한 이들이라 생각했다. 저도 모르게 휩쓸리게 되는 친화력이라니. 그가 차를 홀짝 머금었다. 차에 무지한 저가 느끼기에도 맛이 훌륭했다.

"다른 분들에 대해 아시는 게 있는지요?"

작은형부의 물음에 사내가 콧잔등을 문질렀다.

"확실한 건 아니나…… 여인이 하나 있고 사내가 둘이라고 합디다."

"나이나 성격은 모르시겠죠?"

사내가 고개를 갸웃하더니 소흔을 보았다.

"성격까진 모르겠고 나이는 아마…… 그래, 너보다 적은 자는 없을 게다."

죽을 때까지 막내 노릇이군. 소흔이 볼을 빵빵하게 부풀렸다가 다른 질문을 하려던 참이었다. 사신관 입구에 달린 방울이 짤랑짤랑 울리더니 화후의 사자(使者)가 아래로 내려왔다. 영문을 파악하지 못한 소흔은 문을 나서는 사자의 뒷모습을 멍하니 쳐다보았다.

"다른 사신이 왔나 보다."

사내의 말을 듣고서야 정신이 들었다. 세 사람은 서둘러 사자의 뒤를 따라 나갔다. 눈처럼 새하얀 비단을 바른 마차는 우아하기 그지없었다. 딱히 바람이 불지 않는 날인데도 마차에 달린 반투명한 휘장이 너울너울 나부꼈다.

풍족(風族)이야.

소흔은 가슴이 두근거렸다. 마차 옆에서 말을 타고 달려온 풍후의 사자들이 한껏 예를 갖춰 사신을 모셨다. 기본적으로 두 명의 사자에 호위병이 넷이나 붙었다. 달랑 한 명을 딸려 보낸 소흔 쪽 인간들과는 자세부터가 달랐다.

"화후님을 대신하여 풍족의 사신을 뵈오."

화후의 사자가 인사했다. 사뿐사뿐 마차에서 내린 여인이 마주 인사했다. 투명한 명주실을 엮은 듯 속살이 아련히 비치는 옷을 여러 벌 겹쳐 입었는데 상아색이 피부와 잘 어울렸다. 저런 색이 어울리긴 쉽지 않지. 소흔은 냉염한 분위기의 미인을 하염없이 바라보았다.

"사신 풍미요(風美窈), 화후님의 사자를 뵙습니다."

깍듯이 예를 다하는데도 사람을 부리는 자의 위세가 전해졌다. 뒤에서 미요님, 하고 병사가 불렀다. 이름 뒤에 바로 존칭을 붙이다니, 모르긴 해도 정말 높은 신분의 여인인 듯하였다.

"무기를 놓고 내리셨습니다."

마차 안을 들여다본 병사가 알려주었다. 이에 미요는 뒤도 돌아보지 않고 살짝 왼손을 뻗었다. 그러자 족히 열두 자(尺)는 되어 보이는 길디긴 흰색 천이 주인의 부름을 받기라도 한 듯 마차 안에서 빨려나왔다. 바람결에 날려온 부드러운 천은 미요의 왼손에 저절로 감겼다. 그 모든 동작이 소리 없이 아름다워 주변의 탄성을 자아냈다.

"정말 대단하군요."

작은형부의 감탄을 들은 소흔은 속으로 고개를 저었다. 매우 인상적이긴 하지만 미요의 실제 무기는 흰색 천 따위가 아닐 것이다. 소흔의 실제 무기가 폭이 어른 손으로 한 뼘이나 되는 도(刀)가 아니듯. 저 사람은 무슨 무기를 뽑아냈을까? 소흔이 그녀에게 말을 걸려는 찰나, 다시 방울이 울렸다.

"조심하세요, 처제! 발 옆에 뱀이!"

"어이쿠! 움직이지 마라!"

사신관 사내가 황급히 빗자루를 들고 와 뱀을 걷어냈다. 그는 수풀 속에 뱀을 던지고 와서는 오는 길에 전갈도 봤다며 살다 살다 이 근처에서 전갈을 보긴 처음이라고 구시렁거렸다. 그런 소란 와중에 또 다른 사신 일행이 도착했다.

"저이가 사신일까요? 참으로 선량하게 생겼군요."

작은형부가 평했다. 소흔도 같은 생각이었다. 벌레 한 마리 못 죽일 정도로 선한 인상의 청년이다.

"토족의 사신 지녹산(地祿山), 인사드립니다."

잘생긴 얼굴에 서글서글한 미소, 실한 몸이라니. 어머니께서 보셨으면 당장에 막냇사위 삼자 하셨을 테지. 소흔이 생긋 웃으며 답했다.

"화족 대표 염소흔입니다. 잘 부탁드려요."

"저야말로 잘 부탁합니다."

이로써 삼 제후국의 사신이 모였다. 멀리 떨어진 토국(土國) 일행도 도착했거늘 바로 옆에 붙어 있는 수국(水國)이 가장 늦다는 게 이상했다. 다들 눈치를 살피다가 안으로 들어갔다. 입구의 방울이 울린 것은 한 시진이나 더 지난 이후였다.

"워워워."

마부가 마차를 세웠다. 마부도 그렇고 수후(水侯)의 사자도 그렇고 어째 수국 쪽 인사들은 죄다 몸이 튼실했다. 그 이유는 곧 밝혀졌다. 힘을 쓸 데가 있는 것이다. 명색이 일국의 제후를 대신하는 자 체면에 땀을 뻘뻘 흘리며 힘을 써야 하는 이유. 마부가 조심스레 문을 두드렸다.

"도착했습니다."

답이 없었다. 마부가 마차 문을 여는 한편 손짓으로 병사를 불렀다. 다들 썩 좋은 표정은 아니다.

"사신께선 그만 내리시지요."

"다른 분들이 기다리십니다."

여전히 마차 안은 묵묵부답. 싹싹하기론 입댈 데가 없는 온천장의 두 사람도 언짢은 기색이다. 고아하신 미요님도 상황이 마음에 안 들긴 마찬가지. 녹산만이 대체 무슨 일인가 하고 마차 쪽을 쳐다보았다.

"혹시 연로하신 어르신일까요? 그래서 거동이 불편하신 걸까?"

소흔이 작은형부를 향해 물었다. 그런 이유가 아니고서야 사람들을 이렇게 오래 세워놓는 결례를 범할 리 없지 않은가. 옆에 가만히 서 있던 미요가 정말 그런 거라면 귀찮게 되었다는 얼굴을 했다. 튼튼한 젊은이도 죽어 나가는 판에 노인이 무사할 리 없는 여정. 남에게 폐를 끼칠 게 분명했다.

"저, 이제 내리셔야 합니다."

"아아."

마차 안에서 불쑥 나온 손이 마부를 떠밀었다. 동작 하나하나가 얼마나 느린지 미요의 고운 미간이 잔뜩 찌푸려졌다. 이런 자리만 아니라면 바람으로 마차 속 인간을 확 끌어내고 싶은 심정이리라.

은사(銀絲)로 수놓은 검은 소매에 바닷물처럼 푸른 옷자락이 먼저 눈에 들어왔다. 마부와 병사의 도움을 받아 수국의 사신이 휘청휘청 몸을 가누었다. 땅바닥에 발을 디디기까지 넘어지지 않은 것이 용할 정도이다.

때마침 불어온 한줄기 바람에 미요가 한숨을 내쉬었다. 소흔과 녹산도 맡을 수 있었다. 진한 술 냄새. 이 정도로 냄새가 나려면 도대체 얼마나 술을 들이부었을지 상상도 가지 않았다.

말에서 내린 수후의 사자는 이런 추태에도 용케 멀쩡한 표정을 유지하고 있었다. 앙다문 그의 입술에서 마지막 자존심이 묻어 나왔다.

나는 수후님의 사자다. 자랑스러운 수후님을 대신하여 온 자다. 우리 쪽 사신이 저 모양이긴 하지만 나는 창피하지 않다. 나는 수후님의 사자이기 때문이다. 얼마나 애를 쓰는지 보는 이가 다 딱할 지경이다. 사자가 먼저 다가와 두루 인사를 하였다.

그때, 부축을 뿌리치고 가까이 온 사신이 게슴츠레한 눈으로 다른 이들을 둘러보았다. 잔뜩 오른 취기와는 별개로 무리 중에 묻혀 있는 소흔, 미요, 녹산을 정확히 짚어냈다. 잠깐 마주친 눈빛이 선득하여 소흔은 이 사람이 정말 취한 걸까 하는 의문을 품었다.

훤칠한 녹산보다 한 뼘은 더 큰 키에 주정뱅이에겐 심히 아까운 외모를 지녔다. 한때 화국을 뒤흔들 정도로 절세미남이었다는 화후도 이 사내에게는 미치지 못할 것 같았다. 열 명의 사람에게 고루 나뉘어야 할 아름다움이 한 사람에게 쏠렸다. 시원한 이목구비에 나른한 분위기가 더해져 사내만의 색(色)이 뚝뚝 묻어났다. 그가 씩 웃었다.

"수연청(水緣請)이다."

이름 역시 주정뱅이에겐 당치 않을 만큼 근사하다.

"자네들이 내 저승길 동무인가?"

❖ ❖ ❖

망했다.

소흔은 침묵만 감도는 식당을 휘휘 둘러보며 다시 한 번 생각했다.

제대로 망했다.

넓은 사신관에는 네 명의 사신과 사내만 남았다. 내일 동이 트는 대로 출발해야 하는데 이야기를 주고받으며 얼른 친해져야 할 사람들이 각자 행동했다. 험난한 여행길인 만큼 서로 의지함이 중요하거늘. 소흔의 눈빛에 불안함이 더했다. 저기요, 언니랑 오라버니들, 전 죽고 싶지 않아요. 꼭 무사히 돌아와야 한단 말이에요.

"밥이나 찬은 필요 없고 탕이나 한 그릇 주게."

가장 늦게 도착하더니 저녁 식사 자리에도 가장 늦게 모습을 드러냈다. 수연청, 주정뱅이. 소흔이 곱지 않은 눈으로 그를 흘겨보았다. 태평하게도 한숨 자고 내려왔는지 그가 머리를 꾹꾹 누르며 하품을 했다. 구석자리에 털썩 앉아 벽에 몸을 기대는 모양이 더할 나위 없이 자연스러웠다.

남에게 들키지 않고 다 살펴보는 재주가 있는 소흔의 눈이 헐렁하게 벌어진 앞섶에 가닿았다. 그래도 훈련은 게을리하지 않은 듯 빈틈없이 잡힌 탄탄한 근육이 엿보였다.

오늘 운은 주정뱅이 편인 모양. 기름 한 방울 없이 맑게 끓여낸 해산물탕은 고추와 채소를 넣어 뒷맛이 개운했다. 숙취 해소에 딱 좋을 음식이다. 과연 수저도 쓰지 않고 그릇째 두어 모금 넘긴 연청이 만족스런 표정을 지었다. 감탄사 뒤에 이어진 말은 그 누구도 예상치 못했지만 말이다.

"왠지 술 생각이 나는데."

모두의 경악 어린 시선을 무시하고 연청이 허리춤에서 작은 술병을 꺼냈다. 마개를 열자마자 청량한 향기가 식당 전체에 은은히 퍼졌다. 이만하면 상등품 중에서도 최상등품인 술이다. 다만 인간은 최하등품이란 게 문제지만.

"명문 주가(酒家)의 공자답게 술을 상당히 좋아하시는군요?"

소흔은 낮에 수후의 사자가 알려준 정보를 떠올리며 말을 걸었다. 그러나 연청은 일말의 관심도 비추지 않고 그저 눈을 감은 채 주향을 음미하고 있을 뿐이었다. 이 무뢰한이 네 제후국 전역에 명성이 자자한 창해 수가의 공자라니. 견실한 온천장에서 자란 소흔에겐 제 가게 물건을 축내는 인간보다 덜떨어진 부류는 없었다.

"그거 아세요? 무기를 지참하지 않은 사신은 공자님이 유일하다는 거?"

향기를 즐긴 그가 술을 한 모금 넘겼다. 탕으로 해장함과 동시에 이를 안주 삼아 술을 마시는 작태를 더 이상 봐줄 수 없었는지 소흔의 몸이 조금 더 앞으로 쏠렸다.

"그래서 내일 아침에 일어나실 수 있겠어요?"

"꼬마야."

연청이 소흔을 쳐다보며 느른하게 웃었다.

"저리 가지 않겠느냐?"

낮게 잠긴 목소리가 술처럼 향긋하고 몽롱했다.

"계집이 끼어 있으면 술맛이 확 떨어지거든."

예쁘게 웃고 있던 소흔의 표정이 그대로 굳었다. 안 듣는 척 듣고 있던 미요도 '계집'이란 말에 싸늘한 눈으로 연청을 노려보았다. 자신이 무슨 말을 한 건지 정확히 아는 얼굴로 연청이 술병을 입에 가져다 댔다. 그러다가 멈칫하며 맞은편에 앉은 소흔을 지그시 보았다.

미요와 녹산은 눈에 보이진 않지만 무슨 일이 일어나고 있는지 냄새로 알아챌 수 있었다. 공기 중에 술 끓는 냄새가 확 퍼졌다가 순식간에 사라지는 현상이 반복되었다. 화력을 가해 끓이는 쪽은 가만히 앉아 있는 소흔, 이를 차갑게 가라앉히는 쪽은 그저 한량처럼 보이는 연청일 것이다.

소흔이 갑자기 제 힘을 거둬들였는지 술병이 눈 깜짝할 새 쨍하고 얼어붙었다. 주둥이부터 바닥까지 한 덩이의 얼음이 되었다가 연청이 힘을 풀자 다시 원래 상태로 돌아왔다. 과한 자극을 받은 술병은 탁자에 내려놓자마자 금이 가더니 그대로 깨지고 말았다. 반쯤 남아 있던 술이 탁자를 적셨다.

"이런, 이런."

연청이 낭패라는 듯 쏟아진 술을 내려다보았다.

"네가 무슨 짓을 저질렀는지 봐라. 이 아까운 술을⋯⋯."

"또렷한 정신으로 대화하길 바라는 건 순전히 제 욕심인가요?"

"어째서 또렷한 정신으로 있어야 하지?"

연청이 냉소했다. 길게 늘어지는 입가에 싸늘함이 묻어났다.

"그야 서로 안면을 트고 얼른 유대감을⋯⋯."

"유대감?"

메마른 웃음이 터져 나왔다. 이쪽은 상대의 무례를 참고 진지하게 대하는데 무슨 말만 하면 조롱하듯 웃어버리니 소흔도 더는 참아줄 수가 없었다. 그런 감정이 여과 없이 얼굴에 드러났으나 연청은 희한한 우스갯소리를 들었다는 태도를 고수했다.

"곧 죽을 처지에 유대감은 무슨."

"죽으란 법만 있는 것은 아니잖아요."

"설마 정말 그렇게 믿는 건 아니겠지?"

정말 그렇게 믿는 소흔은 입을 꾹 다물었다. 침묵이 길어지자 연청의 표정이 믿을 수 없다는 듯 변했다. 그러더니 탁자를 두드려 가며 웃었다.

"세상에나."

그가 고개를 내저었다.

"여기 햇살아가씨가 하나 있군."

"⋯⋯무슨 아가씨요?"

"햇살아가씨. 수국의 설화 속 소녀지. 그 어떤 어려움이 닥쳐도 아직 세상은 살 만해, 사람은 아름다워, 하며 굳게 믿어. 그야말로 밝고 사랑스럽고 아주 낙천적인."

연청의 눈이 싸늘한 빛을 띠었다.

"아주 가엾은 소녀다."

"왜 가엾다는 거죠? 좋은 사람처럼 들리는데."

"……믿을 게 없어서 인간을 믿나."

착각일까. 연청에게서 더는 취기가 느껴지지 않았다. 대신 바닥까지 말라붙은 호수처럼 공허한 분위기만 감돌았다.

"쉽게 변하는 것이 인간의 마음이고, 그 변화는 언제나 악한 쪽으로 이뤄진다. 거의 예외가 없어."

반박하려는 소흔을 연청이 저지했다. 굳이 듣지 않아도 네가 무슨 말을 할지 빤히 알겠다는 태도다.

"그럼에도 불구하고 기대와 믿음을 버리지 않겠다는 건 맨몸으로 가시덤불로 뛰어드는 것과 마찬가지지. 너도 참 인생 피곤하게 사는군."

연청이 일어섰다. 그가 자리를 뜨기 전 소흔에게 몸을 기울여 속삭이던 말이 자꾸만 그녀의 귓가를 맴돌았다. 듣고만 있어도 몸이 움찔거릴 만큼 차디찬 어조였다.

"마지막에 네 등 뒤를 찌르는 자가 저들이 아닌 귀일 것이라 확신하는 증거라도 있나?"

소흔은 복잡한 눈으로 맞은편의 빈자리를 쳐다보았다. 여정은 처음부터 쉽지가 않았다.

❖ ❖ ❖

　누가 마차를 탈 것인지에 관해 출발 전 작은 소란이 있었다. 사신관 사내로부터 빌린 마차는 둘이 타면 꼭 맞는 크기였다. 굳이 이야기하지 않아도 여인들을 태우는 쪽으로 일이 진행되고 있었는데, 역시 아침에도 가장 늦게 나타난 연청이 소흔을 지목했다.

　"내려."

　어두운 앞날에 대한 근심을 나누며 미요와 막 친해지려는 참이거늘 이게 웬 날벼락. 소흔은 설마 하면서도 손가락으로 저를 가리키며 되물었다.

　"저요?"

　"내리라고."

　"저희 둘이 타고 가기로 했는데요?"

　"난 안에서 쉬어야겠으니 어서 내리지."

　절대 미요에게 악감정이 있는 건 아니지만 소흔은 이렇게 물을 수밖에 없었다.

　"왜 하필 저예요?"

　연청이 귀찮다는 듯 한숨을 내쉬었다.

　"보통 여인을 감추는 것은 그 미색 때문에 삿된 놈들이 꼬일까 염려해서지."

　그가 미요와 소흔을 번갈아 보았다.

　"넌 걱정 안 해도 될 것 같으니."

　미처 반박하기도 전에 손에 잡혀 끌어내려졌다. 어제 일을 떠올

려 보면 맞받아칠 법도 한데 소흔은 그저 연청을 노려보며 중얼거
릴 뿐이다.

"하나……."

미요에게 눈짓으로 양해를 구한 뒤 녹산과 앉았다. 선선한 바람
이 부는 초가을이라 마부석에서 즐기는 여정도 나쁘지 않았다. 다
만 마음에 걸리는 것이 있다면 황량한 허허벌판이다. 흔한 토끼
하나 보이지 않는 풍경에 소흔이 울적해졌다.

"아무것도 없네요."

고삐를 쥔 녹산이 무슨 소리냐는 얼굴로 쳐다보았다. 소흔이 제
생각을 재차 말해주자 그가 이해되지 않는다는 듯 고개를 갸웃하
였다.

"꼭 토끼여야 하는 건가?"

"그건 아니지만."

"뱀은 많은데."

소흔의 어깨가 움찔했다.

"뱀이 있어요? 어디요?"

"저 수풀에도 있고, 그렇지, 저기도 두 마리 있네."

그가 턱짓으로 가리키는 곳을 쳐다보았지만 아무리 봐도 소흔
의 눈에는 뱀이 보이지 않았다. 녹산이 하하 웃으며 다른 사람 눈
에는 잘 안 보이는 모양이라고 소흔을 달래주었다. 사실 자기도
보는 게 아니라 몸으로 느끼는 거라는 알 수 없는 소리를 하면서.

"여기 녀석들은 화끈하던걸. 화국 땅에 들어서자마자 내 다리
를 서슴없이 타고 오르던데. 일가족이 마중 나온 건 나도 처음 봤

다니까."

마냥 즐거운 얼굴로 이야기하던 녹산은 소흔이 그대로 굳은 것을 보고 멋쩍게 웃었다.

"깜빡했군. 뱀을 좋아하는 이는 없지."

이상하게도 그 말을 내뱉는 모습이 왠지 모르게 쓸쓸해 보여 소흔은 얼른 고개를 저었다.

"좋아할 수도 있죠. 저도 좋아하는걸요."

시원스런 단언과 달리 소흔의 목소리가 점점 기어들어 갔다.

"아주…… 작고 귀엽고…… 예쁜 뱀이 있다면요."

녹산이 또 한 번 웃었다. 산열매처럼 빨간 눈이 앙증맞은 아기 뱀을 보면 소흔의 생각도 달라질 거라고 그가 말했다. 아기 뱀이라니. 어감이 묘하네. 뱀이라면 무조건 흉한 것으로 주입받고 자란 소흔은 굉장히 기이한 기분에 사로잡혔으나 이를 밖으로 드러내진 않았다.

"그나저나 녹산 오라버닌 토후님의 병사였다고요?"

"아, 말단 중에서도 말단이었지."

"그래도…… 다섯 인재 중 하나였잖아요? 그렇다고 들었는데."

녹산이 희미하게 웃었을 때서야 소흔은 이 사람에 대해 조금은 알 것 같다고 느꼈다. 온유한 얼굴에 자주 올리는 웃음이 진짜 웃음이 아닐 때가 많다는 것을. 그는 행복할 때도, 슬플 때도, 외로울 때도 미소를 지을 것 같았다. 왠지 그런 그림이 머릿속에 그려졌다.

"그건 토후님의 사자께서 알려주신 건가?"

소흔이 고개를 끄덕였다.

"그럼 내가 낙오해서 고향집에 내려간 것도 알려주시던가?"

갖가지 사연 있는 손님들을 접해본 소흔답게 절대 놀란 기색을 비치지 않았다. 어리석게 반문하지도 않았다. 그녀는 잠자코 녹산의 이어질 말을 기다렸다. 하지만 그 역시 만만찮은 상대가 아닌 듯 거기서 말을 멈추었다.

"구구절절 다 시답잖은 한탄이지. 소흔처럼 어린 아가씨가 듣기엔 재미없을 거야."

이런 지루한 여행길엔 말이지, 하고 녹산이 말머릴 돌렸다.

"정인은 있어?"

"네?"

갑자기 심각한 분위기에서 벗어나자 소흔은 긴장이 풀렸는지 눈을 동그랗게 뜨며 되묻고 말았다. 녹산이 귀엽다는 눈으로 바라보았다.

"역시 이런 이야길 해야 시간이 잘 가. 그래, 정인은 있나?"

소흔이 웃음을 터뜨렸다.

"없어요."

"여태 한 번도?"

"네, 한 번도."

"쯧, 화국 사내들 그리 안 봤는데 수준이 별로구만."

눈이 마주친 두 사람은 키득키득 웃었다.

"이거 봐, 벌써 우리 둘의 공통점이 나왔다니까?"

"오라버니도? 저기, 스물여섯이라지 않으셨어요?"

"길고 긴 독수공방의 나날이었지."

소흔은 묘한 애달픔을 지닌 이 유쾌한 사내가 좋아졌다. 정다운 대화를 방해하는 웬 놈만 아니었다면 계속 까르르 웃으며 갔을 텐데. 덜컹 마차 문이 거칠게 열리더니 누군가 발끝으로 소흔의 엉덩이를 툭 쳤다. 놀란 그녀는 얼떨결에 녹산의 팔에 매달려 위기를 넘겼다. 하마터면 마차에서 떨어질 뻔하였다.

"조용히 좀 하지? 머리가 울리거든."

옆으로 비스듬히 누운 연청이 말했다. 미요는 그를 상대하고 싶지도 않은 듯 등을 꼿꼿이 세운 채로 눈을 감고 있었다.

"별로 떠들지도 않은걸요."

"특히 네 목소리가 거슬려."

"전 듣기 좋은데요?"

녹산이 웃는 낯으로 받아쳤다.

"새소리 하나 들리지 않는 적적한 들판에 아가씨 재잘대는 소리라도 울려야 하지 않을까요."

연청이 달갑지 않은 눈빛으로 소흔의 뒤태를 아래위로 훑었다.

"멧돼지 소리가 낫겠군."

"실제로 산에서 멧돼지와 맞닥뜨리면 그런 얘기가 쉽게 못 나올 텐데요."

여자들은 녹산을 다시 보았다. 저리도 사람 좋은 얼굴로 연청에게 또박또박 대꾸하다니. 한편 연청은 딱히 반박할 말을 찾지 못하자 마차 문을 쾅 하고 닫았다. 그렇게 황량한 벌판을 이동하길 반나절. 녹산이 마차 문을 두드렸다.

"저, 외곽지대에 들어선 듯합니다."

그의 목소리에서 긴장이 느껴졌다. 당황한 것 같기도 했다.

"직접 보셔야 할 것 같은데……."

마차 양쪽으로 달린 작은 여닫이창이 열렸다. 언제나 웃는 녹산에게서 저런 목소리가 나오니 모두가 감각을 곤두세운 채 주위를 둘러보았다. 그들을 통과시키는 병사들의 목소리가 위쪽에서 들렸다. 까마득한 높이의 회색 성문이 열리고 안쪽에서 화국으로 돌아가는 일행이 여럿 나왔다. 소흔 등은 경계를 늦추지 않고 성안으로 들어섰다.

이윽고 상상도 하지 못한 광경에 모두의 얼이 빠졌다.

녹주의 등롱

물의 인연을 청하다. 연청은 제 이름을 떠올릴 때마다 아버지가 대취(大醉)한 와중에 정했을 거라는 생각을 떨쳐 버릴 수가 없었다. 사내 이름치고는 과하게 멋이 들어갔다. 모르는 사람은 그의 이름만 보고 호리낭창한 미녀를 기대하기도 했다.

대대로 술 빚는 유명 주가(酒家)의 공자로 자란 연청은 어린 나이부터 다양한 술을 접하며 자랐다. 위로 장남답게 묵직한 형이 있어서 다행이었다. 그런 형 덕분에 저가 사시사철 술에 취해 지낼 수 있었으니 말이다.

한 관리와 마주친 날도 그러했다. 열여섯의 연청은 향기로운 술에 취해 후원에서 창을 휘두르고 있었다. 제주(祭酒) 일로 수가의 저택을 찾은 관리는 우연히 이 집 작은아들의 주사를 보게 되었다. 그는 연청을 수후(水侯)에게 추천했다.

오 년을 가르치자 동기 중 따라올 자가 없었고, 거기서 오 년을 더 가르치자 스승을 뛰어넘었다. 술주정뱅이에 책임감이라곤 없는 개망나니란 말이 언제나 그의 뒤꽁무니를 따라다녔지만 연청의 실력을 대하면 모두들 할 말을 잃곤 했다. 반쯤 술에 취해 휘두르는 무기는 그 무엇이 되었든 간담을 서늘하게 만드는 위협이었다.

일 년 중 대부분을 술에 취해 사는 연청은 커다란 나무나 정자 기둥에 기대어 자작(自酌)하는 게 일이었다. 귀의 지배를 받는 것이 어때서? 귀를 물리치고 나면 필시 그 자리를 또 다른 존재가 차지할 것이다. 수후가 키우는 인재란 자가 이런 말을 거리낌 없이 하고 다니니 언제나 그의 무례함을 사과하고 다니는 아버지와 형이 아니었으면 일찌감치 거리에서 돌팔매질을 당할 뻔했다.

"미요 언니, 저기 좀 보세요! 풍국도 이렇게 아름다운가요? 여기 정말 멋지다."

정확히 저런 녀석에게 돌팔매질을 당했겠지. 연청이 방방 들뜬 소흔을 탐탁지 않은 눈으로 쳐다보았다. 그가 제일 멀리하는 유형의 인물이다. 때 묻지 않은 해맑음, 아직 배신과 절망을 겪지 않아 세상을 아름답게만 보는 이들.

한때 연청도 저런 미소를 지은 적이 있었다. 너무 오래전이라 기억조차 가물가물하지만 말이다.

"너도 곧 무너질 테지."

연청은 적당히 속도를 맞춰 걸으며 중얼거렸다. 몇 걸음 앞서 가던 소흔이 의심스런 눈으로 그를 돌아보았으나 제대로 듣지는 못했는지 곧 고개를 돌렸다.

녹주성(鹿州城)은 성의 한복판에 자리한 호수 모양이 사슴의 뿔을 닮은 데서 그 이름이 유래하였다. 호숫가엔 수양버들이 운치 있게 늘어지고 드문드문 보이는 작은 정자에선 서생들이 글을 읽었다. 화창한 날에는 배를 띄우고 노는 풍류가객도 볼 수 있었다. 도시 곳곳으로 수로가 뻗어 있어 사공들은 손님들을 태우고 유유히 움직였다.

흰 벽과 검은 지붕, 아치교와 버드나무가 어우러진 녹주성은 그야말로 한 폭의 그림과도 같은 도시였다.

"왜 아무도 외곽지대가 이렇게 아름답다고 얘기해 주지 않았을까요?"

소흔이 정신없이 구경하며 말했다.

"높으신 분들은 알고 계셨던 걸까요, 아니면 그분들도 몰랐을까요? 어릴 때부터 화후님의 성을 드나들며 여러 가지를 배웠지만 외곽지대가 이렇다는 건 한 번도 듣지 못했거든요."

이 말에는 연청도 동의했다. 제후국 땅을 나서는 자는 목숨을 보장할 수 없다. 얼마나 숱하게 들어온 말인가. 오죽했으면 그의 어린 조카딸은 외곽지대란 말만 들으면 바들바들 떨었다. 조카딸의 유모는 아이가 말을 안 들을 때면 외곽지대에 버리고 오겠다고 겁을 주었다.

악귀와 흉사가 가득한 곳. 아기의 피를 빨아 먹는 귀와 원한에 찬 혼령들이 떠도는 곳. 그 아이만큼은 아니지만 연청 역시 피폐한 전쟁터를 보게 되리라는 생각으로 왔다.

"예쁜 아가씨, 팔찌 하나 보고 가세요."

"과즙이 후루룩 떨어지는 다디단 과일이오!"

"오늘 들어온 생선입니다! 맛 좋은 생선 사러 오세요!"

날씨는 쾌청하고 성안은 번잡했다. 모든 외곽지대가 이런지는 모르겠지만 적어도 녹주성만 두고 말하자면 제후국의 수도와 견주어도 부족할 것이 없었다.

"사신들인가 보오?"

앞으로의 일정을 의논하기 위해 길가에 마차를 세웠다. 그런 일행을 물끄러미 보던 노인이 말을 걸었다. 대답할 기미가 없는 다른 사람들을 대신해 소흔이 나섰다.

"어르신, 눈썰미가 좋으시네요."

"녹주로 들어온 걸 보니 이번엔 화국에서 출발한 게로군."

"네, 이렇게 멋진 곳인 줄은 꿈에도 몰랐어요. 이제까지 홍안 토박이라고 은근 뻐기고 다녔는데 실은 우물 안의 개구리였지 뭐예요."

붙임성 있게 생글생글 웃으며 소흔이 쪼그려 앉았다. 앉은뱅이 의자에 걸터앉은 노인과 눈을 맞추기 위함이다.

"말이 나온 김에 여쭙는데, 혹시 다음 성까지 거리가 얼마나 되는지 아세요?"

노인이 소흔의 말간 얼굴을 들여다보다가 되물었다.

"나야말로 궁금하던 차에 묻는 건데, 혹시 언제까지 당도해야 한다는 규칙이라도 있소?"

소흔이 나머지 일행의 얼굴을 훑었다. 다들 그런 규정에 대해서는 듣지 못했다. 도착 자체에 큰 의미를 둔 터라 그것이 언제까지여야 하는지는 아무도 문제 삼지 않은 것이다.

다만 화국에서 접견에 성공한 단 한 명의 말에 따르면 외곽지대에서 귀왕의 궁전까지 한 달은 잡아야 한다고 했다. 사족이지만 그 사신은 화국으로 돌아온 후 독주에 빠져 살다가 마흔을 넘기지 못하고 죽었다 들었다.

"그런 제한도 없는데 다들 왜 그리도 빨리 가려는 게요?"

노인은 이때까지 제후국 사신을 세 번 보았다면서 다들 꽁무니에 불이 붙은 사람처럼 길을 재촉했다고 덧붙였다.

"가장 가까운 성은 영주요. 예서 닷새는 달려야 하지. 내 충고컨대 처음부터 너무 무리하지 마시게나. 사람들 말을 무시하고 산을 넘다가 불어난 계곡물에 휩쓸려 죽은 사신도 있다는 거 아시오? 우리 당숙께선 두고두고 그 얘길 하셨지."

"아, 조언 감사합니다. 새겨들을게요, 어르신."

소흔이 꾸벅 인사한 뒤 일행에게 돌아갔다. 그들도 소흔과 노인의 대화를 들었다. 지금은 미시(未時)로 접어드는 오후. 지체 않고 달리면 성문이 닫히기 전에 녹주를 벗어날 수 있었다.

문제는 어둠이 내린 이후에 민가를 찾아야 한다는 것이다. 주인이 거절하거나 민가를 찾지 못할 경우 노숙이 불가피했다. 한 번도 노숙을 해본 적이 없는 이들이지만 그다지 두렵지는 않았다. 두려운 것은 따로 있었다. 황량한 벌판 한가운데 지핀 모닥불. 사람 냄새를 맡고 몰려들 귀(鬼).

그런 점에서 도시, 즉 성안은 훨씬 나았다. 야시(夜市)가 열리기도 하고 주점은 밤늦게까지 문을 여니까. 치안을 위해 둘씩 짝지어 다니는 순찰원들도 있을 터. 일행의 의견이 최소한 오늘은 여기서 보내자는 쪽으로 기울었다.

"식량은 성을 떠나기 직전에 사는 게 좋겠어요."

"……술은 어디서 파는 거지?"

"그리고 보니 여기 호수가 있다지 않았습니까? 달을 안주 삼아 호젓하니 마시는 것도 좋을 텐데요."

"자네가 뭘 좀 아는군."

"저기요, 제 말 들으셨나요?"

여전히 마차 안에 앉아 고고히 귀만 기울이고 있는 미요와 술 이야기로 뭉친 두 사내를 바라보며 소흔이 목소릴 높이려는 참이다. 그 순간, 왠지 모를 위화감에 사로잡혔다. 그녀는 고개를 돌려 주위를 둘러보았다. 시끌벅적한 번화가. 밝고 떠들썩한 분위기는 모두의 긴장을 누그러뜨리기에 충분했다. 그런데 언제부터인지 사람들이 말없이 소흔 일행을 쳐다보고 있었다. 입을 꾹 다문 채 뜻을 알 수 없는 시선으로 그들을 응시했다.

말소리가 수그러들었다. 다른 일행도 뭔가 이상함을 깨달은 것이다. 방금 전까지 친절하게 대답하고 조언까지 해주던 노인도, 참으로 고운 얼굴이라며 옆에서 연방 소흔을 추켜세우던 아주머니도, 당과를 팔던 사내와 아버지를 따라 나온 그의 아이도 모두 기이한 눈빛으로 일행을 응시했다.

돌연 오스스 소름이 돋았다.

"저기…… 저희가 뭐 실수한 거라도?"

소흔의 물음에 아이가 입술을 달싹였지만 제 아비가 옆구리를 쿡 찔렀다. 아이는 아예 고개를 돌리고 말았다. 뭔가 아주 이상한 기분이 들었다.

"연지 좀 보여주세요."

때마침 등장한 여자 손님의 한마디에 기묘한 침묵이 깨졌다. 아주머니는 얼른 싹싹한 웃음을 지으며 다양한 연지를 꺼내놓았다. 이를 기점으로 다들 일행에게서 시선을 거두었다. 아무 일도 없었다는 듯 제각각 일에 열중했다.

다소 과하게 열심이다.

❖ ❖ ❖

"허탕입니다. 나와 보지도 않는군요."

녹산이 고개를 절레절레 흔들며 일행에게 돌아왔다. 벌써 네 번째 거절이다. 여관집 딸인 소흔은 도저히 이해할 수 없다는 눈으로 여관을 올려다보았다.

"제가 이상한 건가요? 아직 해시(亥時:밤 9시~11시)까지 반 시진이나 남았잖아요. 다른 데는 몰라도 여관이라면 절대 문을 닫아선 안 되는데."

"외곽지대만의 풍습이라기엔 뭔가 이상하네."

미요가 의심스런 눈길로 적막한 밤거리를 쓸었다.

"늦은 밤도 아닌데 이렇게까지 인적이 드물다니."

"아까 연청 형님과 호숫가에서 깜빡 졸다가 눈을 떴을 때 자정이라도 지난 줄 알았습니다. 그 많던 사람들이 흔적도 없이 사라졌더군요."

"여기 정말 좀 이상한 것 같아요."

골목까지 속속들이 뿌옇고 습한 안개가 내려앉은 밤길. 사람은 고사하고 쥐새끼 한 마리도 지나다니지 않았다. 소흔이 불안한 양 미요의 옷자락에 매달렸다. 부자연스러운 조용함이 일행의 심기를 불편하게 만들었다.

"다음번도 이런 식이면 그냥 호숫가에 자리 잡지."

팔짱을 낀 채 마차에 기대고 서 있던 연청이 말했다.

"거긴 그나마 달이 밝아 낫더군."

다들 고개를 끄덕이긴 했지만 될 수만 있으면 건물 안에 들어가 편히 머물고 싶은 심정이다. 돌아가는 분위기를 보아하니 거리도 그리 안전한 것 같지는 않았다. 음습한 안개를 헤치고 작은 마차가 움직였다. 다음 여관에 도착하자 소흔이 녹산과 함께 내렸다. 녹산이 주먹을 쥐고 탕탕 문을 두드렸다.

"계십니까? 주인장 계십니까?"

"문 좀 열어주세요."

"오늘만 묵어가겠습니다."

분명 불이 켜져 있는데 안에서는 대답이 없었다. 앞선 여관들도 다 이런 식이었다. 사실 지금까지 지나쳐 온 대부분의 가게와 집들이 그랬다. 희미하게나마 불이 밝혀져 있고 집 안에 사람이 돌아다니는 기척이 있었다.

그런데 다들 문과 창을 꽁꽁 걸어 잠그고 바깥을 내다보지 않았다. 마치 약속이라도 한 듯이. 녹산이 두어 번 더 문을 두드렸다. 소흔은 불안함에 입술을 잘근잘근 깨물다가 문득 자신을 바라보는 시선을 느끼고는 그쪽으로 고개를 돌렸다.

문 옆에 손바닥만 한 창이 하나 있었다. 그 창을 통해 시퍼렇게 부릅뜬 눈이 그들을 내다보았다. 그 눈은 마치 대낮 번화가에서 있었던 기이한 경험을 떠올리게 했지만 소흔은 억지미소를 지었다. 안에 있는 사람의 경계심을 누그러뜨려야 했다.

끼이익 하고 문이 열렸다. 중년부인은 걸쇠를 풀지 않았다.

"이런 야밤에 어이해 돌아다니십니까?"

그리 늦은 시각이 아니란 사실은 굳이 언급할 필요가 없었다. 그 대신 소흔은 최대한 가련한 표정으로 그녀에게 호소했다.

"초행길이라 길이 익숙지 않다 보니 이렇게 되었어요. 혹시 방이 없는 건가요?"

"그건 아니지만……."

"부탁드릴게요. 저희 잘못도 있지만 그렇다고 밖에서 머물 순 없으니."

소흔은 중년부인의 굳건한 눈빛이 순간이나마 흔들리는 걸 포착했다. 조금 더 밀어붙여야 할 때였다. 소흔이 울상을 지으며 살짝 뒤를 넘겨다보았다.

"언니가 회임 중이에요. 이렇게 부탁드려요."

중년부인이 소흔을 따라 뒤쪽을 힐끗 쳐다보았다. 그녀의 눈이 바람이라도 불면 날아갈 듯 호리호리한 미요의 몸을 아래위로 훑었다. 소흔이 얼른 한마디 덧붙였다.

"워낙 몸이 약해서 걱정이에요."

소흔의 활약 덕택에 일행은 어렵사리 여관 안으로 발을 들일 수 있었다. 말과 마차를 옮기라는 중년부인의 지시가 떨어지자 아직 어린 티가 남아 있는 일꾼이 금방이라도 울 듯한 표정으로 여관을 나갔다.

중년부인이 숙박부를 꺼내 들었다. 소흔은 출신이 드러나는 성(姓) 대신 오늘 하루 동안 가장 많이 들었던 이(李) 씨라고 말했다. 방 값을 치르고 따끈한 차 한 잔을 대접받은 것까진 순조로웠다. 그런데 문제는 영 예상치 못한 데 있었다.

"저, 패(牌)가 두 개인데."

볼품없는 열쇠가 달린 패를 받아 든 소흔이 난색을 표했다. 네 명이 각방을 쓰리라 생각하고 있었는데 건네준 패가 둘뿐이니 당황할 만했다. 그래서 방 값이 그렇게 쌌던 건가. 소흔은 분위기에 눌려 제대로 이야기하지 못한 제 잘못이라 여기며 방 두 개를 더 달라고 말하려 했다.

"부부끼리 한 방을 써야지요."

"……네?"

"예?"

여기저기서 반문이 잇따랐다. 일행의 동요를 다른 의미로 해석한 중년부인이 짐짓 나무라는 시선으로 연청을 보았다. 하필 그가 미요의 바로 뒤에 서 있었다.

"한창때라 참기 힘들겠지만 그래도 제 아이를 가진 아내인데 각방을 쓰다니요. 사내가 그래선 안 됩니다. 몹쓸 일이지요."

어쩌다 보니 두 쌍의 젊은 부부로 잘못 이해한 모양이다. 그러나 중년부인의 오해를 바로잡기엔 그 말투와 표정이 너무도 단호

했다. 행여 부부가 아니라는 말을 꺼냈다간 당장에라도 싸늘한 밤거리로 내침을 당할 것 같아 일행은 그저 입을 다물고 말았다.

아니나 다를까, 중년부인은 직접 방을 안내하면서 제후국에선 남녀가 부끄러운 줄도 모르고 대낮에 손을 잡고 돌아다닌다고 들었다며 진저리를 쳤다.

"그들은 우릴 외곽지대라느니 뭐라니 하며 깔보지만 정작 흉한 쪽은 제후국이에요. 그렇지 않나요? 듣자 하니 몸종도 딸리지 않고 둘만 만나 여기저기 놀러 다니기도 한다죠? 아무리 세상이 요 모양이라지만 지켜야 할 법도가 있는데 낮부끄러운 줄 모르고 어찌!"

염치를 모르는 제후국에서 온 네 명의 손님은 저가 바로 그 제후국에서 왔다고 말하지 못하고 중년부인의 뒤만 따랐다. 결코 그녀의 심기를 거슬러선 안 될 분위기였다. 거센 험담과 달리 중년부인은 친절하게도 방 안까지 들어와 불을 밝히고 잠자리를 봐주었다.

"먹고 싶은 게 있으면 언제든 불러요. 밖에 나가 사올 순 없지만 있는 재료로 최대한 만들어줄 테니. 임부는 무조건 잘 먹어야 해."

중년부인은 세게 잡으면 톡 부러질 것 같은 미요의 손목이 안쓰러운지 한참 혀를 차다가 방을 나섰다. 그와 동시에 네 사람의 묘한 눈짓이 오갔다. 말은 하지 않았지만 자연스레 여자는 여자끼리, 남자는 남자끼리 방을 쓰려는 분위기가 형성되었다. 그 순간,

"무슨 문제라도?"

사라진 줄 알았던 중년부인이 끼어들었다. 먼 길을 왔으니 고단할 게 분명한데도 방 한가운데 말없이 서 있는 손님들이 이상한

모양이다. 그녀의 시선이 단출한 보퉁이에 닿았다. 여행자치고는 지나치게 단순한 여장이다.

"아, 아니에요. 이제 쉬려고요."

밝게 웃는 소흔을 녹산이 잡아끌었다. 그 역시 어설프게 웃는 표정이다. 얼떨결에 맞은편 방으로 들어가게 된 소흔은 문이 닫히고서야 상황이 어찌 돌아가는지 알아차렸다.

오늘 밤을 녹산과 한방에서 보내야 하는 것이다. 제후국에 대한 중년부인의 말이 틀린 건 아니지만 아직 완전히 친해지지도 않은 사내와 밤을 보내는 건 몹시 난감한 일이었다. 소흔의 불편함을 눈치챘는지 녹산이 거듭 미안하다고 하였다.

"미요님은 왠지 모셔야 할 분위기라. 미안하다. 그래도 소흔이 네가 편해서."

"언니는 오라버니보다 세 살 연하라 들었어요. 왜 말을 편히 하지 않는 거예요?"

풍국의 사자와 병사들처럼 깍듯하게 미요님이라 부르는 녹산을 일깨우자 그가 머쓱한 웃음을 지었다.

"풍후님의 질녀라며. 아무래도 그런 분들을 모시던 입장이라 함부로 할 수가 없구나."

녹산은 소흔에게 침상을 양보했다. 여관 일꾼이 날라다 준 따뜻한 물도 먼저 쓰길 권했다. 같이 보내는 시간이 길어질수록 소흔은 그의 됨됨이에 반했다. 옷을 편히 갈아입으라며 그가 잠시 자리를 비웠을 때, 누군가 방문을 두드렸다. 문을 열자 난처한 얼굴의 미요가 서 있었다.

"미요 언니?"

미요는 어렵사리 입을 열었다. 그녀가 누군가에게 부탁을 하는 건 처음이 아닐까 싶었다.

"그냥 우리끼리 방을 쓰면 안 되니?"

소흔이 대답하길 주저했다.

"저야 그리고 싶지만……."

두 사람은 기이한 감각에 이끌려 복도의 한 지점을 쳐다보았다. 나무 계단참 사이로 한 쌍의 눈이 그들을 지켜보고 있었다. 아까는 미요의 회임을 믿는 것 같더니 중년부인은 여전히 뭔가 꺼림칙한 모양이었다. 하긴 일행의 연기가 어설프긴 했다.

"그럼…… 하다못해 방이라도 바꿔줄 순 없을까?"

미요가 파르르 떨었다.

"난 도저히, 도저히 저 인간과 같이 지내지 못할 것 같아."

저라고 저 주정뱅이가 좋겠어요? 소흔은 이렇게 되묻고 싶은 심정을 억누르고 재차 고민했다. 세 자매 중 막내로 살아온 십구 년의 경험을 돌이켜 봤을 때 그 어떤 상황에서든 여인의 원망을 사선 안 된다는 교훈을 얻었다.

미요는 왠지 모셔야 할 분위기라 편히 대할 수가 없다는 녹산의 말이 소흔의 머릿속에서 사르르 사라지는 순간이었다. 소흔이 가까스로 미소를 지어 보였다.

"들어오세요, 언니."

❖ ❖ ❖

서생은 깊은 한숨을 내쉬며 책을 내려놓았다. 잡념을 떨쳐 내고자 머리를 내저었으나 가슴속 답답함은 여전했다. 창을 열고 하늘을 바라보았다. 차라리 선명한 달이 떠 있다면 그를 벗 삼아 술잔이라도 기울이겠거늘 어둠이 내린 하늘엔 뿌연 달무리가 끼어 있었다. 스산한 가을밤, 늘어진 이파리들이 바람결에 스스스 소리를 냈다.

　등롱을 찾아 든 서생은 결국 대문을 나섰다.

　심란한 밤에는 홀로 거니는 산책보다 나은 것이 없었다. 축축한 안개를 헤치며 걷다 보니 마음이 한결 가라앉았다. 도중에 순찰원을 만나 어서 귀가하라는 타박을 들었지만 서생은 좀 더 걷기로 했다. 인적 드문 밤거리가 온전히 제 것 같았다.

　"이런, 어느새 예까지 왔군."

　정신을 차리니 호숫가였다. 호수는 낮과 밤의 분위기가 달랐다. 갑자기 안개가 짙어진 느낌이 들어 서생은 덜컥 겁이 났다. 돌아가기로 마음먹고 몸을 틀어 열 발짝쯤 떼었을 무렵, 반대편에서 인기척이 있었다.

　서생은 저도 모르게 꿀꺽 침을 삼켰다. 입안이 말라서 제대로 삼켜지지가 않았다.

　내가 왜 예까지 왔던가. 평소라면 이쪽이 아니라 시장 쪽으로 가지 않았던가. 뒤늦은 후회를 삼키며 서생은 약간 길을 비킨 채 걸음을 재촉했다.

　달칵달칵.

　비가 오는 날도 아닌데 목혜(木鞋) 소리가 들렸다. 소리는 점점 가까워져 서생의 등에서 식은땀이 흘러내리게끔 만들었다. 서생은 점점 더 길을 비켜 걸었다. 계속 옆으로 가다 보면 호숫가를 둘러싼 가게와 서원 돌담이 나올 것이라 생각했다. 벽을 따라 걷는 편이 좋으리라. 이제 안개는 짙어질 대로 짙어져 앞이 거의 보이지 않았다.

"어이쿠!"

발 앞으로 무언가 홱 지나갔다. 서생이 놀라 등롱을 놓쳤다. 바닥에 떨어진 등롱의 불이 훅 꺼지고 말았다. 서생은 얼른 손을 더듬어 등롱을 집으려 했다. 그런데 그보다 먼저 등롱을 집는 손길이 있었다.

"받으시지요."

안개 자욱한 어둠 속에서 홀연히 나타난 미인이 서생을 향해 수줍게 눈짓했다. 서생은 얼떨결에 그것을 받아 들고 고개를 주억거렸다.

"고맙소. 이거 참으로 실례했소이다."

"불씨를 나눠 드릴까요?"

그러고 보니 미인도 등롱을 들고 있었다. 정확하게 말하면 미인의 뒤를 따르고 있는 시녀가 들고 있었다. 어차피 집까지 돌아가려면 등불이 필요했다. 서생은 그저 고맙게 호의를 받아들였다.

"그렇다면 염치불구하고 좀 나눠 받겠소."

양갓집 규수로 보이는 여인. 대낮이라면 감히 말도 붙이지 못하겠으나 어둡고 스산한 분위기가 서생의 이성을 흐려놓았다. 단둘이 있는 것도 아니고 중간 역할의 시녀도 끼어 있으니 큰 문제는 되지 않으리라. 서생이 제 등롱을 내밀었다.

시녀가 앞으로 나섰다. 아름다운 붉은 모란 문양이 새겨진 등롱이 아련히 빛났다.

❖ ❖ ❖

─관 뚜껑이 열리고 부려경이 몸을 일으켰다. 그녀는 원망 어린 눈으로 교생을 바라보다가 그의 옷깃을 움켜잡았다.

"전 당신과 헤어질 수 없어요."

여자의 힘이라고는 믿을 수 없을 만큼 강하게 교생을 관 안으로 끌어들였다. 뚜껑이 닫혔다. 갑자기 관 안에서 끔찍한 비명 소리가 울려 퍼졌다. 얼마 후, 관 뚜껑 사이로 새빨간 피가 서서히 스며 나오기 시작했다.

─구우(瞿佑)의 '모란등기(牡丹燈記)' 중 발췌.

연청은 긴 의자에 비스듬히 기대앉아 낡은 책장을 넘기다가 소흔이 들어오는 것을 지켜보았다. 가급적 그와 눈을 마주치지 않으려던 그녀는 그의 손에 들린 책을 보고 놀란 표정을 지었다. 그래, 술독에 빠진 놈이 독서하는 모습을 봤으니 놀랄 만도 하지. 그가 속으로 피식 웃었다. 누가 보면 귀왕의 궁전에 들어온 줄 알겠군.

한동안 제 자리를 찾지 못하고 문 앞에 오도카니 서 있던 소흔이 발소리를 죽여 움직였다. 그녀가 빈 의자에 보퉁이를 내려놓고, 수건으로 젖은 머리카락을 두드려 말리고, 차를 한 잔 따라 마시기까지 말 한마디 없던 연청이 입을 열었다.

"의막약신(衣莫若新) 인막약고(衣莫若新)라."

소흔이 멈칫했다. 넉넉한 온천 여관 주인의 딸이라도 읽고 쓰고 셈하는 것만 배울 뿐이지 시나 악기는 익히지 않는다. 무용이니 음률이니 하는 것은 같은 관리 가문으로 시집가는 규수들이나 교양 삼아 공부하는 것이다.

그에 비하면 연청은 운이 좋았다. 넓게 보면 그 역시 장사꾼의 아들이나 일과 관련하여 저택을 찾는 손님들 대다수가 높은 분들이라 그들과 대화가 통해야 하기에 연청 형제는 좋은 선생 밑에서 학문을 익힐 수 있었다.

"옷은 새 것이 좋고, 사람은 옛 사람이 좋다더니."

친절이라고만 볼 순 없는 역해(譯解)가 뒤따랐다. 이쯤에서 소흔의 눈이 날카롭게 빛났다. 격조 있는 시구를 읊지는 못하지만 눈치 하나 홍안 제일인 그녀. 역해를 듣자마자 연청이 어떤 뜻으로 그 말을 했는지 감이 왔다.

"맞는 말이네요."

나라고 네가 맘에 들겠느냐는 반격에 연청이 말했다.

"……네가 의자에서 자도록."

"그런……."

"그것보다 저쪽 방에는 부적이 없던가?"

모든 것을 양보해 준 녹산의 배려에 대해 읊으려는 순간 연청이 영 엉뚱한 말을 하였다. 소흔이 아무 말도 못 들은 척 넘어가려 하자 그가 고개를 들었다. 눈빛이 가을밤처럼 서늘했다. 술에 취하

지 않은 그 모습은 사신관에서도 한 번 본 적이 있는 것이다. 당혹
스럽게도 그녀의 가슴이 순간 두근거렸다.

"부적이요?"

"저기, 창문 고리마다 붙은 저것."

방에는 두 개의 큰 여닫이창과 한 개의 작은 창이 있었는데 가
까이 다가가 보니 과연 문고리마다 사람 엄지만 한 크기의 부적이
붙어 있었다. 자세히 살피자 항상 붙어 있는 게 아니라 뗐다 붙였
다 할 수 있는 식인 듯 보였다.

왜 여기에 이런 걸 붙여놓았지? 혼자 속으로 생각한 줄만 알았
는데 저도 모르게 입 밖으로 소리를 낸 모양이다.

"아무것도 모르고 해맑기만 한 줄 알았는데 그건 아닌가 보군."

연청이 슬쩍 눈길을 주었다.

"그러니까 왜 '거기'에 부적을 붙였냐고."

그가 책장을 덮고 일어섰다.

"부적은 악귀를 쫓기 위한 것. 보통…… 대문 밖에 붙이지 않던
가?"

비로소 연청이 말하는 바를 알아들은 소흔은 뒷목이 선득해지
는 기분이다. 그렇다. 몸에 지니는 것이 아니라면 보통 부적은 대
문 밖, 또는 문 위에다 붙여둔다. 바깥의 악귀가 집 안으로 흘러들
어 오는 것을 막고자 하기 때문이다. 그런데 이곳은 작은 부적을
방 안쪽에다 붙여놓았다. 그것도 문고리에다가.

"아마 열지 말라는 뜻이겠지."

연청이 특유의 느긋한 걸음걸이로 다가왔다. 옆에 나란히 서자

소흔은 간신히 그의 어깨에 닿는 정도가 되었다. 그가 손가락을 들어 문고리에 붙어 있는 부적을 느릿하게 쓸었다. 풀을 바른 부분이 스르르 젖어들었다.

"대체 무엇이 두려워서? 바깥의 것이? 아니면⋯⋯."

미처 말릴 새도 없이 그가 창문을 활짝 열었다. 축축한 안개를 품은 찬 공기가 방 안으로 훅 들어왔다.

"안에 있는 사람이?"

소흔이 한동안 그에게서 시선을 떼지 못하다가 창밖으로 몸을 내밀었다. 차가운 밤공기가 상쾌했다. 성 전체가 안개에 잠긴 듯한 분위기도 은근히 아름다웠다. 여관에 들어선 이후 안의 공기가 탁한 느낌이 없지 않았는데 크게 숨을 들이마시니 이제야 숨통이 트이는 기분이다.

"확실히⋯⋯ 아까 바깥에서 전 무서웠어요."

큰 소리로 딱따기를 치며 돌아다녀야 할 순찰원들이 마치 누군가에게 들킬세라 마음 졸이는 좀도둑처럼 지나가는 모습을 보며 소흔이 나직하게 말했다.

"처음엔 얼른 안으로 들어가고만 싶었죠. 이곳의 낮과 밤이 너무나 달랐으니까요. 금방이라도 악귀가 튀어나올 듯 스산한 분위기에 눌려 급하게 문을 두드렸어요."

골목 끝으로 사라질 때까지 순찰원들은 소리 하나 내지 않았다.

"그런데 어느 순간부터 두려움의 대상이 묘하게 기울었어요. 이쪽으로. 우리에게 무슨 일이 일어나도 절대 반응하지 않을 것 같은, 철통같은 문 너머의 사람들에게."

소흔의 표정이 흐려졌다. 무엇에 대해 생각하는지 고운 미간에 수심이 어렸다. 요 이틀 동안 그녀에게서 볼 수 없던 모습이다.

"왠지…… 이상한 것투성이네요."

하지만 정말 이상한 일은 이 말이 끝난 직후에 일어났다. 그야말로 상상도 하지 못한 일이었다. 창가에 기대어 바깥을 내다보던 연청이 돌연 그녀를 끌어당긴 것이다. 무슨 일이 일어났는지 자각할 틈도 없이 소흔은 그의 품에 안겼다.

그리고 바로 그다음 순간, 연청의 입술이 그녀에게 닿았다.

❖ ❖ ❖

흔히들 술을 좋아한다고 하면 여럿이 어울려 와자지껄하게 노는 것을 좋아한다고 착각한다. 완곡하게 표현하면 풍류를 즐긴다는 정도. 실제로 연청이 봐온 자들 중에서 그런 이가 대부분이긴 했다.

마실 때마다 새로운 맛이 느껴진다는 백미도화주(百味桃花酒)! 아무리 마셔도 다음날 숙취가 없다는 명량주(明亮酒)! 이 모든 게 자네 집안에서 나온 보물이 아닌가? 아하하하! 자네라면 두 손 들고 환영이네!

그들은 연청이 가지고 온 술을 퍼마시며 요염한 기녀를 끼고 노래를 불렀다. 그런 자리의 끝은 언제나 지저분해서 한 기녀를 놓고 시비가 붙기도 하고, 얇은 휘장을 사이에 두고 질펀한 방사(房事)를 벌이기도 했다.

처음엔 저를 환영해 주는 자리가 신기했지만 애초에 사람들과의 교류가 제게 맞지 않는 연청이었다. 술 자체를 좋아하는 그로서는 점점 이런 자리가 불쾌하게 느껴졌다. 겨우 열일고여덟의 나이에 연청은 딱히 빠진 적도 없는 유흥을 멀리하게 되었다. 홀로 마시는 술이 가장 속편했다. 이따금 쓸쓸함을 느낄 때도 있었지만 이는 오래가지 않았다.

당연하게도 그는 이제껏 살아오면서 여인에게 관심을 느낀 적이 단 한 번도 없었다. 아니, 애당초 수연청은 조금이라도 여인에 대해 알고 싶다고 느낀 적이 없었던 것이다.

그런데 그랬던 자신이 충동적으로 입을 맞췄다. 그것도 저가 평소 질색하는 유형인 소흔에게. 입을 맞추기 위해 그녀를 끌어당기면서도 연청은 스스로가 낯설고 우스웠다. 대체 왜 이러는 거냐. 어제부터 줄곧 이 녀석을 싫어했으면서.

말캉한 입술을 빨아들이며 그는 스스로 답을 찾았다. 내가 이리 하는 까닭은 '햇살아가씨'의 참견을 미리 막고자 함이다. 어리석은 믿음에 빠져 협동심이 어쩌고 하며 사사건건 간섭할 것을 막기 위함이다. 이유야 어쨌든 입을 맞춘 사내 앞에서 함부로 굴진 않겠지.

단지 그 이유뿐이라기엔 빈틈이 많은 답이었으나 연청은 그 정도에서 생각을 멈추고 부드러운 입술에 집중했다. 이러한 경험이 없는 것은 일말의 방해도 되지 않았다. 빠져나가지 못하도록 단단한 두 팔로 결박한 채 소흔의 숨결을 들이마셨다. 그녀에게는 방금 전 마신 향긋한 차의 여운이 남아 있었다.

멍하니 벌려진 입술을 헤집고 혀를 밀어 넣는 것은 그 무엇보다

쉬웠다. 반쯤 장난으로 시작한 입맞춤이 점점 열기를 더해갔다. 가만히 잠자고 있는 소흔의 혀를 낚아채 진득하게 쓸어 올리자 엷은 신음 소리가 흘러나왔다.

서서히 이성이 돌아오는 듯 그녀가 바르작댔다. 그러나 연청은 개의치 않고 더욱 거칠게 혀를 놀렸다. 난생처음 느끼는 아찔한 쾌감이 등줄기를 타고 달렸다. 빨아들이고 핥고 깨물기를 거듭하다 보니 입맞춤은 어느새 단순한 입맞춤 이상의 음란함을 띠게 되었다.

그가 입술을 떼자 소흔의 가슴이 크게 들썩였다. 가쁜 호흡을 고르는 촉촉하게 젖은 도톰한 입술이 연청의 눈에 들어왔다. 그는 내심 아쉬운 입맛을 다셨다.

반 시진은 더할 수 있을 것 같았다.

소흔이 이해할 수 없다는 눈으로 그를 쳐다보았다. 해명을 요구하는 눈치였으나 직접 대놓고 묻지는 않아서 연청은 벌써부터 입맞춤의 효력이 발(發)하는 것이라 여겼다.

자신이 입을 맞춘 이유를 알려줄 생각 따윈 없었다. 그래서 연청은 소흔을 향해 놀리는 듯한 미소를 지어 보인 뒤 잘 자라고 말했다. 그러고는 아무 일도 없었다는 듯 침상에 가 누웠다.

술에 취하지 않고도 그토록 단잠을 잔 것이 처음이었다.

소흔은 잠을 제대로 자지 못해 멍한 정신으로 아침상을 받았다. 고소한 쌀죽에 맛깔스런 찬이 여럿 나왔지만 입맛이 동하질 않았다. 온몸이 물 먹은 솜처럼 무거워 사실 의자에 앉아 있는 것조차 버거웠다.

온천장에서 몸이 부서져라 일할 때도 이만큼 힘들지는 않았었다. 슬쩍 앞자리에 눈길을 주니 꾸역꾸역 쌀죽을 삼키는 녹산이 보인다. 왠지 모르게 눈 밑에 그늘이 짙어진 것 같다.

지난밤은 소흔에게 있어 고역이었다. 불편한 잠자리는 문제가 아니었다. 대체 왜 수연청은 그런 행동을 한 걸까? 아무리 생각해봐도 이유를 알 수가 없다. 묻는다고 속 시원한 답을 해줄 것 같지도 않았고, 저가 먼저 묻기도 싫었다. 어젯밤을 기점으로 야무지고 싹싹한 염소흔은 모습을 감춘 듯해서 기분마저 좋지 않았다.

"소흔아, 어디 아프기라도 한 거냐?"

"네?"

그릇을 비운 녹산이 걱정스런 눈으로 그녀를 쳐다보았다.

"아까 전부터 먹는 게 시원찮은데. 영 기운도 없고."

서늘한 손이 이마에 닿았다가 이내 뺨으로 내려갔다. 소흔에겐 오라버니나 다름없는 작은형부가 그녀의 열을 잴 때 이렇게 하곤 했다. 순간 편안한 느낌에 소흔이 무거운 눈을 감으며 한숨을 내쉬었다. 녹산의 목소리에 걱정이 더해졌다.

"열은 없는데……."

"아무래도 잠자리가 불편했지?"

미요가 미안함을 담아 말했다. 거기엔 분명히 잠자리가 불편했을 거라는 그녀만의 확신이 있었다. 소흔이 힘겹게 눈을 떴다. 녹산에게 양보받은 침상에서 달게 잤을 미요는 오늘따라 더욱 고와

보였다.

"몸이 안 좋으면 내일 떠나자. 여관을 바꾸면 우리 둘이 방을 쓸 수 있을 거야."

그 어떤 말도 귀에 들어오질 않았다. 소흔은 대충 고개를 끄덕이고는 물을 마셨다. 그때 여관 안으로 급하게 달려들어 온 여인이 누군가를 찾는 듯 두리번거리다가 중년부인을 발견하고는 냉큼 그이의 손을 잡았다.

무슨 이야기가 오갔는지 중년부인의 안색이 대번에 창백해졌다. 여인은 들어올 때와 마찬가지로 급히 나갔다. 못 들을 것을 듣기라도 한 양 중년부인이 부엌에서 소금 한 줌을 들고 나와 문밖에다 뿌렸다.

그러고는 울상을 지은 채 주위를 둘러보았다. 꼭 누군가의 도움을 바라는 것 같았다. 중년부인의 눈이 소흔과 마주쳤다. 그녀가 두어 걸음 다가오다가 흠칫 멈춰 섰다.

"무슨 일인가요, 아주머니?"

소흔이 말을 건넴과 동시에 연청이 눈가를 문지르더니 가죽 주머니를 꺼냈다. 달콤한 주향이 공기 중에 퍼져 나갔다. 빌어먹을 참견은 이제 좀 그만두라느니 하는 소리가 들린 것 같았지만 소흔은 이를 무시했다. 중년부인은 어젯밤과 달리 경계심을 완전히 풀고 다가왔다.

"원래 외지인에겐 쉬쉬하는 일인데 말이지요."

그럼에도 이렇게 말하고 싶어 하는 데는 뭔가 사정이 있게 마련이다. 소흔은 온천장에서 숱한 손님들의 이야기 상대를 자처했던 경험을 떠올리며 상대의 말문을 틔워주었다.

"저희 동네에선 무섭거나 찜찜한 일은 오히려 더 퍼뜨리기도 하는걸요. 남의 입을 타고 전해질수록 그 힘이 옅어진다나."

눈 하나 깜짝 않고 거짓말을 술술 해대는 소흔이다. 전혀 생소한 이야기에 미요와 녹산이 고개를 갸웃했으나 중년부인에게는 확실히 먹혀들어 간 듯 그 말도 일리가 있다며 거듭 자신을 다잡은 중년부인이 이내 입을 열었다.

"어제 밤늦게 도착하였으면 호수 근처엔 가보지 못했겠군요?"

"녹산……."

무의식중에 오라버니라고 칭하려던 소흔이 얼른 고쳐 말했다.

"형부와 여기……."

아침부터 술을 들이켜는 연청을 눈짓했다.

"제 남편이 다녀왔어요."

"밤에요? 밤에 거길 다녀왔다고요?"

중년부인의 목소리가 뒤집어졌다. 별것도 아닌 일에 상대방이 너무 놀라자 소흔은 다소 당황했다.

"아, 다행히 저녁이었어요."

"안 돼요, 안 돼. 저녁도 위험해요. 남자분들은 그쪽으로 발길도 해선 안 돼."

중년부인이 깊은 한숨을 내쉬더니 말을 이었다.

"우리 녹주성은 사슴뿔을 닮은 호수로 유명하지요. 낮엔 괜찮아요. 얼마든지 돌아다녀도 문제없어요. 하지만 밤에는 그쪽으로 가면 안 됩니다. 아까 내게 소식을 전해준 이는 호수 근처에서 장사를 하는 사람인데, 오늘 아침 호심사(湖心寺)에 새로운 손도장이 발견되었다고 전해준 거예요."

"손도장이요?"

"예, 피로 찍은 손도장. 그 손바닥 주인이 누군지 몰라도 사흘 안에 피골이 상접하여 말라 죽은 채 발견될 겁니다."

중년부인의 말을 정리하면 이러했다. 호수 서쪽으로 한참을 가면 아무도 발길하지 않는 버려진 절이 나오는데 그 이름이 호심사다. 시작은 십수 년 전으로 거슬러 올라간다.

소나기를 피하려다가 어쩔 수 없이 그 절로 들어간 장사꾼들이 기겁을 하며 뛰쳐나왔다. 절의 회색 벽에 시커멓게 변색된 손도장이 두 개 찍혀 있고 그 아래에 나뭇가지처럼 말라붙은 시체가 두 구 발견된 것이다.

도저히 얼굴을 판별할 수가 없어 옷과 소지품으로 수소문하였더니 한 사람은 넉 달 전 실종된 병사이고, 다른 사람은 닷새 전만 해도 친우들과 들놀이를 나갔던 서생이었다.

이에 사람들은 공포에 질렸다. 넉 달 전에 죽은 자는 그렇다손 치더라도 어떻게 닷새 전에 멀쩡하던 사람이 단 며칠 동안 이리 변하는가. 이는 필시 귀의 짓이라고 결론을 내린 뒤 그 근처로는 더욱 걸음을 삼갔다. 그리고 반년 뒤에 또 다른 시체가 절에서 발견되었다. 으스스한 손도장 역시 남아 있었다.

다섯 번째 시체가 발견될 무렵 사람들은 손도장이 먼저고, 시체는 그 이후에 나타난다는 것을 알게 되었다. 젊은 사내만을 노린다는 것도 밝혀졌다. 자연히 귀는 사내의 정기를 앗아가는 요귀로 명명되었다. 어떤 사람들은 귀녀라 부르기도 했다.

"이리 말씀드리는 것은 다름이 아니라 아까 그이의 조카사위 될 사람이……. 휴, 원래 그런 사람이 아닌데 모든 약속을 일방적으로 취소하고 드러누워 잠만 잔답니다."

소흔이 고개를 갸웃거렸다.

"몹시 피곤했나 보죠. 그럴 수도 있지 않나요?"

"문제는 건강했던 사람이 하루 만에 안색이 어두워졌다는 거예요. 그냥 몸이 불편해 보이는 것도 아니고 아주 그냥 곧 죽을 사람처럼 볼이 푹 꺼지고 눈 밑이 퀭하더랍니다."

중년부인이 두려운 듯 가슴에 두 손을 꼭 모으고 말했다.

"귀녀에 홀린 걸 거예요, 아마도."

이렇게까지 말했는데도 소흔 일행에게서 아무 반응이 없자 중년부인은 새삼 안달이 났다. 그녀는 어젯밤 본의 아니게 손님들이 무기를 가지고 있는 것을 보았다며 무술에 능하지 않느냐고 다그쳐 물었다.

소흔이 그럼 우리가 어찌하면 좋겠느냐고 묻는 순간 연청이 한숨을 내쉬었다. 그가 또다시 나직하게 중얼거렸다. 더 했어야 했다느니 어쩌니 한 것 같은데 정확히 무슨 말을 한 건지는 들리지 않았다.

"사실 여러분이 제후국의 사신이라는 것도 들었어요."

네 사람의 몸이 일시에 굳었다.

"제후국에선 사신들에게 귀를 물리치는 법도 가르쳐 준다지요? 부탁이니 제발 우릴 좀 도와주세요."

먼저 말을 걸었던 소흔도 난감해하는 와중에 전혀 예상치 못한 곳에서 대답이 나왔다. 가만히 듣던 미요가 흔쾌히 수락한 것이다. 악귀라면 모조리 물리치겠다는 결연한 눈빛으로 그녀가 고개를 끄덕였다. 갑자기 녹산이 머리를 부여잡더니 냉수를 들이켰다.

❖ ❖ ❖

미요는 불과 다섯 살의 나이에 풍후(風侯)의 성에 들어가 재능을 인정받았다. 본래 아담한 부채 가게의 외동딸이었던 그녀는 그날로 제후의 동생이자 대장군을 겸하는 자의 양녀로 입적했다.

양부는 친자식들보다도 그녀에게 더 신경을 썼다. 그는 작게는 풍국, 크게는 대륙 전체가 그녀의 손에 달려 있다고 거듭 강조했다. 훌륭한 스승이 일곱 명이나 붙어서 그녀를 가르쳤다. 한마디로 미요의 삶은 오로지 귀왕을 처단하기 위한 삶이라 해도 과언이 아니었다.

귀왕을 처단한다. 귀로부터 사람을 지킨다. 미요는 그렇게 마음을 다잡으며 대낮인데도 어쩐지 음산한 분위기가 감도는 호심사를 바라보았다. 정말이지 조금도 두렵지 않았다. 이런 일을 위해 오래도록 훈련을 해온 것이다. 악귀를 물리친다면 좋은 경험이 되리라고 생각했다.

"겉보기엔 그냥 버려진 절 같은데요."

그녀를 따라나선 소흔이 첫 감상을 말했다. 미요는 소흔의 말에 고개를 끄덕이고는 절 안으로 들어갔다. 애초에 작은 건물 세 채로 이루어진 절이라 샅샅이 수색하고 할 것도 없었다. 들어가자마자 왼쪽 회벽이 눈에 들어왔다.

제각기 다른 크기와 모양의 손도장. 어두운 갈색으로 변색된 손바닥들이 마치 살려달라고 벽을 두드리다가 죽은 이들을 연상시켜서 소흔은 더욱 오싹해졌다.

"도합…… 서른 개구나."

눈으로 셈을 마친 미요가 조용히 중얼거렸다. 소흔은 앞선 서른 개의 손바닥도 섬뜩하지만 그 아래로 텅 비어 있는 회벽 또한 만만치 않게 무섭다고 생각했다. 아직 이만큼이나 남아 있다는 뜻 같아서. 회벽 앞에서 떠나지 못하던 소흔은 미요의 부름에 달려갔다.

"언니!"

"석관이야."

미요가 찾아낸 것은 오래된 석관이었다. 이는 별로 이상한 일이 아니었다. 제후국만 해도 많은 사람들이 일정의 사례를 하고 가족과 친지의 시신을 절에 맡기지 않던가. 외곽지대도 비슷한 것이리라.

아무도 찾지 않는 절에 방치된 점이 안쓰럽긴 하나 이 또한 드문 일은 아니었다. 그러나 두 사람은 주변을 꼼꼼히 살핀 끝에 단상 아래 숨겨진 위패와 종이 인형을 찾아냈다. 위패에는 장여경(張如慶)이라 새겨져 있었는데, 아무래도 그이가 석관의 주인인 듯했다. 낡은 종이 인형의 가슴에는 금화(金花)라고 붉은 글씨가 쓰여 있었다.

두 사람은 호심사를 나와 번화가를 돌아다니며 장여경과 금화에 대해 물었으나 어찌 된 일인지 아무도 그들을 아는 자가 없었다. 나이나 생김새에 관한 정보가 전무했기에 소흔과 미요의 탐문도 그쯤에서 일단락되었다.

호수 근처 마당 넓은 집을 빌린 후 잠시 한숨 돌리고 있자니 마차 소리가 들렸다. 녹산이 마부석에서 뛰어내렸다. 인상이 굳을 대로 굳은 연청이 귀녀에게 홀렸다던 서생을 들쳐 업고 내렸다. 아무리 깊이 잠들었다 하나 연청이 그를 너무 함부로 다루는 것 같아서 여자들은 내심 걱정이 되었다.

서생을 안방의 침상 위에 내동댕이친 연청이 흘러내린 머리카락을 훅 불어 올렸다. 원래도 단정치 못한 옷매무새가 더욱 흐트러졌다. 가슴팍이 반쯤 드러났는데도 이를 두고 뭐라 하는 사람이 아무도 없었다. 눈 둘 데를 몰라 난처한 사람은 소흔뿐인 것 같았다.

"사오라고 한 건?"

"여기 있습니다. 밧줄은 주인아주머니께서 빌려주시더군요."

녹산이 튼실한 밧줄과 괴황지(槐黃紙), 경면주사(鏡面朱砂), 족제비털로 만든 붓 등을 건넸다. 미요가 이것을 받아 다른 방으로 들어갔다. 조용히 부적을 쓰기 위함이었다. 소흔은 미요가 돌아오길 기다리면서 연청을 의식하지 않으려고 애를 썼다.

"너로 모자라 풍미요까지 동네를 들쑤시고 다니는군."

하지만 소흔의 그러한 노력은,

"지치지도 않나?"

여지없이 무너졌다.

괜히 침상에 쓰러진 서생을 툭 건드린 연청이 냉소적인 말을 늘어놓았다.

"어차피 인간은 언젠가 죽는 것을. 좀 일찍 간다고 뭘 그리 호들갑인지."

"때가 되어 죽는 게 아니라잖아요. 벌써 스물아홉이나 악귀에게 당했다구요."

"그 또한 제 운명이라면."

도무지 동의할 수 없는 말에 소흔이 인상을 썼다. 뭐, 햇살아가씨? 생각 없이 방글방글 웃으면서 아무 자리에나 끼어든다고? 내가 햇살아가씨면 당신은 늙은 용이야. 소흔은 이것도 싫다, 저것도 싫다, 주인공이 머리를 쥐어짜 내 제안할 때마다 코웃음을 치며 거절하는 화국 설화 속의 늙은 용을 떠올렸다. 모든 일에 냉소적이고 비관적인 수연청은 딱 그 늙은 용을 닮았다.

"매사 그렇게 삐딱하기도 쉽지 않은데, 어쩌다 그리된 거예요?"

"너도 머지않았어."

"제가 그쪽처럼 될 일은 없으니 괜한 걱정 마시죠."

"걱정한 건 아닌데."

연청이 눈으로 소흔의 아래위를 슥 훑었다.

"경고지. 예언이랄 수도 있고, 미리 알려준다는 점에선 배려일 수도."

"배려요?"

당치 않는 소리에 소흔이 황당함을 감추지 못했다. 연청은 저가 뭐 틀린 말을 했느냐는 얼굴로 허리까지 길게 늘어진 소흔의 머리칼을 한 줌 잡아 손안에서 문질렀다. 너무도 친밀한 행동을 아무렇지도 않게 했다.

"네 말간 바보짓도 곧 끝이라니 좀 아쉽긴 하군."

둘만 있는 자리가 아니다. 다른 사람이 있음을 환기시키기 위해 소흔은 있는 힘껏 녹산을 불렀지만 한눈에도 그의 상태는 좋지 않아 보였다. 어느새 의자에 앉아 반쯤 졸던 그가 예의상 한마디 거들었다.

"형님, 적당히 놀리시지요. 소흔이는 순진해서…….."

뭔가 말이 더 이어질 것 같다가 끊겼다. 녹산은 다시 수마(睡魔) 속으로 빠져들었다. 그를 쳐다보던 연청의 눈이 불길하게 번득였다. 아주 낮게 가라앉은 목소리가 소흔을 일깨웠다.

"순진하다……. 어제 보니 꼭 그렇지만도 않던데."

소흔의 뺨이 순식간에 달아올랐다. 녹산의 말은 틀렸다. 이것은 놀림이 아니다. 이를 두고 놀린다는 귀여운 표현을 써서는 안 된다. 연청의 태도는 명백한 희롱이었다. 그것도 아주 질이 나쁜.

횡! 순식간에 도(刀)를 빼 든 소흔이 연청의 어깨를 힘껏 내려쳤다. 탁! 저항감이 느껴졌다. 도가 허공에서 더는 내려가지 않았다. 연청이 맨손으로 도를 잡아 버티고 있는 것이다. 그의 손바닥 주위로 은은한 푸른 기운이 감돌았다.

"비겁하게. 신력으로 무기를 막아?"

"비무장의 사람을 시퍼런 도로 내려치는 건 괜찮고?"

"언젠가 불화살로 그 입을 꿰뚫어주겠어."

연청이 픽 웃었다. 내리꽂고자 하는 소흔의 힘과 이를 버티는 연청의 힘은 그야말로 막상막하. 신력을 쓰지 않고도 이 정도라니. 연청은 문득 소흔이 불의 능력을 시전할 때 어떤 모습일지가 궁금해졌다.

"개인적으로 내 입에 들어오는 건 다른 것이었으면 좋겠는데."

안 그래도 발그레하던 소흔의 얼굴이 더 붉어졌다.

"이, 이, 이…… 저질, 망나니, 개차반."

"다 됐어요."

완성된 부적을 들고 방으로 돌아온 미요는 나갈 때와 사뭇 다른 모습에 고개를 갸웃했다.

"소흔아, 무슨 일이니? 왜…… 도를 겨누고 있지?"

그녀의 시선이 의자에 앉은 채로 꾸벅꾸벅 졸고 있는 녹산에게 닿았다. 보기보다 체력이 부실한 모양이라 여기는 게 분명했다. 도를 거둬들인 소흔이 녹산에게 다가가 살며시 흔들어 깨웠다. 모두가 제자리로 돌아온 듯하자 미요가 부적을 들어 보였다.

"아까 미리 세어본 바에 따르면 대문을 제외하고 문이 네 개, 창이 열한 개예요. 바깥쪽에다가 꼼꼼히 붙이세요. 다시 말하지만 부적은 안으로 들어오는 걸 막을 뿐 악귀를 물리치는 효력은 없어요. 결국 귀를 소멸시키는 건 우리 몫이란 말이죠."

"공자를 나가지 못하게 결박하고 집까지 바꿨는데 귀녀가 여기까지 찾아올까요, 언니?"

미요의 눈이 가느다랗게 좁혀졌다.

"그것들은 한 번 문 인간을 놓치는 법이 없지."

미요는 장담했다. 귀녀는 반드시 올 거라고.

바로 오늘 밤에.

❖ ❖ ❖

집은 부엌을 제외하고 총 네 칸의 방으로 이루어져 있는데 모양이 'ㄱ'자를 닮았다. 그중에서도 미요는 방 하나를 거쳐야 다다를 수 있는 안쪽 방에 자리 잡고 앉았다. 그녀의 뒤로 침상이 자리했고, 그 위엔 무명천과 밧줄로 묶인 서생이 누워 있었다.

일부러 대문 밖에는 부적을 붙이지 않았다. 귀녀가 마당으로 들어서면 밖에서 붙여 이 안에 발을 묶고자 함이었다. 소흔과 연청, 녹산이 집 주변을 비롯하여 호수 근처를 돌면서 귀녀의 움직임을 살피기로 했다.

미요는 장지문 너머 아른아른 비치는 그림자를 보고 시각을 짐작했다. 밤은 깊어 시간은 어느새 축시(丑時:새벽 1시~3시)를 향하고 있었다. 물 한 모금 입에 대지 않고 정자세로 앉아 있는데 푹 잠들었던 서생이 돌연 두 눈을 번쩍 뜨며 왔다, 라고 말했다.

미요가 서생에게 다가가 제 이름을 밝히며 정혼녀의 고모 되시는 분께서 부탁하셨다고, 당신은 귀녀에게 홀려 죽게 생겼으나 제 후국에서 온 우리가 도와주겠다고 안심시켰다. 물그릇을 입에 대어주자 서생은 이를 벌컥벌컥 들이켰다. 냉수가 들어가니 비로소 정신이 드는지 그가 감사를 표하는 한편 두려워했다.

"이미 손도장이 찍혔습니까? 그런가요? 아아, 나와는 무관한 일인 줄 알았거늘."

두 사람의 대화가 끝나기 무섭게 저 멀리서 달칵달칵 목혜 소리가 들렸다.

달칵달칵.

달칵달칵.

뿌연 안개처럼 희미하던 소리는 점차 가까워져 이내 문밖에서 멈췄다. 당연하게도 중간에 대문이 여닫히는 소리는 들리지 않았다.

똑똑 하고 누군가 문을 두드렸다.

"공자님, 저예요."

아름답지만 어딘지 모르게 기묘한 여인의 음성이 들렸다.

"비단결보다 부드럽고 꿈결보다 아련하고 미인의 머릿결보다 향기로운 밤을 함께 보낸 제가 왔어요. 공자님, 부디 문을 열어주세요."

여인의 목소리는 생각보다 어리게 들렸다. 애타는 청원에 서생이 저도 모르게 몸을 들썩이자 미요가 손을 뻗어 지그시 눌렀다. 그녀는 잠자코 기다리라는 눈짓을 보냈다. 두 볼과 눈 밑이 푹 꺼진 서생은 그녀의 말에 따를 수밖에 없었다. 안에서 아무런 대답이 없으니 여인의 목소리가 더욱 애달파졌다.

"공자님, 그새 저를 잊으셨나요? 제발 저를 들여보내 주세요."

눈물이 더해진 듯 목소리에 울음기가 비쳤다. 여인은 다시 한 번 문을 두드렸다.

"공자님, 공자님, 절 버리시는 건가요? 부탁이니 문을 열어주세요."

미요가 힘을 실어 서생을 눌렀다. 그와 동시에 오른손을 허공에 뻗어 천천히 원을 그리니 버들개지 같은 손가락 사이사이로 투명한 형체가 잡혔다.

그것은 기다란 나뭇잎 같기도 하고 손잡이를 뽑아낸 비수 같기도 했다. 어찌 보면 초승달을 예리하게 베어낸 듯도 하였다. 서생은 생전 처음 보는 광경에 잠시나마 두려움을 잊었다. 그러다가 어느 순간, 더 이상 여인의 목소리가 들리지 않음을 깨달았다.

뚝 잘라낸 것 같은 기분 나쁜 적막함이 공기 중에 떠다녔다.

"저기, 풍 소저……."

돌아간 것이 아닐까 하여 서생이 조심스레 입을 뗀 순간 집 전체가 들썩이듯 쾅쾅쾅쾅 소리가 났다.

"열어어어어! 당장 열어어어어!"

유리를 긁는 것 같은 소리와 함께 온 집 안의 창과 문을 쿵쾅쿵쾅 두드렸다. 장지문 너머 들리는 소리로 가늠할 때, 여인은 믿기 힘든 속도로 집 주위를 돌며 모든 문을 거세게 두드리는 듯하였다.

"열어! 이따위 술수로 목숨을 구할 수 있을 것 같으냐? 당장 열어어어어!"

서생의 안색이 죽은 자만큼이나 창백해졌다. 반면 미요는 조금도 동요하지 않고 문을 바라보며 무영비수(無影匕首)를 겨누었다. 예상보다 강한 귀녀의 힘이 마음에 걸렸지만 이제 와서 돌이킬 수도 없는 노릇이다. 혼자였다면 차라리 안심하고 공격에 집중했을 텐데, 지켜야 할 사람이 곁에 있는 지금 새삼 동료들의 도움이 아쉬웠다.

덜컥. 집 안 전체가 또다시 조용해지더니 이번엔 바깥방 문이 크게 들썩였다. 덜컥덜컥. 애당초 문양을 짜 넣은 나무문에 얇은 장지를 덧발라 만든 문이었다. 문은 금방이라도 열릴 듯 위태롭게 덜컥거렸다.

미요가 호흡을 가다듬었다. 한 번 열리면 끝까지 치고 들어올 것이다. 덜컥! 끝내 첫 번째 문이 열린 순간, 갑작스레 귀녀의 비명이 울려 퍼졌다.

벌떡 일어선 미요는 장지문 너머 무서운 기세로 일렁이는 불꽃을 보았다.

❖ ❖ ❖

녹산은 혼자만의 시간을 반기며 어둠 속으로 사라졌다. 원래 담력이 큰 것인지 아니면 하루 종일 너무 졸린 나머지 감각이 무뎌진 것인지는 알 수 없었다. 솔직히 귀녀와의 대면이 겁난 소흔은 원래의 계획대로 혼자 나서지 못하다가 머뭇머뭇 연청이 가는 방향으로 걸음을 옮겼다.

혹시 트집을 잡으면 조금 있다가 방향을 틀 거라 반박할 셈이다. 그러나 연청은 뒤를 한 번 흘깃 보더니 가타부타 별말 않고 고개를 돌렸다. 술을 마시지 않았는데도 그의 걸음은 느릿느릿하니 평소와 같았다.

"옆에 오는 게 좋을 거다, 참견꾼."

멀찍이 앞서 있던 그가 말했다.

"귀는 낙오자 뒤에 잘 붙거든."

진위를 파악할 여유도 없이 당장에 소흔이 조르르 달려와 연청의 옆에 붙었다. 그러고는 뒤늦게야 자신의 행동이 머쓱했는지 조그맣게 중얼거렸다.

"참견꾼이니 뭐니 하면서도 신경 써주고. 뭐가 이리 제멋대로야."

혼자 구시렁거리는 모습이 귀여워 연청은 그만 웃음을 터뜨릴 뻔했다. 그리고 자신이 그런 생각을 했다는 것에 다소 놀랐다. 귀여워? 귀엽다고? 저 귀찮은 염소흔이? 그는 자조했다. 28년을 금욕 중이니 수연청 네 머리도 슬슬 미쳐 가나 보군.

"저기."

소흔이 애매한 호칭으로 그를 불렀다. 연청의 눈썹이 슬쩍 올라갔다.

"미요 언니, 녹산 오라버니, 잘도 살갑게 부르더니 왜 난 저기인 거지?"

딱히 할 말을 찾지 못한 소흔이 입을 오물거렸다.

"그러고 보니 넌 이제껏 내 이름을 한 번도 부르지 않았어."

아까 낮에만 해도 그쪽이라 부르지 않았던가. 곱씹을수록 왠지 괘씸하다. 이러한 생각은 점점 더 소흔을 괴롭히고자 하는 마음으로 변질되어서 그녀가 화를 내리라는 걸 알면서도 연청은 이렇게 말하였다.

"오라버니라 부르기도 싫고 이름을 입에 담기도 꺼림칙하다면……."

무슨 말을 하나 싶어 소흔이 귀를 기울였다.

"연랑(緣郞)이라 하든지."

이름 한 글자를 떼어 '사내 랑'을 붙이는, 연인들 사이에서나 달콤하게 부르는 호칭을 거론하자 소흔의 눈매가 사나워졌다. 도를 두고 나온 것을 원통하게 여기는 것 같았다. 연청이 픽 웃으며 말을 이었다.

"이미 여관 주인에게 들통 난 판에 가군(家君)은 과하고."

소흔은 누가 목을 조르기라도 하는 듯 기이한 소리를 냈다.

"이렇게나 놀리는데도 잘 참는 걸 보면 어젯밤 허튼짓을 한 건 아니었군."

"참는다기보다…….."

소흔이 한 자 한 자 씹듯이 내뱉었다.

"손을 더럽히는 게 싫어서요."

연청 공자. 그 한마디를 듣기가 참으로 어려웠다. 어지간히 이름을 부르기가 싫은 모양이다. 참 이상한 일이다. 소흔이 기겁하리라는 것을 알면서도 연청은 자꾸 그녀를 자극하고 싶었다. 이런 심술은 이미 열 살에 끝냈다고 여겼는데도. 그래서 연청은,

"꺅!"

무방비하게 늘어진 소흔의 손을 낚아채 오목한 손바닥 안에다 입술을 댔다. 혀끝으로 가볍게 핥는 것도 잊지 않았다. 입맞춤만큼은 아니지만 그에 못지않은 충격적인 감각에 소흔이 홱 손을 뺐다. 묘한 느낌을 지우려고 몇 번이나 손바닥을 옷에 대고 문질렀다. 모르는 사람이 봤으면 저러다 손바닥이 닳지 않을까 걱정할 정도로.

"미쳤어요?"

"글쎄다, 그런 것 같기도 하고."

"이게 대체…… 어제부터……."

차마 말을 잇지 못하는 소흔을 보며 연청이 예의 그 미소를 지었다. 사람을 나른하게 홀리는, 온몸의 기운을 스르르 빼놓는 그만의 미소.

"공자는 아무에게나 다 이러나요?"

소흔이 화가 나 쏘아붙였다.

"이런 적은 처음인데?"

"그럼 대체 왜 이러는 거예요? 어제저녁까지만 해도 이러지 않았잖아요?"

"나도 좀 그 이유를 알고 싶군."

그게 답이 되느냐 따지려는데 순간 연청이 멈춰 섰다. 소흔은 엉겁결에 따라 서고 말았다. 연청의 긴 손가락이 아랫입술을 느릿하게 쓸었다. 눈은 무언가를 심각하게 생각하는 듯 초점이 아득했다. 한참이 지난 뒤에 그가 입을 열었다.

"설마……."

그가 말끝을 흐리자 놀랍게도 소흔은 애가 타기 시작했다. 휘둘리면 안 된다고 자신을 다잡아도 자꾸만 신경이 쓰이는 걸 어찌할수가 없었다. 소흔도 그런 스스로가 야속할 지경이었다. 그깟 입맞춤 한 번이 뭐라고. 천하의 염소흔이, 저런 무뢰배에게, 호색한에게.

"좋아하게 됐을 린 없고."

그가 진심이 아닌 것쯤은 일찌감치 알고 있지만 역시 이렇게 본인 입으로 들으니 속에서 무언가가 울컥 치밀어 올랐다. 하지만 소흔은 일부러 기겁하는 척했다.

"그런 끔찍한 소린 꺼내지도 말아요!"

날카롭게 쏘아붙이고는 몸을 홱 틀어 길을 되돌아갔다. 걸음은 점차 빨라져 어느새 셋이 헤어졌던 그 자리로 돌아오게 되었다.

"뭘 기대하고 있었던 거야……."

소흔은 괜히 지나쳐 온 길을 노려보았다. 예상대로 연청은 따라오지 않았다. 원래 그럴 인간도 아니고, 두 사람은 그럴 사이도 아니다. 그녀는 마음을 다잡고 이번엔 녹산이 사라졌던 방향으로 가보려 했다.

그 순간, 집 전체가 들썩이는 소리가 들렸다. 절대 사람이 낼 수 없는 빠르기로, 절대 사람이라고는 믿기지 않는 맹렬함으로 무언가 미친 듯이 집 주변을 돌면서 모든 문을 쿵쾅쿵쾅 두드려 대고 있었다.

쾅! 소흔이 왼손을 뻗어 허공에 호를 그림과 동시에 대문을 박차고 들어갔다. 안개 자욱한 어둠 속에서 활활 타오르는 염화궁(炎火弓)이 소환되었다.

오른손으로 빈 활시위를 당기는 즉시 불길 한 자락을 뽑아낸 것 같은 화살이 저절로 날아가 귀녀의 등에 꽂혔다. 끼아아아아! 소름 끼치는 비명을 내지른 귀녀가 몸을 틀어 소흔을 노려보았다. 귀녀의 입에서 쉴 새 없이 기괴한 소리가 터져 나왔다.

"사라져라!"

보이지 않을 땐 싫어하는 연청의 뒤를 따를 만큼 무서워하더니 정작 귀녀와 마주하자 소흔의 공포는 눈 녹듯 증발했다. 소흔이 빠른 속도로 귀녀를 향해 달려가며 연달아 활시위를 당겼다.

횡! 횡! 횡! 횡!

흡사 불벼락이 쏟아지는 것 같은 광경이 펼쳐졌다. 희다 못해 푸르스름한 빛이 감도는 귀녀가 허공 위로 날아올랐다. 새하얀 옷자락이 귀녀의 몸을 휘감으며 너풀거렸다.

"귀찮은 자들이구나."

귀녀의 눈동자가 흐려지더니 검은자는 사라지고 이내 시허연 빛깔만 남았다. 음산한 귀곡성과 함께 귀녀가 수백(數百)의 조각으로 나뉘어 소흔을 공격해 왔다.

제각기 살아 움직이는 조각은 기다란 손톱을 세운 손가락이기도 했고 치렁치렁한 머리카락 다발이기도 했는데, 이것들은 저들끼리 자유롭게 뭉쳤다가 불화살이 날아들면 찢어져 소멸시키기가 여간 쉽지 않았다.

"소흔아, 뒤를 조심해!"

서생을 지켜야 하기에 방에 머무른 채 귀녀를 상대하던 미요가 소리쳤다. 소흔이 뒤를 돌아봤을 땐 이미 늦었다. 날카로운 손톱에 옷이 찢어지며 팔뚝에서 피가 튀었다.

"윽!"

살갗이 찢기는 고통에 소흔이 이를 악물었다. 절로 눈물이 나왔지만 조금도 지체할 순 없었다. 불타오르는 염화궁 자체를 창처럼 휘두르기도 하고 도처럼 베기도 하면서 그녀는 전력을 다해 싸웠다. 눈 깜짝할 새 화살을 열다섯 번이나 연이어 날렸을 때, 방심한 틈을 타 귀녀의 머리카락이 칡덩굴처럼 소흔의 발목을 칭칭 휘감았다.

"저리 가! 으으, 떨어져!"

염화궁을 휘둘러 끊어내는 것도 잠시, 드디어 벗어난다 싶으면 새로운 머리카락이 뻗어 나와 소흔을 옭아맸다. 그러다가 돌연 맹렬한 기세로 그녀를 끌어당겼다. 윽! 이대로라면 벽에 부딪치게 돼! 넘어진 채 빠른 속도로 끌려가던 소흔이 버둥거리다가 엄청난 충격을 각오하고 질끈 눈을 감았다.

"끼아아아악!"

그러나 비명을 지른 것은 귀녀 쪽이었다.

눈을 떴을 때 가장 먼저 시야에 들어온 것은 아무렇게나 걸친 흑삼(黑衫) 자락이 휘날리는 연청의 뒷모습이었다. 한 갈래로 묶은 긴 머리카락이 물결처럼 허공으로 퍼져 나갔다. 그의 등 뒤로 가히 구 척(尺)에 이르는 언월도가 비스듬히 들려 있었다. 심해의 검푸른 바닷물로 벼린 것 같은 칼끝이 형형하게 일렁였다.

다시금 뻗쳐 오는 귀녀의 머리카락을 서늘한 기세로 베어낸 그가 한 손으로 소흔을 일으켜 안았다. 그의 품에 안기자 어디선가 청량한 수향(水香)이 느껴졌다.

"정신 똑바로 차려라, 염소흔."

귀녀에게서 눈을 떼지 않은 채 연청이 그녀를 일깨웠다. 감사 인사는 생략이다. 소흔은 그 즉시 염화궁을 당겨 귀녀의 옷자락을 불사르는 것으로 답을 대신했다.

연청의 수룡대도(水龍大刀)가 어둠을 가르고, 소흔의 불화살이 집요하게 귀녀를 쫓았다. 숨이 턱 끝까지 차올랐을 무렵, 형세가 불리하다 싶었는지 귀녀가 담을 넘어 안개 속으로 모습을 감췄다.

뒤늦게 나타난 녹산은 미요의 타박을 잔뜩 들어야 했다. 냉담하고 도도하여 길게 말하기조차 싫어하는 듯 보이던 미요가 그리 매섭게 몰아붙이는 것도 의외였지만, 소흔은 내심 저래서 녹산이 온종일 피곤해했던 건가 하였다.

❖ ❖ ❖

"저, 공자의 성함이……."

"아, 소생 임(林)가입니다."

"전 염소흔이에요. 임 공자셨군요."

임생은 격의 없이 밝게 웃는 아가씨를 쳐다보며 제후국 여인들은 원래 이토록 다양한가 하는 의문에 사로잡혔다. 어젯밤을 같이 보낸 풍 소저는 안심시키는 태도조차 어쩐지 서늘하여 말 한마디 붙이기 어렵더니 오늘 대면한 염 소저는 다정다감하기 이를 데 없다. 정숙하고 온화한 여인상을 제일로 치는 외곽지대에선 둘 다 보기 힘든 유형이다.

"듣자 하니 진 소저와 정혼하셨다고요."

어제 공자의 몸에는 이상이 없지 않았느냐며 밧줄을 제하여 준 것도 소흔이다. 부드러운 무명천으로만 손발을 묶은 임생은 소흔이 생글거리는 얼굴로 매우 사적인 질문을 해오자 당황했다. 어찌어찌 하나를 답하면 또 다른 것을 물어오니 이 아가씨가 문답 놀이를 하며 지루한 시간을 보내려고 저를 깨워둔 것인가 싶었다.

"소저와 입 맞춰보셨어요?"

"예?"

너무 놀란 임생은 하마터면 침상에서 굴러 바닥으로 떨어질 뻔했다. 입을 맞추다니? 정혼녀의 이름자도 최근에야 알게 되었다. 혼례 전에 이름자를 가르쳐 준 것도 상당히 대담한 일이라 임생은 소저께서 자신에게 참 많은 부분을 보여주시는구나 하였다. 그런데 입을 맞춰?

"소, 소생은 당사자 얼굴도 본 적 없는데 어찌 입을 맞추겠습니까."

"네?"

이번엔 소흔이 의자에서 나뒹굴 차례였다. 그녀는 당황한 나머지 상대방이 그 어떤 언행을 해도 절대 놀란 기색을 비치지 않는다는 온천장의 규칙을 까맣게 잊고 말았다.

제후국, 최소한 화국에서는 지위 고하를 막론하고 혼담이 오가는 남녀를 세 번 이상 만나게 하였다. 혼담 자체엔 집안의 입김이 들어간다 해도 당사자들끼리 정을 쌓을 시간을 주는 것이다. 제후를 제외하고는 일부일처가 원칙이기에 더욱 신중에 신중을 기했다.

그런 환경에서 자라온 소흔은 정혼한 지 반년이 다 되어가는 남녀가 서로 얼굴도 모른다는 사실에 충격을 받았다. 수용 범위를 넘어선 추녀면 어쩌려고? 기벽(奇癖)이나 병을 지녔으면 어쩌려고? 아무리 노력해도 서로 통하지 않으면 어쩌려고 한 번 만나지도 않았단 말인가?

소흔과 임생은 극심한 문화 차이에서 오는 충격에 말을 잇지 못하고 서로 멍하니 쳐다보기만 하였다. 그러다가 어느 순간 뭔가 해명을 해야겠다 싶었는지,

"아, 나라마다 풍습이 다르니까요."

"그렇지요. 맞는 말입니다. 어, 그래도 소저와 서신 왕래는 하

고 있습니다."

"서신 왕래! 좋네요. 낭만적이기도 하고 멋져요."

앞다투어 말을 늘어놓았다.

"그럼…… 말이죠, 공자님."

끝인가 싶었던 대화는 아직 끝이 아닌 듯 소흔이 우물쭈물 옆으로 다가와 앉았다. 해맑았던 얼굴은 어느샌가 수심에 잠긴 표정으로 바뀌어 있다.

"비록 진 소저와 만나진 않았지만 어쨌든 공자님도 평범한 사내시잖아요. 기본적인…… 그런…… 감정과 욕구가 있는."

딱히 대답을 바란 질문은 아니었다.

"사내 된 입장에서 봤을 때 한 사내가 여인에게 입을 맞추는 건 무슨 의미죠?"

어쩌다가 오늘 밤은 저도 능통하지 못한 애정 상담을 하게 되었나. 미요의 기에 눌려 숨 한 번 제대로 쉬지 못한 지난밤과는 분위기가 너무도 달랐다. 임생이 난처한 기색을 보이다가 답했다.

"굳이 사내 입장에서 생각할 것도 없이 그냥 그 여인을 연모해서가 아닐까요?"

"만난 지 이틀 만에?"

임생은 잠시 꿀 먹은 벙어리가 되었다.

"시문(詩文)에서도 나오듯이 첫눈에 반했다고 하면……."

"좋아할 리 없다고 본인 입으로 말했는데?"

임생은 슬슬 힘들어졌다.

"어떤 이유가 됐든 거짓을 둘러댄 것일 수도 있잖습니까."

소흔이 갑작스레 입을 다물었다가 고개를 살짝 틀었다.

"그 생각을 못해봤네요."

그러고는 한참 동안 말이 없어 이번엔 임생이 먼저 물었다.

"혹시…… 염 소저의 고민입니까?"

이에 소흔은 지나치게 부인하며 화국에 두고 온 친우의 고민이라고 거듭 강조했다. 그러나 소흔 본인의 문제임이 너무도 빤해서 이런 방면에 무지한 임생조차도 알아챌 수 있을 정도였다. 그는 어떤 식으로든 이 귀여운 아가씨를 도와주고 싶어졌다. 그가 부드러운 말투로 넌지시 물었다.

"그 친우분께 입을 맞춘 사내는 어떤 사람입니까? 가까이해선 안 되는 악인인가요?"

소흔이 미간을 찌푸렸다.

"주정뱅이에 저질인데다 진중함이라곤 약에 쓰려 해도 찾아볼 수 없지만, 결코 악인은 아니에요. 투덜대면서도 공자님을 예까지 모셔온걸요."

소흔은 방금 전 자신이 결정적인 실수를 했음을 알아차리지 못한 것 같았다. 한편 임생은 소흔의 '그 사내'가 자신을 옮겼다는 말에 저도 모르게 시퍼런 멍이 든 종아리를 어루만졌다. 손이 닿진 않지만 등도 두어 곳 정도가 욱신거렸다.

"그럼 친우분은 그 사내가 입을 맞췄을 때 격한 혐증(嫌症)을 느끼셨답니까?"

"혐증이요? 혐오라……. 어…… 그게……."

고민의 시간은 길었지만 이번에도 소흔은 고개를 내저었다. 임생이 미소를 지어 보이고는 말했다.

"만난 지 이틀밖에 안 된 사내가 입을 맞췄는데 싫지 않았다면 그 친우분도 어느 정도는 마음이 있는 게 아닐까요? 단순히 제 상식선에서 하는 말입니다만."

망연해진 소흔을 향해 그가 말을 이었다.

"그리고 사내란 여인에 비해 몸가짐이 방탕하다지만 그도 최소한의 호감이 없고서는 힘든 일입니다. 목숨의 위협을 받은 것도 아닐진대 그 어떤 사내가 싫어하는 여인과 입을 맞추겠습니까?"

싫어하는 여인에게 그리도 격정적으로 입을 맞출 수 있다면 수연청은 보기와 달리 대단한 자임이 틀림없다. 그젯게 밤을 떠올린 소흔은 그렇게 생각했다.

"일단 악인이 아닌데다 서로가 싫지 않다면…… 음, 이틀이라 했지요. 예, 좀 더 시간을 두고 지켜보시는 게 어떠합니까? 기왕의 입맞춤은 되돌릴 수 없지만 이제부터라도 느긋하게 마음을 키워가면 그것도 한 방법이니까요."

임생이 웃음과 함께 마무리 지었다.

"사람에겐 누구나 그리 행동하는 이유가 있다고 생각합니다. 당장엔 본인조차 깨닫지 못할지라도. 친우분께 그리 전해주십시오."

소흔이 감사 표시로 당과를 꺼내 나누어 먹었다. 이렇게 이야길 나누니 으스스한 시간도 제법 빨리 간다, 이러다 동이 트는 게 아니냐며 퍽 화기애애한 분위기를 이어가는데 어디선가 목혜 소리가 들렸다. 달각달각. 달각달각. 두 사람의 대화가 일시에 뚝 끊겼다.

"공자님, 저예요."

귀녀가 애타게 임생을 불렀다. 그러나 소흔과 임생 모두 어제 귀녀의 진면목을 보았다. 문을 열어줄 리 만무하다. 귀녀도 그것을 알아차렸는지 곧 목소리를 바꾸어 말했다.

"오색 등을 단 비단 가게 골목."

하루 동안 정기를 보전해 어제에 비해 혈색이 다소나마 나아진 임생이 돌연 몸을 움찔했다. 소흔이 왜 그러냐고 눈짓으로 물었다.

"단풍나무 다섯 그루가 보이는 집."

임생이 몸을 덜덜 떨기 시작했다. 녹주성 지리가 익숙지 않은 소흔은 영문을 몰랐으나 이어진 귀녀의 말에 뜻을 짐작할 수 있었다.

"네 정기를 앗지 못했으니 다른 자에게서 빼오는 것이 당연하겠지."

"안 돼⋯⋯."

"진 씨에겐 딸뿐 아니라 아들도 하나 있더군."

임생이 몸을 일으키기 위해 꿈틀댔다. 소흔이 잠자코 있으라며 말리자 그는 두려움에 질렸으면서도 그녀의 손을 밀어냈다. 귀녀의 목소리가 부자연스럽게 나긋해졌다.

"경계심이라곤 없이 나를 반겨주었다."

"너, 너, 너무하지 않소. 그, 그 아이는⋯⋯."

임생이 소흔에게 호소했다.

"그 아인 이제 겨우 다섯 살이란 말입니다⋯⋯."

"일단 진정하세요, 공자님. 단순한 위협일 수도 있어요."

소흔의 말이 끝나기가 무섭게 귀녀가 말했다.

"회벽에 찍힌 손도장을 보면 너 역시 참으로 앙증맞다고 여길 것이다."

"……나가봐야겠습니다."

"공자님, 참으세요!"

임생이 일어났다.

"어린아이의 정기는 아주 맑고 순정하더군."

"……얘길 해봐야겠습니다. 어차피 귀녀가 원하는 것은 저이니."

"거짓말일 거예요. 공자님을 밖으로 꾀어내려는 술책이라고요."

"거짓이 아니면 어찌합니까?"

임생이 일그러진 얼굴로 소흔을 쳐다보았다.

"만에 하나 거짓이 아니라면, 정말 저 대신 진 공자의 정기를 앗은 거라면 어쩝니까."

그는 머리가 떨어져 나갈 듯 거세게 고개를 내저었다.

"여, 염 소저는 여기 계십시오. 소생이 나가 부탁해 보겠습니다."

"어제 보고도 모르시겠어요? 말이 통하지 않을 거예요."

"시도는 해봐야지 않습니까."

"나가면, 죽어요."

소소한 이야기를 나눌 땐 다정했으나 결정적 순간이 닥치자 소흔은 미요 못지않게 단호해졌다. 자꾸만 바르작대며 그녀를 떨치고 나가려는 임생을 결코 놔주지 않았다. 한편 임생은 손발이 묶였다고는 하나 건장한 사내인 자신이 소흔을 이기지 못하자 당황했다. 그가 간청했다.

"소생도 두렵습니다. 하지만 두렵다고 해서 다섯 살 아이가 저 대신 죽는 걸 두고 볼 순 없지 않습니까."

"공자님 말씀은 알겠어요. 하지만 지금 나가시면 이도 저도 아닌 게 돼요."

말을 더 해봐야 상대를 이해시키지 못한다는 걸 깨달은 두 사람은 결국 몸싸움을 벌이게 됐다. 밖으로 나가려는 임생과 이를 막으려는 소흔 사이에 힘겨루기가 벌어졌다. 콰당탕탕! 임생이 넘어지면서 기다란 나무 장식을 밀어뜨리고 말았다. 보통 사람 가슴 높이의 장식이 옆으로 쓰러지며 창문을 건드렸다.

장지가 길게 찢겼다. 너무 순식간에 일어난 일이라 소흔도 임생도 몸이 굳고 말았다. 먼저 정신을 차린 쪽은 소흔이었다. 그녀가 손을 뻗어 장식을 바로 세우려 했다. 그리고 묵직한 장식을 일으켜 세웠을 때, 길게 찢긴 장지 사이로 시허연 눈이 희번덕였다.

"여기 있었구나!"

"피하세요!"

소흔이 임생의 팔을 잡아채 침상으로 떠밀었다. 계획대로 임생은 허겁지겁 부적 바른 이불을 뒤집어썼다. 소흔은 재빨리 염화궁을 소환한 다음 찢어진 틈새로 두 발을 쏘았다. 끼이이이. 예의 그 귀곡성이 들렸다.

"오늘은 도망 못 갈걸?"

소흔이 창을 활짝 열고 검은 밤하늘에 연달아 불화살을 날렸다.

휭! 휭! 휭! 휭!

부디 신호를 보고 빨리들 와주길 바랄 뿐이다. 귀녀의 힘이 만만치 않다는 건 어제 이미 체험했다. 혼자선 오래 버티기 힘들 것이다.

쾅! 대문이 열렸다. 안개를 헤치고 나타난 이는 녹산이었다. 그가 양팔을 허공에 떨치듯 내뻗었다. 그러자 순간 땅이 울렁이는 것 같더니 마디마디 뾰족한 철 비늘이 박힌 시커먼 채찍이 소환되었다.

화국에서 출발할 때 그가 눈속임용 무기로 내놓았던 가죽 채찍은 시시한 아이들 장난감으로 보일 만큼 무시무시한 위용이었다. 한 쌍의 흑사절편(黑蛇節鞭)은 흡사 살아 있는 뱀처럼 머리를 꼿꼿이 세우고 흐느적흐느적 움직였다. 선한 인상의 녹산이 뽑아낸 무기라기엔 뜻밖일 만큼 사악해 보였다.

"편견이야."

소흔은 녹산이 설레는 얼굴로 말했던 아기 뱀을 떠올렸다. 그리고 귀녀를 향해 염화궁을 조준했다. 녹산의 손에서 뻗어 나간 흑사절편이 귀녀의 몸뚱이를 차라락 휘감았다. 반동으로 이를 다시 거둬들이자 역으로 뒤집힌 철 비늘로 인해 귀녀의 살점이 떨어져 나갔다.

"끼아아아!"

그때를 놓치지 않고 소흔이 화살을 날렸다. 등에 불화살을 맞자마자 귀녀의 몸이 절반으로 갈라졌다.

"소멸된 게 아니에요! 저 귀녀는 증식할 수 있어요!"

"알았다!"

임생을 두고 방을 떠날 수 없어 소흔의 행동반경이 몹시 협소했다. 이를 눈치챈 귀녀는 녹산을 집중적으로 공격했다. 녹산이 슬슬 힘에 부쳐 할 즈음 연청이 합류했다. 미요가 됐다는 소리와 동시에 마당으로 뛰어들었을 때 귀녀가 허공으로 높이 날아오르더니 그대로 대문을 뚫고 나갔다. 미요가 부적으로 대문을 봉했을 거라고 철석같이 믿은 다른 사람들은 멍해졌다. 가장 당황한 이는 미요였다.

"어찌 된 거예요, 언니? 부적을 붙이지 않았어요?"

"붙였어. 붙였는데……."

대문을 확인해 보니 미요가 붙인 부적은 그새 반으로 찢겨 있었다. 무언가에 그슬린 듯 찢어진 부분이 거뭇거뭇했다. 귀녀는 분명 마당에 있었다. 그럼 부적을 이렇게 만든 것은 누구란 말인가. 가장 먼저 침묵을 깬 이는 소흔이었다.

"우리가 간과한 게 하나 있어요."

모두의 시선이 소흔에게 주목되었다.

"언니, 우리 둘이 호심사에 갔을 때 석관 주인의 위패 말고도 종이 인형이 하나 있었죠?"

"금화(金花)……."

미요가 이름을 떠올렸다. 소흔은 여전히 이불을 뒤집어쓰고 있는 임생에게 돌아가 귀녀와의 첫 만남에 대해 물었다. 시간이 조금 걸리긴 했지만 임생은 모란 등롱을 들었던 삼십대의 시녀를 기억해 냈다.

"있었습니다. 이제 확실히 기억이 납니다. 불씨를 나눠 주는 손이 유난히 희어서 상당한 부잣집 사람들인가 보다 생각했었지요."

"금화가 부적을 처리해 준 거예요."

말을 마치자마자 소흔이 방을 나섰다. 임생은 녹산에게 맡겼다.

혹시나 그가 또다시 위험을 무릅쓰려 할 경우 아무래도 저보다는 사내인 녹산이 막기가 수월하리라. 직감적으로 호심사를 향해 달리던 세 사람은 자욱한 안개 속에서 갈림길과 맞닥뜨리고는 난감해했다.

공교롭게도 세 갈래 길이었다. 모든 갈림길의 끝에서 시허연 귀녀의 형체가 아른거렸다. 무엇이 진짜일지는 마주쳐 봐야 알 수 있을 것이다. 미요가 우선 중간 길로 사라졌다. 연청이 오른쪽 길로 가기 전에 소흔에게 울지 않도록 조심하라는 얄미운 말을 남겼다. 소흔은 내부의 적을 잔뜩 흘겨본 뒤 이내 왼쪽 길로 접어들었다.

힘껏 달릴수록 귀녀와의 거리가 빠르게 줄어들었다. 소흔은 속도를 늦추지 않고 달리면서 귀녀를 조준해 불화살을 쐈다. 몇 번을 쏜 끝에 명중했다고 여겼는데 갑자기 축축한 안개가 더욱 짙어지더니 한 치 앞을 분간키 어렵게 되었다. 귀녀가 시야에서 사라진 것은 물론이다.

소흔은 긴장을 늦추지 않고 염화궁을 뻗어 주위에 대고 휘둘렀다. 아무것도 걸리지 않았다. 흔한 풀벌레 소리 하나 들리지 않는 기분 나쁜 적막(寂寞). 문득 소흔은 넓은 공터에 외따로 떨어져 있음을 알아차렸다.

"무섭지 않아……."

공포란 오묘한 감각이다. 꼭 얇은 종이의 양면과도 같아서 이제껏 괜찮았더라도 어느 순간 무섭다고 느끼는 즉시 엄청난 두려움이 온몸을 엄습한다. 지금 소흔이 그랬다. 그녀는 누군가의 얄미운 빈정거림을 떠올리며 겁먹지 않으려고 애썼다. 그 순간 젖은 숨결이 그녀의 뒷덜미에 닿았다.

소흔이 간신히 침을 삼켰다. 소매로 몇 번이나 닦아내고 싶을 만큼 기분 나쁜 감촉이었다. 축축하고 음습한, 마치 병든 개의 헐떡이는 숨결 같은 그것은 기이한 악취까지 풍겼다.

"정말 무섭지 않느냐?"

모골이 송연해지는 목소리가 바로 귓가에 닿았다. 소흔은 주저앉으려는 다리에 힘을 넣고 염화궁을 고쳐 잡았다. 그녀가 천천히 몸을 돌렸다. 홀로 귀녀와 대적할 각오를 하고서. 귀녀의 얼굴은 가까이에 있었다. 그런데 소흔의 결의에 찬 표정이 점점 흐려졌다.

"장여경…… 소저?"

가까이서 본 귀녀는 앳되었다. 너무 어려서 열아홉인 소흔보다도 더 어려 보였다. 핏기 없는 얼굴과 요기스런 붉은 입술은 분명 사내의 정기를 앗아 죽이는 귀녀에 걸맞았으나 이를 제외한 나머지는 영락없는 소녀였다.

이 아이는 대체 몇 살에 죽었을까. 열여섯? 열일곱? 언제가 됐든 갓 피어나는 꽃송이였으리라. 순간 이상한 시선으로 소흔을 쳐다보던 귀녀가 입을 열었다.

실로 오랜만에 듣는 이름이라며 귀녀가 웃었다.

❖ ❖ ❖

"없어요. 그쪽은?"

"여기도."

셋이 헤어졌던 지점으로 돌아온 미요와 연청은 소흔이 돌아오지 않았음을 깨달았다. 급히 왼쪽 길로 가보니 그 길의 끝은 막다른 골목. 소흔의 흔적은 온데간데없었다. 연청이 불에 탄 듯한 잎사귀들을 찾아냈다. 미요는 몸을 숙여 손가락 끝에 무언가를 찍어 올렸다.

냄새를 맡아보니 확실히 사람의 피였다. 땅바닥에 붉은 핏방울이 점점이 흩어져 있었다. 두 사람의 불안한 시선이 마주쳤다. 도무지 어느 쪽으로 가야 할지 방향을 짐작조차 할 수 없었다.

"여깁니다, 소저."

서생의 손짓에 소녀가 수줍은 미소를 띠었다. 황량하기 그지없는 절도 연모하는 이와 함께라면 더없이 낭만적인 장소가 되었다. 호수 서쪽의 버려진 절 호심사는 어린 연인에게 그런 장소였다.

땅이 움푹 파일 만큼 거센 소나기가 내리던 날, 발이 묶인 소녀에게 서생이 제 목혜를 빌려준 곳이기도 했다. 소녀의 작은 발에 사내의 목혜는 터무니없이 컸다. 그래서 서생은 손수건을 꺼내어 빈 공간을 채워주었다. 큰 목혜를 끌고 집으로 돌아가던 날, 소녀의 마음은 달칵달칵 소리에 맞춰 두근거렸다.

"그간 어찌 지냈습니까, 소저?"

서생의 안부 인사를 들은 소녀가 샐쭉한 표정을 지었다.

"미워요."

"무엇이 말입니까?"

"그날…… 제 이름을 알려 드렸잖아요."

몰락한 관리 가문의 여식인 소녀는 엄격한 가풍에 눌려 지내왔다. 비록 가세는 기울었지만 어른들의 자부심만은 대단해서 소녀는 열일곱이 되도록 사내와 변변히 말 한 번 섞은 일이 없었다. 장가(家)의 여식으로 항시 행동거지에 조심하고, 정숙하게 지내다가 가문이 정해준 자에게 시집가는 것이 소녀에게 안배된 인생이었다.

그런 소녀에게 비 오는 날의 일은 천지가 요동칠 만한 대사건이었다. 어릴 적부터 저를 돌봐준 시녀를 채근하여 서생과 연락이 닿은 소녀는 저항할 여력도 없이 그와 사랑에 빠져들었다. 이생(李生)은 호심사에서 그녀를 처음 본 순간 매료되어 예의를 따질 겨를이 없었다고 훗날 밝혔다.

"여경."

"네, 공자님."

여경은 애틋한 눈길로 이생을 바라보았다. 집에서 알게 되면 당장 내쫓김을 당하겠지만 그녀는 한 달 전 이생과 운우지정을 나누었다. 연달아 두 번을 함께하고 난 이생은 가까운 시일 내 그녀의 집안에 혼담을 넣겠다고 약조했다. 그러는 한편 일개 서생에 불과한 제 신분을 걱정했다.

"일각여삼추(一刻如三秋)라. 그대를 보지 못하는 하루하루가 천년보다 더 길었습니다."

여경이 환한 미소로 이생의 품에 안겨들었다. 그간의 그리움이 벅차올라 둘은 이내 한 몸이 되었다. 달콤한 시간이 지난 후 이생은 여경의 머리카락을 빗겨주며 과거 때문에 보름 정도 만날 수 없다고 말했다. 둘은 다음 만남을 기약하며 아쉽게 헤어졌다.

보름은 한 달이 되었다. 공부하는 사람을 재촉하지 말자고 저를 다잡던 여경도 몸의 변화에는 도리가 없었다. 아이를 가졌음이 명백했다. 가장 조심스럽고 다정한 문투를 골라 서신을 보냈다. 닷새 뒤 만나자는 답이 돌아왔다.

설렘 반 걱정 반으로 이생을 기다리던 여경. 그녀를 맞으러 온 이는 이생이 아니라 행실이 사뭇 거친 자들이었다.

"네년이 주제도 모르고 남 대인 댁 사위님을 물고 늘어진다는 요망한 계집이렸다?"

"네 이년! 어디서 더러운 씨앗을 배어 와서는 애먼 분을 해하려는 거냐?"

빰을 맞으면서도 매달리고 매달려 알아낸 사실은 가히 충격이었다. 그새 향시(鄕試)에 합격한 이생이 부잣집으로 유명한 남 대인 댁 처녀와 정혼한 것이다.

설상가상으로 집에 돌아온 여경은 회임 사실을 집안사람들에게 들켰다. 몰래 아이를 지우거나 시골에서 낳고 돌아와 새 혼인을 시킨다는 발상 자체가 불가능한 이들이다. 여경은 약간의 돈과 함께 집에서 쫓겨났다. 시녀 금화가 여경을 모시겠다며 따라나섰다.

정처 없이 떠돌던 어느 날, 여경은 화려한 납폐(納幣) 행렬과 마주쳤다. 남 대인의 저택으로 들어가는 혼수품이었다.

그녀는 호심사에 안치해 달라는 유서를 남기고는 스스로 목을 맸다. 한발 늦게 여경의 시신을 발견한 금화는 석관과 위패 등을 준비했다. 눈물을 머금고 장례를 치른 금화는 종이 인형을 잘라 위패 옆에 두었다. 그러고는 슬픔을 이기지 못하고 호수로 달려가 몸을 던졌다.

시신은 끝내 떠오르지 않았다.

❖ ❖ ❖

"준비됐어요?"

소흔이 돌담으로 둘러싸인 풍취 그윽한 저택을 바라보며 동행자에게 물었다. 여경은 물끄러미 저택을 응시하다가 돌담을 스르르 통과했다. 소흔은 어렵지 않게 담을 넘었다. 그들이 서 있는 곳은 저택의 뒤뜰이었다.

여경의 이야기를 들은 소흔은 화가 치민 나머지 어둠 속에서 발을 헛디디고 말았다. 손바닥을 잘못 짚어 피가 나는데도 아픈 줄을 몰랐다. 그녀는 외려 저가 나서서 이생이 살아 있다면 해명을 듣자고, 원한을 갚자고 말했다. 그리하여 둘은 이생의 집으로 왔다.

밤이 깊었으니 모두가 방에서 자고 있으리란 생각에 안채 쪽으로 이동하는 중이었다. 인기척이 들려서 둘은 날을 바짝 세웠다. 험상궂은 장정일 거란 예상은 빗나갔다.

일고여덟 살쯤 되어 보이는 소녀가 침의를 입은 채 나왔다가 침입자를 마주하고 얼어붙었다. 아이가 소리치지 않도록 달래보려던 소흔은 쏜살같이 날아가 아이의 목을 잡아챈 여경 때문에 놀라고 말았다.

"혹시 네가 이흌의 딸이냐?"

음산한 목소리. 뼈가 시릴 만큼 차디찬 감촉. 아이는 침입자가 단순한 사람이 아님을 깨닫고 울먹였다. 소흔의 만류에도 여경은 아이를 몰아세웠다.

"대답해!"

"……맞, 맞아요. 저희 아버지 성함이 맞아요."

아이가 흐느끼기 시작했다. 여경의 눈이 가늘게 변했다.

"과연…… 그자의 눈을 닮았구나."

여경의 손톱이 한 뼘이나 더 길어졌다. 아이의 보드라운 살갗은 물론이요, 장정의 몸뚱이도 너끈히 꿰뚫을 수 있을 만큼 날카롭게 바뀌었다.

"내 아기는 햇살 한 번 쬐지 못하고 뱃속에서 죽었는데…… 그자는 이렇게 어여쁜 널 낳아 잘도 길렀구나."

여경의 손아귀에 힘이 들어갔다.

"아이야, 네게 형제자매가 있느냐?"

아이가 고개를 끄덕이려 애썼다.

"오라버니 둘이 있어요."

간신히 답하고는 눈물을 흘렸다. 점점 숨통이 죄어오는 것이다. 아이의 조그만 두 발이 땅에서 떨어졌다. 피가 쏠리는지 얼굴이 벌겋게 변했다.

"장 소저, 일단 당사자부터 찾아봐요. 아이는 놓고 이야기해요."

소흔이 끼어들어 여경을 말리는 한편, 두 손으로 아이의 허리를 잡아 아이의 부담을 덜어주었다. 그러나 여경의 분노는 쉽게 수그러들지 않았다. 오히려 점점 더 거세게 타오르는 것 같았다.

"네가 죽으면 네 아비가 슬퍼할까?"

"살려…… 주세요……."

"장 소저, 우린 이생에게 말을 듣기 위해 왔잖아요."

"제발…… 경허를 살려……."

여경이 손을 놓았다. 괴로워하는 아이를 소흔이 받아 뒤로 숨겼다.

"방금 뭐라고…… 방금……."

여경이 못 들을 걸 듣기라도 한 듯 말을 더듬었다.

"네 이름이 뭐라고?"

"……경허(鏡許)예요."

아이가 힘겹게 숨을 몰아쉬었다. 대답을 들은 여경의 표정이 실로 변화무쌍해지더니 종국엔 슬픈 미소만이 남았다. 매의 발톱 같던 손톱은 어느새 원래의 모양으로 돌아왔다. 그녀가 저택을 한 번 둘러보고는 몸을 돌렸다. 돌담을 스르르 통과해 나가는 여경의 뒤를 소흔이 쫓았다.

"장 소저! 장 소저!"

소흔의 부름에도 여경은 걸음을 멈추지 않았다.

"설마 이대로 가나요?"

그녀의 등에 대고 소흔이 외쳤다. 아이를 살려준 것은 다행이지만 당사자를 대면하지도 않았잖은가. 깨끗한 결말이 아니다. 소흔이 다시 한 번 불러 세웠을 때 여경이 비로소 멈추더니 읊조리듯 말했다.

"서로의 거울이 되어 아름다움과 허물을 가감 없이 비춰주자고, 거울이 됨을 허락하자고, 만약 혼인하여 아이를 낳게 된다면 경허라 이름 짓자고 하였지……."

여경의 목소리가 애잔하게 퍼져 나갔다.

"그에게 배신당해 죽었는데도 십오 년간 그 목숨 거두지 못하고 애꿎은 사내들만 취하였다. 그의 집 대문에는 부적 한 장 없거늘 난 어찌하여 그 집 안으로 들어가질 못했던가……."

"장 소저."

"그가 나와의 약속을 잊지 않았다니 기쁜 것인지 슬픈 것인지…… 이상하게도 갑자기 모든 것이 덧없게 느껴지는구나."

여경이 하늘하늘 춤추듯 걸음을 옮겼다. 저 멀리 모퉁이에 불그스름한 모란 등롱이 보인다. 금화였다. 그녀는 슬프고도 안쓰러운 얼굴로 주인 아가씨를 기다리고 있었다. 소흔은 쉬 이해가 되지 않았지만 차마 여경을 불러 세우지 못하고 망연히 뒷모습만 바라보았다. 달칵달칵 목혜 소리 너머로 여경이 읊는 시구가 들려왔다.

"세상 사람들에게 묻노니 정이란 무엇이기에 생사를 가늠하게 하는가[問人間 情是何物 直敎生死相許]. 천지간을 떠도는 두 마리 새야, 너희들은 얼마나 많은 여름과 겨울을 함께 겪었느냐[天南地北雙飛客 老翅幾回寒暑]. 만남의 기쁨과 이별의 고통 속에 헤매는 어리석은 여인이 있었네[歡樂趣 離別苦 是中更有癡兒女]……."

금화가 여경을 맞았다. 이윽고 그들은 달칵달칵 목혜 소리와 함께 서서히 멀어져 갔다. 그들이 사라지자 짙은 안개도 조금씩 개었다. 소흔은 그들을 더 이상 볼 수 없으리란 사실을 직감했다.

"경허야, 어찌 밖에 나와 있느냐?"

"아버지……."

부녀의 목소리 뒤로 하인의 사죄하는 소리가 들렸다.

"죄송합니다, 나리. 제 불찰입니다. 아기씨께서 잠드신 줄 알고 깜빡 잠을……."

"별일 없으니 됐다."

저택 안이 조금 소란스러워졌다. 아이가 사라져 오래도록 돌아오지 않자 어른들이 나선 것이리라. 소흔은 돌담 너머 들려오는 중년사내의 목소리에 몸이 굳었다. 그녀는 마음을 정한 뒤 넓적한 돌을 밟고 올라섰다. 어린 딸아이를 안고 있는 사내의 모습이 눈에 들어왔다.

달빛에 비친 그의 얼굴은 놀라우리만치 평범했다.

어쩌면 십오 년 전의 불한당 사건은 그의 뜻이 아니었을지도 모르겠다. 그가 한 나쁜 짓은 그전의 것만 해당할지도. 약조한 그날, 그는 처가 쪽에서 벌인 일을 뒤늦게 깨닫고 약속 장소로 달려갔을지도 모르겠다. 차마 여경의 집까지 달려가 일을 바로잡지 못하는 자신을 탓하면서 돌아섰을지도. 그런 것일 수도 있을 터이다.

그러나 소흔은 수많은 의문을 뒤로한 채 터덜터덜 여관을 향해 걸었다. 달이 너무도 밝아 괜히 서글펐다. 멀리서 일행이 소흔을 발견하고는 달려왔다. 제일 먼저 당도한 미요가 소흔을 껴안았다.

"괜찮니? 어디 다친 데는 없고?"

"임생은 여관에 맡겼다. 네가 없어져서 난리도 아니었어. 괜찮은 거냐, 소흔아?"

미요와 녹산이 분주히 그녀의 몸을 살폈다. 눈에 띄는 외상이 없자 안심한 그들은 소흔이 아무 말도 없이 서 있자 그제야 뭔가 이상함을 깨달았다.

"귀녀는 물리친 거니? 아니면 빠져나온 거야?"

귀녀(鬼女). 여경을 가리키는 말을 듣자 당황스럽게도 눈물이 왈칵 터져 나왔다.

"왜 그러는 거냐? 갑자기 왜 울어?"

"……아무래도 귀녀를 소멸시켰나 봐요. 이렇게 안개도 깨끗이 걷힌 게."

소흔이 미요의 품에 안겨 울먹였다. 무엇이 그리 서러운지 눈물은 도무지 멈추질 않았다.

"갔어요. 갔으니까, 그러니까…… 저 빌어먹을 부적들 이제 그만 떼라고 하세요!"

여관의 창마다 붙어 있는 부적을 가리키며 소흔이 또 한 번 울음을 터뜨렸다. 너무 심하게 운 나머지 소흔은 그 느린 걸음의 연청이 한달음에 달려왔다는 사실도 잊고 말았다.

❖ ❖ ❖

녹산은 터덜터덜 계단을 내려오는 연청을 보았다. 일행이 빤히 보고 있는데도 합석하지 않고 혼자 창가에 앉는 심보. 아니다, 말이 틀렸다. 녹산은 이제 연청이 그리 하는 것이 일부러 상대를 골리기 위해서가 아니라 그저 몸에 밴 습관이란 걸 알았다. 그로 인해 미움을 산다 해도 연청은 조금도 괘념치 않을 것이다.

미요라면 다르겠으나 지녹산에게 지켜야 할 자존심 따위는 없다. 녹산은 넉살 좋게 연청의 앞으로 다가가 앉았다.

"형님, 푹 주무셨습니까?"

연청은 대꾸도 하지 않고 냉차를 들이켰다.

"소흔이는요?"

"잔다."

"피곤했나 봅니다, 늦잠 자는 걸 보면."

녹산이 연청의 눈치를 힐끔 보았다.

"형님이 일어나셨으니 소흔이를 침상으로 옮겨도 될까요?"

"……밤새 침상에서 잔 녀석을 어떻게 옮겨?"

연청이 냉차를 한 잔 더 따라 마셨다. 녹산의 표정이 묘하게 바뀌었다.

"그럼…… 자리를 바꿔주신 겁니까?"

"빌어먹을 의자."

연청이 어깨를 돌리자 우두둑 소리가 났다.

"이 여관은 글러먹었어. 다음번은 무조건 각방이다."

"저야 두 손 들고 환영입니다만."

어제 하필 이웃한 영주성에서 다섯 가족이 한꺼번에 들이닥친 탓에 사신들은 각방을 쓸 수가 없었다. 저 편하자고 컴컴한 새벽에 사람들을 길바닥으로 내쫓을 수도 없는 노릇. 그렇다면 이제 중년부인도 사정을 아니까 여자는 여자끼리 방을 쓰라는 연청의 제안을 극구 반대한 이는 녹산이었다. 어째 역할이 뒤바뀐 것 같지만 사실은 사실이다.

"그러고 보니 어제는 왜 반대한 거지?"

우리 둘이 방을 썼으면 내가 침상에서 편히 잘 수도 있었지 않느냐는 무언의 위협을 애써 무시하며, 녹산은 주위를 슬쩍 둘러보았다. 미요는 그새 식사를 마치고 여관 밖으로 나갔는지 모습이 보이지 않았다. 그런데도 녹산은 평소보다 소리를 낮춰 말했다.

"어제 소흔이가 많이 힘들어 보여서 푹 쉬게 해줘야 한다고 생각했습니다."

"그러니까 그게 어째서……."

"미요 소저와 한 방을 쓰면 소흔이는……."

녹산의 말이 뚝 끊겼다. 뒷말을 재촉하려던 연청은 그의 시선을 따라갔다. 소흔이 힘없이 계단을 내려와 그들과 조금 떨어진 빈자리에 앉았다. 여관 일꾼이 잽싸게 식사를 차려주었다. 멍하니 밥그릇을 내려다보던 소흔은 몇 술 뜨다 말고 한숨을 푹 내쉬었다.

"……두 눈 뜨고 못 봐주겠군."

못마땅한 혼잣말과 달리 연청은 녹산더러 네가 가보라는 눈짓을 했다. 제가요? 아니, 왜? 녹산이 눈으로 반문했으나 연청의 압박을 당해낼 순 없었다. 그는 미요에 이어 눈으로 사람을 부린다는 게 어떤 건지 실감했다. 태생부터 다른 게야, 태생부터. 녹산은 천천히 소흔 앞으로 다가가 앉았다.

"안 넘어가도 먹어라. 그래야 기운이 나지."

소흔이 녹산을 보더니 탕 한 모금을 겨우 떠서 목으로 넘겼다.

그가 어르고 달래 그릇을 반쯤 비웠을 때 난데없이 소흔이 물었다.

"녹산 오라버닌 술 마셔본 적 있나요?"

"술? 그야…… 있지."

술이라면 내가 아니라 저쪽의 분야가 아니냐는 표정을 지어도 소흔은 꿈쩍하지 않았다.

"가장 쓰고 독한 술이 뭘까요?"

"쓰고 독한 거라면, 아무래도 제일 싸구려가 아닐까?"

"싸구려."

소흔이 그의 말을 곱씹더니 이내 수긍한 듯 고개를 끄덕였다. 그러고는 일꾼을 불러 이 집에서 가장 싼 술을 한 병 내오라 일렀다. 녹산의 눈이 휘둥그렇게 변했다.

"오늘 떠나는 건 무리고."

소흔이 술병 입구에 코를 갖다 대자마자 인상을 확 찌푸렸다.

"내일 가요, 우리."

소흔은 잔도 마다하고 술병째 한 모금 크게 들이켰다. 마시는 즉시 쓰디쓴 맛이 입안을 가득 자극하면서 목구멍이 얼얼해졌다. 말 그대로 싼값에 빨리 취하기 위한 술, 그 이상도 이하도 아니었다. 온천장에서 손님에게 제공하던 따끈한 감주(甘酒)는 물이나 다름없었다.

소흔이 잔뜩 찡그린 얼굴로 마치 벌주를 마시듯 술을 마셨다. 예상치 못한 행동에 녹산이 말려봤지만 소흔은 막무가내였다.

❖ ❖ ❖

"사내들은 원래 다 그래요, 아님 몇몇만 그런 거야? 응?"

밤이 깊었다. 오후부터 술을 마시기 시작한 소흔은 울다 잠들길 반복했다. 저녁이 지나자 눈물 섞인 푸념과 한탄이 이어졌다. 대부분이 사내의 변심에 관한 내용이었다. 여경의 사연을 모르는 중년부인은 애꿎은 녹산만 야릇한 눈으로 보았다.

연청이 같은 대접을 받지 않은 까닭은 순전히 이 자리에 없기 때문이다. 녹산도 슬슬 지쳐서 적당한 때를 보아 소흔을 기절시켜야 되지 않을까 고민 중이었다.

그때 끼익, 하고 문이 열렸다.

"연청 형님."

녹산은 늦은 오후에 나가 이제야 돌아온 연청을 반갑게 맞았다. 그런데 그의 이름이 들리자마자 탁자에 엎어져 있던 소흔이 머리를 홱 치켜들었다. 낙낙한 적갈색 장포를 걸친 수려한 외모의 연청이 그녀의 눈에 들어왔다.

그리 평범한 이생도 여경을 배신했는데 연청이라고 다를까. 매력적인 외모로 여인의 마음을 뒤흔들고는 냉소와 함께 내치는 연청의 모습이 눈앞에 선했다. 소흔이 울먹이며 연청을 손가락질했다.

"너! 네가 말해봐!"

"형님, 소흔이가 많이 취했습니다."

"수연청, 네가 말해보라고!"

소흔이 휘청휘청 일어나 연청에게 다가갔다. 손을 뻗어 그의 옷깃을 낚아채고 마구 흔들었다. 연청은 미동도 하지 않았지만 소흔의 여린 몸은 중심을 잃고 흔들렸다.

"사내는 어떻게 연인을 배신하는 거예요? 어쩜 그리 쉽게? 응? 천 년이 어쩌니 만 년이 어쩌니 온갖 미사여구를 끌어다 붙일 땐 언제고 그렇게 쉽게 남보다도 못한 사이가 되는 거죠?"

연청은 저를 잡고 매달리는 소흔을 묵묵히 내려다보았다.

"아, 막 이름을 불러서 대답 안 하는 거예요? 당신이 하란 대로 하지 않아서? 이런…… 미안했네요, 연랑."

소흔을 말리던 녹산의 눈이 커졌지만 연청은 굳이 바로잡지 않았다.

"그러니까 어찌 그리 쉽게 변심할 수 있느냐구요!"

"……사내뿐이겠나."

"뭐요?"

"쉽게 변하는 것이 어디 사내의 마음뿐이겠냐고."

연청의 목소리가 낮게 가라앉았다. 그 말을 하는 연청은 평소의 그답지 않게 쓸쓸하고도 처연한 분위기라서 녹산은 그에게 이런 면도 있었던가 하고 놀랐다.

"여인의 마음도 변한다. 노인의 마음도 변하고 순진한 아이 역시 변심할 수 있어. 오늘 충성을 다짐한 자가 내일 주인을 팔 수도 있지. 그러니 굳이 사내로 한정 짓지 마라."

연청이 한숨을 내쉬듯 말했다.

"인간은 그런 거라고 말했지 않나."

원하던 대답이 아니다. 오히려 지금껏 마신 싸구려 술보다도 더 쓰디쓴 현실이었다. 어찌 보면 허무하기까지 하다. 그러나 반박을 할 수가 없어서 소흔은 그대로 주저앉아 훌쩍훌쩍 울기 시작했다. 녹산이 난감해하며 그녀를 일으켰다. 이건 뭐 우는 아이 달래기는 커녕 손에 쥔 떡도 빼앗은 꼴이니.

연청이 탁자로 다가가 반쯤 남아 있는 술병을 집어 들었다. 소흔이 그랬듯 냄새를 슬쩍 맡아본 그의 얼굴이 대번에 구겨졌다. 싸구려도 이런 싸구려가 없다. 향취라곤 없이 고약한 냄새만 풍기는 술. 이런 걸 네 병 가까이 마셨으니 염소흔이 멀쩡할 리 만무했다.

"형님, 맞는 말이긴 한데 굳이 지금 일깨워 주실 것까지는……."

녹산이 그의 무심함을 은근히 탓했다. 어차피 시간이 지나면 알게 되는 현실. 화목한 가족의 울타리 안에서 밝게만 자라온 소흔이 감당하기엔 여경의 사연만으로도 벅찬 감이 있었다. 그런데 거기에 대고 인간이 원래 그렇다고 잘라 말하다니.

피곤한 듯 눈가를 문지른 연청이 중얼거렸다.

"신고식 한번 요란하게 하는군, 염소흔."

그리고 다음 순간, 연청이 소흔을 가뿐하게 들어 안았다. 갑자기 몸이 공중에 떠오르자 소흔은 발버둥을 치며 거세게 저항했지만 그의 힘을 당해낼 수가 없었다. 계단을 오르며 연청이 말했다.

"내일 진시(辰時:아침 7시~9시) 초에 출발이다."

저토록 만취한 소흔이 제대로 일어날 수나 있을지. 무엇보다 항상 느지막이 기상하는 연청 본인부터 그게 가능할지. 하고 싶은 말은 잔뜩 있었지만 정작 녹산의 입 밖으로 나온 대답은 알겠다는 한 마디였다.

"그건 그렇고, 왜 형님에게서 향내가 나는 거지?"

여인의 분 냄새와는 또 다른데, 하고 녹산이 중얼거렸다.

소흔을 푹신한 침상 위로 내던지다시피 내려놓은 연청은 한 손으로 가는 팔목을 잡아 움직임을 차단했다. 그러고는 다른 손으로 소흔의 옷섶을 파헤쳐 맨살 위에다 손바닥을 댔다. 취한 와중에도 소흔이 기겁했음은 물론이다. 따스하고 보드라운 속살 위로 서늘한 손바닥이 느껴지자 그녀는 필사적으로 저항했다.

그러다가 뭔가 이상함을 깨달았다. 눈앞이 핑글핑글 돌던 취기가 일시에 해소되는 느낌이었다. 몽롱하던 정신이 갑자기 명료해지기 시작했다. 소흔이 고개를 내저었다.

"하지 마요……."

두 손을 제압당했으니 눈으로 호소하는 수밖에 없다. 여전히 울먹이는 목소리로 소흔이 말했다.

"취해 있을 거야……."

연청의 손바닥이 멈칫했다.

"깨고 싶지 않아요, 적어도 오늘은."

손바닥이 완전히 떨어져 나갔다. 그가 손을 떼자 좀 전보다는 못하지만 꽤 몽롱한 취기가 다시금 소흔을 덮쳤다. 무거운 몸을 가누지 못하고 소흔이 앞으로 고꾸라졌다. 그녀를 받쳐 안은 연청은 어지러운 한숨을 흩어냈다.

"내가 왜 취해 사는지…… 이제 너도 조금은 알까."

연청은 소흔의 등을 쓸며 오후의 일을 떠올렸다. 여관을 나간 그는 녹주성 여기저기를 돌아다녔다. 중년부인의 입담에 임생의 생생한 목격담까지 보태져 사람들 사이에서 귀녀의 소멸은 완전히 확실시되었다. 이제 더운 여름날에도 마음 놓고 창을 열고 잘 수 있겠다며 모두들 기뻐했다.

그 와중에 꼭 끝까지 불안해하는 사람이 있어 귀녀가 다시 돌아오면 어떡하느냐고 초를 쳤다. 나서기 좋아하는 자가 그럼 만에 하나를 대비하여 원흉까지 깨끗이 없애자고 하였다. 이에 사람들은 삼삼오오 호심사로 몰려가 불을 질렀다. 두려움의 온상이었던 회벽이 무너지는 걸 보면서 그들은 재차 안도감을 느꼈다.

이 모든 광경을 지켜본 연청은 호수 근처로 가 땅을 팠다. 이윽고 그는 몰래 챙겨둔 여경의 위패와 금화의 종이 인형을 내려놓은 뒤 흙을 덮었다. 오는 길에 들른 가게에서 그는 가장 좋은 향을 한 묶음 샀다. 불을 붙이자 향긋한 냄새가 주변으로 아스라이 퍼져 나갔다.

"소저들이 생전 술을 즐겼는지는 모르겠으나 여기 내가 가져온 술은 맘에 들 거요."

그가 술동이를 열었다. 희미한 꽃향기가 아련히 번져 나가다가 숨을 깊이 들이쉬는 순간 흔적도 없이 사라졌다. 그는 북돋운 흙 주위에 넉넉하게 뿌리고 저도 한 모금 머금었다. 혀끝에 감도는 맑은 단맛은 숨을 두어 번 내쉬기도 전에 옅어졌다.

"우리 집안에서 만든 술이지. 정확히 말하면 내가 만든 것. 수국으로 돌아갈 때까지 맛볼 수 있겠나 싶었는데 운 좋게도 여기 외곽지대에서까지 팔고 있지 뭐요. 비록 세 배나 비싼 값을 치르긴 했지만 그럴 가치가 있는 술이오."

연청이 한 모금 더 마신 뒤 대작하듯 술을 뿌렸다.

"시중엔 '몽중인(夢中人)'이란 이름으로 팔리고 있으나 이 술의
원래 이름은 따로 있다오. 너무 길어서 아버지가 바꿔 내신 거지.
소저들, 이 술의 이름은."

연청이 말을 하다 말고 잔잔한 호수로 눈길을 돌렸다. 그의 목
소리가 살짝 잠겨들었다.

"지킬 수 없는 약속, 헤어나고 싶지 않은 꿈. 이것이…… 이 술
의 본명이오."

또 한 번 술을 뿌리고 남은 것은 모조리 들이켰다. 연청이 빈 술
동이를 내려놓고 손을 털었다. 그가 흙더미를 향해 슬픈 미소를
지었다.

"술동이는 두고 가오. 비어 있어도 곁에 두면 잔향이 이레는 가
니까."

참으로 지독한 여운이 아니냐며 그는 너털웃음을 터뜨렸다.

❖ ❖ ❖

"아, 머리야."

소흔이 지끈거리는 머리를 누르며 일어났다. 머리는 깨질 것처
럼 아프고 속은 거북했다. 기분은 최악이었다. 억지로 몸을 일으
켜 탁자 위의 찻주전자를 집어 들었다. 묵직했던 주전자가 텅 빌
때까지 계속 냉차를 들이켰다. 찬물로 씻고 면경을 꺼낸 소흔은

고개를 절레절레 내저었다.

꼴이 말이 아니다. 그나마 다행인 것은 어제 종일 울었는데도 불구하고 의외로 눈이 붓지 않은 점이다. 이부자리를 정리하던 그녀는 차가운 물수건이 떨어져 있는 것을 보고 뭔가 싶었다.

"뭐지, 이건? 못 보던 건데?"

이유야 모르겠고 시원한 감촉 하나만은 마음에 들어 소흔은 물수건을 얼굴에 댔다. 일층으로 내려오자 미요와 녹산이 그녀를 반겼다. 미요는 일꾼을 시켜 꿀물을 가져오게 했다. 거기다 녹산이 권한 탕까지 마셨지만 소흔의 상태는 나아지지 않았다.

으으, 토할 것 같은데 정작 토할 기미는 안 보여. 너무너무 불쾌해서 견딜 수가 없어! 도대체 수연청은 이런 숙취를 어떻게 견디는 거지?

여기까지 생각이 미친 소흔은 갑자기 눈을 반짝 떴다. 드디어 기억이 난 것이다. 어제 연청이 했던 것. 무슨 원리인지는 모르겠지만 그가 손바닥을 대고 기를 빨아들이자 몽롱한 취기가 가셨다.

소흔은 서둘러 그를 찾았다. 곧 창가에 기대 앉아 있는 그를 발견할 수 있었다. 그의 존재가 이리도 반갑기는 처음이다. 소흔을 힐끗 본 그가 조소했다.

"앞으로 넌 술의 'ㅅ' 자도 꺼내지 마라. 사람 여럿 귀찮게 하니까."

"없애줘요!"

앞뒤 다 잘라먹고 다짜고짜 요구하는 소흔이다.

"취기 없애줘요. 어제 반쯤 하다 만 그거. 손바닥 대고 한 그거."

"무슨 소린지."

연청이 시치미를 뚝 뗐다. 소흔은 황당한 나머지 미요와 녹산을 쳐다보았으나 둘은 오히려 저를 이상한 눈으로 보았다. 소흔의 속이 답답해졌다.

"어제 그 신기한 거 말이에요."

"술이 덜 깼나."

"이렇게! 손을! 여기에 대고!"

시치미를 떼는 연청 때문에 분통이 터진 소흔이 그의 손을 잡아채 자신의 가슴에 가져다 댔다. 사실 어제 그가 손을 댄 자리는 쇄골 바로 아래였지만 지금 와서 그런 소소한 것에 신경 쓸 여력이 없었다. 손바닥 아래로 말캉한 감촉이 느껴지자 연청의 눈이 커졌다. 그가 급히 손을 떼려 했지만 숙취로 인한 불편함이 상당한 듯 소흔은 쉽사리 그를 놓아주지 않았다.

"빨아들였잖아요, 분명히!"

연청이 당황하여 주위를 둘러보았다. 미요와 녹산은 물론이고 중년부인과 일꾼, 손님 몇몇까지 두 사람에게서 눈을 떼지 못했다. 소흔이 참, 하고 중얼거렸다.

"맨살에 닿았었지. 그래야 효과가 있는 거죠?"

연청의 손이 소흔에 이끌려 스윽 옷 안으로 들어갔다. 꽃잎처럼 촉촉하면서도 매끄러운 살결이 느껴졌다. 풍염한 둔덕에 닿기 전에 그가 자리에서 일어나 힘껏 손을 빼냈다.

염소흔, 대체 너란 녀석은 제정신이냐? 어찌 된 처녀가 훤한 대낮에 이런……. 그러나 소흔은 미련을 버리지 못하고 그의 손을 다시 잡으려 했다. 연청은 나직하게 욕을 내뱉으며 그녀의 이마에 손을 턱 갖다 댔다.

"아."

소흔이 기분 좋게 앓는 소리를 냈다. 더부룩한 속이며 웅웅 울리던 머리가 일시에 편안해졌다. 반 각이 채 지나지 않아 소흔은 기운 넘치는 평소의 그녀로 돌아왔다. 그녀는 몹시도 상쾌해져 저도 모르게 연청의 팔에 매달려 생긋 웃었다가 상대의 굳은 얼굴을 대하고 떨어졌다.

기분이 너무 좋아진 나머지 작은형부의 주의 사항을 깜빡했다. 신난다고 아무에게나 매달리지 말 것. 웃음을 아낄 것. 처제는 그 촉촉한 눈망울과 웃음기로 사내들의 마음에 필요 이상의 불을 당긴다나 뭐라나.

"녹산, 출발이다."

연청이 뒤도 돌아보지 않고 여관을 나섰다. 언제나 인사는 소흔과 녹산의 몫이었다. 중년부인이 거듭 고마움을 표하며 가는 길에 요기하라고 만두를 한 솥이나 쪄주었다. 간신히 시간을 맞춘 임생은 소흔과 이야길 나누다가 마차 주변에 서 있는 일행을 쳐다보았다.

"저분입니까, 그 친우분의 사내가?"

임생이 눈짓으로 연청을 가리켰다. 소흔의 눈이 동그래졌다.

"어떻게 아셨어요?"

"티가 나니까요."

저분만 염 소저를 지켜보고 있는걸요. 아, 물론 지금처럼 고개를 돌려 보시면 아닌 척하지만 말입니다. 임생은 저가 본 걸 알려 줄까 하다가 접었다. 애정 상담은 그날 밤으로도 충분했다. 이후의 연분은 두 사람 하기에 달린 것이리라. 다만 소흔이 귀녀를 물리쳐 저가 입은 은혜가 상당하니,

"부디 살펴 가십시오."

임생은 연청이 다시 돌아보는 때에 맞춰 소흔을 와락 껴안았다. 자신의 감정에 솔직하지 못하여 상대를 헷갈리게 하는 사내를 자극하는 데엔 다른 사내의 개입만 한 게 없다. 예의를 따지던 그가 다소 격한 이별 인사를 하자 소흔이 놀란 건 당연지사. 그러나 이내 해맑게 웃으며 그를 다독였다.

"공자님도 무사 평안하세요."

소흔이 마차에 올랐다. 미요와 녹산은 네가 제일 고생이 많았으니 더 쉬라며 그녀를 안으로 들여보냈다. 이미 자리에 비스듬히 앉아 있던 연청이 창밖 어딘가를 노려보았다. 왠지 그새 기분이 나빠진 것 같았다. 질문을 하기엔 좋지 않은 시점인가? 소흔은 잠시 망설였다.

"저기, 연청 공자."

연청은 이쪽으로 일별도 하지 않았다. 밖에 뭐가 있나?

"저, 아까는 고마웠어요. 그런데…… 아깐 이마에 대고 취기를 없애줬잖아요? 그러니까 제 말뜻은……."

아무리 생각해 봐도 이 답만큼은 떠오르질 않았다.

"어젯밤은 왜 옷 속으로 손을 넣은 거예요?"

연청이 그제야 고개를 돌려 소흔을 보았다. 대체 그녀가 지금

무슨 말을 하는지 도무지 모르겠다는 얼굴로.

"기억 안 나는데?"

"네?"

"잘 테니 말 걸지 마라. 너 때문에 이틀을 의자에서 잤더니 피곤해 죽을 지경이야."

소흔은 벌써 눈 감은 그를 힘껏 노려봐 주었다. 말이나 곱게 하면 밉지나 않지. 하여간 이 남잔 매를 번다니까.

다그닥다그닥. 선선한 가을바람을 가르는 말발굽 소리가 경쾌했다.

영주의 귀시

지녹산은 농가(農家)의 팔 남매 중 넷째로 태어났다. 어지간한 부잣집이라도 자식이 여덟이나 되면 중간쯤 되는 아이는 존재감이 희미하게 마련인데 근근이 먹고사는 농사꾼 집이야 말할 것도 없었다.

어릴 적 녹산은 맏누이의 등에 업혀 자랐다. 열세 살을 막 넘겼을 때는 배고픔을 견디지 못하고 나이를 두 살 속여 토후의 성에 병사로 들어갔다. 먹는 건 없어도 키만은 쑥쑥 자랐는데 그 혜택을 본 셈이다.

그래도 녹산은 가족들을 떠올릴 때마다 그만하면 퍽 괜찮은 사람들이라고, 배만 고팠다 뿐이지 가족들끼리 지내는 시간은 좋았다고 생각했다. 아버지는 술과 노름을 멀리했고 어머니는 바지런히 일했다. 누군가의 생일이 다가오면 어머니는 그간 푼푼이 모은 돈을 꺼내 고기를 사와 푸성귀와 볶았다. 오랜만에 고기반찬을 먹는다는 기쁨에 들떠 하루 종일 저녁상만 기다린 기억도 있었다.

그래, 이만하면 됐지. 녹산은 창밖으로 펼쳐진 영주성 풍경을 내다보며 아침부터 어지러운 상념을 잠재웠다.

"녹산 오라버니!"

일층으로 식사를 하러 내려가자 마침 여관으로 들어오던 소흔이 환히 반겼다. 맑고 어여쁜 소흔은 일곱째 누이동생을 닮았다. 물론 그 아이에게 없는 것을 소흔은 가지고 있지만. 녹산이 식사 중인 다른 손님들을 눈으로 훑었다.

사내라면 노소(老少)를 가리지 않고 죄다 소흔을 곁눈질했다. 미요도 빼어난 미인이지만 그 어떤 사내도 미요를 저런 눈으로 보지는 않는다. 아니지, 말이 또 틀렸군. 녹산은 속으로 표현을 정정했다.

그 어떤 사내도 풍미요를 저런 눈으로 보지 못한다고. 미요의 주위에는 '감히 다가올 수도 없겠지만 만약 가까이 접근한다면 당장 두 눈알을 뽑아주겠다'는 싸늘한 분위기가 풍기니까.

그에 반해 소흔은 생긋생긋 매양 웃고 다니는데다 어딘지 모르게 '이리 오세요' 하는 느낌이 있어서 앞으로 사내 때문에 귀찮을 일이 많으리라 생각되었다. 누가 될는지는 모르지만 장차 소흔의 남편이 될 이는 마음고생깨나 하리라.

"소흔아, 아침부터 어딜 나갔다 오는 거냐?"

"밥 먹고 마실 다녀왔죠. 맞혀보세요, 제가 무슨 이야길 듣고 왔게요?"

"글쎄다. 좋은 소식 물고 왔으려나?"

소흔이 예쁜 코를 찡그렸다.

"경고를 들었어요."

"무슨 경고?"

"혼자 다니지 말라고요."

녹산은 설마 그게 다가 아니겠지 하는 표정을 지었다.

"그건 제후국에서도 아이나 처녀에게 으레 하는 말이잖아."

"그렇죠. 그건 그런데……."

"실수로 널 건드렸다가 불화살 맞으려고? 밤에 보니까 그 거…… 대단하더라. 얼핏 보기엔 네 무기가 제일 무서워 보였다."

소흔은 누가 할 소리, 하고 작게 투덜댔다.

"저도 처음엔 오라버니와 비슷한 생각이었어요. 난 일행도 있고 틈틈이 무술도 익혀서 보기보다 힘세다고. 그런데 가만 보니 사람들이 그냥 예의상 하는 말이 아닌 거예요. 심지어 어떤 아주머니는 골목 접어드는 데까지 따라와 꼭 도관(道觀)에서 호신부를 받아가라고 당부했다니까요?"

"호신부? 부적이라면…… 역시 이곳도 귀가 출몰하는 건가?"

"생각할 것도 없이 어제 이미 봤잖아요."

소흔이 여관 문밖으로 시선을 옮겼다. 녹산의 눈도 따라갔다.

"여긴 정상이 아니에요."

어젯밤 성문 닫히는 시간에 아슬아슬하게 맞춰 영주성으로 들어온 사신들은 강렬한 위화감에 한동안 입을 열지 못했다. 축축한 밤안개 속에 침잠하여 쥐죽은 듯 조용하던 녹주성과는 겨우 닷새 거리. 그러나 영주성의 밤은 이웃과는 천양지차로 달랐다.

환락의 도시라는 표현이 제일 먼저 떠올랐다.

밤이 깊도록 사람들은 술과 미약(迷藥)에 취해 깔깔 웃으며 거리를 누볐다. 번화가로 들어서자 흥청망청한 분위기는 갑절이 되었다. 저가 끼고 나온 기녀를 놓쳤는지 목청껏 이름을 부르다가 소흔의 허리를 낚아챈 취객도 있었다. 소흔이 미처 반응하기도 전에 취객은 비명을 지르며 나가떨어졌지만. 그는 꺾인 팔을 부여잡고 꼴사납게 울었다.

분위기가 지저분함을 깨달은 일행은 여자들을 마차 안으로 들였다. 그러자 이번엔 수려한 사내를 알아본 기녀들이 들러붙었다. 찐득한 유혹의 손길에서 벗어난 녹산은 여전히 제 몸에 남아 있는 짙은 향수 냄새에 넌더리를 쳤다. 소흔이나 미요의 깨끗한 향취와는 전연 달랐다.

반 시진가량을 헤매고서야 간신히 조용한 여관을 찾아낼 수 있었다. 저마다 방을 하나씩 차지한 일행은 우선 목욕으로 피로를 푼 뒤 창밖을 내다보았다. 워낙 정신없이 지나온 터라 성의 면면을 제대로 살피지 못한 것이다. 그리고 그들은 이내 이 성에서 가장 이상한 점을 발견했다.

모든 집, 모든 벽에 부적이 빼곡하게 붙어 있었다. 너덜너덜해지면 그 위에 새로 바르고 또 덧발라 마치 집이 부적에 의해 삼켜진 것 같았다. 쾌락에 취한 번화가의 분위기와는 너무도 이질적이라 가만 보고 있자니 기분이 상당히 묘했다.

일행은 다들 비슷한 의문을 품고 잠들었다. 그리고 곧 비가 올 듯 꾸물꾸물한 오늘 아침, 소흔이 꺼림칙한 얼굴로 말했다.

"어제 내가 언제 그랬냐는 듯 성 전체가 시침을 뚝 떼고 있잖아요. 오라버니도 나가 보면 알겠지만 낮의 영주성은 녹주성과 크게 다르지 않아요. 오히려 외지인임을 밝혔는데도 다들 반겨주셨다니까요. 음, 그렇지만……."

"여전히 뭔가 찜찜하다?"

녹산이 소흔의 말을 대신 받았다. 그녀의 촉은 틀리지 않았다. 이는 녹산도 느끼고 있는 것이다. 그는 의심스런 눈으로 주변을 둘러보았다.

문득 그의 눈에 들어오는 자가 있었다. 웬 사내가 다소 과한 눈빛으로 소흔의 위아래를 훑었다. 저런 자는 어디에나 있는 법이지만 오늘따라 더욱 불쾌하게 느껴져서 녹산은 사내와 소흔 사이로 끼어들어 시야를 차단했다. 소흔은 녹산이 갑자기 제 어깨를 감싸자 놀란 눈이 되었다.

"나랑 같이 나가 보자."

"아침은요?"

"밖에서 간단히 먹으면 되지."

소흔이 밝게 웃으며 그럼 제 간식은 오라버니가 사주시는 걸로, 하고 외쳤다.

❖ ❖ ❖

연청은 아침부터 기분이 썩 좋지 않았다. 사실 수연청이 상쾌한 아침을 맞는 경우가 드물긴 하지만 오늘은 원래 그런 날이 아니었다.

곰곰이 되짚어보니 한 반 시진 전만 해도 괜찮았던 것 같다. 그렇다면 반 시진 내에 그의 기분을 급강하시키는 무언가가 있었다는 말인데. 연청이 빈말로라도 예의 바르다 할 수 없을 태도로 미요의 방문을 두드렸다. 안에서 대답이 떨어지기가 무섭게 문을 벌컥 열어젖혔다.

"햇살아가씬?"

허리까지 오는 흑단 같은 머리채를 곱게 빗어 내리던 미요가 눈길 한 번 주지 않고 대꾸했다.

"아침 먹자마자 나가는 것 같던데?"

"지녹산은?"

빗질이 멈칫했다가 다시 계속되었다. 목소린 여전히 차분했다.

"방에 없어요?"

"아침부터 어딜 돌아다니는 거야?"

저도 아침 댓바람부터 어울리지 않게 산책을 다녀왔으면서 연청이 낮게 으르렁댔다. 별 감흥 없이 머리를 빗던 미요는 소흔이 혼자 나갔는지 아닌지를 묻는 그에게 말했다.

"두 사람이 동시에 보이지 않는다면 아무래도 같이 나갔다는 결론이 일반적이죠?"

"……이성적이어서 좋겠군, 풍미요."

"그에 비해 연청 공자는 오늘따라 조급해 보이시네요."

연청이 그 무슨 헛소리냐는 눈으로 미요를 쳐다보며 말했다.

"녹산과 함께 나간 거라면 됐어. 그저 희한한 말을 들어서."

"희한한 말이요?"

미요가 반문했다.

"어떤 말이죠?"

"……여자들이 사라진다더군. 어리게는 열셋, 많게는 스물너덧 살까지. 흔적도 낌새도 없이 연기처럼 자취를 감춘다지."

사람들은 귀의 짓이라 여긴다고 연청이 전했다. 이미 영주성에서만 스무 명이 넘는 소녀들이 사라졌다고. 그 소녀들이 하나같이 곤궁한 살림 출신이거나, 의지할 데가 없거나, 외지에서 친척, 또는 지인을 찾아온 경우란 것까지 전했을 때 미요가 조용히 끼어들었다.

"악귀 소멸이 업인 제 귀에도 그건 인신매매처럼 들리는데요."

"나 역시 그 생각을 했지. 하지만 이곳 사람들은 귀의 짓이라고 철석같이 믿고 있더군."

"무지몽매(無知蒙昧)."

어리석은 자들이라고 미요가 싸늘하게 일갈했다. 그 모습을 본 연청은 만약 미요가 풍후(風后)의 질녀로 입적하지 않고 부채 가게 딸로 남아 있었더라면 필시 가게가 망했을 거라고 생각했다. 부채란 더위를 쫓기 위한 것인데 가게 주위로 사시사철 냉기가 풀풀 날리면 누가 굳이 돈을 주고 부채를 사겠는가 말이다.

"한데 근거가 있었어."

정확히 말하면 근거가 있다고 들었다. 귀의 짓임을 믿지 않으려는 연청에게 사람들은 앞다퉈 축시쯤 열리는 '귀시(鬼市)'에 대해 늘어놓았다. 취객들의 열기도 한풀 꺾이는 야심한 시각, 북쪽으로 한참 가다 보면 어느 지점에 이르러 분위기가 기이해진다는 것이다.

서로만 알 수 있는 표시를 해놓은 골목으로 꺾어 들어가면 귀가 인간 소녀들을 사고파는 시장이 나온다고 하였다. 그곳에선 행방불명된 아름다운 인간 소녀뿐 아니라 불로장생의 단약, 상대를 저주해 죽일 수 있는 인형, 그림 속에서 살아 움직이는 미인 등 신기한 물건들이 잔뜩 있다고도 했다.

"인신매매꾼들이 지어낸 소문치고는 상당히……."

"구체적이지?"

연청이 말을 가로챘다. 그러나 그는 정작 자신이 물고 온 소식엔 별 관심이 없는 듯 소흔의 빈 방만 노려보았다. 생각 없이 헤실헤실 웃으며 나 외지에서 왔다 소문내고 돌아다니는 건 아닌지. 물론 어둠을 가르고 불화살을 날리던 모습을 떠올리면 소흔이 쉽게 당할 것 같진 않지만 워낙 경계심이 없어서 신경이 쓰였다.

이거군. 연청이 속으로 중얼거렸다. 이거였군, 내 기분이 엉망인 이유가. 아침부터 골치 아프도록 신경 쓰게 만드는 녀석이 있어서 그랬군.

그의 인상이 일그러졌다. 귀찮았다. 처음의 예상대로 소흔은 귀찮기 짝이 없었다. 아니, 제 입으로 눈치가 빨라 뽑혔다고 했으면서 경계심이 없는 건 또 뭔가? 애초에 눈치와 경계심은 한 쌍처럼 붙어 다니는 것이 아니던가?

연청의 이 오묘한 간극을 미요가 짚어냈다. 평소에는 전혀 발동할 일이 없는 여자의 감(感)이다. 그녀가 소리 없이 일어나 바람처럼 스르르 연청의 곁으로 갔다.

"소흔이가 걱정인가요?"

연청은 꽤 놀란 모양. 그가 이를 악문 틈새로 말을 내뱉었다.

"귀신처럼 다니지 말지, 풍미요?"

"소흔일 좋아하는군요?"

연청의 표정이 이보다 더 웃긴 말을 들은 적이 없다는 양 바뀌었다. 그가 비소(誹笑)했다.

"내가? 이 수연청이 염소흔을?"

연청이 돌연 차가운 얼굴을 했다. 아무 생각 없이 느른하게 늘어져 있던 그가 갑자기 이런 표정을 지으면 수국을 가로지르는 강물도 꽝꽝 얼어버릴 것 같다고 예전에 술자리에 동석한 어떤 사람이 말한 적 있었다. 그러나 미요도 여간내기가 아니라 눈 하나 깜짝하지 않았다.

"술에 취한 건 너로군."

"입으로는 싫어한다 하면서도 자꾸 신경 쓰잖아요."

"그 녀석은 놀리는 재미가 있으니까."

"재미만으로 치부하기엔 며칠 전부터 분위기가 묘하던데."

쓸데없는 이야긴 그만하겠다며 돌아서는 그에게 미요가 주머니 하날 던졌다. 굳이 끈을 풀어보지 않아도 묵직한 돈의 무게가 느껴졌다. 헛소리에 대한 사과의 뜻이냐고 비아냥대는 그에게 미요가 부탁했다.

"귀시에 대해 좀 더 알아다 주세요."

"……넌 귀만 엮였다고 하면 이성이 날아가나?"

"특히 그 아는 사람들만 알아본다는 표시에 대해서 자세히."

이 기세라면 귀왕의 궁전에 도착할 때쯤에는 외곽지대의 귀들

중 절반은 소멸해 있겠다고 연청이 중얼거렸다. 방문이 열린 이후로 내내 무표정이던 미요가 그제야 입꼬리를 올렸다.

"그렇다면야 반가운 일이죠."

두 사람의 시선이 마주쳤다.

"귀왕을 멸하는 자, 신원 불문, 즉시 이 땅의 황제로 추대한다."

연청도 익히 알고 있는 문장을 미요가 읊었다.

귀왕에게 복속한 지 어언 삼백 년이 지난 지금, 아득한 전설 속의 존재가 된 황제 자리를 제왕학도 익히지 않은 자에게 넘긴다는 공언(公言) 뒤에는 배후가 있었다. 네 제후국이 귀왕을 물리치기 위해 인재를 키우고 있음은 이미 알려진 사실.

그리고 귀왕을 물리친 이후 어떻게 하는가에 대해 불꽃 튀는 머리싸움이 계속되었다. 공석(空席)을 두고 벌이는 이권 다툼 끝에 네 제후국 모두 동의하는 결안(決案)이 나왔다.

바로 귀왕을 물리치는 이가 누구든 신원을 불문하고 황제로 추대한다는 것이다. 그 어떤 인재도 나라를 다스린 경험이 없다. 새 황제 뒤에는 자연히 그의 출신국 제후가 버티고 설 것이다. 이것이 사건의 전말이다.

"복속 전에도 여황제는 없었지. 전무한 사례를 남길 참인가?"

연청의 말에 미요가 웃었다. 상당한 야심가의 모습이라기엔 그 웃음이 이상하리만치 서글프다고 그는 생각했다.

"얌전히 있어야지."

"눈이 간지러워요, 언니."

"조금만 참으렴."

"왠지 코도 긁고 싶고."

소흔은 미요가 손을 댈 때마다 얼굴을 찡긋거리며 몸을 틀었다. 그녀는 이제껏 화장을 해본 적이 한 번도 없었다.

온천장의 여주인인 어머니나 이미 한자리씩 차지하고 앉은 언니들이야 엷은 화장으로 맵시를 가다듬었지만 아직 애송이 일꾼에 불과한 소흔에겐 허락되지 않았다. 게다가 땀 흘려 일하다 보면 분이고 뭐고 엉망이 되는 터라 애당초 해보고 싶은 마음도 들지 않았다. 그런 까닭에 항시 말간 민낯으로 다녔거늘 그런 소흔에게 짙은 화장을 입히고 있으니.

"언니, 제가 언닐 믿지 못해서가 아니라 그저 궁금해서 그러는데, 혹시…… 파락호의 애첩이 어떤 건지 아세요?"

자신 있게 분첩을 열고 연지를 개던 미요의 손이 허공에 멈추었다. 도도하고 강직하여 저 스스로 진짜 출신을 밝히지 않는 이상 누구나 제후의 질녀임을 의심치 않는 미요다. 서슴없이 사람을 부리는 태도며 손에 물 한 방울 묻히지 않고 자랐을 분위기가 그러했다. 때문에 파락호나 그의 애첩처럼 다소 저급한 부류에 대해 알고 있을까 하는 의문이 들었다.

"만나본 적은 없지만 천박하고 야한 미색이지 않을까?"

"만나본 적이 없는 것치고는 꽤 핵심을 파악하고 있네요."

미요의 손이 다시금 분주해졌다. 면경이 멀리 치워져 있어 소흔은 저가 어떤 모습인지 알 도리가 없었다. 자신은 화장하는 법을 모르니 수차례 해보았다는 미요의 손에 맡길 수밖에.

"그런데 정말 귀시가 있대요? 확실하대요?"

"직접 가봤다는 사람을 찾았어. 한 달마다 바뀌는 표시도 알아냈고."

"수연…… 청 공자가 물어온 정보죠?"

왠지 믿음이 가지 않는다며 입을 삐죽이던 소흔은 미요로부터 가만있으란 타박을 들었다. 최대한 천박하고 야한 화장이 소흔의 낯 위로 덧입혀지고 있었다. 한 식경에 걸친 작업도 어느덧 끝이 가까워졌다.

"가보면 알겠지."

"근데 왜 하필 파락호와 애첩으로 위장하는 거래요? 두 사람은 아가씨와 하인인데."

"냉혹한 여마두(女魔頭)와 수족이지."

미요가 정정했다.

"정체가 무엇이든 일단은 소녀를 납치해 되파는 자들인데 우리 여자끼리만 다니기도 그렇고, 그런 곳을 여자 둘이서 다니면 누구나 의심스럽게 볼 테니까 말이야. 그렇다고 넷이서 우르르 몰려다니는 것도 눈길을 끌 테지. 결국엔 남은 건 남녀 짝을 지어 다니는 건데."

미요는 손가락으로 입술연지를 찍어 발라 마무리했다.

"그는 내가 싫대."

"아."

"나도 그가 싫고."

소흔은 딱히 어떤 반응을 보여야 좋을지 몰랐다.

"우리 둘이 붙어 있으면 그럴듯한 그림이 안 나온단다."

"저랑 있으면 그림이 되고요?"

미요가 귀엽다는 듯 웃었다.

"네가 직접 보고 판단하겠니?"

소흔은 미요가 가져다준 면경을 들여다보고 말을 잃었다. 서둘러 장만한 의상부터 머리 모양, 화장까지 모든 게 급조했다고는 믿기 어려울 만큼 완벽했다. 아, 이 '완벽'이란 게 좋은 건지 모르겠어. 소흔이 면경 속 낯선 얼굴을 한참을 들여다보았다. 저가 움직이는 대로 면경 속의 사람도 움직이는 걸 보니 정말 본인이 맞는 모양이다.

소흔은 어색한 기색을 지우지 못하고 애첩이 부림 직한 교태를 꾸며보았다. 반쯤 드러난 어깨를 살짝 추어올리기도 하고, 상대가 얄밉다는 듯 토라진 표정을 짓기도 했다. 미요는 풍국의 저택을 드나들던 가기(歌妓)들을 떠올리고는 몇 마디 조언을 해주었다. 그러다가 무심하게 혼잣말을 했다.

"물이 끓겠는걸."

소흔이 방금 말을 못 들었다고 하려는 찰나 누군가 방문을 세게 두드렸다. 북쪽으로 가는 시간도 고려해야 하는데 언제까지 기다려야 하느냐며 연청이 왈칵 문을 열어젖혔다.

평소의 모습과 다를 바 없는 그의 뒤로 검은 옷을 입고 머리를 내린 녹산이 보였다. 항상 하나로 올려 묶던 머리를 내리고 웃음기를 지웠을 뿐인데 여마두의 음침한 수족 역할이 꼭 들어맞았다.

저가 어떤 모습인지 깜빡 잊은 소흔이 녹산을 칭찬했다.

"오라버니, 근사해요! 진짜 악당 같은 걸요?"

이상하게도 두 남자의 표정이 바뀌질 않았다.

어째 말 한마디 없고.

"저기."

눈치를 살피던 소흔은 그나마 매달릴 수 있는 미요를 향해 말했다.

"우리 가봐야지 않나요?"

검붉은 옷을 입어 오늘따라 더욱 냉혹하게 보이는 미요가 고개를 끄덕였다. 네 사람은 아무 말 없이 여관을 나와 마차를 탔다. 여느 때처럼 녹산이 고삐를 잡았다. 작은 마차는 어둠 속을 달리고 달려 영주성의 북쪽으로 접어들었다. 오는 내내 창밖을 힐끔거리며 기녀들의 흐트러진 몸가짐을 눈에 익히던 소흔이 기이한 침묵을 깼다.

"연청 공자."

여관 방문을 연 이후로 말 한마디 없던 연청이 슬쩍 눈길을 줬다가 다시 창밖을 응시했다.

"왜 하필 파락호와 애첩이에요? 공자가 파락호인 건 알겠어요. 뭐, 굳이 연기를 하지 않아도 될 테니까."

연청의 눈가가 가늘게 떨렸다. 반면 허리를 꼿꼿이 세우고 앉아 있던 미요의 입가에는 자세히 보지 않으면 모를 만큼 희미한 미소가 걸렸다.

"그런데 왜 난 애첩이냐구요. 미요 언니, 녹산 오라버니야 입 다물고 무게 잡으면 끝이라지만 난 잘 하지도 못하는 연기를 해야 하잖아요."

미요가 욕인지 칭찬인지 모를 말을 하며 끼어들었다.

"소흔이, 어울리던걸. 아까 방에서 연습하던 대로만 하면 귀도 홀릴 거야."

"오늘따라 말이 많군, 풍미요."

연청이 마차 지붕을 두드렸다. 표시를 확인했다는 뜻이다. 연청의 지시에 따라 녹산이 으슥한 담벼락에다 마차를 세웠다. 여기서부터는 둘씩 짝을 지어 걸어가야 한다. 시간 차를 두기 위해 미요와 녹산이 먼저 출발했다. 둘은 한 사람이 간신히 통행할 만큼 비좁은 골목으로 모습을 감추었다.

남은 두 사람 사이의 침묵이 일각가량 이어졌다. 연청은 무심함을 가장한 눈길로 소흔을 보았다. 여관에서 처음 마주했을 때의 충격이 아직도 가시지 않았다. 진한 화장을 덧씌운 소흔은 웬만한 기녀는 고개도 들이밀지 못할 만큼 요염한 분위기를 풍기고 있었다. 새치름하게 뺀 눈꼬리와 콕 찍은 애교 점은 대체 누구의 발상인지 궁금할 정도로 기가 막혔다.

"귀시라니, 또 어떤 귀가 버티고 있을까……."

잠깐 소흔의 염태에 빠져 있던 연청은 혼잣말로 중얼거리는 소리에 정신을 차렸다. 가만 보니 소흔은 불안한 눈으로 연신 골목 쪽을 힐끔거리며 가늘게 몸을 떨었다.

"설마 인육을 팔고 그러진 않겠지?"

어디서 주워들은 괴담이 떠올랐는지 울상을 하였다.

"징그러운 건 정말 싫은데……."

"볼수록 희한하군."

연청이 끼어들었다.

"넌 녹주에서도 그렇고 여기 오는 길에도 그렇고, 막상 대면하면 다 죽일 기세로 달려들면서 매번 왜 그리 무서워하지?"

"무서운 걸 어떡해요."

소흔은 사내 한둘쯤은 눈짓만으로 녹여 버릴 미태를 하고서는 어울리지 않게 웅얼웅얼 말을 이었다.

"어떻게 생겼는지도 모르는데 어디서 튀어나올지조차 모른다고 생각하면 뒷목이 서늘하단 말이에요. 그리고 다들 짜기라도 했나. 하나같이 뒤에서 나타나 덮치잖아요."

뒤에서 스멀스멀 귀기가 느껴질 때의 기분이 제일 싫다며 소흔은 진저리를 쳤다. 정작 귀를 마주하면 달라질지도 모르나 지금으로선 연청이 조금만 정색하고 겁을 주면 눈물을 툭 떨어뜨릴 것 같았다. 이런 녀석을 귀시에 끌고 왔으니. 물이 무섭다는 아이를 강으로 떠민 꼴인가. 연청은 쓴웃음을 삼켰다.

"아, 싫어, 이런 초조한 기분은."

"겁 많은 참견꾼이라……. 널 데리고 살 사내는 고생 좀 하겠군."

연청의 말에 소흔이 눈을 동그랗게 뜨고 그를 쳐다보았다. 소흔이 접견을 무사히 마치고 난 다음에 대해 이야기할 때마다 꿈 한번 야무지다며 조소했던 그다. 그랬던 연청이 무려 혼인을 입에 담았다. 연청은 네 녀석이 밤낮으로 훗날 타령을 하니 제게도 옮은 모양이라 대꾸했다.

"이래 봬도 홍안 상가 전체가 이 염소흔에게 눈독 들이고 있다고요. 혼담이 물밀 듯이 들어오면 난 그중에서 골라잡기만 하면 돼요. 물론 이해심 많고 다정한 사람을 고를 테니 그런 걱정을 해줄 필요는 없네요."

연청에겐 한마디도 지고 싶지 않은 마음이 귀시에 대한 두려움을 이긴 것인지 소흔은 또박또박 응수했다.

"이해심 많고 다정하단 말이지……. 그자의 포용력이 얼마나 대단할지는 모르겠지만 아내가 혼인 전 낯선 사내와 긴 여행에 동숙에 입맞춤까지 한 걸 알면 꽤 배가 아플 거다. 제아무리 여기보다 자유로운 제후국이라 해도."

"연청 공자가 하실 말씀은 아니죠."

소흔이 눈을 가늘게 뜨고 흘겨보았다.

"자꾸 내 미래의 남편을 안 좋게 말하는데 그 사람은 그러지 않을 거라니까요. 거기다 난 숨김없이 다 얘기해 줄 거예요. 여행, 동숙 모두 내가 원한 게 아니라 어쩔 수 없는 상황이었다고."

"입맞춤은?"

연청이 팔짱을 끼며 빙긋 입꼬리를 올렸다.

"그건."

그를 흘겨보는 눈매가 더 날카로워졌다.

"얼떨결에 몹쓸 장난에 당한 거예요. 처음이자 마지막이었고."

"그러니까 그걸 남편에게 다 들려주겠다고?"

한 점 부끄럼이 없으니 저는 당당하다 고개를 치켜드는 소흔을 향해 연청이 실소를 흘렸다. 두고 볼수록 새로운 허술함이 드러난

다. 이토록 빈틈이 많을 줄이야.

"잘도 이해하고 받아주겠군."

"그렇겠죠."

"……사내를 그리 모르나."

게다가, 하고 연청이 말을 이었다.

"내가 일찍이 근거 없는 확신은 금물이라고 말한 것 같다만."

"뭐가 근거 없는 확신이란 거죠? 처음이자 마지막? 그게 어때서요. 두 번은 당하지 않을 거예요. 내가 안 하겠다는데."

"내가 할지도 모르지."

소흔의 말문이 막혔다. 어느새 무심한 얼굴로 돌아온 연청을 쳐다보며 소리 없는 비명을 지르는 것 같았다. 또? 입맞춤을 또 하겠다고? 아마 이런 생각을 하고 있으리라. 연청이 힐긋 골목을 쳐다본 뒤 말했다.

"슬슬 가보자, 애염(愛炎)."

도발이 제대로 먹혀들었는지 잠깐 멍한 상태이던 소흔이 반응했다.

"……이름하고는!"

"왜? 애첩의 가명으로는 훌륭하지 않나. 적당히 천박하고 농염한 게."

연청은 허리춤에 끼고 있던 미주(美酒)를 서너 모금 삼킨 다음 걸음을 옮겼다. 좁은 골목에서는 연청이 앞서고 소흔이 뒤를 따랐다. 그리고 긴 골목을 벗어난 순간, 소흔은 저도 모르게 연청의 품으로 안겨들었다.

사람들의 입소문을 통해서만 전래되는 귀시(鬼市). 영주성 사람들은 악귀들이 아름다운 소녀를 잡아가 노예로 판다고 믿고 있었다. 반은 맞고 반은 틀렸다. 그곳에선 분명 한눈에도 어여쁜 소녀들을 팔았다. 그러나 소녀들을 파는 것은 귀가 아니었다. 떠들썩하게 손님을 끌고 있는 이들은 엄연한 인간이었다. 충격적인 것은 따로 있었다. 그자들이 팔고 있는 소녀들.

소녀들은 귀(鬼)였다.

그제야 귀시의 정체를 깨닫게 된 둘은 멀리서 자신들과 비슷한 얼굴을 한 채 돌아다니는 미요와 녹산을 보고 입을 다물었다. 귀시는 악귀들이 납치한 인간 소녀를 파는 장이 아니었던 것이다.

귀시는 인간들이 소녀귀를 파는 장터였다.

"웃어."

연청이 제 품에 안긴 소흔을 더욱 끌어당기며 말했다. 충격적인 광경에 얼이 빠져 있던 소흔은 말을 알아듣는 속도가 느렸다. 그가 소흔의 볼을 꼬집는 척하면서 다시금 일깨웠다.

"좋은 구경을 시켜주는 것이니 응당 웃어야지 않느냐, 애염?"

"……정말이지, 들어주기 힘든 이름이에요."

소흔이 간신히 정신을 차렸다. 이에 연청이 씩 웃었다.

"가지."

연청이 술을 더 들이켰다. 중요한 일을 하는데 술을 마셔서야 되겠느냐 한마디 하려던 소흔은 평소보다 유난히 주향(酒香)이 진함을 깨닫곤 혹시 그가 일부러 이러는 것인지 의문이 들었다.

두 사람은 누가 봐도 술에 취한 파락호와 어리고 예쁜 첩이었다. 그의 품에 안겨 다니자 든든한 바람막이에 둘러싸인 기분이 들어 소흔의 긴장도 서서히 풀려갔다. 귀시에 들어온 지 일각쯤 지나자, 소흔은 비로소 차분히 관찰할 수 있었다.

귀시의 규모는 예상보다 크고 번듯했다. 눈대중으로 대략 열두어 명의 판매자가 있었다. 주변의 대화를 귀담아들은 두 사람은 그들을 가리켜 '전매귀(田賣鬼)'라 부름을 알게 되었다. 노랗고 붉은 등이 가판(街販)마다 달려 흡사 번화가의 야시장을 연상케 했다.

주로 먹을거리를 파는 보통 야시장과 다른 게 있다면 가판 뒤 의자마다 앉아 있는 소녀귀들이었다. 모두 한 떨기 꽃처럼 아름답게 치장하고 조용히 앉아 있었다. 전매귀들은 저마다 가판 앞으로 나와 박수를 치며 손님을 끌어들였다.

그중 한 전매귀가 다른 가게와 남다름을 강조하기 위해 어린 소녀귀를 지목하여 노래를 부르라고 하였다. 맥없이 앉아 있던 소녀귀가 곧 낭랑한 곡조를 뽑아냈다. 많은 손님들이 걸음을 멈추고 노래를 들었다. 그러자 다른 가게도 덩달아 너도 노래를 부르라느니 금(琴)을 타라느니 아무것도 못하면 자수 놓는 척이라도 하고 있으라느니 소녀귀들을 들볶았다.

"너무 어려요."

연청의 가슴팍을 쓸어내리며 소흔이 속삭였다.

"방금 지나친 주홍색 옷을 입은 아이는 많아봤자 열네 살일 거예요."

연청이 나른한 미소를 띤 채 목소릴 낮춰 대답했다.

"어림잡아 백 명은 되겠어. 한데 왜 다들 조금도 반항을 하지 않지?"

"사람의 경우와 같은 게 아닐까요? 약점을 잡힌 거죠."

"귀의 약점이라니, 짐작도 안 가는군."

소흔의 눈이 선연하게 빛났다. 정체를 모를 땐 두려움에 떨지만 정작 대면하게 되면 상대가 무엇이든 무서움을 잊는 그녀다. 귀시의 본모습을 파악한 지금, 그녀는 모든 두려움을 잊었다. 대신 이 소녀귀들이 팔리게 된 전말을 캐내야겠단 결심이 섰다.

그녀가 한 가판 앞에 멈춰 섰다. 화사한 치자색 비단옷을 입은 소녀가 눈에 들어왔다. 녹주성에서 만난 여경과 비슷한 나이대라 더욱 마음이 갔다.

"부인, 이 아이가 맘에 드십니까? 안목이 대단하십니다그려!"

코 옆에 커다란 사마귀가 난 사내가 호들갑을 떨었다. 귀를 사고파는 자들이라 하여 험상궂게 생겼을 거라는 건 착오였다. 소흔에게 침을 튀겨가며 상품의 뛰어남을 설명하는 사내는 평범하기 그지없었다. 다른 전매귀와 손님들도 마찬가지였다. 쌈짓돈을 들고 나온 농부처럼 보이는 이도 있고 책만 팔 것 같은 서생도 몇몇 보인다. 오히려 냉혹함을 가장한 미요와 녹산이 돋보일 정도였다.

사내는 설명을 하다 말고 소녀귀더러 일어나 제자리서 한 바퀴 돌아보란 주문까지 했다. 고운 외모와 달리 나이에 어울리지 않게 가라앉은 분위기를 지닌 소녀귀는 아무 말 없이 사내의 말에 따랐다. 빙그르르 돌자 풍성한 치맛단이 퍼지면서 요요한 맵시가 드러났다.

"절대 후회 없으실 겁니다. 우리 가게에서 제일 말도 잘 듣고 예쁜 애랍니다."

이건 뭐 말이 귀시지 저급한 기루(妓樓)나 다를 게 없네. 소흔은 불쾌함을 감추려 애썼다. 그리고 그 공백을 연청이 자연스레 메우며 들어왔다.

"예쁜 건 알겠는데 말을 잘 들을지는 모르겠군. 괜히 호기심에 하나 샀다가 안 산 것만 못하게 되면 어쩔 텐가?"

그가 술이 든 가죽 주머닐 꺼내면서 실수인 척 허리춤에 맨 전낭(錢囊)을 툭 건드렸다. 한눈에도 화려한 전낭은 쩔걱이는 소리로 미루어보아 묵직하기까지 했다. 이거 푼푼이 쌈짓돈과는 비교가 안 되는 손님이구나. 사내의 표정이 더욱 밝아졌다.

"아이고, 나리. 제가 여기서 한두 해 장사하는 것도 아니고 그럴 리가 있겠습니까요. 이 아이가 소란 피울 리도 만무하지만 혹시 만에 하나 걱정되신다면."

사내가 가판 아래에서 무언가를 꺼냈다. 새하얀 종이 인형이었는데 이를 본 소녀귀의 안색이 그야말로 새파랗게 질렸다. 커다란 눈망울에 짙은 두려움이 어렸다. 얼마나 오들오들 떠는지 소흔은 위장 중인 것도 잊고 그만 겁내지 말라고 다독일 뻔하였다.

"여기 바늘로 이 인형을 찌르시면 됩니다. 많이 할 필요도 없어요. 두어 번이면 족하지요. 그럼 대번에 순종적인 모습으로 돌아오게 될 겁니다."

"일종의 벌인가 보군."

"그렇습지요. 예예."

사내가 눈을 반짝이며 웃었다. 그러다가 어느 순간 떳떳치 못한 일을 하는 자들만이 가지고 있는 육감이 발동했는지 눈빛이 조금 달라졌다. 군침을 흘리며 어느 것을 살까 돌아다니는 다른 손님들과 다른 무언가가 느껴진 것이다. 특히 소흔에게서 그런 것이 느껴졌는지 찬찬히 탐색하는 듯한 눈으로 그녀를 주시했다. 바싹 엎드릴 때라고 소흔은 직감했다.

"계집애는 많은데 사내는 안 보이네요?"

소흔이 흐트러진 머리 타래를 손가락으로 꼬며 뽀로통하게 말했다.

"여자 손님들을 너무 무시하는 거 아닌가."

"하하하, 부인. 옆에 이미 누구보다 잘난 분이 계신데요, 뭘."

여전히 일말의 의혹을 떨치지 못한 사내를 향해 소흔이 사르르 눈웃음을 지었다. 평소라면 나긋하고 귀엽게 보였을 터이나 야한 차림을 한 지금으로선 요염한 색기가 녹아 흘렀다.

"사람 욕심은 끝이 없잖아요."

다 아는 사람끼리 왜 이러냐는 듯 그녀가 눈짓하자 사내의 입가에 헤벌쭉 웃음이 걸렸다. 사내가 저도 모르게 소흔의 몸태를 눈으로 훑어 내렸다. 저가 팔고 있는 소녀귀들보다 훨씬 탐스러운 몸이다. 거기다 살아 숨 쉬는 인간이라 살결이 따스하기까지 할 터. 구석구석 보고 있자니 어느새 아랫도리가 뭉근해지는데 연청이 웃는 낯으로 끼어들었다.

"매일 밤 시달리고도 아직 만족을 못했느냐?"

어쩐지 이를 지그시 악물고 하는 말 같아 소흔이 고개를 모로 틀었다.

"생각보다 덜 시달렸는데."

연청의 미소가 더욱 그윽해졌다.

"나리도 이제 몸이 벅차실 때잖아요. 하루하루가 다르니까. 반면 소첩은 한창 물오른 나이라서."

소흔이 사내에게 지었던 눈웃음을 연청에게도 보냈다. 다만 아까와 다른 점이 있다면 지금 짓는 웃음엔 뼈가 들어 있다 할까. 연청이 너털웃음을 터뜨리더니 앙탈부리는 게 귀엽다는 듯 맵시 좋은 엉덩이를 톡톡 두드렸다. 두드린 손은 떼지 않고 그대로 두었다.

"아직 사흘 밤낮은 문제없다."

"호언장담은 질렸으니 보여주기부터 하시죠?"

소흔이 연청의 몸에 치대는 한편 눈짓으로 위협했다. 손 치워, 이 호색한아. 연청은 미소를 거두지 않은 채 기습적으로 그녀의 입술을 탐해왔다. 향기로운 주향이 감도는 사이로 그가 혀를 밀어 넣었다. 다른 이들의 시선 따윈 개의치 않고 농밀하게 소흔의 입술을 빨아들였다.

이것이 사내의 의심을 완전히 지우기 위함이란 걸 알고 있는 소흔으로서는 그를 밀어낼 수가 없었다. 두 번째 입맞춤은 없을 거라던 자신의 확언은 일단 생각 않기로 했다. 서로의 혀가 얽혀들었다. 소흔의 입술연지가 번질 무렵에야 연청이 만족스런 웃음을 지으며 물러났다. 그가 탁해진 목소리로 말했다.

"넌 내 것이다."

소흔이 눈을 가늘게 떴다. 저절로 나오려는 반박은 애교 섞인 비음으로 대신했다. 연청이 그녀의 고운 턱을 잡고 다시 한 번 말했다.

"깜찍하게 어디서 한눈을 팔아?"

소흔은 그의 품에 안겨들며 곁눈질로 사내를 훔쳐보았다. 그는 제 눈앞에서 대놓고 진한 애정 행각을 벌이는 두 사람에 완전히 의심을 내려놓았다. 그런 한편 번득이는 눈으로 소흔의 몸을 탐했다.

왠지 연청과는 다른 느낌. 연청의 짓궂은 장난이 그녀를 당황케 하거나 화를 돋우는 데 그친다면 사내의 시선은 그녀로 하여금 강한 불쾌감이 들게끔 하였다. 소흔은 연청에게서 떨어지면서도 그의 뒤로 살짝 몸을 숨겼다.

"나리, 소첩이 잘못했어요. 잘못했으니까…… 저거 하나만 사주셔요."

"잘못을 했는데 선물을 사달라니 뭔가 말이 이상하지 않느냐?"

연청의 구박에 소흔이 팔을 잡고 매달렸다. 잡은 팔을 살살 흔들며 애교를 부리자 지나가던 행인들도 한 번씩 눈길을 주었다. 어여쁜 입술을 뾰로통하게 내밀고 그를 졸랐다.

"나리, 하나만. 딱 저것만. 아이, 가군. 네?"

연청이 딴 데로 눈을 돌리며 모른 척하였다. 그렇지만 입가에 슬며시 번져 나가는 미소는 감출 수가 없었다. 구 척에 이르는 언월도를 가볍게 휘두르던 팔은 소흔이 흔드는 대로 움직였다. 오늘 한몫 잡으리란 감이 왔는지 사내가 추임새를 넣었다.

"부인께서 저리 바라시는데 하나 사주시지요, 나리. 절대 후회 않으실 겁니다요."

"흐응, 연랑. 소첩이 이렇게 부탁할게요. 응?"

연청이 기가 찬 듯 헛웃음을 뱉어냈다. 오냐오냐 해줬더니 버릇만 나빠졌다는 말과 다르게 손은 이미 전낭을 끄르고 있었다. 그가 사내에게 값을 물었다. 사내는 옳다구나 하고 상당히 높은 값을 불렀다.

소녀귀는 평범한 노비보다 훨씬 비쌌다. 연청이 진짜 그 가격이냐고 재차 묻자 사내는 소녀귀의 쓸모에 대해 다시금 긴말을 늘어놓았다. 부인도 빼어난 미모시지만 소녀귀는 또 색다른 매력이 있다는 귀띔도 잊지 않았다. 이에 연청은 더 들어볼 것도 없다는 듯이 호쾌하게 전낭의 돈을 건넸다.

사내가 손바닥 위에 올라갈 만큼 작은 단지를 꺼내주었다. 주술 단지라고도 부르는 그것엔 소녀귀의 혼이 봉인되어 있는데 절대 깨뜨리거나 햇빛을 쬐어선 안 된다고 신신당부를 하였다.

그러면서 아까 보여준 종이 인형을 단지와 함께 포장했다. 종이 인형 역시 태워선 안 된다고, 인형이 불타면 더 이상 벌을 줄 수가 없고 단지가 깨져 안의 내용물이 햇빛을 쬐면 자유의 몸이 되니 조심하라고 주의를 줬다. 소흔은 보석 선물을 받은 애첩만큼이나 기쁜 표정을 지으며 꾸러미를 넘겨받았다. 그리고 두 사람은 북적이는 인파를 헤치고 골목을 빠져나갔다.

❖ ❖ ❖

"해월(海月)이요, 해월. 아주 예쁘게 생겼고 여기 왼쪽 눈 밑에 점이 있어요."

사람들이 갸우뚱하더니 모르겠다는 표정을 지었다. 소흔은 실망을 감추고 인사와 함께 자리를 떴다. 어제 주술 단지를 받아온 그녀는 모두가 있는 자리에서 소녀귀를 불러냈다. 소녀귀는 부름에 응답하여 모습을 드러내긴 했지만 아무 말도 않고 바닥만 내려다보았다. 종이 인형으로 겁을 주면 목소릴 낼 수도 있겠으나 사신들은 그렇게까지는 하고 싶지 않았다.

각자 방으로 돌아간 다음 소흔은 다시 한 번 소녀귀를 불러내어 달랬다. 잠도 자지 못하고 오래도록 설득한 끝에 동이 트기 한 식경쯤 전에 '해월(海月)'이란 이름자를 알아낼 수 있었다. 날이 밝자 그녀는 저잣거리로 탐문을 나섰다. 녹주성에서도 그랬지만 소녀를 안다는 사람은 나타나질 않았다.

"돈을 주고 화공이라도 불러야 하나."

귀의 초상을 그리게 하려면 입막음으로 또 만만찮은 돈이 들어갈 것이다. 산 넘어 산이로구나. 소흔은 한숨을 내쉬며 걸음을 재촉했다. 이번엔 서쪽으로 가볼 생각이다. 날랜 걸음을 옮기던 그녀는 문득 이상한 기분이 들어 뒤를 돌아보았다.

아무도 없다.

"뭐지……."

다시 걷고 있는데 아까 일을 잊을 만할 무렵 또 기묘한 시선이 느껴졌다. 누군가의 인기척. 단순히 같은 방향을 걷는 게 아닌, 다른 목적이 있는, 특히나 여자에게 훨씬 잘 느껴지는 육감이었다. 소흔의 감각이 머리에게 조심하라는 신호를 보냈다.

"그렇지만 여긴 한낮의 큰길이고…… 돌아보면 없는데."

소흔은 한참 동안 뒤쪽에서 눈을 떼지 못하다가 옆에 난 골목으로 꺾어들었다. 그러나 골목 안으로 들어가진 않고 모퉁이에 몸을 숨기고 있었다. 뒤를 밟는 자가 있다면 얼른 그녀를 따라 이곳으로 접어들 것이다. 하지만 한참을 기다려도 그런 자는 나타나지 않았다. 기분 탓이었나 싶어 소흔은 다시 큰길로 나와 두리번거렸다.

"길을 잃은 거요?"

누군가 말을 걸었다. 소흔이 돌아보자 두 사람은 서로를 알아보았다.

"어제 그 소저 아니우?"

"아, 아주머니."

어제 골목까지 따라오며 소흔을 걱정하던 부인이다. 부인은 반가워하며 소흔의 손을 잡더니 밥은 먹었느냐 물었다. 배부르게 먹었다고 답한 소흔은 이후로 이어진 여러 가지 사적인 질문들에 다소 당황했다. 소흔의 그런 기색을 알아차렸는지 부인이 쓸쓸한 미소를 지으며 손을 놓았다.

"모르는 여자가 참 오지랖이 넓다 싶지요?"

"그런 건 아니에요, 아주머니."

"내가 좀 심했구려. 그냥 난 소저를 보니 일찍 죽은 딸아이가 생각나서."

이윽고 부인은 어려운 살림에 약 한 첩 제대로 쓰지 못하고 죽은 딸 이야기를 하면서 소저가 외지에서 온 터라 잘 모르나 본데 여기선 여자 혼자 다녀선 안 된다고, 귀가 눈독을 들여 잡아간다고 말했다. 소흔은 어제 본 귀시의 실상을 부인에게 알려주고 싶었지만 그저 말없이 가만있었다.

"참, 호신부는 받아간 거요?"

소흔이 고개를 저었다. 이미 집을 떠나올 때 언니가 챙겨준 영험한 호신부가 있다며 부인을 안심시켰으나 부인은 한사코 손을 내저었다.

"여기 악귀는 특히 독종이라 하나 갖곤 안 돼요. 바쁘지 않다면 나와 같이 도관에 가서 도사님께 부적을 받아오는 게 어떠우? 우리 이웃집 처녀가 흔적 없이 사라진 일도 있고 해서 내가 신경이 쓰여서 그래요."

차마 냉정하게 거절하지 못하고 소흔이 따라나섰다. 부인은 가면서도 소흔의 손을 꼭 잡고 이렇게 걷고 있으니 딸아이가 돌아온 것 같다고 웃음 지었다. 도관은 멀지 않은 곳에 있었다. '진선도관(眞善道觀)', 세월의 흔적이 새겨진 현판이 그들을 맞았다. 마침 제자들과 함께 대문을 나서는 도사가 있었다. 부인은 얼른 그에게 달려가 공손하게 예의를 차렸다.

"도사님, 호신부가 필요하여 이리 왔습니다."

"빈도(貧道), 도움이 될 수 있다니 기쁠 따름이외다."

도사가 품에서 부적을 꺼냈다. 소흔의 눈엔 그가 건네는 부적이 딱히 특별해 보이지 않았다. 그러나 부인의 성의도 있고 제자들이 보고 있는데 나이 지긋한 도사님을 무안하게 만들고 싶지 않아 이를 건네받았다. 부디 조심히 다니란 부인의 당부를 끝으로 소흔은 작은 소동에서 벗어났다.

그리고 그날 저녁, 사신들의 토의가 길어졌다. 여전히 해월에게서 그 어떤 말도 끌어내질 못했으나 시험 삼아 종이 인형을 집어들자 소녀귀는 경기를 일으키듯 벌벌 떨었다. 대체 얼마나 고통스럽기에, 얼마나 당했기에 저런 반응을 보이는 것인지. 아직 어리게만 보이는 그녀의 모습에 소흔의 마음이 불편해졌다.

문제는 그 어떤 용도로 쓰든 이런 소녀귀를 원하는 수요가 있다는 것이고, 그들의 돈을 취하기 위해 억울한 소녀귀를 만드는 자들이 있다는 사실이었다. 짐작컨대 그냥 어둠 속을 떠도는 아무 귀나 잡아다 만드는 게 아니었다.

이토록 예쁘고 어린 귀들을 백여 명이나 모으기도 힘들 터. 그렇다면 자연히 행방불명되었다는 소녀들에게 넘어가게 된다. 멀쩡한 사람을 납치하여 죽인 뒤 귀로 만드는 것이 아닌가. 사신들의 결론은 이걸로 좁혀졌다.

억울한 소녀들의 목숨이 달린 문제. 그들에게 해월을 판 전매귀의 말에 따르면 이 장사를 '한두 해 하는 게 아니라' 하였다. 꽤 오래도록 해왔다는 소리다. 그 정도 규모의 불법 귀시를 오랫동안 하려면 분명 그들의 뒤를 봐주는 배후가 있어야 한다.

여기서 사신들의 의견이 어긋났다.

발단은 '잠입'이란 말이었다. 적진에 잠입하여 정보를 캐내는 것보다 더 확실하고 빠른 방법은 없다. 시선을 끌지 않기 위해서는 단 한 명만 들어가는 것이 좋다. 나머지는 적진을 주시하며 연락을 기다리거나 상황을 살핀다.

귀시의 배후가 누구든 연청이나 녹산처럼 훤칠한 사내를 필요치 않음은 빤했다. 그럼 소흔과 미요 둘 중 한 명이 미끼가 되어 납치당한다는 것인데, 굳이 입 밖으로 꺼내지 않아도 미요가 적당치 않다는 건 다들 은연중에 알고 있었다. 외모가 아름답고 머리도 비상하지만 궁지에 빠졌을 때 자존심을 내려놓고 굽히는 건 그녀의 능력치를 넘어서는 일이다.

뭐라 할 것도 없이 적임자는 소흔이었다. 소흔밖에 할 사람이 없었다. 그런데 당사자도 찬성한 사안을 연청이 몇 마디 반대하다가 자리를 박차고 나갔다.

"연청 공자."

연청은 소흔의 목소릴 무시하며 창밖만 내다보았다. 소흔도 본능적으로 따라 나오긴 했지만 왜 그가 화를 내는지, 왜 자신은 그를 달래기 위해 나왔는지 저도 모르는 눈치였다. 연청 본인도 소흔에게 납득이 가는 설명을 할 자신이 없었다.

그저 답답하고 화가 났다. 속에서 무언가가 치밀어 올랐다. 왜 염소흔은 매번 뒤 한 번 돌아보지 않고 불길 속으로 뛰어들지 못해 안달인지.

"연랑."

소흔이 손가락 끝으로 그의 팔을 콕 찌르며 짐짓 장난스럽게 불렀다. 이 녀석은 상대를 녹이는 애교가 몸에 완전히 배어 있다. 자각하지 못해 더 위험하다. 귀시에서 위장극을 벌일 때만 해도 피식피식 웃던 연청. 그러나 지금 그는 미동도 하지 않고 철저히 그녀를 무시했다.

"화난 거예요? 왜 화를 내요?"

이만큼이나 먼저 굽히고 나왔는데도 상대가 꿈쩍 않자 소흔도 슬슬 화가 나는 모양이다. 다른 건 몰라도 연청에게만큼은 인내심이 부족한 그녀다. 달래는 듯 살랑이던 목소리가 점점 뾰족해졌다.

"반대는 왜 한 거예요? 누가 봐도 나밖에 없잖아요, 적임자가."

그래서 더 화가 나는 거라고 말하면 잘도 이해하겠다. 연청이 이를 악물고 어둠에 잠긴 밤거리를 뚫어져라 내려다보았다. 저 멀리서 취객들이 흥청대는 소리가 희미하게 들려왔다.

"말 좀 해봐요. 이거 꼭 내가 큰 잘못이라도 한 것 같잖아."

"죽는 게 두렵지 않나?"

연청이 잠긴 목소리로 내뱉었다.

"그렇게 죽고 싶어? 죽지 못해 안달 났어?"

"누가 죽는대요?"

소흔이 눈을 동그랗게 뜨며 반문했다.

"위험한 일이긴 하죠. 그렇다고 죽으러 가는 건 아니에요. 잊었어요? 나 염소흔, 열일곱에 불꽃 속에서 염화궁을 뽑아냈다고요. 정 안 되겠다 싶으면 불화살 날려 버릴 거라고."

연청의 굳은 표정은 그래도 풀리지 않았다. 그는 자신의 말도 안 되는 감정이 어디서부터 시작되었는지 되짚어보았다. 그래, 염소흔의 첫인상은 귀찮음이었다. 수국에서도 모두가 저를 불쾌한 눈으로 보았지만 아무도 감히 그의 면전에서 무례함을 지적하지 않았다. 잘못 건드렸다가 술 취한 미친놈에게 크게 당할 것이 두려워서이다.

그런데 소흔은 첫날부터 그의 술병을 깨부수고는 얼토당토않은 믿음을 들이댔다. 그는 단번에 소흔이 어떤 유형인지 파악하고 햇살아가씨니 참견꾼이니 하고 빈정거렸다. 그리고 그것은 다 한때라고 생각했다. 이제 곧 세상의 쓴맛을 보고 좌절하는 날이 올 거라고.

정말 이상했던 것은 소흔이 귀녀 장여경을 통해 사내의 변심을 깨닫게 되었을 때 제 생각만큼 유쾌하지 않았다는 점이다. 싸구려 술을 들이켜며 우는 모습을 보고 한껏 비웃어야 마땅한데 이상하게 마음 한편이 씁쓸했다. 곧 소흔도 연청 저처럼 될 거라 하였지만 이토록 빨리 좌절하는 걸 보고 싶지는 않았다.

그도 한때 아름다운 꿈만 꾸며 산 적이 있기에, 그 꿈이 깨질 때의 고통이 얼마나 지독한지 누구보다 잘 알기에 소흔을 비웃는 한편 그녀의 꿈이 무사하기를 바랐나 보다.

"……넌 부나비 같군."

연청이 거의 한숨과도 같은 목소리로 중얼거렸다.

"불이 위험한 줄 알면서도 뛰어들고 또 뛰어드는 부나비."

"이 나비는 불을 다룰 줄 안다는 점에서 특별하죠."

소흔이 기어코 한마디 끼어들었다. 그러더니 조심스레 물었다.

"혹시…… 걱정하는 거예요?"

연청은 순식간에 현실로 돌아왔다. 그는 말이 끝나기도 전에 차갑게 비웃었다.

"망상이 지나치군."

그가 몸을 돌려 소흔을 쳐다보았다.

"내가 왜 널 걱정해야 하지?"

"그럼 그게 아니라면 왜 반대를 하고 왜 화를 내는 건데요?"

"화난 게 아니야. 짜증이지."

"뭐가 다른 거야?"

혼자 구시렁대는 소흔에게 그가 사뭇 위협적으로 다가섰다.

"그렇게 자신하니 딱히 할 말은 없군. 그저 남들에게 민폐나 되지 않도록 해."

"민폐라니 무슨 그런 말을!"

"내일 시작할 테지? 그래, 평소처럼 말갛게 웃으며 한적한 골목을 서성여 보라고. 이게 웬 떡이냐 하고 잡아갈 테니까."

연청의 방문이 쾅 하고 닫혔다. 소흔은 끝까지 상황을 파악할 수가 없어서 기가 막혔다. 눈치가 빠르면 뭐 하나. 저 남자의 속내는 도무지 알아채기가 불가능한데. 내가 불을 다룰 줄은 알아. 그런데 그거 빼고 다른 능력은 없다고. 사람이 말을 해야 알아듣지!

결국 그녀는 씩씩대며 제 방에 들어가 누웠다. 너무 분해서 피곤한 몸에도 불구하고 잠이 잘 오질 않았다.

다음날 오후, 연청은 오늘따라 머리를 양 갈래로 느슨하게 땋아 내려 더욱 앳되어 보이는 소흔이 손수건에 입이 틀어 막혀 혼절하는 광경을 멀리 숨어서 지켜보았다. 빌어먹게 생긴 사내들은 손속이 제법 거칠었다. 손수건에 약을 묻혔는지 소흔이 낙엽처럼 쓰러졌다. 혼절은 연기가 아닌 것 같았다.

연청의 미간에 힘이 들어간 가운데 사내들은 소흔을 포대자루 안에 넣고 이미 여러 개의 짐이 쌓여 있는 수레에 그녀를 실었다. 모르는 사람이 보기에 그들은 그냥 짐수레를 옮기는 일꾼처럼 보였다.

―전을(田乙)이라는 사람은 귀신 부리는 방법을 알고 있어 붙잡은 귀신을 파는 것을 직업으로 삼았다. 의식주부터 처자 부양하는 비용까지 모든 것을 귀신을 팔아서 벌었기 때문에 사람들은 그를 일러 '전매귀(田賣鬼:귀신 파는 전 씨)'라고 하였다.

―낙균(樂鈞)의 '이식록(耳食錄)' 중 발췌.

―재접파 도사 왕만리(王萬里)가 사용했던 것이 이 술법이다. 왕만리는 주월서(周月西)라는 16세 소녀에게 주술을 걸었다. 숲으로 주월서를 유인해 화려하고 아름다운 옷을 입힌 후 가슴에 구멍을 뚫어 심장을 파냈다. 이어서 종이 인형을 제작하여 조종했다. 인형을 바늘로 찌르면 귀가 된 주월서가 극심한 고통을 느끼게 만든 것이다. 그러나 주월서를 구입한 관리의 상관이 주월서의 사연을 알고 왕만리를 잡아다 사형시킨 다음 소녀를 자유의 몸이 되게 하였다.

―원매(袁枚)의 '속자불어(續子不語)' 중 발췌.

소흔은 기분 나쁜 두통과 함께 깨어났다. 어둠에 익숙해지지 않는 눈이 침침했다. 우선 아무것도 보이지 않았다. 코로 들이마시는 공기는 축축하고 불쾌했다. 무의식중에 지하실이란 직감이 들었다. 몸을 일으키자 등 뒤로 단단한 벽이 느껴졌다. 밧줄로 묶인 두 손을 이리저리 휘둘러 본 그녀는 자신이 지하실의 모퉁이에 앉아 있음을 깨달았다.

불이 필요했다. 따뜻하고 밝은 불.

시야가 트이면 무엇을 보게 될지 조금 두려웠지만 소흔은 정신을 집중하고 손끝으로 신력을 모았다. 곧 작은 불꽃이 손끝에서 타올랐다.

"누구……."

가까운 곳에 기진맥진해 있던 소녀가 눈을 가렸다. 두세 명의 소녀가 비슷한 행동을 했다. 소흔은 절대 크다고 할 수 없는 지하실 내부를 눈으로 훑었다. 열다섯 명의 소녀가 빼곡하게 앉아 있었다. 그들은 소흔과 달리 손발이 자유로운데도 손끝 하나 까딱할 기운이 없는지 어떤 반응도 보이지 않았다. 가장 생기발랄할 나이임이 믿기지 않을 정도로 심신이 피폐해 보였다.

"손에, 손에 불이 붙었어요."

그나마 말할 기운이 남아 있는 소흔 또래의 처녀가 놀라 조그맣게 외쳤다. 그녀를 향해 소흔이 웃어 보였다.

"하나도 안 뜨거우니까 걱정 마세요."

"그렇지만 불이……."

"전 화국 출신이거든요."

화국 사람이라고 누구나 이런 능력을 지닌 건 아니지만 오히려 장황하게 설명하면 역효과일 것 같았다. 소흔의 대답에 몇몇 소녀가 관심을 보였다.

"이젠 제후국 소저들도 잡아오나요?"

"화국에서 납치된 거예요?"

"아, 그건 아니에요. 사실 전 일부러 잡혀왔어요."

소녀들의 얼굴에 경악이 번져 나갔다. 소흔은 바깥에 동료들이

기다리고 있음을 밝힌 뒤 혹시 해월이란 소녀에 대해서 아느냐고 물었다. 생김새를 제법 상세하게 설명했음에도 그녀에 대해 아는 이가 없었다. 열 명의 답을 들었을 즈음, 구석에 쓰러져 있던 한 처녀가 어렵게 입을 열었다.

"그 해월이란 소녀, 귀라고 했죠? 귀시에서 샀다고."

"네. 혹시 아세요? 영주성을 들쑤시고 다녔는데 안다는 이가 한 명도 없어요."

"그럴 수밖에요. 그녀는…… 백 년도 더 전의 사람이니까."

머리를 띵 울리는 충격에 소흔은 잠시 할 말을 잃고 말았다. 최근 사라진 소녀 중 하나라 생각했다. 아마 외지인이라 아는 이가 없나 보다 하고. 그런데 이유는 따로 있었던 것이다. 십오 년여 전에 죽은 여경과 금화도 사람들의 기억에서 사라진 판에 백 년도 더 전에 죽은 소녀를 사람들이 알 턱이 있나.

그건 그렇고, 처녀의 말은 해월이 귀가 된 지 백 년이 더 지났다는 뜻이 된다. 귀가 된 직후부터 이 주인, 저 주인에게 팔려 다니며 몹쓸 짓을 당했다면 그녀가 말을 잃은 것도 이해가 되었다.

"소저는 어떻게 해월을 아는 거죠?"

"그들은 우리와 귀를 한곳에 두지 않아요. 그러니 평소라면 절대 마주칠 일이 없죠. 하지만 그날은 예외였어요. 내가 처음으로 그…… 중에 복도 바닥을 닦던 그녀와 눈이 마주쳤어요. 우리 둘은 한동안 멍하니 서로를 쳐다보았죠. 그녀는 내가…… 끝날 때까지 눈을 떼지 않았어요. 나도 마찬가지였고요."

소흔이 '그들'에 대해 좀 더 자세히 물으려는데 저 멀리 복도 끝에서 발소리가 들렸다. 맥없이 늘어져 있던 소녀들의 몸이 부들부들 떨리기 시작했다. 소흔은 급히 신력을 거둬들였다. 걸음을 옮길 때마다 짤각짤각 열쇠 꾸러미 부딪치는 소리가 났다. 구멍으로 열쇠를 집어넣고 돌리는 소리가 이어졌다.

지하실 안으로 불쑥 얼굴을 들이민 사내가 턱짓으로 소흔을 가리켰다. 그러자 수하로 보이는 두 사내가 들어와 소흔을 일으켰다. 소녀들은 흐느낌을 참으며 애써 시선을 피했다.

콰!

지하실 문이 닫혔다. 복도로 나온 소흔은 두려움에 질려 아무 말도 못하는 척하며 지하 내부 구조를 살폈다. 소녀들을 감금한 것으로 짐작되는 방은 도합 다섯 개였다. 그리고 그 방들을 거쳐 쭉 걸어 나가면 양쪽으로 창살이 달린 이상한 방이 나왔다. 벽에 걸린 각종 도구와 연장을 보고 소흔은 '작업실'이란 단어를 떠올렸다. 그 방을 지나칠 때 비릿한 냄새가 훅 느껴졌다.

그제야 소흔은 슬며시 겁이 났다. 작업실이란 단어 말고 다른 말이 떠올랐기 때문이다. 하지만 그 말을 곱씹을수록 살갗이 싸늘하게 식는 기분이라 애써 평정을 찾으려 노력했다.

도살장.

소흔의 머릿속을 떠나지 않는 말은 바로 이것이었다.

"새 상품이 왔군."

어디선가 들어본 듯한 목소리에 소흔이 고개를 들었다. 같은 지하실이지만 이제껏 지나쳐 온 방과는 전혀 다른 깨끗하고 널찍한 방이었다. 창문이 없는데 공기가 탁하지 않다는 것은 어딘가 바람

구멍이 있다는 말. 그러나 소흔의 날카로운 관찰도 거기까지였다. 전혀 뜻밖의 얼굴과 마주친 것이다.

"진선도관 도사?"

어제 소흔에게 호신부를 주었던 바로 그 도사였다. 소흔도 당시 상황이 조금 꺼림칙하긴 했지만 제 과민 반응이라 여겼지 설마 잔혹한 귀시의 배후에 도를 닦는 자가 있을 줄은 몰랐다. 뻔뻔하게도 도사는 도복과 관을 그대로 걸친 상태였다. 그의 뒤로 제자들이 기립해 있다.

"일몽(一夢), 네 의견을 말해보거라."

일몽이라 불린 제자가 흐뭇한 미소를 지으며 말했다.

"외양, 나이, 생기 모두 최상입니다. 교접 단약을 만들기에 적합합니다, 사부님."

"삼몽(三夢), 넌 사형의 생각에 동의하느냐?"

"제 생각은 좀 다릅니다. 오랜만에 생기 넘치는 재료가 들어왔으니 바로 귀화(鬼化)함이 어떨까 싶습니다. 사부님도 아시다시피 요즘 귀들 상태가 썩 좋지 않습니다."

"소제 육몽(六夢)은 대사형 의견에 찬성입니다."

가느다랗게 찢어진 눈이 사특해 보이는 사내가 끼어들었다. 그가 군침을 삼키며 소흔을 낱낱이 관찰했다. 도복 하의가 이미 팽팽하게 솟아올라 있다. 다른 제자가 혀를 차며 그를 탓했다.

"사제는 물건을 너무 함부로 다룹니다. 돌려가며 써야 오래 가는데 하나 점찍었다 하면 생기를 완전히 바닥내지 않습니까. 저번만 해도 백 일은 너끈히 쓸 수 있는 상등품이었는데 열흘 만에 죽어버려 손해가 이만저만이 아니었습니다."

다들 너무나 차분한 얼굴로 무시무시한 대화를 나누었다. 내용만 모르면 도사님들이 깊은 이치를 논하시는 중이구나 하고 착각할 판이었다. 제자들의 의견이 팽팽히 맞서는 가운데 사부 도사가 결론을 내렸다.

"일몽의 의견은 틀린 적이 없지. 그래, 그럼 교접 단약을 만드는 것으로 하고 일몽과 육몽이 담당하여라. 특히 육몽은 대사형의 일 처리를 잘 보고 익히도록 하라."

"명심하겠습니다, 사부님."

제자들이 한목소리로 외쳤다. 이윽고 소흔을 끌고 왔던 두 사내가 방에 들어와 그녀를 데려가려 했다. 육몽이 잠깐, 하고 멈춰 세우더니 담당인 저가 도맡아 하겠다고 나섰다.

소흔은 허리를 더듬는 손길을 무시하며 얼른 지하 내부 구조를 다시 한 번 눈으로 익혔다. 도사들이 있던 방이 계단과 제일 가까워 거의 맨 끝에 위치한 감옥으로 갈 때까지 대부분의 구조를 파악할 수 있었다.

"조만간 보자, 꽃송이야. 네게 천상의 쾌락이 무엇인지 가르쳐 주마."

육몽이 흥분한 아랫도리를 비벼대며 음탕한 소릴 지껄였다. 감옥 문이 열리고 안으로 들어가기 전 소흔은 커다란 도를 거침없이 휘둘렀던 완력을 이용해 육몽의 멱살을 잡았다. 갑작스런 공격에 컥컥대는 그를 보며 소흔이 부드럽게 웃었다.

"내가 이곳을 나가게 되면."

그녀의 눈이 달콤하게 빛났다.

"네놈의 더러운 눈알부터 불화살로 지져 주겠다."

상대가 대답하기도 전에 소흔은 제 발로 감옥에 들어가 문을 쾅 닫았다. 처음 눈을 떴을 때보다 더 많은 소녀들이 그녀의 귀환을 반겼다. 처녀가 무슨 말을 했는지 몰라도 다들 눈에 희미한 생기가 돌아와 있었다. 어쩌면 이 끔찍한 생지옥에서 벗어날지도 모른다는 희망. 오래전에 놓았던 희망의 끈이 다시 이어진 것 같았다.

"소저의 용도는…… 뭐라던가요?"

해월을 알고 있던 처녀가 조심스레 물었다. 교접 단약이란 말을 들었다니까 소녀들의 표정이 각양각색으로 변했다. 처녀가 쓴웃음을 지었다.

"백 일 목숨이네요."

"그게 무슨 뜻이죠? 교접 단약은 또 뭐고요?"

"이 방의 소저들 모두 그걸 위한 사람이죠. 다른 용도의 소저들은 아마 다른 방……."

처녀가 차마 말을 잇지 못했다. 소흔도 아까 복도를 다시 지나오며 느꼈다. 방 세 곳은 꽉 차 있었다. 흐느끼는 소리도 여럿 들렸다. 네 번째 방은 몇 없는 듯했고 다섯 번째 방은 텅 비어 있었다.

저곳엔 산 사람이 없다.

소흔은 혹시 이자들에 대해 자세히 알려줄 수 있느냐고 물었다. 이곳에 95일을 갇혀 있었다는 처녀는 자신도 여기저기서 주워들은 거라고 운을 뗐다. 어느 종교에나 종파가 있듯이 도교도 그러하다. 불도들이 극락왕생을 기원하듯 도인들은 불로장생, 더 나아가 신선이 되길 꿈꾼다. 각 파마다 수련법 등에 차이가 있는데 이 중에서 부정적인 쪽으로 발전한 것이 채접파(採接派)이다.

　본래는 남녀가 교접을 통해 기를 보충하는 수련법이던 것이 점점 곡해되고 극단화되어 일방적으로 여인의 생기를 앗아가게 되었다. 처녀는 영주성에 뿌리를 내린 진선도관이 이 채접파 계통이며 사람들은 진실을 모르고 그저 부적을 나눠 주는 선량한 도인들로 착각하고 있다고 말했다.

　"소저도 호신부를 받았죠? 웬 아주머니 손에 이끌려."

　"네. 어떻게 아세요?"

　"그 호신부, 도사의 품에서 꺼냈죠? 그자의 체취가 남아 있단 말이죠. 사람들은 별로 이상한 줄 모르겠지만 개는 그 체취를 분간할 수 있어요."

　"그런 술수를 쓴 거군……."

　이제야 모든 것이 착착 맞아떨어졌다. 끈질기게 따라오던 부인은 적당한 소녀를 물색하는 역할이었던 것이다. 온갖 핑계를 대 소녀를 도관으로 데려가면 도사가 직접 품에서 부적을 꺼내준다. 도관에선 수시로 부적을 나눠 주니까 그 누구도 이상하게 여기지 않는다. 소녀가 집으로 돌아가면 수하들과 개를 푼다. 소녀가 혼자 있을 때를 틈타 기절시켜 납치한다.

　"직접 귀시에 가봤다고요. 그럼 거기서 귀 말고 다른 것도 봤나요? 이를 테면 단약 같은?"

　"아…… 본 것 같아요. 적자색(赤紫色) 환단을 말하는 거죠?"

　"그건 피와 심장으로 만든 거예요."

갑자기 왈칵 치밀어 오르는 구역감에 소흔이 입을 틀어막았다.

"사람…… 의 피와 심장이오? 그, 그렇지만 다들 전낭을 털어 사가던데."

"불로장생단(不老長生丹)이라 해서 대인기죠."

처녀가 허탈한 웃음을 흘렸다.

"알고 먹는 사람 반, 모르고 먹는 사람 반이래요."

"혹시 탁한 우윳빛 단약도 보셨나요?"

다른 소녀가 말을 거들었다. 소흔은 기억을 떠올리고는 고갤 끄덕였다. 소녀는 그게 바로 교접 단약이라고, 교접 중에 나오는 기운을 함축시켜 만든 것이라고 했다.

"실례되는 질문일지 모르지만 정말 교접 중에 불로장생을 이룰 만한 기운이 뿜어져 나오나요? 아니, 제 말은 신력을 다루는 저도 무기를 소환해 휘두를 뿐이지 그걸로 유형(有形)의 무언가를 만들지는 못하거든요."

"그건…… 잘 모르겠네요. 사실 단약을 만들기 위해 끌려가면 먼저 향훈(香薰)을 쐬게 해요. 그걸 쐬면 팔다리에 힘이 쭉 빠지고 정신이 몽롱해지지요. 눈앞엔 오색찬란한 빛깔이 떠돌고요. 정신을 차릴 때면 이미 모든 게 끝나 있죠. 그들은 단약의 원형 비슷한 걸 내가고."

죄다 꺼림칙했다. 정말 이런 짓을 해서 신선이 될 수 있을까? 다른 사람의 피와 생기를 빨아들이면 불로장생이 가능할까? 소흔은 이 분야에 대해 문외한이지만 만약 진짜 선계(仙界)가 있다 해도 이런 자들을 받아줄 것 같지는 않았다. 고민에 빠져 있는데 갑자기 문 앞에 앉아 있던 소녀가 비명을 내질렀다.

"배, 뱀이에요!"

"꺅!"

소녀들이 치맛단을 움켜쥐고 옆으로 피했다. 소흔도 반사적으로 피하려다가 이 밀폐된 공간에 뱀이 살 리 없다는 데 생각이 미쳤다. 이곳에 살지 않는다면 외부로부터 들어온 것이다. 아마 아까 문이 열렸을 때 숨어든 모양.

갑자기 떠오른 누군가가 있어 소흔이 앞으로 나섰다. 바닥에 쌓인 볏짚 사이로 고동색의 뱀이 머리를 치켜들었다. 얼룩덜룩한 색깔 덕분에 사람들 눈에 띄지 않은 듯했다.

"저기, 혹시 녹산 오라버니가 보내서 왔니? 지녹산 말이야."

뱀이 혀를 날름거리며 머리를 움직였다. 그 모습은 꼭 사람이 고개를 끄덕이는 것 같았다. 소흔의 인상이 웃는 듯 우는 듯 일그러졌다.

"작고 예쁜 아기 뱀을 보여준다더니……."

뱀이 혀를 날름거렸다. 웬만한 여자 어른의 팔뚝만 한 길이다.

"엄마 뱀이 왔네."

뱀이 눈을 가늘게 떴다. 그런 것처럼 보였다. 네가 지금 찬밥 더운밥 가릴 처지냐고 묻는 것 같아서 소흔은 입을 다물고 속치마를 찢었다. 뱀이 간단한 말이야 녹산에게 전해줄 수 있겠지만 그녀는 이 지하 내부와 도관의 이면에 대해 상세히 알려야 했다. 붓과 먹이 없는데 어떻게 글을 쓰느냐 염려의 소리가 들렸다. 소흔은 생긋 웃으며 검지를 치켜들었다.

"문제는 우리…… 뱀부인이 들킬 경우지."

대놓고 쓸 순 없다. 그렇다고 그럴듯한 암호문도 안 된다. 복잡한 암호를 꾸며낼 재주도 없거니와 도사들이 의심하면 애꿎은 소녀들까지 다칠 위험이 있었다.

"수연청은 멋들어진 구절로 잘만 약 올리던데."

혼자 중얼거리던 소흔이 별안간 눈을 반짝였다. 넓적하게 찢은 속치마에 손가락을 대고 써나가자 불에 타들어간 흔적 같은 글자가 새겨졌다.

가까이 앉은 한 소녀가 완성된 글을 읽더니 아리송한 듯 고개를 갸우뚱했다. 소흔은 그런 반응에 흡족하여 뱀 허리쯤에 치맛자락을 묶어주었다. 이젠 답신을 기다릴 차례다.

❖ ❖ ❖

"고맙다. 그래그래, 널 암컷으로 알더라고? 이런, 내가 대신 사과하마."

녹산이 뱀 몸통에 묶인 치맛자락을 풀었다. 세 사람은 도무지 뜻을 가늠하기 어려운 문장을 대하고 침묵에 잠겼다. 유려하진 않으나 또박또박 각진 글자는 다음과 같은 내용을 담고 있었다.

—바다 위의 달을 보니 그대가 그리워요.

달은 잔잔한 하늘에 떠 있는데 내 마음은 깊고 어두운 물 아래 잠겨 있습니다.

아아, 더는 견딜 수가 없어요.

도(道)가 도가 아닌데 도리에 얽매이지 않을래요.

그대 내게 달려와 왼뺨에 쪽, 열 걸음 걷고 나서 오른뺨에 쪽, 다시 양쪽으로 쪽, 입 맞춘 다음 네 번 문을 두드려 나를 안아요.

"이게 무슨……."

미요가 세상에서 제일 복잡한 수수께끼를 앞에 둔 사람처럼 수심에 잠겼다.

"다들 아시다시피 전 시문 같은 건 몰라서."

녹산이 발뺌했다.

"이건 시도 아니야."

연청이 가차 없이 폄하했다.

"원문을 바꿔치기 당한 걸까요?"

녹산의 말이 끝나기도 전에 연청이 부인했다. 그는 규수의 섬세한 맛이라고는 눈을 씻고 봐도 찾아볼 수 없는 이 글씨체는 염소흔의 것이 확실하다고 잘라 말했다. 이후 여러 의견이 분분했다.

어찌 된 게 미요와 녹산이 추측하면 연청이 쳐내는 형국이었다. 이도 틀렸고 저도 틀렸다. 그렇다면 형님의 의견은 무엇이냐며 녹산이 물었다. 마치 귀찮게 참견하는 소흔을 대하는 눈빛으로 문장을 내려다보던 연청이 어느 순간 픽 웃었다.

"시문 공부 좀 시켜야겠군."

"제 말이 그 말입니다. 뭐, 제가 뭐라 할 입장은 아니지만."

"알아냈다."

미요와 녹산이 휘둥그런 눈으로 연청을 쳐다보았다. 대체 무엇을 근거로 이 수수께끼를 풀어냈단 말인지. 연청이 맨 앞 문장부터 풀어나갔다.

"바다 위의 달, 말 그대로 해월(海月)이지. 우리가 사온 소녀귀 이름이 해월이라지 않았나. 해월은 잔잔한 하늘, 즉 평온한 이곳에 있는데 염소흔 이 망아지는 깊고 어두운 물 아래에 잠겨 있다. 수면을 지상이라 생각하면 깊은 물 아래는."

"지하에 있군요."

미요가 납득한 듯 고개를 끄덕였다.

"다음은 도(道)가 도가 아니니 도리에 얽매이지 않겠다는 구절. 그러고 보니 이곳에 무슨 도관이 있지 않았던가. 어제 녀석이 납치되는 걸 보고 돌아오는 길에 번듯한 도관을 하나 본 것 같은데."

"진선도관(眞善道觀)이란 이름이었습니다. 저도 봤어요."

녹산이 끼어들어 말했다.

"전 단순히 남녀의 도리를 말한 줄 알았는데 알고 보니 도관의 본색을 빗댄 표현이었군요."

"그러면 그다음은……."

미요가 말끝을 흐리자 연청의 입가에 희미한 미소가 번졌다.

"귀시를 위장 탐문할 때 한 전매귀를 속이려고 그 앞에서 입을 맞춘 적이 있지."

녹산의 얼굴이 아득해진 반면 미요는 어련했겠냐는 듯 눈을 굴렸다.

"그걸 떠올리면 지하 내부 구도가 대충 나와. 일단 계단을 내려

가서 왼편에 속여야 할 자들이 있고, 열 걸음 정도 더 가서는 오른편에 적들이 있다. 그다음엔 양쪽으로 있지. 이것들을 지나면 두드릴 문이 네 개가 나온다는 뜻. 고로 염소흔은 그 네 개의 방 중에 있다."

연청의 말을 끝으로 한동안 아무도 입을 열지 않았다. 미요는 묘한 눈으로 연청을 쳐다보았고, 녹산은 치맛자락을 한없이 들여다보았다. 급기야 연청이 네 뱀에게 답을 매달아 보내야 하지 않겠느냐 물었을 때 녹산이 대꾸했다.

"제 뱀이 아닙니다. 여기 영주성 녀석이에요."

"이거나 그거나. 어쨌건 네 개의 방이 텅 비었을 린 없을 테니 인질을 빼낼 방법도 강구해야겠군."

귀찮은 일에 말려들었다고 혀를 차는 연청을 향해 녹산이 싱긋 웃었다.

"지하라 했습니까?"

땅이라면 저에게 맡겨달라 하였다. 각자 할 일을 분배하고 소흔에게 답신까지 보냈다. 연청이 방을 나서려는데 녹산이 그를 잡았다.

"한데 연청 형님, 아까 그 문장은 도대체 어떻게 해석하신 겁니까?"

"……빤히 보이잖아."

"안 보이는데요."

"안 보인다고, 저게?"

두 사내가 서로를 이해하지 못하고 멍청하게 서 있자 미요가 이

제 그만 제 방에서 나가라며 둘을 쫓아냈다.

❖ ❖ ❖

연청은 창가에 걸터앉은 채 검푸른 밤하늘을 올려다보았다. 그러기를 이미 두어 시진째. 옆에는 딱 한 잔 머금고 내려놓은 술이 순백색 잔 안에서 싸늘히 식어 있었다. 쉽게 잠들지 못하고 어지러운 한숨을 쉬던 그는 도관 지하에 갇혀 있을 소흔을 떠올렸다.

부나비.

연청은 소흔을 그렇게 정의했다. 네 사신 중 제일 겁이 많음에도 불구하고 가장 먼저 사건의 중심으로 뛰어드는 소흔을 보고 있자니 명치 언저리가 욱신거렸다.

"해월을 보면서 가슴 아파 어쩔 줄 몰라 했지. 귀시의 배후가 신성한 도관으로 드러난 지금, 넌 또다시 충격에 빠져 있으려나."

소흔이 일부러 잡혀주기 위해 여관을 나서기 전, 연청은 또 어떤 충격을 받게 될까 두렵지 않느냐고 물었다. 무슨 말을 해도 입을 꾹 다물고 있던 소흔은 그가 배신에 대해 언급하자 조용히 답했다.

"진심을 쏟아부어도 상대가 배신하면 어쩌겠냐고 했죠? 나도 알아요. 세상엔 아무리 내가 진심을 다해도 안 되는 일이 있다는 거. 그걸 모를 정도로 티 없이 자라진 않았어요."

소흔의 눈빛이 차분하게 가라앉았다. 이어서 그녀는 온전히 그녀다운 말을 했다.

"그래도 상관없어요."

애당초 사람에 대한 기대가 없어 무슨 짓을 해도 그러려니 하고 넘기는 연청의 태도와는 또 미묘하게 달랐다.

"내 진심을 알아주길 바라는 순간부터 서운함과 슬픔이 시작돼요. 그래서 난 그냥 다 주려고요. 아무 생각 하지 않고, 재지 않고 그냥 진심을 다하려고요. 그 와중에 상처를 입을 수도 있겠고 내가 먼저 지쳐 쓰러질 수도 있겠죠. 하지만 그게 두려워서 마음을 아껴 쓰고 싶진 않아요."

소흔의 한마디가 연청을 묵직하게 울렸다.

"그 사람이 메말라 갈라진 땅이라면 그 땅에 꽃이 필 때까지 물을 퍼 나를 거예요."

그러고는 짐짓 으스대는 얼굴로 말했다. 몰랐어요? 기우제는 비가 올 때까지 지내는 거예요. 그 말을 끝으로 소흔은 미끼가 되기 위해 나갔다.

"기우제는 비가 올 때까지 지낸다고……."

연청은 다시 떠올려도 그녀다운 말을 곱씹으며 맥없이 웃었다. 상처 입는 건 아프지만 그게 두려워서 마음을 덜 주고 싶지는 않다는 소흔. 그런 그녀가 황당하고 기가 막히고, 이래서 네가 아직 어린 거란 생각이 드는 한편 궁금했다.

염소흔의 진심을 받는다는 건 어떤 기분일까.

그런 궁금증은 여러 상념과 뒤섞여 급기야 이런 마음이 들게 했다. 만약 그런 사랑이 있다면 받아보고 싶다고. 한 번쯤은 경험해 보고 싶다고. 소흔이 말하는 그런 사랑이 있다면.

소흔의 '그 사람'이 된다면.

"고작 한 모금 술에 취한 건가, 수연청."

연청은 이내 자조했다. 당치도 않은 일이라는 말투와 달리 하늘을 바라보는 시간이 길었다.

❖ ❖ ❖

소흔은 기이한 진동을 느끼고 선잠에서 깨어났다. 밀폐된 지하실에 있으니 시간 감각을 잃었다. 지금이 낮인지 밤인지조차 분간이 안 갔다. 그러나 미미한 진동을 대하자 지금이 진시(辰時) 초임을 깨달았다. 녹산의 신호였다.

끙끙 앓으며 자던 한 소녀가 물이 새는 것 같다고 중얼거렸다. 벽에 다가가 손을 대본 소흔은 확실히 물이 스며들고 있음을 확인했다. 돌벽 사이로 흙탕물이 스며 나왔다.

"다들 조용히 하고 일어나요. 때가 됐어요."

먼저 일어난 소녀들이 아직 잠들어 있는 옆 사람을 깨웠다. 소녀들은 소흔의 지시에 따라 벽에서 멀찍이 떨어졌다. 층층이 맞물려 있던 돌 하나가 쑥 빠져나갔다. 그 틈으로 반가운 얼굴이 보였다.

"녹산 오라버니!"

"잠시만 기다려라, 소흔아. 곧 꺼내줄 테니."

소녀들의 얼굴에 희망의 빛이 떠올랐다. 맞잡은 서로의 손을 놓지 않고 소리 죽여 흐느끼는 이도 있었다. 다들 계단이 유일한 출구라 생각했지 벽을 뚫는다고는 상상도 하지 못했다. 녹산이 흑사절편을 뻗자 가닥가닥 나뉜 채찍이 무거운 돌을 휘감았다. 이 작업을 너덧 번 하니 두 사람도 나란히 드나들 만한 통로가 생겼다.

그가 소녀들에게 온화한 미소를 지으며 손을 내밀었다. 기쁘긴 한데 도무지 믿기지 않는 상황에 머뭇거리는 그녀들 등을 소흔이 떠밀었다.

"드디어 나가는 거예요. 자, 어서 가요."

그제야 소녀들이 삼삼오오 움직였다. 비틀대며, 휘청거리며, 서로를 의지하며 밖으로 나갔다. 해월에 대해 알려준 처녀가 맨 마지막으로 나가다가 소흔을 붙들었다.

"귀를 봉인한 주술 단지는 도사의 방에 있어요."

그녀의 눈시울이 조금 붉어졌다.

"해월의 단지도 거기 있어요."

"꼭 데려갈게요."

소흔이 처녀의 손을 꼭 잡았다. 모든 소녀를 내보낸 녹산이 소흔에게 다가왔다. 밧줄을 풀어줄까, 하는 말이 끝나기도 전에 환한 불꽃이 일더니 굵은 밧줄을 흔적도 없이 불살라 버렸다. 소흔은 밝게 웃으며 망할 감옥 문부터 열어달라고 청했다. 이에 녹산은 흑사절편을 벽에 대고 던졌다.

진짜 살아 있는 뱀처럼 스륵스륵 움직이는 한 쌍의 채찍은 이윽고 돌 사이사이로 스며들더니 틈새를 헐겁게 만들었다. 녹산이 손을 뻗어 잡아당기자 방금 전 통로를 뚫은 것처럼 돌이 휘감겨 딸려왔다. 같은 방법으로 네 개의 방에 갇힌 서른세 명의 소녀를 탈출시킨 둘은 거침없이 도사의 방으로 향했다. 이른 아침이라 지하실에는 아무도 없었다.

샅샅이 탐색한 끝에 소흔은 비밀 공간에 감춰진 백여 개의 주술 단지를 발견했다. 종이 인형과 한 묶음으로 엮어 밖으로 날랐다. 녹산의 흑사절편은 큰 도움이 되었다. 한 번에 스무 개씩 옮기니 몇 번 오가지 않았는데도 비밀 공간이 텅 비었다.

통로 끝에 미요와 연청이 대기하고 있다가 소녀들과 주술 단지를 마차로 옮겼다. 거금을 주고 수배한 일꾼들은 허튼 질문을 하는 일 없이 마차를 몰아 미요가 빌린 집으로 이동했다.

이제 소흔과 녹산만 나가면 되었다. 그 순간 출입문 열리는 소리가 나더니 누군가 계단으로 내려왔다. 앗, 하고 외마디 비명이 들렸다. 텅 빈 지하실을 보고 놀란 것이리라. 그가 서둘러 횃불을 켰다. 거의 복도의 끝과 끝에 서 있던 세 사람의 눈이 마주쳤다. 육몽이었다. 녹산이 흑사절편을 감아쥐고 나서려는데 소흔이 이를 저지했다. 그녀의 입가에 사늘한 미소가 걸렸다.

"제 거예요."

녹산이 순순히 물러났다. 소흔은 왼손을 뻗어 염화궁을 소환했다. 어두운 지하실 안에서 보는 염화궁의 위용은 엄청났다. 생전 처음 보는 광경에 육몽의 눈이 휘둥그렇게 변했다. 소흔은 활활 불타오르는 염화궁을 곧추세우고 복도 끝으로 날듯이 달려갔다.

대단한 속도였다. 눈 깜짝할 새 복도 끝까지 다다른 소흔은 벽을 차고 날아올라 육몽의 눈을 겨냥해 염화궁을 수직으로 내리꽂았다.

"아아악!"

끔찍한 고통에 육몽이 눈을 감싸고 나뒹굴었다. 이를 차갑게 내려다보며 소흔이 말했다.

"본래 신력으로 뽑아낸 무기는 귀를 퇴치함이 목적이지. 그렇다고 사람에게 못 쓰는 건 아니야. 불화살을 맞아도 불타지 않고 상흔 하나 남지 않을 뿐. 다만 지옥 불에 떨어진 듯한 고통을 겪는 다지."

소흔이 염화궁을 뽑은 뒤 다시 남은 성한 눈에 꽂았다. 육몽의 절규가 복도를 울렸다.

"아파? 그렇게 아픈가? 상처도 남지 않고 시력도 멀쩡하고 고통은 한나절이면 가라앉는데 뭘 그리 엄살이야. 당신이 죽인 수많은 소녀들은 지금 당신보다 천만 배는 더 괴로웠어."

염화궁을 거뒀다. 육몽은 여전히 눈을 부여잡고 눈물을 줄줄 흘리고 있었다. 소흔과 녹산은 통로로 나가려던 걸음을 돌려 지하실 문을 열었다. 흐린 먹구름이 잔뜩 낀 아침이다. 둘은 어느 순간부터 아무 말도 하지 않고 보이지 않는 힘에 끌리듯 도관 마당으로 나갔다.

막 아침 식사를 마치고 나오던 자들이 소리를 지르며 외부인의 침입을 알렸다. 수 명의 도사 아래 수십의 제자들이 있었다. 소란이 일자 도사들이 밖으로 나왔다. 소흔에게 호신부를 준 도사도 있었다. 그가 소흔을 알아보고 놀라 외쳤다.

"아니, 어떻게!"

"세 번의 기회를 주겠다."

소흔이 건조하게 내뱉었다.

"무릎 꿇고 사죄한 뒤 제 손으로 내공을 없애라. 도관을 닫고 뿔 뿔이 흩어져 남은 평생을 속죄하는 마음으로 살아."

"저, 저 계집년이 뭐라는 거냐!"

"사숙! 계집이 손에 들고 있는 것이 뭡니까? 꼭 불타는 활처럼 보이는데."

"하나."

소흔이 나직이 읊조렸다. 제자들이 우왕좌왕하자 한 도사가 질 수 없다는 듯 진법대로 움직이라 소리쳤다. 악랄한 방법으로 이득 을 취하는 무리라도 일단은 도인들이었다. 저마다 날렵한 검을 뽑 아 들더니 일사불란하게 대형을 갖췄다. 도사의 지시에 따라 제자 들이 빙글빙글 큰 원을 그리며 돌기 시작했다.

"둘."

소흔은 도사들에게 시선을 고정한 채 숫자를 되뇌었다. 염화궁 이 더욱 거세게 타올랐다.

"어림없다! 요녀를 처단하라!"

"와아아아!"

"와아아아!"

소흔의 눈에 힘이 들어갔다. 불꽃이 확 튀는 순간이었다. 셋은 세지 않았다. 대신 염화궁을 오른손으로 옮겨 잡았다. 진법 따위 고려치 않고 그대로 달려갔다. 불타는 염화궁이 놀라운 속도로 허 공을 갈랐다.

"아악!"

몸통을 베인 자가 그 자리에서 검을 떨어뜨리고 바닥을 굴렀다. 상처는 없어도 고통은 상상을 초월하리라. 소흔이 주저없이 염화궁을 휘두를 때마다 절규가 잇따랐다.

"대형을! 대형을 유지하라!"

"일어나 검을 잡아라!"

도사들이 아무리 소리쳐도 한 번 쓰러진 자는 다시 일어나지 못했다. 마치 도(刀)처럼 염화궁을 쓰던 소흔은 별안간 시위를 겨누어 불화살을 끌어냈다. 휭! 휭! 무서운 기세로 날아간 불화살은 정확히 왼쪽 도사의 머리와 가슴을 꿰뚫었다. 소흔의 무기. 소흔만이 거둘 수 있다. 아니나 다를까, 도사는 괴성을 지르며 머리를 쥐어뜯었다.

쾅당탕! 대문 부서지는 소리가 나더니 연청과 미요가 뛰어들었다. 사신들이 각자 무기를 소환해 싸우자 이를 대적할 상대가 없었다. 도관은 그야말로 초토화가 되었다. 소흔은 목이 터져라 비명을 내지르는 도사에게서 불화살을 뽑아내곤 마지막으로 남은 도사에게 다가갔다. 호신부 도사다. 그가 벌벌 떨면서 무릎을 꿇었다.

"소저, 내가 소저를 몰라봤소. 미, 미안하오!"

"당신이 사죄해야 할 이는 내가 아닐 텐데?"

소흔이 천천히 활시위를 매겼다. 도사의 눈이 공포에 질렸다.

"악행을 저질렀소! 참으로 죄송하오! 펴, 평생 속죄하는 심정으로 살겠소!"

소흔은 도사를 벽에다 밀어붙이고 가슴을 발로 눌러 움직임을 차단했다. 그러고는 그의 입을 향해 불화살을 한 대 쏘았다. 도사가 울부짖었다.

"늦었어."

싸늘하게 돌아섰다. 한편 이 광경을 지켜보던 녹산이 연청에게 슬그머니 다가가 말을 건넸다.

"소흔이의 삼세 번은 진짜 무서운 거였군요. 그런데 연청 형님, 이미 경고 한 번 듣지 않았습니까? 저번에 마차에서."

따로 대답이 없는 연청의 어깨를 툭툭 다독여 주는 녹산이다.

"모쪼록 조심하십시오."

❖ ❖ ❖

사신들은 쑥대밭이 된 도관을 뒤로하고 소녀들이 기다리는 집으로 향했다. 미요가 통째로 빌린 집은 넓은 마당과 후원이 딸린 아름다운 저택이었다. 식사와 휴식으로 기력을 찾은 소녀들은 사신들에게 머리 숙여 감사했다. 영주성에 가족이 있는 소녀는 약간의 돈을 쥐어준 뒤 가족의 품으로 돌려보냈다.

그러자 외지 출신이거나 돌아갈 데가 없는 열 명이 남았다. 외지인 여섯은 기력을 회복하는 대로 고향으로 돌아간다고 하였다. 남은 네 소녀는 영주성에 남자니 무섭고, 그렇다고 타지에 친척이 있는 것도 아니라 울상이 되었다. 그녀들에게 소흔이 제안했다.

"다른 곳에서 새 출발을 해보는 게 어때요? 다들 삯바느질이나 가게 일 정도는 할 수 있을 것 같은데."

"저희도 그러고 싶어요. 하지만 아무 연고도 없는 곳에 가자니 덜컥 겁이 나서……."

"이웃 성에 가본 적 있어요? 여기서 닷새 거리에 녹주성이 있어요."

소녀들이 서로의 눈치를 살폈다.

"성 전체로 뻗은 수로며 조각한 다리며 축 늘어진 수양버들이 멋져요. 차분하면서도 온유한 분위기랍니다. 이곳을 폄하하려는 건 아니지만 유곽이나 기루도 적구요."

평온한 도시 그림이 그려졌는지 소녀들의 얼굴에 설렘이 어렸다. 거의 반쯤 넘어온 분위기다. 소흔은 그녀들의 결정에 힘을 실어주었다.

"거기 제 친우가 있어요. 염소흔의 소개를 받고 왔다고 하면 자리 잡는 데 도움을 줄 거예요."

"아는 분이 있군요?"

"동촌(東村)에 사는 서생 임원보(林元寶)를 찾아가세요."

소흔은 작은형부가 챙겨준 전낭을 탈탈 털어 정착비를 마련해주었다. 소녀들과 이런저런 얘길 나누고 있는데 미요가 문을 두드렸다. 하늘이 개었다고 한다. 햇빛이 따스하게 내리쬔다고.

소흔과 미요는 마차로 실고 온 주술 단지와 종이 인형을 후원으로 옮겼다. 소녀들은 가냘픈 몸으로 저마다 돕겠다고 나섰다. 모두가 지켜보는 가운데 소흔이 수북이 쌓인 종이 인형에 불을 붙였다. 오랜 세월 소녀귀들을 고통스럽게 만든 인형이 재가 되는 데는 반 각도 채 걸리지 않았다.

이윽고 주술 단지 차례. 미요를 선두로 다들 단지를 높이 들어

바닥에 내던졌다. 울면서 던진 소녀도 있고 화난 얼굴로 던진 소녀도 있었다. 조그만 단지가 땅바닥에 떨어지면서 와장창 깨졌다. 단지 내부의 흰 가루 위로 따뜻한 햇볕이 내리쬐었다. 슬픈 마음을 달래는 듯한 부드러운 바람이 소녀들의 귀밑머리를 흩트리고 지나갔다.

"언니."

소흔이 조용히 말했다.

"벽이 무너지고 있어요. 제 안의 벽이. 저도 모르는 새 세워졌던 그 벽이 무너져요."

산산조각 난 백 개의 주술 단지 앞. 그 말을 들은 미요는 굳이 입 밖에 내지는 않았지만 제 마음도 그러하다고 생각했다. 다른 제후국은 어땠는지 모른다. 확실한 건 풍국의 제후와 관료들이 미요에게 지원을 아끼지 않았다는 점이다. 말이 다섯 인재였지 현실은 미요의 독주 체제였다.

제후국을 일으킬 희망이자 병기로서 미요는 고된 훈련을 거쳤다. 다른 것은 생각할 필요도, 그럴 여유도 없었다. 가치 판단이 서기도 전에 모든 귀는 처치 대상이며 인간을 괴롭히는 악귀라고 주입받았다. 녹주성에서 처음 귀녀와 맞설 때만 해도 미요는 대단한 투지가 넘쳤다.

그러나 그런 미요의 신념을 꺾는 사건이 줄줄이 일어났다. 이름이 있고 사연이 있는 그들. 지금 이 세상에서 가장 힘없는 약자인 어린 소녀였던 죄로 채 피지도 못한 나이에 꺾여야 했다.

장여경의 미련과 허망함을 알게 되자 이후로 그이를 귀녀라 부

를 수가 없었다. 죽어서까지 고통당한 해월의 침묵 앞에선 미요
역시 침묵했다. 그녀의 벽. 누구보다도 탄탄한 확신으로 맞물려
있던 미요의 벽도 어느샌가 서서히 스러져 갔다.

❖ ❖ ❖

자시(子時)로 접어드는 깊은 밤. 번화가의 흥청대는 소음도 도관
근처까지 닿진 않았다. 진선도관 주변은 쥐죽은 듯한 적막만이 감
돌았다. 어둠 속에서 움직이는 자들이 있었다. 도복을 입은 제자
들이다. 그들은 등롱을 들고 앞서거니 뒤서거니 하며 흙바닥을 살
폈다. 주술에 쓸 지네를 찾는 중이었다.

한 명이 찾았다, 하는 소리와 함께 능숙한 손길로 검은 지네를
채집했다. 그는 이미 수십 마리의 지네가 득실거리는 통 안으로
잡은 것을 집어넣었다.

"개과천선은 헛소리다. 그렇지 않나?"

"누구냐!"

다들 등롱을 높이 치켜들었다. 높다란 담벼락 위에 한 사내가
걸터앉아 있었다. 무리 중 누군가가 사내를 알아보았다. 아침에
도관을 쑥대밭으로 만든 자다. 도사들은 그들이 제후국 출신이라
단언했다. 그래서 신력으로 소환한 무기를 다룬다고 하였다.

경계 태세를 갖추려는 순간 등롱의 불이 하나씩 꺼졌다. 한량처
럼 느슨하게 앉아 밤하늘을 쳐다보던 사내가 말을 이었다.

"너희들이 잡아갔던 화국 소저 이름은 염소흔이다. 그 녀석은

가능하지만 난 불가능한 게 있지."

"냉큼 내려와라! 사제, 사부님께 그자들이 돌아왔다고 아뢰라!"

소란스런 사이로 사내가 나직하게 말했다.

"그것은 용서다."

사내는 여전히 밤하늘에서 눈을 떼지 않았다. 침입을 알리는 종소리가 울렸다. 도관 안에서 도사를 위시한 무리가 나왔다.

"반면 그 녀석은 불가능하지만 나는 가능한 게 있지."

사내가 천천히 고개를 바로 해 그들을 내려다보았다. 수려한 얼굴에 가을밤 달빛을 한 자락 베어낸 듯 서늘한 미소가 번져 나갔다. 무리는 까닭 모를 한기에 어깨를 움츠렸다.

"오전의 통증은 나았나?"

사내가 높은 담 위에서 뛰어내리며 언월도를 휘둘렀다. 산 채로 심장이 얼어붙는 것 같은 통증에 몸을 베인 자가 울부짖었다. 그리고 그 비명이 신호인 양 희미한 형체의 소녀들이 담벼락을 뚫고 밀려들었다. 물밀 듯이 쏟아져 들어오는 그녀들을 말릴 자는 아무도 없었다.

깊어가는 정

　연청은 머리까지 물속에 담근 채 눈을 감았다. 밖이 어떻든 물속은 언제나 고요했다. 어릴 적부터 그는 종종 깊은 물속에 들어가 평정을 구하곤 했다. 수면 아래는 그만의 안식처였다. 이런 습관은 아직 그대로여서 오늘 밤도 그는 목욕통을 가득 채운 물속에 잠겨들었다. 쌀쌀한 가을밤에 끼었기엔 다소 차가운 온도였다.

　물 아래서 그는 자신의 변화에 대해 생각했다. 그가 사신으로 발탁되고 집안 분위기가 초상집보다 더 가라앉았을 때도 그는 별 감흥이 없었다. 수후의 당부도 한 귀로 흘려들었다. 이따위 세상, 살아도 그만 죽어도 그만이라 여겼다. 그는 애당초 귀왕을 처단하기 위해 무예와 신력을 연마한 것이 아니었다. 그것은 그저 울분과 한탄을 표출하는 수단일 뿐이었다.

　그런 자신이 조금씩 변하기 시작했다. 신경 쓰이는 누군가가 생겼고, 그 사람의 안위를 염려했고, 더 나아가 그 사람의 모든 것에 관여하고 싶어졌다. 변화는 그에 그치지 않았다. 귀찮은 일은 딱 질색이라 잘라 말하는 수연청이 남의 일에 분노를 느껴 직접 나선 것이다.

자유의 몸이 되었는데도 편안히 잠들지 못하고 후원을 서성이는 소녀귀와 마주친 것이 발단이라면 발단이었다. 그녀는 창백한 얼굴로 도사들이 또다시 음모를 꾸민다고 말했다. 연청은 놀라지도 실망하지도 않았다. 그러나 소녀귀가 이번엔 도사들이 더 강력한 주술을 위해 아기를 해치려 한다는 걸 듣자 연청 내면의 무언가가 움직였다.

그는 확연히 바뀌고 있었다. 그래서 두려웠다. 스스로의 언약을 저버릴까 봐. 혼인도 하지 않고 자식도 두지 않고 그저 술에 취해 외로이 살다 죽자고 맹세했는데, 아무에게도 마음을 내주지 않으리라 다짐했는데 그 약조를 깨뜨릴까 봐 두려웠다. 오래도록 닫혀 있던 마음의 문이 한 번 열리면 걷잡을 수 없게 되지 않을까.

그 순간 문을 두드리는 소리가 들렸다. 무시하려 해도 문밖의 사람은 쉬 떠나지 않았다. 연청이 몸을 일으켜 목욕통 밖으로 나왔다. 어차피 누구든 쫓아버릴 생각이었기에 맨몸 위에 그대로 헐렁한 침의를 걸쳤다. 허리 매듭을 대충 짓고 문을 열었다.

"염소흔?"

공교롭게도 연청의 심사를 어지럽히는 당사자였다. 소흔은 분홍색 단을 댄 흰옷을 입고 있었다. 같은 방을 쓴 적이 있기에 연청은 그 옷이 소흔의 침의란 걸 알았다. 한밤중에 침의 차림으로 방문을 두드린 이유는 뭐란 말인가. 더욱이 그녀는 맨발이었다.

연청은 금세 빈정거리는 웃음을 꾸며냈다. 문가에 몸을 기대고 팔짱을 꼈다. 그가 이런 자세를 취하면 열에 아홉이 위압감과 동시에 불쾌함을 느낀다. 남을 압도하는 키와 체격은 차치하고서라도 도무지 진중해 보이지가 않기 때문이다.

"야밤에 어인 행차신가, 부인? 아니지, 애염이라 불러야 하나?"

그의 말이 끝나기도 전에 소흔이 달려들어 안겼다. 그러고는 갈급한 사람처럼 허겁지겁 연청의 입술을 찾았다. 꽃잎같이 조그맣고 매끄러운 혀가 그의 입술 사이로 파고들자 연청은 그 자리에 얼어붙고 말았다. 모든 사고 기능이 일시에 정지했다.

"연랑."

소흔이 달콤한 한숨을 내쉬듯 그를 불렀다. 상당히 위태로운 분위기였다. 살짝 내리깐 눈이 유혹적이라 귀시에 잠입하던 기억을 떠올리게끔 했다. 그날 소흔은 색다르다 못해 도발적이었다. 연청은 전매귀 앞에서 입을 맞추면서 이것은 순전히 상대를 속여 넘기기 위한 것이라며 자신을 속이고 또 속였다. 한데 지금 소흔은 그날 밤보다 훨씬 더했다.

"자, 잠깐, 염소흔."

말이 저절로 더듬어졌다. 그러나 소흔의 귀에는 아무것도 안 들리는 모양이었다. 어느새 문지방을 넘어 안으로 들어선 그녀는 등 뒤로 문을 닫았다. 여전히 영문을 모른 채 서 있는 그에게 다가와 다시금 입술을 맞췄다. 그의 옷깃을 부여잡고 열렬하게 매달렸다.

"잠깐만……."

서로의 혀가 얽혔다. 타액과 혀가 엉키면서 젖은 소리가 났다. 소흔이 대체 왜 이러는지 이유를 알 수가 없었지만 연청의 몸은 본능에 따라 움직이기 시작했다. 무엇보다 그녀의 입술은 달고 보드라워 연청의 이성을 앗아갔다.

깊이 들어온 소흔의 혀가 연청의 혀를 빨아올리고 쓸고 비비길 반복하더니 별안간 그의 입술에서 목덜미로, 더 내려가 가슴팍으로 천천히 내려갔다. 소흔의 손이 옷섶을 헤치고 들어가 맨살을 어루만졌다. 급기야 몽롱한 눈으로 연청을 올려다보며 가슴을 할짝할짝 핥기에 이르렀다.

차가운 물속에서 식었던 그의 몸이 급속도로 더워지기 시작했다. 전신의 감각이 소흔의 혀가 닿는 곳으로 쏠렸다. 그녀가 혀를 놀리고 이를 세울 때마다 그의 숨통이 죄어들었다.

"염소흔…… 일단 이러는 이유부터……."

떼어내려 하는데 팔에 힘이 들어가질 않았다. 몸과 마음이 완전히 따로 놀았다. 그 틈을 타 소흔의 손이 꽉 조인 복부를 지나 그 아래로 내려갔다. 이미 커질 대로 커진 그를 손바닥으로 감싸고 부드럽게 문질렀다. 맑은 액이 스며 나와 검푸른 침의에 얼룩을 남겼다. 척추를 타고 흐르는 아찔함에 연청이 숨을 멈췄다. 저도 모르게 소흔의 작은 손을 덮고 강하게 문지를 뻔했지만 그는 온 힘을 다해 그녀를 밀어냈다. 채워지지 않는 욕망에 온몸이 욱신거렸다.

"말해, 왜 이러는지."

"연랑."

"장난인가, 아니면 복수야? 이제껏 괴롭힘당한 것을 되갚으려고 이러는 건가?"

다그치듯 으르렁대는 연청을 가만히 보다가 소흔이 속삭였다.

"안아줘요."

나긋한 유혹에 연청은 한숨을 쉬었다.

"날 받아줘요, 연랑."

저런 모습으로 잘도. 가장 힘든 요구를. 연청이 입술을 깨물며 흐트러진 머리를 쓸어 올렸다. 이건 일방적이고도 부당한 요구다. 안 그래도 마음이 어지러운 차에 이 정도까지 사람을 몰아붙여 놓고 맹세를 깨뜨려라, 진심을 내달라 하는 게 어디 있나.

그의 내면에서 완벽하게 반(反)하는 두 개의 명제가 서로 다투었다. 무엇보다 문을 한 번 열면 다시 닫을 자신이 없었다. 마음 한 자리를 허락하는 데 그치지 않고 아예 부스러기까지 박박 긁어 내주고 말 것이다.

"이래도…… 내가 허언하는 것처럼 보여요?"

연청이 보는 앞에서 소흔이 침의 매듭을 끌렀다. 옷자락이 벌어지면서 여린 어깨가 드러났다. 단순해서 외려 고운 침의가 어깨를 타고 내려와 탐스럽게 부풀어 오른 둔덕에서 멈출 때까지 시간은 평소보다 훨씬 느리게 흘렀다.

바로 옆에서 질펀한 방사를 본 적도 있는 연청이지만 그때와는 모든 게 달랐다. 조용한 긴장 속에서 들리는 여인의 옷 벗는 소리는 사내의 감각을 최고조로 일깨웠다.

"너무 많은 생각 말아요. 그냥 먼저…… 안아줘요."

침의를 가슴께에서 잡고 있던 소흔이 서서히 그에게 다가왔다. 사락사락 옷자락 끌리는 소리가 났다. 연청의 갈등이 깊어졌다. 그러나 그 갈등도 소흔의 몸이 닿자마자 흔적도 없이 산화되었다.

그가 마음을 정했다. 그런 결심이 상대에게도 전해졌는지 소흔의 공세도 더욱 뜨거워졌다. 둘은 정신없이 입술을 나누며 서로를 더듬었다. 그의 손이 넘칠 듯한 가슴을 움켜쥐자 소흔이 신음을 흘렸다. 가늘게 떨리는 목소리가 미치도록 어여뻤다.

"많이 참았다."

입술을 뗀 연청이 단숨에 소흔을 안아 올렸다. 온몸에서 열기가 뿜어져 나오는 것 같았다. 그녀를 침상에 누이며 연청이 중얼거렸다.

"배려는 자신 없군."

그 순간 소흔이 몸을 일으키더니 연청의 위로 올라탔다. 다시 몸을 바로 하려는 그를 칭얼대는 소리로 눌렀다. 그녀의 입술과 혀가 섬세하게 연청을 자극했다.

"하아……."

너무 느리고 너무 부드러웠다. 그러나 쾌감만은 강렬했다. 그는 이를 지그시 물고 아랫배가 꽉 조여드는 감각을 견뎠다. 그러다가 소흔이 너무 아래로 가고 있음을 깨달았다. 이제 그만 위치를 바꾸려는데 소흔의 입술이 상상도 하지 못한 곳에 닿았다. 그의 놀란 눈과 소흔의 물기 어린 눈이 마주쳤다.

그에게서 시선을 떼지 않은 채로 소흔이 혀를 내밀어 할짝거리며 핥았다. 그러더니 이내 입을 벌려 아주 느리게 그를 머금었다.

연청의 눈앞이 새하얗게 작열했다.

"내 한계를…… 시험하려는 거냐……."

소흔이 조그만 입술을 오물거릴 때마다 연청의 허리가 뒤틀렸다. 따뜻하고 촉촉한 입안은 한 번도 품어본 적이 없는 여인의 속살 같았다. 젖은 점막이 그를 조여들었다. 그가 거칠게 호흡했다. 지독한 애락(愛樂)에 가슴과 복부가 크게 들썩였다. 타액으로 젖어 번들거리는 그의 것은 금방이라도 분출할 것처럼 부풀었다.

한계에 도달하기 직전, 연청이 소흔을 일으켜 내리깔았다. 그의 눈이 정욕으로 번득였다.

"차라리 날 죽여."

그가 헛웃음을 흩어내더니 거침없이 소흔의 물오른 몸 위로 올라탔다. 평소엔 간편한 무복으로 꽁꽁 싸맸던 가슴이 그의 음심을 자극했다. 뽀얗고 탐스러운 가슴에 붉은 낙인을 찍을 때마다 이유 모를 만족감에 젖어들었다. 그의 애간장을 끓게 하는 신음 소릴 들으며 연청은 소흔의 아래로 내려갔다.

대체 어디서부터 엉킨 걸까. 소흔은 저가 내는 소리라고는 믿기지 않을 만큼 야한 교성을 들으며 몽롱한 의식 중에 생각했다.

이제 그만 자려고 옷을 갈아입은 것까진 별문제가 없었다. 그러다가 침상 아래쪽에서 해월의 주술 단지와 종이 인형을 발견했다. 다른 단지는 잘 처리했는데 이것만 방에 있어 깜빡한 모양이다.

소흔은 급한 대로 종이 인형부터 태운 뒤 날이 밝으면 단지를 깨뜨려야겠다고 생각했다. 그런 생각을 하면서 침상에 눕자 웬일로 해월이 먼저 모습을 드러냈다. 그녀도 이제 마음을 연 것인가 싶어 소흔은 어릴 적 언니들에게 그랬듯 조잘조잘 이야기를 늘어놓았다. 끝에 가선 누구에게도 말 못한 속내를 드러내기도 했다. 그런데······.

그리고 정신을 놓았는데 눈을 뜨자 몸이 말을 듣지 않았다. 말 그대로 누군가의 조종을 받아 팔다리가 움직이는 기분이었다. 정신은 물안개처럼 몽롱한 한편 감각은 평소 이상으로 깨어 있었다.

걸음을 옮길 때마다 다리에 사락사락 휘감기는 침의 자락마저 그녀의 신경을 자극했다. 이미 반쯤 달아오른 상태로 문을 두드린 소흔은 연청의 품으로 뛰어드는 스스로의 행동에 경악했다. 그러나 이내 밀어닥친 쾌감의 소용돌이에 휩쓸리고 말았다.

"으흑······."

소흔의 눈이 열락으로 흐려졌다. 연청의 손바닥이 가녀린 발목부터 역으로 쓸고 올라와 훤히 드러난 우윳빛 허벅지를 강하게 움켜쥐었다. 그가 시험 삼아 손가락으로 밀부(密部)를 스윽 문질러 올렸다. 애달픈 교성과 함께 투명한 애액이 스며 나와 꽃잎을 적셨다.

그의 입가에 위험한 미소가 걸렸다. 아무래도 아까 전의 기습을 되갚아줄 셈인 듯. 연청이 지그시 힘을 주어 밀부를 누르고 손가락으로 비비길 반복했다.

"흑······ 제발······."

"더 울어."

그는 발그레 물든 꽃잎을 문지르다가 그 아래 숨겨져 있는 볼록

한 구슬을 발견했다. 반쯤 호기심에 살짝 건드리자 소흔에게서 앓는 소리가 나왔다. 그 젖은 음색이 연청의 마음에 들었다.

연청은 소흔이 제게 그랬던 것처럼 더는 견딜 수 없을 만큼 느리고 부드럽게 구슬을 비볐다. 그러다 제 욕심을 이기지 못하고 촉촉한 꽃잎 속으로 손가락을 넣었다. 그는 빽빽하게 죄어드는 내벽을 문질렀다.

"흐흑, 연랑……."

소흔은 생경한 흥분을 접하고 무너져 내렸다. 만져지고 싶다. 더 빠르고 더 거칠게 만져지고 싶다는 충동이 그녀의 머릿속을 지배했다. 그리고 그가 손가락을 뺀 자리에 입술을 내렸을 때 소흔의 감각은 폭발하고 말았다.

젖은 입술이, 더운 숨결이, 말캉한 혀가 그곳에 닿았다. 연청이 혀끝을 세워 밀부를 핥았다. 입술로 가볍게 빨아들이기도 했다. 소흔의 헐떡임이 더욱 급해지는데 그가 색이 짙게 묻어나는 소리로 속삭였다.

"그만 괴롭힐까."

소흔이 고개를 끄덕이다가 가로저었다. 이미 몸은 제 것이 아닌 지 오래. 연청이 달아오른 소흔의 뺨을 흐뭇하게 내려다보며 웃었다.

"그래, 내 생각에도 자학이 심했던 것 같다."

"……연랑."

"……용케 참았지."

그가 몸을 바로 세우더니 침의 매듭을 아예 풀어 내렸다. 어두운 방 안, 장지문에 스며든 달빛을 그가 등지고 있다. 소흔의 손이 뻗어 나갔다. 주인의 의지와 달리 멋대로 움직이는 손은 조각 같은 연청의 근육을 느릿하게 쓸었다. 그가 억눌린 신음을 흘리더니 더는 안 돼, 하고 중얼거렸다.

"흐윽."

크게 부풀어 오른 연청이 애액을 뚝뚝 흘리는 꽃잎에 제 몸을 대고 비볐다. 누가 먼저랄 것도 없이 탄성이 터져 나왔다. 그가 소흔의 두 다리를 들어 제 허리에 감았다. 그리고 이미 흠뻑 젖은 끝부터 천천히 밀어 넣었다. 손가락과는 전혀 다른 이물감에 소흔의 눈이 커졌다.

"여인의 처음은…… 아프다던데."

연청은 극상의 쾌감에 눈을 질끈 감았다가 떴다.

"불공평하다 하겠군. 나는…… 나는……."

그가 완전히 제 것을 질러 넣었다. 소흔의 안이 연청으로 가득 찼다. 애액으로 젖은 내벽이 파르르 떨며 침입자를 견뎌냈다. 그는 마구 허리를 움직이며 박아 넣고 싶은 충동을 참았다.

"미치도록 좋거든."

"으응……."

소흔이 교성을 흘렸다. 감각은 최고조를 달리는 데 반해 고통은 그리 크지 않았다. 그저 벅찬 이물감을 느끼는 데 그쳤을 뿐이다. 순간 통각만 무뎌진 것도 같았다. 그래서 그녀는 자제하기 위한 연청의 고군분투도 모른 채 살짝 허리를 움직였다.

효과는 즉시 나타났다. 연청의 안에서 무언가 뚝 끊긴 듯하더니 그가 소흔의 양옆으로 팔을 짚어 무게를 지탱했다. 그가 거칠게 엉덩이를 들썩이자 소흔에게서 야릇한 소리가 터졌다.

"연랑, 흐으으."

연청의 허리가 그칠 줄을 모르고 소흔을 밀어붙였다. 밀부가 부딪칠 때마다 찰박찰박 야한 소리가 났다. 점점 절벽으로 몰리는 듯한 기분에 소흔이 도리질을 쳤다. 그는 그 모습마저 어여쁘다며 그녀의 말랑한 귓불을 깨물었다.

높이 더 높이 올라간 소흔은 끝내 정점에 치닫고는 비명을 지르며 떨어졌다. 연청 역시 열락에 진저리 치며 경련하듯 수차례 몸을 박아 넣은 끝에 그녀의 위로 무너져 내렸다.

이것이 기나긴 밤의 시작이었다.

❖ ❖ ❖

눈을 뜨기 전에 정신이 먼저 돌아왔다. 부드럽게 쏟아지는 아침 햇살을 뺨 위로 느끼며 연청은 어젯밤을 회상했다. 그렇게 소흔을 처음 안은 이후로도 무려 세 번을 더 안고 말았다. 다정히 배려하기엔 그 역시 처음이라 이제껏 쌓인 갈증이 심했다. 무엇보다 소흔의 유혹에 녹아났다.

몸을 닦아주려던 시도는 야릿한 입맞춤으로 이어져 끝을 보았다. 그녀의 머리카락을 감아 돌리던 장난은 결국 소흔이 연청의 몸에 올라타는 결과를 초래했다. 들썩임에 맞춰 흔들리는 가슴은 그의 숨을 앗아갔다.

남은 한 번은 거의 새벽이 다 되어서였다. 소흔이 데운 물에 함께 들어가 씻던 그들은 목욕통 안에서 나오는 것은 성공했으나 미처 물기를 다 닦지도 못하고 겹쳐졌다. 탁자 위에 그녀를 올려놓고 선 채로 몸을 나눴다. 그의 귓가를 울리던 예쁘고 가녀린 신음 소리가 자꾸 떠올랐다.

마지막은 확실히 과했지. 연청이 느른한 미소를 지으며 팔을 뻗었다. 그래도 살살 안으면 한 번은 더…… 괜찮지 않을까. 그런데 팔에 걸리는 게 없었다. 그제야 연청이 눈을 떴다. 옆자리는 텅 비어 있었다. 나간 지 꽤 되었는지 빈자리가 싸늘했다.

문득 이젯밤이 꿈이던가 싶었다. 물속에 가라앉는 것만으로는 평정을 찾지 못해 혼자 망상을 펼친 게 아닌가 하고. 그러나 이부자리에 선명히 남아 있는 꽃물 흔적은 그의 생각이 틀렸음을 보여 주었다.

"그렇다면 이 녀석이 초야 다음날 아침부터 정인을 팽개치고 나갔다는 말인데……."

괘씸하기도 하고 기가 차기도 해서 연청이 픽 웃었다. 어디로 뛸지 모르는 소흔답다고 생각했다. 그래서 그는 완전히 안심하여 다시 눈을 감았다. 이따 그녀와 마주치면 대체 어떤 표정으로 어떤 말을 꺼내야 할까 고심하던 그는 이내 얕은 아침잠으로 빠져들었다.

한편 이른 아침부터 오늘 팔 물건을 떼어오던 노인과 어린 손자는 조금 희한한 광경을 목격하게 되었다. 번듯하고 고풍스런 저택 대문을 열고 누군가 뛰쳐나오더니 눈썹이 휘날릴 정도로 쌩 하니 달려간 것이다.

어처구니없을 만큼 빨리 뛰쳐나간 터라 저택을 한 번 쳐다보고 그이가 달려간 쪽을 보았을 땐 이미 조그만 점이 되어 있었다. 노인이 목덜미를 긁으며 손자에게 물었다.

"넌 제대로 보았느냐?"

"사내애인지 여인인지 모르겠어요. 뭘 들고 있는 것 같기도 하고."

"아침부터 도둑이 활개 치고 다닐 리는 없고."

"다급한 일이 있는 걸까요?"

노인이 허허, 하고 탐탁지 않은 얼굴을 하였다.

"뭐가 급해서 아침부터 저리 뛰어다니누."

그들이 본 이는 바로 소흔이었다. 그녀는 해월의 단지를 껴안고 저택을 나왔다. 그야말로 박차고 나왔다. 아무 생각 하지 않고 미친 듯이 내달려 인적이 드문 어느 골목에 이르렀다. 숨이 차올라 가슴이 터져 나갈 것 같았다. 가쁜 숨을 몰아쉬며 소흔은 담벼락에 등을 기대고 털썩 주저앉았다. 그제야 제대로 된 생각을 할 수가 있었다.

"……미쳤어."

소흔이 고개를 내저었다. 기억은 선명하고도 또렷했다. 그 어느 것 하나 기가 막히지 않은 게 없었다. 흡사 실성한 사람처럼 고개를 마구 젓다가 저가 껴안고 있는 단지를 자각했다.

"······완전히."

소흔은 조그만 단지를 두 손으로 부여잡고 그게 해월의 어깨라도 되는 양 흔들었다.

"왜, 왜, 왜, 왜?"

방금 전 저택, 끙끙 앓는 소리를 속으로 삭이며 눈을 뜬 소흔은 옆자리에서 자는 연청을 보고는 기겁했다. 환한 곳에서 그의 나신을 마주하자 어젯밤이 왈칵 떠올라 더는 견딜 수가 없었다. 놀람과 당황은 갑자기 엄청난 힘을 끌어내 온몸이 욱신거리는 통증도 잊게 했다. 대충 침의를 걸친 소흔은 누구에게 들키진 않을까 바짝 긴장한 채 제 방으로 내달렸다.

그러고 보니 이 저택 안에는 미요와 녹산을 제외하고도 열 명의 소녀가 머물고 있었다. 소흔의 날렵함은 비상하는 매와도 같았다. 간신히 제 방에 도착한 소흔은 다시 한 번 몸을 씻고 옷을 입었다. 더 이상 저택에 남아 있을 수가 없어 해월의 단지를 끌어안고 달려 나갔다.

그러고 지금 이 상황에 이른 것이다. 지금 해월을 다그쳐 봤자 햇살이 쨍쨍한 아침이니 그녀와 이야기를 나눌 수도 없었다. 그럼에도 소흔은 왠지 해월이 듣고 있을 거란 생각에 원망과 투정 어린 혼잣말을 중얼거릴 수밖에 없었다.

"내가 수연청 이야길 많이 하긴 했죠. 알아요. 나도 좀 심했다고 생각해요. 특히 어젯밤에는 상당히 졸리기도 하고 여러 가지 기분이 뒤섞여서 대담한 말을 했던 것 같아요. 그, 그렇지만 해월 소저가 내 몸에 들어와서까지 그런…… 아니, 내 말은 진짜 자고 싶었던 게 아니라 그냥 궁금했던 거예요. 그래, 궁금증. 호기심. 그건 나쁜 게 아니잖아요?"

소흔의 표정이 울상이 되면서 입이 댓 발이나 나왔다.

"여전히 입 맞춘 이유는 알려주지 않고, 어쩔 땐 잘해주다가 또 돌아서면 구박하고, 괴롭히고. 이 사람이 날 좋아해서 이러는 건지 아닌지는 모르겠지만 이쪽에선 확실히 신경 쓰일 만하다구요. 그래서…… 그래서…… 일찍 혼인한 친우의 말도 생각나고 해서 그냥 해본 말인데 정말 저질러 버리면 어떡해요."

소흔은 단지를 껴안은 채 어젯밤의 기억을 떠올렸다. 입에서 나온 말, 저절로 움직인 몸, 무엇 하나 제 의지대로 이루어진 것은 없었지만 그렇다고 '완전히 싫었다'고 말할 수도 없었다. 해월에게 씌이기 전, 분명 그녀더러 연청의 품에 안기면 어떤 느낌일지 궁금하다고 말했기 때문이다.

게다가 처음엔 너무도 당혹스러웠지만 다시 연청과 입을 맞춘 순간 이것이야말로 저가 원하던 것이란 생각이 들었다. 평소의 저와 달리 대담하게 주도하는 모습도 나쁘지 않았다. 거기다 달콤하고 아릿한 애락에 젖어들었던 기억.

당시 소흔이 도취되었던 쾌감만큼은 진실이었다. 이쯤 되면 해월을 탓해야 할지 아니면 궁금증을 제대로 풀어주어 고맙다고 해야 할지 헷갈리는 것이었다.

"아아…… 수연청."

어젯밤엔 '연랑'이라고 나긋하게 불렀다. 그러나 제 몸을 찾은 소흔은 다시 그를 그렇게 부를 자신이 없었다. 앞으로 연랑이라 부르는 매 순간마다 어젯밤이 떠오를 것이다.

"하, 잘도 이런 생각을. 부르긴 뭘 불러, 염소흔. 당장 그의 얼굴을 마주하기도 힘든걸."

깊은 탄식이 터져 나왔다.

"어쩌지? 적어도 귀왕의 궁전에 갈 때까지는 동행해야 하는데. 매일 얼굴을 맞대고 지내야 하는데 어쩜 좋지."

소흔은 문득 예전 일을 떠올렸다. 연청과 처음 방을 쓰게 된 날 그가 입을 맞췄었다. 그때를 기점으로 두 사람의 관계에서 주도권이 연청에게 넘어갔다. 화를 내야 마땅할 사람은 소흔 본인인데도 이상하게 그의 앞에 서면, 그가 그날 일을 떠올리게 만들면 왠지 작아지고 마는 것이다.

그러다가 그때나 지금이나 다를 게 없다는 데 생각이 미쳤다. 소흔은 어젯밤 연청이 헐떡이는 도중에도 몇 번이나 세뇌하듯 중얼거린 말을 떠올렸다.

"이제 돌이킬 수 없어. 그리고 싶지도 않고."
"완전히 내 것이다."
"내일 발뺌할 생각은 마라."
"낙인을 찍어놨으니까."

떠올리는 것만으로도 귀까지 달아올랐다. 소흔은 제 뺨을 두드리며 정신을 차리려 애썼다. 위험하다. 위험도로 따지면 최악이다. 이대로라면 저택에 돌아가 연청과 마주치는 순간 온몸이 새빨개져 아무 말도 하지 못하고 얼어붙을 것이다.

그 야무진 염소흔이 꼬박꼬박 대꾸도 못하고 남편 말을 하늘인 양 받드는 부인처럼 아주 수연청 뜻대로 끌려가겠지. 제 의견이라고는 없이.

"싫어. 두 번 당할 줄 알고?"

오랜 고민 끝에 소흔은 마음을 정했다. 해월의 과한 개입으로 벌어진 어젯밤의 일, 억울하고 속상하긴 하지만 이제 와서 무를 순 없었다. 그나마 다행인 것은 소흔이 법도를 엄격하게 따지는 외곽지대 출신이 아니라는 것.

이곳에서 태어났다면 처녀의 평판에 목숨을 걸어야 하겠지만 다행히도 소흔은 다소 자유로운 분위기의 제후국 태생이다. 화국이라고 혼인 전에 밤을 보내는 게 결코 자랑할 일은 아니나 그렇다고 몸을 더럽혔으니 자결해야겠다는 생각을 하진 않는다는 말이다. 그럴 수도 있다는 생각이 들었다. 문제는 이에 대한 소흔의 처신이다.

이에 소흔은 앞으로 연청이 어떤 말로 회유하고 위협하고 함락시키려 들든 간에 깨끗이 무시하기로 마음먹었다. 언제나 냉정을 잃지 않는 미요를 보고 배우면 좋으리라. 처음엔 몰라서 휘말렸지만 두 번째는 어림없다고 다짐에 다짐을 거듭했다. 같은 맥락에서 슬슬 피어올랐던 연청에 대한 마음도 이번 기회에 접겠다고 각오했다.

"지금 다잡지 않으면 영영 못할 거야."

더는 얽혀들어선 안 된다. 마음이 흔들린 것만으로도 이미 선을 넘었는데 여기서 더 빠졌다간 염소흔 본래의 모습을 잃게 될까 봐 겁이 났다. 그래, 난 어젯밤 일을 딱히 맘에 두지 않는 거야. 소흔은 저택으로 돌아가는 내내 스스로를 다잡았다.

평정을 찾고 아침 식사도 했다. 열 명의 소녀 중 어제 뭔가 이상한 것을 보았다는 사람은 없었다. 짐작컨대 소흔만 입을 싹 다물면 일이 원하는 대로 풀릴 것 같았다. 밝게 웃으며 식사를 마친 뒤 해월의 단지를 안고 후원으로 나갔다. 햇빛 비치는 맑은 가을 하늘을 한 번 올려다보았다. 작별을 하기에 나쁘지 않은 날이었다.

"어젯밤 일은 조금 원망스럽기도 하지만 그렇다고 해월 소저를 미워하는 건 아니에요. 소저의 마음은 충분히 알아요. 그리고 이렇게 소저가 자유를 되찾게 되어 기뻐요."

소흔이 단지를 높이 들었다가 바닥에 내던졌다. 와장창 깨지는 소리가 속이 시원하면서도 슬펐다. 햇살 아래 고스란히 드러난 흰 가루는 눈처럼 녹아내리더니 저절로 사라졌다.

"힘들겠지만 부디 천천히 행복을 찾아갔으면 좋겠어요."

소흔은 잠시 두 손을 모으고 해월의 행복을 빌었다. 그리고 후원을 떠났다. 백 년 넘는 시간을 힘들게 보낸 그녀를 떠올리며 걷자 아침부터 어지럽던 마음도 이내 차분히 가라앉았다. 모퉁이를 돌다가 산보 나온 두 소녀와 마주쳤다. 눈인사를 나눈 뒤 계속 걸었는데 뜻밖의 장소에서 뜻밖의 인물을 보았다.

녹산이었다. 그는 물이 가득 찬 나무통을 들고 방에서 나왔다. 이상한 점은 그가 나온 곳이 바로 미요의 방이라는 데 있었다.

통에 든 물을 버린 그는 새삼스레 두 손을 씻고 수건으로 물기까지 꼼꼼히 닦았다. 토국에 있을 때나 지금이나 보슬보슬한 흙바닥에 누워 땅 냄새를 흠뻑 들이마시는 순간이 제일 좋다고 말하던 녹산의 모습과는 사뭇 거리감이 있는 장면이었다.

소흔은 섣불리 다가가지 않고 멀리서 그가 하는 양을 지켜보았다. 녹산은 다시금 미요의 방에 들어갔다가 반 각 후에 나왔다. 도무지 이해가 가지 않는 장면을 목격한 소흔은 그가 자기 쪽으로 오길 기다렸다가 어깨를 톡톡 건드렸다.

"녹산 오라버니."

"……깜짝 놀랐다. 소흔이구나."

"뭐 한 거예요?"

소흔이 대뜸 묻자 무슨 말인지 모르겠다는 듯 녹산이 되물었다.

"뭘 말이냐?"

"방금 미요 언니 방에 들어갔다가 나왔잖아요."

녹산은 예의 그 사람 좋은 미소를 유지하려고 노력했으나 현장을 들키고 말았다는 기색을 감추지 못했다. 그 와중에도 미요의 방 쪽을 힐긋 쳐다보는 모양이 꽤 불안해 보였다. 소흔의 의구심은 점점 더 커져만 갔다.

"요리하고 방 치워주는 일꾼, 언니가 이미 둘이나 들여놨잖아요. 그런데 왜 오라버니가 물을 버리는 거예요? 방금 그거, 물 버린 거 아닌가?"

"재밌는 말을 하는구나, 소흔아."

"지금…… 말 돌린 거예요?"

소흔의 눈이 가늘게 좁혀졌다. 고개를 어느 쪽으로 돌려도 끝까지 따라오는 시선에 녹산이 한숨을 쉬었다. 언니는 언니대로, 동생은 동생대로 저를 잡아먹지 못해 안달이라고 그는 생각했다.

"물론 일꾼을 들이긴 했지만 미요 소저의 소소한 취향까지 딱 맞춰 일해주진 않아서 말이다."

"요리도 맛있고 청소도 완벽하던데 뭐가 문제인지 모르겠네요. 무엇보다 능숙한 일꾼도 맞추기 까다로운 취향을 오라버니가 맞춘다고요?"

여기까지 말한 소흔은 별안간 입을 다물었다. 갑작스럽게 녹주성의 기억이 떠오른 것이다. 그때는 소흔 자신도 워낙 힘든 터라 깨닫지 못했는데 유난히 녹산이 힘들어하며 아무 데서나 꾸벅꾸벅 졸았던 것이 생각났다. 사흘 밤을 버텨도 너끈히 버틸 수 있을 듯한 외양과 달리 의외로 몸이 부실한가 싶어 고개를 갸우뚱했던 기억도 있다.

그러다가 녹주성을 떠나고 노숙과 민박을 하면서 서서히 녹산의 생기가 돌아오더니 이곳 영주성에 이르러 각방을 쓰자 말 그대로 사람이 살아났다. 설마 이 모든 것이 미요와 관련이 있었단 말인가. 소흔은 경악을 감추지 못하고 그에게 질문을 퍼부었다.

"언제부터예요? 역시 녹주성에서 동숙한 그날부터? 언니는 제후의 질녀로 자랐으니 상당히 까다롭기야 할 테지만 다른 사람들과 있을 땐 그런 모습 보이지 않던데요. 민박할 때만 해도 그래요. 나랑 한방을 썼을 땐 오히려 동생 돌보듯 귀여워해 준걸요. 그런데 오라버니에겐······."

"아······ 그, 그렇게 못살게 구는 건 아니다."

"소소하고도 까다로운 취향 몇 가지만 읊어보세요."

녹산이 주저하다가 입을 열었다.

"물은 너무 뜨거워도 그렇다고 미지근해서도 안 되지만 다 쓸 때까지 식어선 안 되고."

"······그게 가능한가?"

"허리 아래로 내려오는 긴 머리는 엉키기가 쉬우니 매일 아침저녁으로 백 번씩 빗어 찰랑이도록 하고."

녹산의 말이 길어질수록 소흔은 점차 말을 잃어갔다. 녹산이 맡아 하고 있는 일들은 풍국의 저택에서 십수 명의 전담 시녀들이 함께 해냈던 것이다. 상대의 표정을 살펴가며 말을 이어가던 녹산은 어느덧 소흔의 표정이 완전히 질린 것을 보고 입을 다물었다.

아무 말도 나누지 않은 채 시간이 흘렀다. 소흔은 깊은 충격의 늪에서 간신히 헤어 나와 목소리를 냈다.

"왜 당하고만 있어요?"

소흔이 미요의 방 쪽을 쳐다보았다가 다시 녹산에게 돌아왔다.

"나도 가급적 언니 기분을 맞춰주려고 하지만 오라버니처럼 그러진 않아. 힘들면 말해요. 못하겠다고, 하기 싫다고 말하면 되잖아요. 이건 마치······ 노예도 아니고."

녹산의 눈동자가 흔들렸다.

"그럴 것까지야. 이제 익숙해져서 괜찮다."

"익숙해지면 안 되죠! 혹시 언니가 위협하던가요? 겁을 주기라도 했어요?"

"그럴 리가."

"그런데 한 손으로 미요 언닐 제압할 것처럼 생긴 사람이 왜 당하고만 있느냐고요."

소흔이 숨을 급히 들이쉬었다가 목소리를 낮췄다.

"……좋은 건가?"

"응?"

"좋아하고 있는 건가, 오라버니? 은근히 즐기고 있는 거예요?"

녹산은 아무 대답도 하지 못하고 얼른 이 자리를 벗어나고자 고개를 두리번거렸다. 누가 녹산의 이름을 부르는 시늉이라도 한다면 옳다구나 하고 당장 뛰어갈 태세다. 그러나 불행히도 근처를 지나가는 사람은 단 한 명도 보이지 않았다. 결국 녹산은 소흔에게 이야기를 털어놓고야 말았다.

소흔은 복잡한 제 처지도 잊고 녹산이 당해온 이야기에 빠져들었다. 이제 모든 전말을 듣고 나니 미요는 단순히 녹산에게 힘쓰는 일만 시킨 것이 아니었다. 다른 사람들은 전혀 생각지도 못한, 몹시도 교묘하고 세세한 괴롭힘이었다.

특히 눈치가 둔한 녹산은 왜 땀을 닦기 위한 물수건이 자기 전 얼굴을 잠시 덮는 물수건처럼 따뜻해선 안 되는지 백 년이 지나도 모를 것이다. 아니나 다를까 녹산은 이에 대해 매번 실수를 저질렸고 그때마다 미요는 눈빛만으로 상대를 죽일 수 있을 만큼 싸늘하게 노려보았다고 했다. 이쯤 되면 혼낼 구실을 찾기 위해 일을 시킨다 해도 과언이 아니었다.

소흔은 이건 그냥 상대를 좋아해서 할 수 있는 일들이 아니라고 생각했다. 녹산 오라버니에게 묘한 취향이 있었나? 괴롭힘당하는 걸 은근히 즐기는? 소흔이 더 자세히 추궁하려는 순간이었다. 드디어 해방구를 발견한 녹산이 밝게 웃으면서 인사하는 소리가 들렸다.

"연청 형님, 이제 일어나셨습니까."

이런.

"식사는요?"

남 생각 할 때가 아니었는데.

"고기볶음이 맛있던데요."

"이미 먹었다."

뭔가를 벼르는 자의 목소리란 저런 거구나 하고 소흔은 속으로 떨었다. 사실 저택으로 돌아온 이후 두 번이나 연청과 맞닥뜨릴 뻔했는데 그때마다 소흔은 용케 자리를 피한 것이다. 상대가 눈치채기 전 깔끔하게 자리를 떴으면 좋았을 것을, 항상 도망치듯 어색한 뒷모습을 남겨서 이만하면 연청도 뭔가 이상함을 알아챘을 터였다.

이번에도 소흔은 볼일 다 봤다는 듯 떠나기로 했다. 하나 먼저 선수 친 쪽은 녹산이었다. 더 있다가는 연청이 보는 앞에서 추궁당하리라 여겼는지 그가 웃는 낯으로 이만 가보겠다고 하였다. 연청으로선 녹산을 잡을 이유가 없었다.

어느새 건물과 건물 사이를 잇는 아름다운 회랑에는 두 사람만
이 남았다.

❖ ❖ ❖

염소흔 이 녀석을 어떻게 다뤄야 좋을까. 연청은 아침부터 수십
번 고민하고 또 고민한 주제를 물고 늘어졌다. 잠에서 깨어났을
때만 해도 수연청의 기분은 아주 산뜻했다. 줄곧 그를 번민하게
만든 모든 것이 어젯밤을 기점으로 일시에 해소되었으니 그럴 만
도 했다. 밤을 함께 보낸 일은 확실히 갑작스러웠지만 다시 곱씹
을수록 좋은 기억만 떠올랐다.

연청은 수국을 떠난 이래 처음으로 귀왕을 무사히 접견하고 돌
아간 이후의 일을 상상했다. 염소흔은 수국을 좋아할까? 바다를
본 적은 있을까? 그는 스스로의 변화를 신기해하며 소흔의 방문을
두드렸다.

몇 번 두드렸지만 사람은 나오지 않았다. 문을 열어보니 방이
텅 비어 있었다. 침상 구석에 던져 둔 침의가 눈에 들어왔다. 어제
소흔이 입었던 것이다. 뭔가 바쁜 일이 있었는지 그녀답지 않게
아무렇게나 벗어놓았다. 첫 만남이 무산되었지만 이때까지만 해
도 연청은 이상한 낌새를 알아차리지 못했다.

두 번째는 식사를 하러 간 자리였다. 다른 이들보다 늦게 식당
에 나타난 연청은 과일로 입가심하던 소녀들로부터 방금 소흔이

자리를 떴음을 들었다. 좀 허겁지겁 나갔다는 말을 듣는 순간 묘한 기분이 들었다. 왠지 우연인 것 같지 않았다.

소흔이 의도적으로 그를 피하고 있음을 확신한 것은 세 번째, 찰나이지만 두 사람의 눈이 마주쳤을 때다. 일꾼과 이야길 나누고 있던 소흔은 연청과 눈이 마주쳐 놓고도 아닌 척 굴더니 그가 다가가려는 기미를 보이자 황급히 일꾼과 헤어졌다. 웃는 얼굴이긴 했지만 긴장감이 어려 있었다.

소흔이 계속 피해 다녔지만 결국 이렇게 맞닥뜨리고야 말았다. 설마 이대로 날 피할 수 있으리라 생각하진 않겠지. 연청이 한 걸음 한 걸음 다가갔다. 신기한 것은 두 사람의 거리가 좁혀질수록 새침하게 눈을 내리깐 소흔의 얼굴이 점점 단조롭게 변했다는 점이다. 그가 소흔의 바로 앞에 섰을 때는 처음의 새침한 기색마저 온데간데없고 그저 담담할 뿐이었다.

"왜 피하는 거지?"

소흔은 아무 말도 하지 않았다.

"어제 술에 취한 것 같진 않던데 후회하는 건가? 없던 일로 되돌리려고?"

상대가 아무 대꾸도 하지 않으니 희한하게도 연청의 인내심이 슬슬 바닥나기 시작했다. 재잘대는 저 조그만 입을 막으려고 입맞춤까지 불사했던 자신이다. 그런데 소흔이 누구보다도 조용한 지금 그는 무슨 대답이라도 좀 들었으면 싶다.

"소소(簫簫)?"

어젯밤, 자기는 연랑이라 부르는데 연청은 언제까지 저를 염소흔이라 딱딱하게 부를 거냐며 투정했었다. 그래서 즉흥적으로 이름자 하나를 떼어 애칭을 지었다. 함께 물을 끼얹던 목욕통 안에서. 소흔은 애칭이 마음에 든다며 웃고는 그의 품에 안겨들었었다.

그런데 지금 이 애칭을 들은 소흔의 얼굴은 그야말로 못 들을 것을 들은 것처럼 바뀌었다. 그러고 보면 기억은 생생한 모양이다.

"아무렇게나 부르지 말아줄래요?"

소흔이 제법 사늘하게 잘라 말했다. 어젯밤과는 아예 다른 사람이 된 것 같다.

"피해 다녀서 미안해요. 나도 마음 정리를 하느라 정신이 없었어요. 그것에 대해서 기분이 나빴다면 사과하죠. 그리고 기왕 이렇게 마주쳤으니 말인데."

"마음 정리?"

"기왕 마주쳤으니 말하는 건데."

말끝을 올려 불쾌함과 의혹을 드러내는 연청의 목소리에도 소흔은 흔들리지 않고 제 말을 계속했다.

"어젯밤은 똑똑히 기억나요. 하지만 이것만은 밝혀둬야겠어요. 어제 난 해월 소저에게 씌어서 제정신이 아니었던 거예요. 내가 했던 말도, 내가 움직였던 팔다리도 다 내 의지가 아니었어요. 그러니 오해 없었으면 좋겠어요."

"오해?"

"……진짜 연랑과 소소가 되리란 생각, 행여 하지 않았으면 해요."

듣자듣자 하니 더는 못 들어주겠군. 연청이 발끈하여 소흔의 손목을 잡아챘다. 팔이 들리자 자연히 소매가 스르륵 흘러내렸다. 희고 여린 손목 안쪽에 선연히 남아 있는 붉은 낙인.

그뿐만이 아니다. 연청은 소흔의 몸 곳곳에 비슷한 흔적을 남겼다. 가슴과 허벅지 안쪽, 지금 긴 머리카락을 내려 잘도 가리고 있는 목덜미에도 연청의 흔적이 가득하다.

"귀에게 씌어 벌인 짓이다?"

"네."

"그 어느 것 하나 본인 의지가 아니었다?"

소흔의 눈동자가 미미하게 흔들렸지만 입 밖으로 나온 대답은 동일했다.

"네."

"싫었어?"

"네?"

연청이 고개를 숙였다. 소흔은 반사적으로 피하려 했지만 그가 허리를 잡아 쉽게 벗어날 수가 없었다. 소흔의 귓가에 대고 연청이 속삭였다.

"그래서 싫었냐고."

"……싫었으니까 없던 걸로 하자는 거 아니에요? 그러니까 앞으로도 오해하지 말아요."

소흔이 간신히 벗어났다. 담담하고 평온했던 얼굴이 어느새 상기되어 있었다. 연청은 그녀가 빠른 걸음으로 회랑을 벗어나는 뒷모습을 보았다. 귀에게 씌었다는 소흔의 말이 사실이라 해도 아까 전에 '싫었다'는 말만큼은 달랐다. 그러고 보니 '어느 것 하나 본인 의지가 아니었다'는 말에도 반응이 묘했다. 연청이 나직이 중얼거렸다.

거짓말, 하고.

❖ ❖ ❖

"연청 공자."

"연청 공자."

"오늘은 일찍 일어나셨네요."

연청이 식당으로 들어서자 소녀들이 너나 할 것 없이 반겨주었다. 어여쁜 목소리가 종달새처럼 지저귀었다. 아침의 시작치고는 나쁘지 않았다. 그 어떤 사내도 이런 아침을 마다할 자는 없을 것이다. 그러나 연청은 엷은 미소를 지어 보이고는 가장 구석진 창가에 앉았다. 같이 들자는 소녀들의 제안도 비슷한 표정으로 사양했다.

밤늦도록 머리를 굴리느라 잠을 충분히 자지 못했다. 평소 딱히 머리 굴릴 일 없이 살아온 그로서는 생소한 경험이었다. 앙큼한 거짓말쟁이를 함락시킬 방법이 대략 마흔 가지는 떠올랐는데, 그 중 서른다섯 가지는 다소 음험하고 악랄했고 네 가지는 욕이 나올 만큼 달콤했으며 마지막 하나는 눈물이 고일 정도로 처절했다.

"……가지가지 하는군, 수연청."

그가 자조하며 젓가락을 들었다. 살면서 이런 날이 올 줄은 몰랐다. 그로서는 한 서너 번째쯤에서 소흔이 넘어가 줬으면 싶지만 일이 그리 쉽게 풀릴지는 장담할 수 없었다.

"연청 공자는 항상 혼자 드세요?"

식사를 일찍 마친 두 소녀가 과일 접시를 들고 연청의 맞은편에 와 앉았다. 그가 애매한 미소로 답을 대신하자 소녀들은 서로를 마주 보며 웃었다.

"말수도 적으시고."

"점잖으신 것 같아요."

저쪽에서 한창 식사 중이던 녹산이 갑자기 물을 찾았다. 목이 메는지 한 번에 잔을 반이나 비웠다. 크흠, 하고 목청을 가다듬기도 했다. 녹산을 흘깃 본 연청이 말없이 젓가락을 놀렸다.

하필 소흔에 의해 변화된 후의 연청을 대했기에 소녀들은 이런 반응을 보이는 것이리라. 지금이야 최소한의 예의라도 지키지, 수국에서는 연청에게 다가오는 여인은 없었다. 있다 해도 빈정대는 말투와 순식간에 사람을 초라하게 만드는 태도에 화를 내며 한 식경도 안 되어 떠났다. 하나 그런 과거를 알 턱이 없는 소녀들의 눈엔 과묵하고 정중한 공자처럼 보이는 것이다.

"명주(名酒)로 유명한 창해 수가의 공자시라던데."

"저, 딱 한 번 마셔본 적 있어요. 술 이름도 예뻤는데. 그……
홍(紅)……."

"수홍매(羞紅梅)?"

연청이 한 번에 맞혔다. 소녀는 손뼉을 치면서 까르르 웃음을 터뜨렸다. 태어나서 그렇게 달콤하고 부드러운 술은 처음이었다며 한 잔 맛보여 준 가게 손님께 부끄러운 줄도 모르고 이게 무엇이냐 물었다고 했다. 수홍매, 수줍게 핀 홍매화. 말간 붉은빛의 술을 백자 자기에 담아 내놓으면 그 모습이 마치 수줍음에 뺨을 물들인 미인과 같다고 하여 꾸준히 사랑받는 가문의 술이다.

그러나 연청은 술 이름을 입에 담으며 다른 누군가를 떠올렸다. 열락으로 달아오른 뺨에 젖은 머리카락이 몇 가닥 붙은 채 가쁜 숨을 색색 고르는 누군가가 그의 입가에 나른한 미소를 걸리게 만들었다.

"확실히…… 달콤하고 부드럽지."

소녀들의 표정이 일순 멍해졌다가 서서히 설렘으로 물들었다. 자신들을 구해준 영웅의 모습 위로 본의 아니게 아침부터 뚝뚝 흘리고 다니는 사내의 색이 덧입혀지면서 연청을 보는 눈길이 수줍어졌다.

"이렇듯 훌륭하신 분이니 분명 고향에 아름다운 부인이 계시겠죠?"

연청이 부정의 뜻으로 고개를 슬쩍 저었다. 소녀들의 눈이 놀라움으로 커졌다.

"아직 혼자신가요?"

"상상도 못했어요. 이곳에서라면 벌써 오래전에 성가(成家)하셨을 텐데."

소녀들의 목소리는 또 다른 소녀들을 끌어들였다. 몹시도 흥미로운 화제에 다른 자리에서 식사 중이던 소녀들까지 연청의 곁으로 몰려들었다. 연청은 순식간에 꽃다운 대여섯 명의 소녀에게 둘러싸이게 되었다.

저쪽에 자리한 녹산이 빈 그릇을 내려놓으며 도무지 이해가 가지 않는단 눈으로 그 광경을 지켜보았다. 아, 그리고 보면 형님은 원래 눈이 절로 따라갈 만큼 준미한 사내였지.

녹산은 새삼스레 연청의 외모가 가진 파급력을 깨달았다. 거기다 요즘 들어 꽤 너그럽게 변하기까지 했으니 소저들 눈에는 완벽한 영웅이 따로 없을 터이다.

"사신이시면 접견이 끝난 후 고향으로 돌아가시는 건가요?"

"부인을 맞아 함께 돌아가시는 건 어떠세요?"

"공자 같은 분이라면 이곳에서 다섯은 보통이에요."

"영웅은 삼처사첩(三妻四妾)이라지 않나요?"

풍속의 차이가 여실히 드러나는 발언이 이어졌다. 소녀들의 눈망울에는 묘한 기대감과 호기심이 뒤섞여 있었다. 연청은 그저 사실대로 답했을 뿐이지만 제후국에 대해 잘 모르는 소녀들은 그의 말을 듣고 달콤한 한숨을 내쉬었다.

"부인이 될 이는 단 한 사람뿐이오."

"……진정이신가요?"

"대단하세요."

"부인 되실 분이 부러워요."

반쯤 한 귀로 흘려들으며 찻물로 입가심을 하는데 그 순간 연청의 잠을 앗아간 당사자가 식당으로 들어왔다. 긴 머리를 올려 댕기로 묶는 와중에도 눈이 마주치는 모두에게 밝게 인사했다. 아침 햇살에 맞먹는 기운이 소흔의 주위에 감돌았다. 그녀가 요리와 빨래를 담당하는 중년여인에게 다가가 살갑게 인사를 건넸다. 연청은 그 여인의 성이 하(河)임을 오늘에야 알았다.

"제가 좋아하는 새우네요."

중년여인은 상을 차려주면서 오늘 아침 들어 가장 환하게 웃었다.

"물 좋은 게 나왔더라고. 염 소저 입맛이 기억나서 샀지."

"소흔이라 편히 부르시라니까요."

"아유, 암만 딸 같아도 어엿한 제후국 사신님인데 그럴 수야 있나. 어서 들어요."

"잘 먹겠습니다."

생긋생긋 잘도 웃는다. 고운 얼굴을 보니 반가운 한편 연청의 심사가 확 틀렸다. 아무 데서나, 아무에게나 헤프게 웃음을 흘리고 다니면서 어느 순간 연청에게만 딱 무표정으로 대하고 있었다.

그나마 처음엔 거짓을 꾸며내려는 티가 나기라도 했다. 그런데 소흔의 연기가 나날이 느는 것인지, 정말 마음이 닫히는 중인지 몰라도 어제 오후부터는 조금의 동요도 없이 연청을 대했다. 어떤 식으로 자극해도 담담한 태도였다. 심지어 모두가 있는 자리에선 의심을 사지 않기 위해 미미한 웃음기를 띠기까지 하는 것이다. 아주 괘씸하고 몹쓸 모양새다.

"수국은 제후를 제외하고는 모두 일부일처를 따르니까."

연청이 조금 늦은 답을 하자 이제껏 저들끼리 재잘대던 소녀들은 기다렸다는 듯 그에게 질문을 던졌다.

"다른 제후국도 같은가요? 관리도 부자도 모두 일부일처예요?"

"그럼 이미 혼인한 분을 연모할 순 없는 거군요?"

"뭔가 멋지면서도 아쉬워요."

"훌륭한 분들은 그에 어울리는 소저와 일찍 혼인하시니까요. 저희같이 가난하고 배움이 짧은 이를 정부인으로 들여주지 않아요. 자연히 세 번째, 네 번째 기회를 기다릴 수밖에요."

녹산이 다가와 한마디 거들었다. 꼭 관리나 부자가 아니더라도 견실한 사내와 혼인하면 이곳에서도 서로만 보고 살 수 있지 않겠느냐 말하자 소녀들이 입을 가리며 웃었다.

"그러니까 그 '견실한 사내'도 마찬가지인걸요. 사람 눈은 다 비슷하니까요."

"농사꾼이라도 젊고 건강하고 일 잘하는 이 옆에는 벌써 부인이 있어요."

한 소녀가 연청과 녹산에게 과일을 건넸다. 녹산은 감사 인사와 함께 흔쾌히 받았고 연청은 거절하려는 참이었다. 그런데 연청의 눈에 아닌 척하며 이쪽을 살피고 있는 소흔이 들어왔다.

어쩌면 연청만의 착각일 수도 있었다. 소흔은 다른 소녀들과 어울려 이야기를 나누는 중이었으니까. 시선은 이쪽을 향하지도 않았다. 하지만 탁 트인 공간이니 귀는 열려 있겠지. 그가 선선히 과일을 받았다.

"……이곳에 계시면 부인을 자유롭게 두셔도 괜찮을 텐데."

어떤 소녀가 장난 어린 목소리로 밝게 말하자 다른 소녀들이 손뼉을 치며 동조했다. 중년여인과 모자지간인 사내도 식사를 하러 들어왔다가 즐거운 분위기에 휩쓸렸다. 그가 내친김에 한마디 했다.

"기왕 말이 나온 거, 이 자리에 앉아 있는 소저들을 모두 들어앉히시죠?"

"어머, 못하는 말이 없어요!"

"연청 공자는 한 여인만 보시겠다는데!"

큰 웃음소리가 오가는 중에도 연청의 신경은 온통 소흔에게 쏠려 있었다. 대화의 수위가 이쯤 되면 여길 한 번 봐야지 않나? 뚫어지게 흘겨볼 필요는 없어도 신경 쓰는 티가 나야 하는 거 아닌가? 어떻게 눈길 한 번 안 주는 거냐고.

그가 속으로 이를 바드득 갈았다. 소흔의 반응을 이끌어내려면 이 정도로는 부족한 모양이다. 연청은 사내의 제안을 고려해 보는 듯 턱을 쓸었다.

"하긴 여기 살면 수국의 법제에 구속받진 않겠군."

안 흔들린다. 눈 하나 깜짝 않는다. 분명 똑똑히 들었을 텐데. 고약한 녀석 같으니. 연청은 소흔에게서 시선을 떼지 않은 채 좀 더 강수를 두었다.

"다섯은 보통이라?"

이번에도 상대에게선 아무 반응이 없었다. 오히려 신이 난 쪽은 소녀 무리였다. 그들은 열렬하게 고개를 끄덕이며 연청에게 좋은 말을 늘어놓았다. 한마디 한마디가 여인의 신경을 거스르는 말임에도 소흔은 제 무리에서 헤어 나오질 않았다. 뭐가 그리 재미있는지 소리 내어 웃기도 했다.

"그냥 눌러앉아 버릴까?"

이래도 버틸 것이냐? 이래도? 마음에도 없는 말을 입에 담았지만 소흔은 여전히 관심을 보이지 않았다. 약이 오름과 동시에 맥이 탁 풀리는 순간이었다. 아예 자리를 옮길까 하는 연청의 귀에 낭랑한 목소리가 들렸다.

"녹산 오라버니도 여기 정착할 건가요?"

소흔이었다. 어째 질문이 녹산을 향하긴 했지만 그녀의 관심을 끌어냈다는 것에 연청은 쾌감 비슷한 것을 느꼈다. 즐기지도 않는 낚시의 묘미를 알 것도 같았다. 즐거이 구경하다가 갑자기 뒤통수를 맞은 격인 녹산이 난감한 웃음을 지었다.

"글쎄다. 난 토국도 나쁘진 않은데."

"왜, 오라버니도 여기서 새 출발을 해보지 그래요. 젊지, 준수하지, 사람들에게 살갑게 굴 줄도 알지, 무공 고강하지. 저 연청 공자에 비해 부족한 점이라곤 없는걸요."

"하하, 그리 봐주니 고맙구나."

"다섯 정도는 거뜬히 먹여 살릴 수 있을 거예요."

소흔이 화사하게 웃었다. 그 웃음이 좀처럼 저를 향하지 않자 연청은 슬슬 안달이 났다. 반응을 끌어낸 데에 그치지 않고 욕심이 점점 커지는 것이다. 그가 소흔을 떠보듯 말을 던졌다.

"잘하면 돌아가는 길은 혼자일 수도 있겠군?"

드디어 소흔의 시선이 연청에게 닿았다.

"우리 중 풍미요의 패기가 제일 대단하니 녀석이 귀왕을 꺾고 그 자릴 차지하면 나와 녹산은 두 다리 뻗고 이곳에 정착할 수 있을 테지. 그럼 어쩌나. 귀향은 너 혼자 해야겠다, 염소흔."

소흔이 가만히 연청을 보다가 어깨를 으쓱했다. 연청은 잠시 저게 무슨 뜻인가 싶어 머리를 굴려야 했다.

"뭐, 어쩔 수 없죠."

잘 먹었다는 인사와 함께 소흔이 일어섰다. 야무지게 과일까지 입에 넣고 남아 있는 사람들에게 두 손을 흔들었다.

"전 나가볼게요."

들어올 때와 마찬가지로 환한 기운을 발산하며 물러나는 그녀였다. 빨라도 너무 빨랐다. 연청이 원하는 반응은 손톱만큼도 보이지 않은 채 앙큼하게 달아났다. 낭패의 뒷맛은 씁쓸했다.

소흔이 사라지고 나서야 그는 정말 이곳에 남으실 거냐고 묻는 소녀들에게 쓴웃음을 지어 보였다. 아쉽지만 돌아가야 할 것 같다고 말했다. 그의 시선이 소흔이 나간 문 쪽에서 떨어지지 않았다.

몽중인(夢中人)을 찾았으니 절대 놓치지 않겠다는 대답을 알아들은 사람은 없었다.

❖ ❖ ❖

영주성에 들어온 지도 꽤 오랜 시간이 지났다. 기력을 회복한 소녀들은 하나둘 떠날 준비를 했다. 소흔이 써준 소개장을 든 네 소녀는 녹주성으로 떠났다. 성문까지 소흔과 녹산이 직접 배웅했다. 소녀들은 열심히 일하고 있을 테니 꼭 고향으로 돌아가는 길에 저들을 찾아달라고 부탁했다. 눈물과 포옹이 수차례 오가고서야 간신히 마차에 오를 수 있었다.

이제 남은 소녀는 여섯. 그들도 글피면 길을 떠나기로 했다. 꼼짝없이 소녀들이 외지에서 죽은 줄만 알았던 가족들은 사신들이 대필해 준 서신을 받고 감격했다. 다행히 두 소녀의 오라비가 영주성 근처까지 마중 나온다 하여 모두의 걱정을 덜었다. 이제 남은 일은 사흘 동안 잘 먹고 푹 쉬어서 몸을 보하는 것뿐이다.

그런데 여기서 문제가 터졌다. 난데없이 저택의 물이 꽁꽁 얼어붙은 것이다. 우물도, 미리 받아둔 물도, 요리할 때 쓰려고 솥에 채워둔 물도, 반주용으로 사놓은 술까지 죄다 얼었다. 아침저녁뿐 아니라 대낮에도 충분히 선선한 날씨지만 아직 겨울이 오려면 한참 남았는데 기이한 일이라고 다들 입을 모았다.

더 희한한 것은 저택 외부의 물은 멀쩡하다는 것이다. 저택을 제외한 영주성의 모든 곳에서 문제없이 물을 사용하고 있었다.

당연히 불편함은 하늘을 찔렀다. 몸이 약해져 있는 소녀들은 더운 물로 씻지 않으면 당장 감기에 걸릴 텐데 매번 얼음을 깨는 일도 쉬운 일은 아니었다. 틈만 나면 일을 돕는 사내와 녹산이 번갈아 얼음을 깼다. 그러면 이를 부엌으로 날라 펄펄 끓였다.

그 물을 무사히 쓸 수 있으면 다행이었다. 펄펄 끓기 직전에 물이 얼어버리기도 했고, 이때다 싶어 얼른 더운 물을 쓰려는 순간 빠드득 하고 목욕물 통째로 얼음이 되기도 했다. 도저히 인력으로 해결이 불가능하자 사람들은 소흔에게 도움을 청했다.

신력을 쓰자 확실히 뜨거운 물을 얻는 시간이 짧아졌다. 소흔은 넓은 집 안 곳곳을 돌아다니며 신력으로 얼음을 녹여 끓는 물을 만들었다. 반 바퀴 돌았을 때쯤 저 뒤에서 소녀가 허둥지둥 달려왔다. 그새 또 얼어붙었다는 것이다.

소흔은 분노로 몸이 떨리는 걸 참으며 묵묵히 돌아갔다. 과연 물이 얼어붙어 있었다. 신력으로 순식간에 얼음을 녹여 끓였다. 열 걸음을 떼기도 전에 소녀가 외마디 비명을 내질렀다. 또, 또다시 얼었다.

"안 갈 거야."

소흔이 파르르 떨었다.

"갈 줄 알고? 절대…… 절대 안 가."

소흔은 얼음 위에 손바닥을 올리고 강하게 신력을 쏟아부었다. 어차피 같은 여인끼리니 그냥 들어가 씻기를 권했다. 자신이 계속 물을 데워주겠다고, 얼어붙을 새가 없게 하겠다고 약속했다. 소녀가 머뭇거리다가 욕의로 갈아입고 물에 들어갔다. 물은 딱 기분 좋을 정도로 따끈했다.

잡담을 나누며 씻고 있는 중에 소흔을 애타게 부르는 중년여인의 목소리가 들렸다. 미요의 주도하에 다들 여관으로 옮기려는데 다른 건 몰라도 빨랫감까지 들고 갈 순 없는 노릇이니 얼음을 좀 녹여달라 하였다. 알겠으니 잠깐만 기다려 달라고 답하는 순간이었다.

정말 아주 잠깐, 찰나의 시간 동안 소흔의 손바닥이 수면에서 떨어졌다. 자각도 하지 못할 만큼 잠깐이었다.

"꺅!"

소녀가 비명을 지르더니 그대로 기절하고 말았다. 소흔이 화들짝 놀라 목욕통으로 눈을 돌렸다. 어처구니없는 광경이었다. 소녀가 들어가 있는 채로 물이 얼어버린 것이다. 갑작스레 차가운 충격이 덮치자 이를 이기지 못하고 기절한 듯했다.

소흔은 얼른 얼음을 녹인 뒤 따뜻한 물을 끼얹어 소녀의 팔다리를 주물렀다. 그리고 물에서 꺼내 침상으로 옮겨 몸을 닦았다. 이후로도 한참을 팔다리를 주무르자 소녀의 정신이 돌아왔다. 큰 충격으로 인해 정신을 차리고도 바들바들 떨었다. 소흔의 화가 머리 끝까지 치솟았다.

결국 그녀는 무서운 기세로 연청의 방으로 달려가 방문을 홱 열어젖혔다. 한나절 만에 저택 사람들을 밖으로 내몬 당사자는 침상에 비스듬히 누워 서책을 팔랑팔랑 넘기고 있었다.

"수연청."

소흔이 방 한가운데 버티고 섰다. 연청은 이쪽으로 일별도 하지 않았다.

"언제까지 이따위 유치한 장난을 계속할 거지?"

"……참으로 오랜만에 듣는 반말이로군."

연청이 팔랑 책장을 넘겼다.

"괜히 설레."

"……사람이 말을 하면 좀 들어."

"이보다 더 어떻게?"

책장이 또다시 넘어갔다. 이쯤하면 진짜 글을 읽는 건지조차 의심스럽다. 소흔은 신선도 찬탄할 인내심을 발휘하여 평정을 찾았다. 물론 다소 시간이 걸렸다.

"그만두라고요."

"네가 그만두라는 말 따위 안 믿어."

연청이 책장을 한꺼번에 넘겼다가 이번엔 거꾸로 들었다.

"그날도 입으로는 그만, 그만을 외쳤지만 날 끌어안고 놔주질 않았는걸."

"도무지 말이 안 통하네요."

소흔이 연청을 노려보다가 방 한구석에 자리한 목욕통에 눈길을 주었다. 그곳의 물 역시 꽁꽁 얼어 있었다. 소흔의 머릿속에 얼음물에 갇혀 기절해 버린 소녀가 스치고 지나갔다. 그녀는 이내 생각하길 멈추고 옷의 매듭을 끄르기 시작했다.

해사한 살굿빛 무복 사이가 벌어졌다. 서책에서 눈을 떼지 않던 연청이 묘하게 익숙한 소리에 고개를 들었다. 그와 동시에 소흔의 옷이 바닥으로 툭 떨어졌다. 무복 안에는 새하얀 속옷이 있었다. 소흔은 주저 않고 속옷의 매듭도 풀었다.

연청의 입이 살짝 벌어지더니 활짝 열린 방문을 황당한 눈으로 쳐다보았다. 고개만 들이밀면 모두가 소흔이 옷 벗는 모습을 볼 수 있었다. 이내 속옷도 바닥으로 떨어졌다. 이제 소흔의 몸에 걸쳐진 것이라고는 속살이 아련하게 비치는 얇디얇은 옷 한 장뿐이다.

연청이 거세게 방문을 닫았다. 그동안 소흔은 목욕통을 짚고 섰다. 한 발을 차디찬 얼음 위에 올려놓았다. 그러고는 도전적인 눈빛으로 연청을 쳐다보았다.

해볼 테면 해보라는 눈빛.

그리고 소흔이 얼음 위에 올라선 순간 일시에 얼음이 녹아 물이 되었다. 물속으로 가라앉았던 소흔이 물을 뱉으며 수면 위로 올라왔다. 머리부터 발끝까지 완전히 젖어버린 상태. 얇은 옷이 맨살에 찰싹 달라붙어 몸의 굴곡을 드러냈다.

어느새 목욕통 바로 앞까지 온 연청이 양팔을 짚고 서서 그녀를 내려다보았다. 그의 입가에 알 듯 모를 듯한 미소가 걸려 있다.

"역시 젖은 게 더 예뻐."

낮게 잠긴 목소리였지만 소흔의 귀에는 똑똑히 들렸다.

소흔은 몸을 일으키려다 연청이 입을 맞추려는 듯이 내려오자 손으로 입을 막았다. 그럼에도 연청은 멈추질 않았다. 서서히 내려오는 압박감에 소흔은 물속으로 잠겼다. 잔잔한 수면 위로 흥미로운 양 내려다보고 있는 그의 모습이 비친다. 목욕통 가장자리에 턱을 괸 연청이 말했다. 기회를 잡은 자의 느긋한 여유가 묻어났다.

"나도 심경이 어지러울 때면 물속에서 평안을 찾곤 하지. 이제 보니 우린 같은 방식으로 고민을 해결해 오고 있었군."

그의 눈매가 부드럽게 휘었다. 대번에 달라진 인상은 처음 만난 날을 떠올리게 했다. 소흔에게 계집 운운하기 전에도 이렇듯 온유한 표정을 지었다. 소녀들에게 과묵하면서도 선한 인상을 단단히 각인시킨 일등공신이라 할 만했다.

하지만 난 저 이면의 시커먼 속내를 알고 있지. 그러니까 순순히 넘어가지 않아. 소흔이 조금씩 가빠오는 숨을 참으며 수면 위를 노려보았다.

"혹시 수국의 풍속에 대해서 들은 적이 있나? 우리 수국에선 말이지, 혼례를 치르는 날 본식이 끝나면 뒤풀이로 신랑 길들이기를 하는데 그중 제일 볼만한 게 물속에 얼굴을 들이밀고 숨을 참는 거다. 물에서 버티는 데 일가견이 있는 자들이 죄다 나와 대야를 앞에 두고 일시에 얼굴을 담그지. 신랑은 무조건 일등을 차지해야 한다. 중도 탈락하면 그 자리에서 바로 발바닥을 두드려 맞고, 절반보다도 못한 경우 신부가 모든 참가자의 뺨에 입을 맞춰야 해."

무슨 말이 이렇게 길어? 수국의 혼례 풍속 따위 알 게 뭐야? 도대체 물러날 기미가 없네. 소흔의 코와 입에서 공기 방울이 나왔다. 슬슬 한계에 다다르는 것이다.

그렇다고 선뜻 밖에 나갈 수도 없는 것이, 일어서자마자 연청이 입을 맞출 텐데 그건 그 무엇보다도 피하고 싶은 상황이다. 연청을 노려보는 소흔의 눈빛이 험악해졌다.

"그런 점에서 염소흔 너는 안심해도 될 거다. 네 앞에 있는 사내는 물속에서 버티는 것으로는 누구에게도 져본 적이 없거든."

연청은 수면 아래서 점점 일그러지는 소흔의 얼굴을 내려다보며 퍽 사악한 미소를 지었다. 귀여워 미치겠다는 표현은 이럴 때 쓰는 거군. 그가 손가락을 뻗어 수면을 톡톡 두드리자 그의 손길이 닿은 곳마다 주먹만 한 얼음이 생겨났다. 다섯 개의 얼음이 물 위를 동동 떠다녔다.

재미난 모습이다. 그러나 여섯 번째 얼음을 만들기 전에 이미 만들어놓은 얼음이 흔적도 없이 동시에 녹아버렸다. 소흔의 반격이었다. 손톱만큼도 재미없다는 얼굴로 그녀가 노려보았다.

"슬슬 나오고 싶지 않나?"

연청이 자극했다.

"아마 지금쯤이면 가슴이 답답한 한편 뻥 터질 것 같으면서 머릿속이 아득하고 오로지 숨 쉬는 것만 갈구하는 상태일 터인데. 거기서 더 참으면 결국 코로 물을 들이마시게 되지만 그전에 넌 두 다리로 일어서겠지. 버티지 못하는 자신에게 화를 낼 필요는 없어. 뭐, 사람이라면 본능적으로 그리 하는 거니까."

스스로도 꽤 몹쓸 방법이라 생각했다. 그런 점에서 소흔이 똑똑하고 눈치가 빠르지만 사악한 쪽으로 머리가 돌아가진 않는다는 게 다행이었다. 연청은 반 각도 안 돼서 열 가지가 넘는 온갖 악랄한 수를 떠올릴 수 있었다.

아예 이쪽으로 발달하지 않은 사람은 본래의 똑똑함과 무관하게 그저 당할 수밖에 없는 형세다. 애초에 예상이 불가하니 말이다.

연청의 말이 끝나고 얼마 지나지 않아 소흔이 물 위로 올라왔다. 죽기 일보 직전의 사람처럼 숨을 들이쉬고 내쉬는 중에도 잔뜩 경계하며 노려보는 것을 잊지 않았다. 연청은 느긋하게, 아주 느긋하게 소흔의 호흡이 원래대로 돌아오길 기다렸다.

올라오자마자 덮칠 것같이 굴던 그가 정작 아무 짓도 하지 않자 소흔의 표정이 묘해졌다. 그의 착각일 수도 있지만 어쩐지 아쉬운 기색도 비치는 것 같았다.

"네가 물을 좋아하는 것 같아 다행이다, 소소."

일부러 애칭으로 부르자 소흔의 얼굴이 다시 구겨졌다. 더는 참아줄 수 없다는 듯 휙 일어난 그녀가 목욕통 가장자리를 붙잡고 완전히 밖으로 나오려 했다. 연청은 한 발 물러나 그녀가 움직일 수 있는 여유를 주었다. 그녀가 나오길 기다리면서 물에 젖어 반

투명하게 달라붙어 있는 옷을 쳐다보았다. 살갗이 은은하게 비쳤다. 옷이 드러내는 모든 곡선은 그가 샅샅이 탐했던 것이다.

알고 보니 여인만 첫 밤에 의미를 두는 게 아니라 사내도 마찬가지였군. 소흔이 들썩일 때마다 그녀의 허리 바로 아래쯤에 닿아 있는 수면이 찰랑거렸다. 하긴 돌이켜 볼수록 대단한 밤이었으니.

연청이 팔짱을 낀 채 잠시 회상에 빠졌다가 목욕통에서 나오지 못하고 끙끙대는 소흔에게 다가갔다. 그녀는 몹시도 당황한 표정이다.

"무슨 문제라도?"

연청이 물었다.

"옷차림이 신경 쓰이는 거라면 네가 벗어놓은 옷을 갖다 주지."

"아니……."

"수건도 필요한가?"

소흔이 고개를 내젓다가 일단 수건을 청했다. 햇볕에 바삭바삭 잘 마른 수건에선 깨끗한 냄새가 났다. 넓적한 수건으로 몸을 감싼 후에도 소흔은 여전히 밖으로 나오질 않았다.

"왜 나오질 않는 거지?"

연청이 자못 걱정스레 물었다. 그는 수건을 두어 장 더 가져다 소흔을 덮어주고는 뺨을 쓸었다. 그녀는 생소한 경험에 어찌할 바를 모르는 것 같았다.

"누가 발목을 잡고 있기라도 한가?"

소흔의 눈이 놀란 듯 커졌다가 당황한 눈으로 목욕통 아래를 내려다보았다. 물속에는 당연히 아무것도 없었다.

"그게 아니고서야 왜."

"……이상해요."

"무엇이?"

"진짜 누군가 발목을 잡고 있는 것 같아요. 나, 나갈 수가 없어."

소흔의 팔이 도움을 청하듯 그를 잡았다. 그가 가냘픈 허리를 껴안고 들어 올리려 했으나 과연 소흔의 몸은 꿈쩍도 하지 않았다. 소흔의 얼굴에 불안함이 어렸다. 다리는 움직여지는데 발이 떨어지질 않았다.

"이거 놀랍군."

연청이 중얼거렸다.

"본연의 힘과 신력이 상반되도록 시전한 적은 처음이야. 색다른 경험인데."

"네?"

얼른 알아듣지 못한 소흔이 반문했다. 걱정스런 표정으로 소흔의 뺨을 만지던 그의 입가에 마치 물이 스며들 듯 부드러운 미소가 번져 나갔다.

"고된 훈련 버티길 잘한 것 같다고."

그가 나긋한 손길로 소흔의 머리카락을 넘겨주었다.

"물속이 나쁘지만은 않지?"

그제야 소흔도 뭔가 이상함을 알아차렸다. 그리고 뒤이어 밀어닥치는 깨달음. 믿을 수 없다는 눈으로 물을 내려다본 소흔이 다시 연청을 쳐다보았다. 순간 자신을 정말 걱정해 주는 듯한 모습에 넘어갈 뻔했다. 범인이 바로 눈앞에 있는 줄도 모르고 그에게 도움을 청한 것이다. 그의 팔을 잡고 품에 안기기까지 했다.

"……수연청."

"귀여운 소소."

바로 날아드는 주먹을 유연하게 감아쥔 연청이 낮게 속삭였다.

"그러게 왜 하필 물속으로 뛰어든 건지……."

"목욕통 정도야 신력으로 파괴시킬 수 있어."

"물도 그럴까?"

두 사람의 시선이 허공에서 한 치의 물러섬도 없이 맞부딪쳤다.

"목욕통이 부서지면 물은 바닥에 쏟아지겠지. 하지만 여전히 바닥에 남아 있다는 게 문제야. 내게 필요한 건 한 방울. 단 한 방울이면 족하거든. 아무리 네가 신력으로 말려 버려도 한 방울 정도는 남아 있을 거다."

그의 미소에 그윽함이 더해졌다.

"네 섬세한 등을 타고 아래로, 더 아래로 내려갈 한 방울."

소흔이 재차 물을 내려다보았다. 그 말을 들은 후라 그렇게 느껴지는 건지는 몰라도 물의 찰랑이는 움직임이 요기스럽다. 엉덩이쯤에서 찰박이는 느낌이나 다리 사이를 파고들어 가는 느낌이 저가 원래 알고 있는 것과는 달랐다. 잠자리 날개처럼 얇은 옷자락이 물결 따라 다리에 휘감기는 기분도 야릇했다.

"이런, 날 죽일 듯이 노려보는군."

연청의 표정이 복잡해졌다. 상심한 것처럼 보이기도 하다가 이내 어쩔 수 없다는 미소로 돌아왔다.

"사실 내가 원하는 건 딱 하나뿐인데."

"또 어처구니없는 요구를 하려고……."

"연랑."

그 말을 입에 담는 순간 연청의 눈빛에 그 어느 때보다도 달콤함이 어렸다.

"다시 연랑이라 불러봐."

"……잘도 그러겠어."

"그날처럼 다시, 딱 한 번만 다시 그리 애틋하게 불러주면 앞으로 이런 짓은 하지 않겠다고 약조하지."

짓궂은 장난을 내세워 반쯤 위협하고 있지만 이 순간만큼은 그도 진심이었다. 그가 세상의 전부인 양 안겨들었던 기억을 잊을 수가 없었다. 그리고 그날 밤 내내 귓가를 아련하게 울리던 소흔의 목소리. 연랑, 연랑. 입에 담을 때마다 달콤한 주박이 되어 그를 옭매었다.

"이거 풀어, 수연청."

"아아."

연청이 아쉬운 한숨을 흩어냈다.

"명령조도 설레긴 하지만 난 아무래도 애타게 감겨드는 쪽이 취향인가 본데."

"당장."

"안 불러줄 텐가?"

원하는 말을 듣기 위해 안달 난 자와 이번만큼은 절대 넘어가지 않겠다고 다짐한 자의 기운이 팽팽하게 대치했다. 바늘 하나 끼어들 틈이 없는 상황. 방문 너머로 중년여인의 목소리가 들렸다. 다른 이들은 다 여관으로 옮겨 갔고, 자신은 소녀를 의원에게 보이러 간다며 빨랫감을 두고 가는 것에 양해를 구했다.

연청은 돈 걱정 말고 소녀에게 좋은 보약을 지어 먹이라 말한 뒤 여인이 돌아올 때까지 소흔과 둘이서 이 사태를 해결해 보겠다고 전했다. 중년여인은 거듭 고마움을 표하며 물러갔다.

그녀의 발소리가 멀어지자 연청이 다시금 수면을 톡 건드렸다. 얼음덩이가 둥실 떠올랐다가 곧 열기에 녹아내렸다. 그는 소흔을 향해 환히 웃었다.

"이로써 넓은 저택에 우리 둘만 남았군."

"목욕통을 부수지 않는 이유는 집이 상할까 염려되어서예요. 그런데 점점 제 인내심이 바닥을 보이네요, 연청 공자."

이를 들은 연청이 어깨를 으쓱했다. 전에 식당에서 소흔이 한 그대로다. 그는 사실 지금 이 방을 엉망으로 만들고 나가도 상관없다고 말했다. 어쨌거나 사람은 물 없인 살 수 없으니까. 방법은 많았다. 이내 소흔의 몸에서 뿌연 김이 피어오르기 시작했다.

❖ ❖ ❖

미요는 여관의 가장 좋은 방 창가에 앉아 말없이 거리를 내려다보았다. 높게 지어 올린 오 층 건물의 꼭대기라 전망이 탁 트여 있었다. 그녀가 지켜보는 동안 많은 사람들이 오갔다. 물건을 파는 장사치도, 이를 구경하는 사람들도, 분주한 일이 있는 듯 급히 뛰어가는 사람도 모두 풍경의 일부분이었다.

그중에서 작은 가게의 딸로 보이는 어린 소녀가 미요의 눈길을 사로잡았다. 부모가 손님을 맞는 동안 소녀는 옆자리에서 강아지와 놀았다. 안면이 있는 손님은 소녀에게 간식을 건네주기도 하고 머리를 쓰다듬기도 했다.

그러면 소녀는 웃는 낯으로 꾸벅 인사하고는 다시 강아지와 놀기에 빠져들었다. 부모는 틈틈이 소녀를 챙겼다. 단출하지만 소박한 재미가 있는 가족이었다.

"가족이라."

미요의 표정이 아득해졌다. 분명 자신에게도 있던 사람들인데 기억이 가물가물하다. 겨우 다섯 살의 나이에 가족과 떨어졌으니 그럴 법도 했다. 풍후의 질녀가 된 이후로 미요는 그들과 만날 수 없었다. 당시엔 몇 날 며칠을 울었던 것도 같은데 어린아이의 적응력은 생각보다 빨라서 얼마 되지 않아 '더는 이전으로 돌아갈 수 없다'는 현실을 받아들였던 모양이다.

그렇다고 양부의 가족을 제 가족으로 여길 수도 없었다. 그녀에 대한 양부의 관심은 대단했고 양모도 먹는 것 하나, 입는 것 하나까지 두루 신경 써주었지만 언제나 거기엔 보이지 않는 경계가 있었다.

누가 먼저 그었는지는 모르나 '그것'이 있다는 사실은 서로가 알고 있었다. 미요는 양부의 친자녀와 어울려 놀기 위해 저택에 들어간 것이 아니었다. 모두들 미요님이라 부르며 제후의 딸에 버금가는 대접을 했지만 이는 실제로 미요가 고귀한 신분이라 그런 것이 아니었다.

　다섯 살에 재능을 인정받고, 삼 년 뒤 폭풍처럼 몰아치는 거대한 바람 속에서 무기를 뽑아낼 때까지 미요는 이를 악물고 엄청난 훈련을 버텨내야 했다. 이미 대단한 경지에 이른 스승들이 어린 그녀 주위로 넓게 둘러서서 각자가 바람 속에서 뽑아낸 무기를 휘둘렀다.

　그것은 투명한 활일 수도 있었고 도끼일 수도 있었고 열 손가락에서 뻗어 나온 채찍이나 무시무시한 위용의 몽둥이일 수도 있었다.

　풍(風)의 최대 장점은 보이지 않는다는 것이다. 감각을 최고조로 끌어올려 공기의 미미한 흐름을 읽어내는 수준이 아닌 이상 눈으로 주위의 변화를 살피는 데 그칠 수밖에 없었다. 하지만 그런 방법은 언제나 늦었다.

　왼쪽에서 공격이 들어오는구나 하고 깨닫는 순간 이미 살을 발라내는 듯한 극심한 고통이 옆구리에 느껴졌다. 열여섯 살이 되었을 때 미요는 풍국 전체를 통틀어 신력의 공격을 가장 많이 받아낸 자가 되었다.

　신력 수행 이외의 것에는 조금도 신경 쓰지 않고 지낸 지도 오랜 세월이 흘렀다. 실력은 당대 최고가 되었으나 어릴 적부터 가슴 한구석이 허한 점이 걸렸다. 이에 미요는 다섯 살 때 헤어졌던 가족을 만나면 허전함이 채워지지 않을까 생각했다.

　고귀한 신분이 되니 좋은 점은 분명 있었다. 어렵지 않게 가족의 행방을 알아낸 것이다. 그들은 자리만 옮겼을 뿐 여전히 도성 내에서 부채 가게를 꾸려가고 있었다. 열여섯의 미요는 먼발치에서 가게를 지켜보았다.

어린아이가 있었다. 야무지고 깜찍하게 생긴 계집아이였다. 미요는 이미 그들이 수년 전 들인 양녀에 대해 알고 있었다. 반 강제로 아이를 빼앗긴 상실감에 힘들어하다가 큰맘 먹고 고아를 데려왔다고 들었다.

아이는 사랑을 듬뿍 받고 자라난 티가 났다. 해맑은 웃음을 띤 채 가게 문밖에서 놀고 있었다. 미요는 저가 제후의 질녀가 되지 않고 그대로 그들 아래서 자랐다 해도 그처럼 환한 기운을 발산했을지 의문이 들었다.

무엇보다 아무런 감정이 느껴지지 않았다. 그 아이에 대한 미약한 질투심도, 드디어 가족을 만났다는 기쁨도, 공허함이 채워진 것 같은 느낌도 그 무엇도 없었다. 너무 어릴 때 헤어진 게 원인일까. 미요가 느낀 것은 그저 하나, 자신은 정말로 속할 곳이 없다는 깨달음, 그것 하나뿐이었다.

아직 사십 중반인데 머리카락은 눈처럼 순백색을 띠고 있는 풍후는 미요가 성에 들어와 그동안의 성과를 보인 날 단둘이 성벽을 거닐며 물었다. 네 마음속을 가득 채우고 있는 것이 무엇이냐고.

"만약 그것이 바람이라면 동생이 널 제대로 키웠다는 증거다."

"텅 빈 바람 말입니까?"

"미요."

풍후와 미요의 눈이 마주쳤다. 그와 시선이 마주칠 때마다 느끼는 것이지만 풍후의 눈은 깊으면서도 쓸쓸했다. 역대 풍후 중 가장 완벽하게 나라를 이끌어온 자답지 않은 분위기였다. 미요는 그것을 바람의 흔적이라 불렀다. 그의 눈매에선 항상 소슬한 가을바람이 묻어 나왔다.

"군주는 외로운 존재다. 수천만이 그만 바라보고 있는데 그는 깊은 밤마다 쉬이 잠들지 못하고 자신의 부족함과 처절히 마주해야 한다. 절대자로서의 자신과 보잘것없이 나약한 인간으로서의 자신 사이에서 끝없는 외줄타기를 해야만 하지. 그것은 누구도 완전히 이해할 수 없는 고독한 싸움이다. 외로움과 고독을 견딜 수 없는 자는 자리의 무게를 버텨내지 못한다."

풍후는 그 공허함을 돌려 나라를 다스리는 데 힘쓰라고 말했다. 미요는 그 자리에서 아무 말도 하지 않았지만 풍후의 말에 내포된 전제를 똑똑히 알고 있다.

'만약 귀왕을 꺾고 황제가 된다면.'

미요는 알고 있었다. 너무도 확실하게 알고 있다. 귀왕을 처단하는 것 이외의 선택은 없다는 것을. 풍국의 어느 누구도 미요가 '무사히' 접견을 끝내고 살아 돌아오길 원치 않는다. 그녀가 선택할 수 있는 것은 싸워 이기거나 싸우다 죽거나 둘 중 하나일 뿐이었다.

분명 다른 세 명의 사신이 힘을 보태주면 귀왕과의 전투가 수월해질지 모르지만 그렇다고 미요는 그들에게 반드시 함께할 것을 강요하고 싶지 않았다. 도와준다면 고마운 일이다. 도와주지 않는다면 그걸로 됐다. 어쨌든 그들은 미요와 다른 삶을 살아가는 사람이니 외롭고 고된 영웅의 짐을 떠맡을 필요는 없다.

"미요 소저."

녹산이 문을 두드리고 들어왔다. 미요는 창밖에서 시선을 돌려 그를 쳐다보았다. 저도 모르게 고여 있던 눈물이 툭 떨어졌다. 정작 미요는 아무 감흥이 없는데 되려 녹산이 눈 둘 곳을 몰라 하며 난처해했다. 하긴 이 사람은 저번에도 그랬지. 미요가 무덤덤한 눈으로 그를 응시했다. 말없이 쳐다보는 시간이 길어질수록 녹산은 당황했다.

왠지 저런 모습을 볼수록 괴롭히고 싶다고 하면 좀 이상한가. '다스리는 자'로 주입받고 자란 미요는 양부의 영향으로 '다스림 받는 자'를 판별해 내는 감각이 있었다. 그녀가 보기에 연청은 황제는커녕 천신이 내려온다 해도 다스릴 수 있는 자가 아니었다.

소흔은 애매했다. 손님의 기분을 맞춰야 하는 여관집 딸이라 더욱 특화된 것인지 몰라도 겉만 보면 누구보다 더 다스림을 받는 자에 가까웠다. 그러나 그 내면에는 어떤 상황에서도 휘어지되 결코 꺾이지 않는 심지가 있어 온전히 지배하기가 힘든 인물이었다.

반면 녹산은……

"무슨 일이죠?"

가만 두면 숨통이 막혀 죽을 것처럼 보여서 미요는 먼저 말문을 틔어주었다. 그제야 녹산이 한숨 돌린 듯 입을 열었다.

"저택 말입니다."

"아직 이틀밖에 안 지났는데 벌써 소흔이가 져줬나요?"

"어째서 저택만 물이 어는 것인지…… 소흔이가 여기서 왜 나옵니까?"

미요가 기막힌 눈으로 그를 바라보았다. 이미 던지는 시선에 강한 힐난이 묻어 있었다. 녹산이 절로 눈길을 피했다. 답답함과 짜증과 못되게 굴고 싶은 충동이 미요의 안에서 요동쳤다.

저번에 소흔이 보낸 밀서(密書) 내용도 끝까지 이해하지 못하더니. 그래, 바로 옆에 있음에도 빤히 보이는 물과 불의 교감을 짚어내지 못하는 자이니 어쩌겠어. 미요의 눈빛이 더욱 서늘해졌다.

미요가 자리에서 일어나 한 걸음 한 걸음 다가갔다. 둘 사이의 거리가 좁혀질수록 녹산은 좌불안석이 되었다. 그럼에도 몸을 돌려 방을 나가지 않았다. 조금도 움직이지 않았다. 지배받는 자의 모습이란 이런 것이다. 미요는 상당히 가까이 서서 녹산의 얼굴을 뚫어지게 쳐다보았다.

"확실히 물이 얼 날씨는 아니죠?"

녹산이 머뭇거리며 고개를 끄덕였다.

"귀기는 느껴지지 않아요. 나는 하지 않았어요. 소흔이는 더더욱 아니고. 녹산 공자가 그랬을 리는 없고."

녹산이 재차 고개를 끄덕였다.

"그럼 누가 남죠?"

"……연청 형님이 왜……."

미요가 한숨을 내쉬더니 길고 고운 손가락을 뻗어 녹산의 이마를 톡톡 쳤다. 세상에서 제일 한심한 인간을 대하는 듯한 태도에 굴욕감을 느낄 법도 한데 녹산은 화를 내는 대신 목덜미를 붉게 물들였다.

"사람 좋은 웃음만 흘리고 다닐 게 아니라 제발 머리를 좀 써봐요."

시간 나면 저택에 가서 내일 소녀들 배웅을 어떻게 할 것인지 물어보고 오라는 말을 끝으로 그를 내보냈다. 다시 창가로 돌아간 미요는 나간 지 얼마 되지도 않아 여관을 나서는 녹산의 모습을 발견하고는 한숨을 쉬었다. 매번 무슨 말을 하기만 하면 요령도 피우지 않고 즉각 따르니 자꾸만 더 심한 요구를 하게 되는 게다.

한편 미요는 자신이 가지지 못한 녹산만의 영역에 대해 생각했다. 고향과 가족 이야기를 할 때마다 녹산은 꿈꾸는 듯한 얼굴을 했다. 팔 남매 속에서 살아가는 건 대체 어떤 기분일까. 휴가를 얻을 때마다 선물을 몇 꾸러미나 사 들고 집에 가는 건 무슨 이유에서일까.

"……죽기 전에 이상한 사내를 만났군."

이미 모퉁이를 돌아 이젠 보이지도 않는 녹산을 떠올리며 미요가 중얼거렸다. 그렇게 되긴 힘들겠지만 만에 하나 귀왕과 싸워 살아남게 되면 어떨는지. 그를 황궁에 들여 두고두고 괴롭혀 줄까 생각하다가 스스로 어이가 없어 픽 웃어버리는 미요였다.

❖ ❖ ❖

영주를 떠나는 당일까지 소녀들은 여관에 머물렀다. 예상치 못한 불편을 겪었는데도 다들 밝은 얼굴이었다. 화사한 꽃 같은 소녀들을 배웅하고 저택에 돌아오니 휑한 분위기가 더했다. 내일이면 이곳을 떠나 무주성(茂州城)으로 향한다. 지체 않고 달려도 엿새는 걸리는 여정. 소흔은 일찌감치 잠자리에 들었다.

그러나 노곤한 몸에 비해 잠이 오지 않았다. 며칠 내내 이어지던 연청의 황당한 언행이 오늘 아침부로 뚝 끊긴 것이다. 소흔을 당혹스럽게 만들던 모든 행동을 멈춘 그는 심지어 묘하게 선을 긋기까지 했다. 정중하면서도 다소 건조한 태도의 그를 대하자 소흔은 갈피를 잡을 수가 없었다. 한편 왠지 모를 허전함마저 느껴져서 그녀는 스스로에게 놀랐다.

"그만 생각해. 그만 좀 생각하라고. 드디어 그가 정신을 차렸나 보지, 뭐. 네가 이긴 거야, 염소흔. 기뻐할 일이라니까."

그러나 생각보다 기쁘지가 않았다. 어느새 억지스럽고 집요하면서도 달콤한 그의 계략에 익숙해져 버린 것인지 몇 시진이나 연청과 마주치지 않고 시간을 보내게 되자 소흔은 이상한 기분이 들었다. 이쯤이면 슬슬 무슨 일을 터뜨려도 터뜨릴 시기인데.

그 순간, 천장에서 차가운 물방울이 떨어져 소흔의 뺨을 적셨다. 비가 오지도 않는데 멀쩡한 천장이 샐 리 없으니 이는 분명 연청의 짓이다. 역시 그럼 그렇지! 소흔은 이불을 제치고 일어나 앉아 확실한 증거를 잡길 기다렸다. 과연 두 번째 물방울도 소흔의 뺨 위로 떨어졌다. 바뀐 위치를 고려하면 우연이라 치부하기엔 이상했다.

아예 침상에서 내려온 소흔은 세 번째 물방울이 떨어지기까지 기다린 뒤 의기양양하게 문을 나섰다. 하지만 예상과 달리 연청의 방은 비어 있었다.

"이 밤에 어딜 간 거지……."

소흔은 발길 닿는 대로 저택을 거닐기 시작했다. 미요나 녹산과 마주치기라도 하면 침의 차림으로 어딜 돌아다니느냐 물을 테니

저가 생각하기에도 오해를 사기 좋은 행동 같았지만 왠지 걸음이 멈춰지지가 않았다.

이곳저곳을 헤매던 소흔은 이윽고 고적한 후원에 다다랐다. 그곳에 연청이 있었다. 만나자마자 그를 탓하리라 마음먹은 것과 달리 소흔은 수목(樹木) 뒤로 모습을 감추었다. 그리고 숨을 죽였다.

달빛이 어스름하게 내려앉은 후원에서 연청이 언월도를 휘두르고 있었다. 볼 때마다 감탄하게 되는 수룡대도는 오늘따라 그 빛이 깊고 어두워 보였다. 그가 가벼운 듯 무거운 듯 언월도를 움직이는 매 순간 헐렁하게 여민 장포 자락이 휘날렸다. 침잠한 얼굴을 대하자 기이하게도 가슴이 아려왔다. 연청도 저런 표정을 지을 수 있다는 사실을 잊고 지냈다.

마치 고뇌를 떨쳐 내기 위해 수련하는 것 같던 연청이 갑자기 언월도를 비껴 들고 이쪽을 쳐다보았다. 말없이 보는 양이 인기척을 느낀 듯하여 소흔은 머뭇머뭇 앞으로 나섰다. 내가 그리워 침의 차림으로 달려왔냐는 둥 곤혹스러운 말을 잔뜩 늘어놓아 마땅할 사람이 침묵을 지키자 오히려 불편해진 쪽은 소흔이었다.

"어…… 천장에 물이 새는 것 같아서요."

소흔이 말을 꺼냈지만 연청은 별다른 반응 없이 다시 언월도 수련에 집중했다. 머쓱해진 소흔은 괜히 주변을 살피다가 스스로가 바보같이 느껴져 발길을 돌렸다. 방으로 돌아가고자 함이었다. 그런데 흙바닥을 내려다보는 순간 땅 위로 젖은 글씨가 떠올랐다. 방금 전까지는 없던 글자다. 그렇다면 연청의 짓이란 말이 된다.

은근히 반가워 뒤돌아본 그곳에는 여전히 수련 중인 연청이 있었다. 장난스런 기색이라곤 조금도 보이지 않았다. 소흔은 또 머쓱한 얼굴이 되어 바닥을 내려다보았다. 한 글자 한 글자가 세로로 이어져 있어 한 줄을 다 읽고 나니 연청과 멀어졌다.

"……삼경(三更)의 달빛을 창끝으로 감아내어."

모호한 구절에 그를 쳐다보자 다음 문장이 스르륵 이어졌다.

"그대 꿈속까지 닿는 길 엮고자."

돌아보니 더욱 멀어져 있다. 한 줄을 읽고 나면 다음 한 줄이 떠올라 그 끝이 궁금해서라도 글자를 따라가는 수밖에 없었다. 소흔은 어슴푸레한 달빛에 의지하여 글자를 읽어 나갔다. 당장에라도 신력을 끌어내 환한 불을 피울 수 있었지만 어쩐지 그러고 싶지 않았다. 주변이 환해지는 순간 두근대는 마음도, 아련한 분위기도 사라져 버릴 것 같았다.

"호수의 푸른빛 십 리에 아득하고."

이제는 그가 보이지도 않는다. 건물 사이를 잇는 회랑의 바닥에도 어김없이 물에 젖은 글자가 새겨졌다. 한 줄씩 따라가다 보니 어느새 닿아 있는 곳은 소흔의 방이다. 그녀는 눈으로 지나온 길을 더듬어보며 완전한 시문을 떠올렸다.

—삼경(三更)의 달빛을 창끝으로 감아내어
그대 꿈속까지 닿는 길 엮고자
호수의 푸른빛 십 리에 아득하고
만개한 도화 향기 백 리에 퍼져 있네
취객은 무능하여 롱소를 얻지 못하니

다만 꿈에서나마 겸허히 기다릴 뿐

신기한 일이었다. 본래 시에 능하지 않은데도 그 뜻이 어렴풋이나마 짐작되는 것을 보면 스스로도 놀랄 만한 일이었다. 찬찬히 곱씹을수록 작자의 뜻이 은은하게 전해졌다. 현실에서는 진중하고 겸허하고 솔직하지 못하니 꿈속을 찾아가 그곳에서라도 기다리겠다는 함의(含意)가 소흔의 마음을 두드렸다.

그녀가 다시 읽으려는데 문 앞까지 닿아 있던 글자가 일시에 스르르 사라졌다. 그날 밤 소흔은 연청에게 돌아가 뜻을 확인하지도, 그대로 잠이 들지도 못하고 문가에 주저앉아 오랜 시간을 보냈다.

❖ ❖ ❖

"아, 팔다리 허리야."

소흔이 울상을 하고 마당으로 들어왔다. 미요가 그 뒤를 따랐다. 모닥불을 지키고 있던 녹산이 기다렸다는 듯 뜨거운 차를 건네주었다. 두 사람은 스산한 밤공기에 식은 몸을 차의 온기로 데웠다. 마침 주변 정찰을 겸하여 수십의 귀를 해치우고 오는 길이라 더욱 몸에 한기가 돌았다.

"오라버니, 이 주변에 잔챙이 악귀가 얼마나 많은지 아세요? 꼭 한여름 날 과일 껍질에 몰려드는 초파리 떼와 같다면 감이 오겠어요?"

소흔은 넌더리를 내며 고개를 저었다. 원래 오늘 네 사람은 노숙을 해야 했다. 저녁이 가까워지는데 한참 전부터 인가가 보이지 않으니 별수 없는 노릇이었다. 그러던 중 그들의 눈에 버려진 지 한참 된 폐가가 들어온 것이다. 세간이 많이 낡긴 했지만 지붕과 벽이 건재하다는 사실만으로도 이곳에 머물기 충분했다. 다만 근처에 잡귀가 날뛰는 게 흠이라 소흔과 미요가 정찰을 나선 것이다.

오랜만에 순정한 기운을 접한 잡귀들은 제 주제를 모르고 두 사람에게 달려들었다. 세어보진 않았지만 오늘 불화살을 수백 발은 쏘았을 거라고 소흔은 생각했다.

"미요 언니는 다치기까지 했다니까요."

"다쳤다고? 미요 소저, 정말입니까? 어쩌다가."

"요란 떨지 말아요."

미요가 살짝 인상을 찌푸리며 면박을 주었다. 그러나 소흔은 전혀 개의치 않고 미요의 오른팔을 끌어다 소매를 올렸다. 옅은 물색 소매 아래로 희고 부드러운 피부가 드러났다. 날카로운 것에 베인 듯 보이는 상처가 있다. 소흔이 속상한 표정으로 한숨을 내쉬었다.

"꽤나 비열한 수를 쓰는 놈이 있었어요. 주의력이 흩어져 제가 넘어지고 말았지 뭐예요. 그래서 언니가 급한 대로 공격을 막으려다가……. 아, 속상해. 오라버니도 좀 보세요. 진주 같은 살결에 이런 상처가 나다니."

소흔은 녹산 바로 앞에다 미요의 팔을 들이댔다. 안 보려야 안

볼 수가 없었다. 녹산은 걱정스런 표정을 짓는 한편 미요의 팔에서 눈을 떼지 못했다. 피 맺힌 상처를 한없이 쳐다보고 있는 녹산을 곁눈질하며 소흔은 다시 한 번 제 판단이 옳았음을 확신했다.

여관 일을 하다 보면 온갖 독특한 취향의 손님을 맞게 된다. 독특함을 넘어 괴벽이라 할 만한 사람도 있었다. 그러나 훌륭한 일꾼은 손님 앞에서 제 기분을 드러내지 않는다는 온천장의 철칙에 따라 소흔은 그들 앞에서 언제나 온화한 미소를 유지했다. 다만 견문을 넓히는 기회가 되었음은 사실이다.

위험해요, 오라버니. 그렇게 홀린 눈으로 보면 당장에라도 미요 언니가 팔을 꼬집어줘야 할 것 같잖아. 소흔이 어쩔 수 없다는 웃음을 속으로 삼키는데 미요가 무안한지 양팔을 홱 거두었다.

소흔은 귀여움받는 제 입장을 십분 발휘하여 재차 팔을 잡아끈 뒤 녹산에게 연고를 발라달라고 청했다. 녹산은 상비약 통을 가지러 일어서다가 미요의 눈치를 살폈다.

"오라버니, 어서요."

그는 소흔의 재촉을 받고서야 움직였다. 미요는 무슨 대단한 상처도 아닌데 이럴 필요 있느냐고 중얼거렸다. 소흔은 어쩐지 미요가 그를 괴롭히는 이유를 알 것 같았다. 확실히 함부로 대하게 만드는 특별함이 있었다.

이런, 녹산 오라버니의 새로운 용도를 알아버렸네. 소흔은 그가 온 신경을 집중해 연고를 바르는 장면을 지켜보았다. 미요는 대여섯 살 때부터 무시무시한 훈련을 거쳤다고 들었는데 지금 그는 바람 불면 쓰러질 듯 섬약한 소저 대하듯 그녀를 대하고 있었다.

모골을 송연케 하는 흑사절편 한 쌍을 휘두르던 모습은 어디 가고 너무나 조심스럽게, 과할 만큼 부드럽게 연고를 펴 발랐다. 조금 과장해서 소흔은 약을 다 바르고 나면 동이 트는 건 아닐까 하고 생각했다.

"녹산 공자."

"예?"

옆에서 소흔이 보고 있기에 차마 평소처럼 대하지는 못하고 미요는 그저 한숨만 내쉬었다. 그것만으로도 상대를 부끄럽게 만들 수 있었다. 과연 한숨과 함께 저를 탓하는 시선이 느껴지자 녹산은 눈을 슬쩍 내리깔았다. 모닥불 탓인지 희한하게도 귀가 붉어졌다.

신기한 일이지. 볼수록 정말 신기하단 말이야. 소흔은 돌아가는 상황을 구경하다가 녹산이 좀 더 제대로 괴롭힘받을 수 있도록 자리를 비켜주기로 마음먹었다.

"연청 공자는요?"

핑계 삼을 것이 당장 그것밖에 떠오르지 않았다. 미요의 심기를 살피는 동시에 소흔의 눈치까지 보던 녹산은 드디어 저가 당당히 알려줄 수 있는 화제가 나오자 밝은 목소리로 말했다.

"시냇가에 있다더라."

"시내요? 설마 우리가 지나쳐 온 그 시냇가를 말하는 건 아니죠? 꽤 멀잖아요."

"그 시내가 맞을걸?"

소흔은 기가 찬 나머지 눈을 도르륵 굴렸다.

"잡귀가 얼마나 많은데 혼자 물가에 있겠다고."

형님이라면 오히려 잡귀 쪽이 긴장해야 하지 않을까 하는 녹산의 말은 귀에 들어오지도 않았다. 얼마 전부터 눈에 띄게 과묵해지고 제 안위를 생각지 않는 듯 위태위태하더니 결국 깊은 밤중에 혼자서 물가로 나갔다지 않나. 잡귀가 말이 잡귀지 그들이 떼로 몰려들면 소흔과 미요도 협공을 해야 소멸시킬 수 있었다. 녹록치 않은 상대란 말이다.

"남을 이렇게 걱정시키다니. 정말이지 민폐 아닌가요?"

소흔은 누구도 쉽게 동의하지 않을 말을 늘어놓으며 자리에서 일어났다. 다른 두 사람에게 있어 연청은 '걱정할 만한' 사람이 아닌 줄도 모르고 마당을 나서는 내내 혼자 툴툴거렸다. 어두운 밤길을 한참 걸어서야 녹산이 말한 시냇가에 다다랐다. 과연 연청이 나무에 등을 기댄 채 물을 내려다보고 있었다.

사내가 저렇듯 처연하고 공허한 분위기를 풍겨도 되나 싶을 정도로 연청의 모습은 괜히 여인의 가슴을 철렁 내려앉게 했다. 소흔은 함부로 다가가지 못하고 쭈뼛거리다 조금 떨어진 돌 위에 주저앉았다.

서로 말없이 흐르는 시냇물만 내려다보다가 꽤 오랜 시간이 흘렀다.

"……이야기 하나 해줄까."

연청이 여전히 맑은 시냇물을 보며 말했다. 소흔은 그가 먼저 말을 꺼낸 것에 안도하여 일단 고개를 끄덕였다. 요 며칠 그의 목소리를 들은 적이 손꼽을 정도라서 이렇게 말을 꺼냈다는 것만으로도 몹시 반가웠다. 또 한편으로는 그가 들려줄 이야기가 아무 의미 없을 것 같지 않았다. 왠지 모르게 꽤 중요한 이야기일 것 같다는 예감이 들었다.

"한 여자에 대한 이야기다."

미리 밝혀두지만 끝이 산뜻하진 않을 거라고 그가 경고했다. 그 말을 하면서 웃는 얼굴이 어쩐지 슬퍼 보였다.

"예전에 가희(佳熙)라는 사람이 있었지. 이름 그대로 아름답게 빛나는 사람이었다. 그 아름다움으로 말할 것 같으면 두 눈이 번쩍 뜨이는 미색이 아니라 내면에서 흘러나오는 강인하면서도 온유함이라 오히려 화려한 미인보다 더 사내의 마음에 깊은 각인을 남기곤 했지. 그녀는 훨씬 부유한 사내들의 구혼도 마다하고 한 주가(酒家)의 공자와 정혼했다."

이제껏 누구에게도 한 적이 없는 이야기다. 연청은 이야기를 하면서도 과연 저가 잘하는 것일까 하는 의문이 들었지만 이제 와 그만두고 싶진 않았다. 무엇보다 자신이 타인에게 이 주제를 꺼낸 것 자체가 스스로 놀라웠다.

염소흔에게 확신을 느낀 건 알겠다. 하지만 이 이야기까지 하다니……. 자신이 인지하고 있는 것보다 훨씬 더 소흔에게 마음을 쓰고 있었던 모양이다. 그의 목소리가 한층 낮게 가라앉았다.

"혼인 생활은 행복했다. 아이도 둘이나 낳았지. 둘 다 그녀의 사랑을 듬뿍 받았지만 둘째와 함께 있을 때 그녀는 다정하게 속삭이곤 했다. 네가 무(武)를 좋아하는 건 어미를 닮았구나. 첫째가 아버지와 가까웠다면 둘째는 어머니와 각별했다. 아이는 걸음마를 할 때부터 그녀가 구슬땀을 흘리며 봉술을 연마하는 걸 구경했지. 좀 더 자란 뒤엔 그녀에게 가르침을 받기도 했다. 그러다가 둘째가 열세 살이 되던 해, 어김없이 귀왕을 접견할 사신 목록이 내려왔지."

연청의 눈빛이 흐려졌다.

"그 해 수국의 사신으로 그녀가 뽑혔다."

연청 본인의 이야기임을 알아차렸는지 소흔은 아무 말도 하지 않았다.

"울고불고 난리를 쳐봤자 어린애가 할 수 있는 거라곤 없었지. 나흘 동안 네 가족은 한 몸처럼 지냈다. 잠자는 시간도 아까워하며 서로를 눈에 담았어. 그리고 그녀가 의식을 치르기 위해 제후의 성으로 떠나기 전날, 아이는 울다 잠들기를 반복했다. 새벽이 오지 않기를, 무슨 대가를 치러도 좋으니 동이 트지 않기만을 빌고 또 빌었지. 아이가 눈을 떴을 때는 이미 화창한 대낮으로 어미는 길을 떠난 후였다."

그의 목소리가 먹먹하게 잠겨들었다. 떠올리는 것만으로도 괴로운 기억이다.

"보름이 지나고 달포가 지나고 거기서 또 닷새가 지난 밤, 은밀히 주가의 문을 두드린 자들이 있었다. 놀랍게도 그녀가 살아 돌아온 거지. 그녀의 뒤에는 외곽지대에서 만난 한 부녀가 딸려 있었어. 처는 병으로 죽고 하나뿐인 딸마저 몸이 좋지 않다고 했지. 그 딱한 사정을 들은 그녀가 죽음을 가장한 뒤 가족 행세를 하여 수국으로 숨어든 것이었다. 그때부터 그녀는 저택의 별채에 숨어

쥐죽은 듯 지내야 했지만 꿈에 그리던 가족과 재회했으니 밖을 돌아다니지 못하는 불편함 정도는 아무것도 아니었다. 가족들의 기쁨도 대단했지. 그렇게 달포가 지났다. 갑자기 귀왕에게서 공문이 내려왔다더군. 공문의 내용은 이러했다. '어찌하여 죽었다는 자의 이름이 명부(冥簿)에 올라오질 않는가'. 당연히 수국 전체가 뒤집어졌지. 가족들은 입단속에 더욱 조심했지만 정확히 사흘 뒤 저택에 관병이 들이닥쳤다."

과거를 회상하는 연청의 눈에 형형한 기운이 스며들기 시작했다.

"제보를 받았다고 하더군."

그가 섬뜩한 미소를 지었다.

"아주 빼도 박도 못할 확실한 증좌가 있다고 했어."

"……설마."

소흔이 무언가 짐작이 갔는지 입술을 깨물었다.

"어머니가 살려준 부녀였다. 정확히 말하면 그 아비가 관청에 달려가 고한 거지. 아, 내가 깜빡 잊고 말을 안 했나 본데 당시 어머니에겐 황금 열 냥과 고발자의 신원을 불문한 안전 보장이란 조건이 걸려 있었어. 황금 열 냥이면 예나 지금이나 상당한 가치. 보통 사람들은 평생 만져 보기도 힘든 돈이다."

"그렇지만……."

"……어머닌 쓸쓸한 미소를 지으며 언젠간 이런 날이 올 것 같았다고 말하셨지. 함께 보낸 달포는 정말 기쁨으로 가득 차서 보냈다고, 후회하지 않는다고 하셨지. 그러고는 이틀 뒤 혼자서 다시 사신의 여정에 오르셨다. 강제 추방을 당한 거나 다름없었지만 끝까지 의연하게 길을 나서는 어머닐 두고 다들 여장부다, 영웅의 모습이다 입을 모아 추켜세웠어. 어머닌 떠나는 그 순간까지도 사람을 미워해선 안 된다고 거듭 당부하셨어. 그야말로 대인의 현신이었지."

연청은 깊은 한숨을 흘어내었다. 묵직하게 밀어닥치는 분노를 견디기 힘들어 보였다.

"정확히 달포 뒤, 귀왕으로부터 공문이 내려왔더군. 명부에 올랐다고. 나는 즉시 저택을 뛰쳐나가 그 사내가 차린 가게로 달려갔다. 때는 야심한 밤이었고 가게는 이미 문을 닫은 뒤였어. 난 사내와 그의 어린 딸이 가게 위층에서 사는 것을 알았지. 그들이 고통받는 모습을 똑똑히 보고 싶어서 가게 주변에다 기름을 뿌리기 시작했어. 마치 광인처럼 세 통을 쏟아붓고도 모자라 문을 부수고 들어가 일층과 계단참에도 뿌려댔지. 그리고 품에서 부싯돌을 꺼냈다. 다섯 번의 시도 끝에 불이 붙었어. 그것을 바닥에 던지기만 하면 끝이었다. 끝이었는데……."

연청이 밤하늘로 눈을 돌렸다. 꿈에서도 언제나 이 순간에 와서 망설였다. 수천 번을 되풀이한 기억이기에 저절로 당시의 상황이 눈앞에 펼쳐지는 것 같았다.

열세 살, 나이는 어렸지만 그때 연청은 이미 저보다 몇 살 더 먹은 소년들과 비슷한 체격을 갖고 있었다. 연청이 불씨를 던지기 직전, 망설이는 순간 계단 위에서 끼익끼익 소리가 나더니 누군가 내려왔다.

사내였다. 문이 부서지는 소릴 듣고 내려온 것이다. 몽둥이를 들고 내려온 사내는 연청을 보자마자 다리에 힘이 풀렸는지 털썩 주저앉았다. 그리고 하염없이 눈물을 흘렸다.

죄송합니다, 공자님. 죽을죄를 저질렀습니다. 제가 죄인입니다. 제가 죄인이에요. 감히 흐느끼는 꼴에 더욱 화가 치밀어 불씨를 쥔 손이 높이 올라갔다. 그러자 사내가 몽둥이를 내던지고 연청의 다리에 매달렸다.

사내는 죄송하다며 울었다. 저도 은인님을 배신하고 싶지 않았다고. 하지만 어린 딸아이의 안위가 너무나 걱정이 되었다고. 제후국 사람과 혼인하지 않는 이상 외곽지대 사람이 이곳에 오는 건 죽을죄거늘, 귀왕의 사신인 은인님과 부부라고 꾸며댔으니 죄가 두 배지 않느냐고. 언젠가는 들통이 나고 말 텐데 그날이 오면 저는 물론이요, 딸아이까지 꼼짝없이 죽임을 당할 것 같았다며 그는 꺽꺽 울어댔다.

연청은 사내가 피를 토할 때까지 무참히 밟았다. 사내는 고통스런 소릴 내긴 했지만 그의 발길을 피하지 않았다. 더는 듣고 싶지 않았다. 연청이 마음을 정하고 불씨를 내던지려 했다.

그때 어린 계집애가 아비를 찾으러 내려왔다. 아이의 겁에 질린 눈동자를 마주하자 어머니의 당부가 들려왔다. 사람을 미워하지 말라는 그 말은 언령(言靈)이 되어 연청의 몸을 지배했다. 손을 움직일 수가 없었다. 결국 연청은 불씨를 던지지 못하고 가게를 뛰쳐나왔다.

"사람들은 어머닐 대인(大人)이라고 칭송했지. 하지만 내게 필요한 건 대인이 아니라 내 곁을 지키는 '살아 있는' 어머니였어. 사람들은 귀가 두렵다고 했지만 정작 내가 두려운 건 그 말을 하는 인간이었다. 귀보다 더한 짓을 저지르고도 저가 인간임을 주장하는 자들을 그 이후로도 많이 봐왔지. 그래서 난 공공연히 떠들고 다녔다. 귀왕의 지배를 받는 것이 뭐가 대수냐고. 귀왕을 물리치고 나면 그보다 더한 놈이 자릴 차지할지 어떻게 아느냐고."

연청의 시선이 밤하늘에서 천천히 내려와 먼 곳을 바라보다가 다시 수면 위로 앉았다. 잡귀가 날뛰는 폐허의 시냇물이라 하기엔 너무도 맑았다. 잠시 침묵을 지키던 그는 이내 조용히 말했다.

"난 귀왕과 싸우지 않을 거다."

연청을 빤히 보던 소흔은 예상대로의 말을 들었다는 듯 고개를 끄덕였다.

"어머닐 사신으로 뽑은 자는 분명 귀왕이지만 이미 절벽 끝에 몰린 그녀를 밀어뜨린 자는 인간이었어. 난 왜 인간이 꼭 귀를 밟고 올라서야 하는지 모르겠다. 비록 그자가 왕위를 차지하고 있다만 그 나머지는 모두 삼백 년 전과 다를 바 없잖느냐. 관직을 점령한 자들도 인간이고 제도를 정하는 자도 인간이야. 귀왕을 꺾는다고 해서 뭐가 더 달라질까? 그러니 난 접견이 끝나면 아무 일도 없다는 듯 수국으로 돌아갈 거다. 이미 어머닐 잃고 몇 년을 눈물로 보낸 가족들에게 같은 상처를 주지 않을 거다. 사랑하는 사람을 잃는 아픔 같은 건…… 다시 알게 하지 않을 거라고."

먹먹한 목소리로 말을 잇던 연청이 그제야 소흔의 얼굴을 쳐다보았다. 눈시울이 젖었으나 눈물이 뺨을 타고 흐르지는 않았다.

처음 대하는 연청의 모습에 소흔은 어찌할 바를 모르다가 조심스레 눈을 마주했다.

"그런데 네가 걸려. 무사히 가족의 품으로 돌아가길 바라던 네가 조금씩 변하는 게 보인다. 듣자니 풍미요는 귀왕과 싸우지 않으면 안 될 운명이라지. 안타깝지만 그 역시 녀석의 선택. 한데 네가 풍미요와 가까워질수록 그녀의 짐까지 함께 나누려는 것 같아서 가슴이 내려앉아. 염소흔, 신중해라. 풍미요가 가려는 길은 다시 돌이킬 수 없는 길이다. 녀석은 모든 걸 버리고 죽음으로 뛰어드는 거야. 넌 정말 널 기다리는 사람들을 뒤로하고 목숨을 내걸 확신이 있나? 그럴 가치가 있는 일이야? 눈을 감는 그 순간 후회하지는 않겠나?"

"그건."

"……영웅이 되지 마라."

말투는 담담했지만 그 너머로 애절함이 느껴졌다.

"아무도 네게 대인이 되라고 강요하지 않는다. 네가 귀왕을 무찌른다고 해서 가족들의 기쁨이 커질 것 같나? 그들이 기쁘다면 그 이유는 네가 살아남았기 때문일 거다. 그러니까, 그러니까, 소소."

연청이 말했다.

"불길 속에 뛰어들지 마라."

담담한 애원이 이어졌다.

"살아서 돌아가자."

단순하지만 진실된 부탁.

"살아서."

이상하게도 눈물을 툭 떨어뜨린 쪽은 소흔이었다. 스스로도 이유를 깨닫지 못하고 하염없이 흐르는 눈물을 소매로 훔쳤다. 그런 그녀를 한참을 보던 연청이 희미한 미소를 띠었다. 멋쩍은 듯 한숨을 흩어낸 그가 다시 고개를 돌렸을 쯤엔 이제까지의 무게감이 한결 덜했다.

"자, 이 이야기를 듣고 깨달은 게 있다면 뭐지?"

소흔은 여전히 눈물이 그렁그렁한 눈으로 연청을 쳐다보았다. 그가 자리에서 일어나 스쳐 지나가며 장난스런 손길로 그녀의 머리를 톡 건드렸다.

"어머니 사연으로 연민을 구하는 사내에게 빠져들지 말 것."

위험해. 너무 약하다고, 소소. 그래서야 되겠어? 그가 웃음을 터뜨리며 걸어갔다. 소흔은 그의 뒷모습을 눈으로 좇다가 다시금 소매로 눈을 훔치고 일어났다. 아까 전과 달리 달이 밝아 돌아가는 길이 수월했다.

❖ ❖ ❖

기분 탓인가. 날이 점점 추워지는군. 연청은 쉽게 잠을 이루지 못한 밤에 종종 그래 왔듯 천천히 뜰을 거닐며 생각했다. 아무리 가을이 깊어졌다지만 이건 좀 과하게 추워. 이틀만 더 가면 무주성에 도착한다. 그리고 거기서 엿새를 더 가면 드디어 귀왕의 영역이다.

연청은 날이 계속 이런 식이면 더 두꺼운 옷을 사야겠다고 생각했다. 특히 새벽녘엔 입김이 나올 정도로 공기가 차디찼다. 아침을 먹으러 나오던 소흔이 오들오들 떨던 모습이 떠올랐다.

"……염소흔."

뜻밖의 인물과 마주쳐 연청은 걸음을 멈추었다. 소흔이 넓적한 바위 위에 무릎을 세우고 앉아 밤하늘을 올려다보고 있었다. 인기척이 느껴지자 그녀가 고개를 내렸다. 연청과 눈이 마주쳤는데도 별로 놀라는 기색이 없었다. 한참 동안 아무 말도 하지 않고 그를 쳐다보던 소흔이 바위에서 내려왔다. 그리고 그를 향해 다가왔다.

어쩐지 깊이가 느껴지는 표정이다. 사람이 저런 표정을 짓는 것은 무언가 단단히 결심한 말을 하기 위함이다. 그 말이 무엇이 될지 몰라 연청의 가슴이 묵직하게 죄어들었다. 한 걸음 한 걸음 가까워질수록 호흡이 힘겨워졌다.

완전히 그의 앞에 다다른 소흔이 손을 들었다. 얼굴을 어루만지려는 것인지 뺨을 치려는 것인지 갈피조차 잡을 수 없는데 별안간 연청의 시야가 차단되었다.

그녀가 눈을 가린 것이다. 작고 여린 손으로 눈을 덮었을 뿐이다. 그러나 연청은 그 손에서 벗어날 수가 없었다. 어떤 일이 일어날지 몰라 입안이 바싹 마른 순간, 뭔가 부드러운 감촉이 입술에서 느껴졌다. 연청은 그게 무엇을 뜻하는지 확실히 알고 있었다. 그래서 더더욱 쉽게 움직이지 못했다.

살짝 닿았다가 가벼이 물러났지만 그 여운은 오래도록 남았다. 그녀가 천천히 손을 거두었다. 그러고는 연청의 품에 안겼다.

이전의 전례가 있기에 연청은 이것이 소흔 자신의 뜻인지 또 누군가에게 조종당하고 있는 건지 확인코자 그녀의 턱을 들어 올렸다. 둘의 눈이 마주쳤다. 진실한 결심으로 차분히 가라앉은 눈이 거기에 있었다.

"수연청."

그녀가 조용히 그의 이름을 불렀다가 느릿하게 미소 지었다.

"연랑."

연청의 숨이 탁 막혔다. 평소처럼 마주 웃어줄 수가 없었다. 그가 아주 약하게 떨리는 팔을 들어 소흔의 어깨를 감싸기까지 퍽 오랜 시간이 걸렸다.

이래도 되는 것인지, 이것이 꿈은 아닌지, 언제나 저를 속여오던 그 빌어먹게 달콤한 꿈은 아닌지, 깨어나 보면 혼자 살아남은 뒤의 현실은 아닐지 너무나 많은 생각이 그를 덮쳤다가 일시에 물러났다. 소흔이 맑은 미소를 띤 채 말했다.

"살아 돌아갈게요, 같이."

그의 심경을 아는지 모르는지 소흔이 재차 말을 걸었다.

"왜 아무 말도 없어요? 너무 놀랐나? 갑작스러웠어요?"

꽤 신중하다고 생각했는데. 소흔이 조그맣게 속삭였다.

"어색해요? 어, 싫어요? 떨어져서 얘기할까?"

소흔이 그의 품을 벗어나려 했다. 하지만 꼼지락대는 시도에 그치고 말았다. 연청이 강하게 끌어안아 버렸기 때문이다.

"……네가 내게 미치는 힘이 얼마나 큰지 잠깐 잊고 있었다."

"그런 것도 있었나?"

"있지."

그제야 연청이 기가 막힌 듯 웃음을 흘렸다.

"아주 확실히 있어."

"네에……."

소흔이 반쯤 어리둥절하게 맞장구를 치다가 뭔가 생각났다는 듯이 연청에게서 떨어졌다. 이번엔 제대로 힘을 썼기 때문에 완전히 벗어날 수 있었다.

"주고 싶은 게 있어요."

"뭐지?"

"음, 다른 사내에겐 주기 싫은 것. 연랑에게만 허락된 거요."

그녀가 수줍은 미소와 함께 손을 이끌었기 때문에 연청은 걸어가는 내내 한 가지 생각밖에 할 수가 없었다. 다른 사내에겐 주기 싫고 오직 그에게만 허락하고 싶은 것이라니 딴생각을 할 수 있을 리 만무했다.

소흔이 다다른 곳은 별채의 부엌이었다. 오늘 신세를 지게 된 집이 마을 유지의 저택이라 별채라 해도 있어야 할 것이 다 갖춰져 있었다. 연청의 표정이 의심과 설렘으로 복잡해졌다. 방이 아닌 장소에서 열락을 나누기는 처음이다. 무엇보다 오늘의 소흔은 온전히 자신의 뜻으로 행동하는 것이니.

"여기."

달콤하고 음란한 상상에 빠져 있던 그를 일깨운 건 소흔이었다. 그녀가 하얀 자기 그릇에 담은 것을 내밀었다. 얼떨결에 받은 연청은 그것이 팥죽임을 깨달았다. 맛있는 냄새가 코로 들어왔다.

다른 것을 기대하고 있던 사내에게는 꽤나 이질적인 감각이었지만 어쨌건 한눈에도 맛있어 보였다.

"우리 저녁 일찍 먹었잖아요. 이때쯤이면 속이 출출할 거예요."

이때쯤이면 확실히 속이 허하긴 하지. 연청이 묘하게 씁쓸한 웃음을 지으며 고개를 끄덕였다.

"그렇다고 기름진 걸 먹으면 안 좋으니까 이 정도가 딱 좋죠."

내가 먹고 싶은 건 따로 있긴 하지만. 연청은 다시 한 번 고개를 끄덕였다.

"사실 이거, 온천장 여자들에게만 내려오는 비법이에요. 우리 자매는 어머니께 배웠고 어머닌 외할머니께 배웠죠. 외할머니께서 그러셨대요. 미색도 애교도 좋지만 사내를 완전히 사로잡는 한 방은 바로 맛있는 한 그릇의 요리에 있다. 하, 정말 여관집 여자다운 비법이지 않아요?"

미색과 애교로도 잘만 낚던데. 무슨 생각이 떠올랐는지 소흔이 입술을 삐죽이다가 말을 이었다.

"어서 먹어봐요. 나 저녁 내내 그거 만드느라고 팔 빠지는 줄 알았어요. 죽은 환자들이나 먹는 거라고 폄하하는 사람들은 호되게 맞아봐야 돼. 맛있는 죽 만들기가 얼마나 힘든 일인데. 자고로 죽은 정성…… 안 먹어봐요?"

연청의 눈이 부엌 한구석에 쌓인 몇 개의 작은 솥으로 향했다. 미처 솥을 씻을 새는 없었는지 그저 물에 푹 담가놓았다. 불려서 떼어내야 할 자국이라도 있나 보다.

소흔이 얼른 몸을 움직여 그의 눈길을 가로막았다. 생긋생긋 웃는 얼굴로 어서 먹어보길 재촉했다. 연청은 져주는 기분으로 한 술 떠서 입에 넣었다. 그의 표정이 뜻을 종잡을 수 없게 기묘해졌다.

"맛없어요?"

소흔의 미소가 점차 희미해졌다.

"별로예요?"

소흔이 급히 제 몫의 팥죽을 떠 입으로 가져갔다.

"그럴 리가……."

"맛있는데."

소흔이 삼킨 이후에야 연청이 감상을 밝혔다. 한숨 돌린 그녀의 눈이 이내 뾰족해졌다.

"그런데 왜 바로 말을 안 했어요? 표정도 이상하고."

"안 그랬으면 네가 영영 안 먹을 것 같아서. 재잘재잘 떠들기만 하고 말이지. 어차피 일인분만 만든 게 아니잖아."

"……그럼 그렇다고 말을 할 것이지. 괜히 놀랐네."

혼자 구시렁대던 소흔은 곧 만족스럽게 제 팥죽을 떠먹으며 연청의 반응을 거듭 확인했다. 사실 팥죽은 아주 맛있었다. 쫄깃한 새알심과 소복이 올린 콩가루가 궁합이 잘 맞았다. 크게 달지 않으면서도 담담하고 고소한 맛이 쉽게 물리지 않았다. 팥이 마치 가루처럼 곱게 갈려 있어 앙금을 싫어하는 연청도 깨끗하게 한 그릇을 비웠다.

"신기하군."

"뭐가요?"

"내가 팥을 싫어한다는 걸 알고 있었잖아? 그런데 팥죽을 끓여?"

나올 게 나왔다는 듯 소흔의 표정이 뾰로통해졌다.

"그럼 어떡해요. 천하 비법이라고 배운 게 하필 팥죽인데. 그럼 이제 와서 그냥 먹을 만한 수준인 호박죽을 끓여요? 팥 싫어하는 남자를 만날 줄 내가 알 게 뭐야."

연청이 쿡쿡 숨죽여 웃었다.

"그래도 아주 맛있었어. 내가 한 그릇을 비울 정도면."

"그랬겠죠. 연랑은 입안에 걸리는 앙금 때문에 팥을 싫어하는 거니까."

연청이 어떻게 알았냐는 표정을 하자 소흔의 얼굴에 의기양양한 미소가 걸렸다.

"염소흔의 관찰력. 몰라요?"

부엌에선 오래도록 잔잔한 웃음소리가 끊이지 않았다. 그리고 웃음소리가 그칠 무렵 야릇하게 들뜬 소리가 그 자리를 대신했음은 물론이다. 숟가락이 바닥에 떨어지고 그릇이 달각이는 소리 사이로 가늘게 흐느끼는 신음이 그칠 듯 이어지고 또 이어졌다.

온천장의 팥죽은 여러 면에서 대단히 성공적이었다.

무주의 저주

소흔은 미닫이 창문 밖으로 고개를 내밀었다가 작게 재채기를 했다. 연청이 투덜거리며 모피 담요를 끌어다 덮어주었다. 이미 털조끼를 걸치고 있는 몸에 푹신한 담요를 둘둘 감자 소흔은 털뭉치에 묻혀 머리만 빠끔히 나온 꼴이 되었다.

"화족이면 상식적으로 몸에 열이 가득해서 누구보다 추위를 잘 견뎌야 하는 거 아닌가?"

연청이 불만스레 말했다.

"누구보다도 불이 필요한 사람들이란 생각은 안 해봤어요?"

머리만 내밀고 있는 주제에 입은 살아 있어 한마디도 지는 법이 없다. 소흔은 다시금 창밖을 내다보며 황당한 표정을 지었다.

도중에 만난 사람들은 일행이 무주성으로 간다고 말할 때마다 하나같이 겨울옷을 준비했느냐고 물었다. 갈수록 이상하게 추워지는 건 맞지만 이제 겨우 시월 초인데 겨울옷까지 준비해야 하나 생각했다. 그러나 무주성 근처에서 옮겨왔다는 가족이 거듭 당부하기도 했고, 바람의 조짐이 심상찮다는 미요의 말도 걸려서 결국 다들 겨울옷을 마련했다.

그러는 김에 마차도 말 두 마리가 끄는 크고 튼튼한 것으로 바꾸었는데 네 명이 들어앉아도 여유로운 마차와 두툼한 모피 담요 값을 치른 이는 연청이었다. '빌어먹게 좁은 고물 따위, 진즉에 바꿨어야 했다' 며 전낭을 끄르는 그를 미요가 물끄러미 쳐다보았다.

이제껏 큰 경비는 미요가 모두 처리해 왔기에 그가 먼저 나서는 것이 이상했던 게다. 하지만 의문도 잠시, 마차에 올라 다리를 쭉 뻗으며 좋아하는 소흔을 보고 미요는 그럼 그렇지 하는 표정을 지었다.

한편으론 별다른 뜻 없이 창해 수가의 재산 규모를 짐작해 보았다. 제후국에 대해 잘 모르는 여기 사람들도 창해 수가의 술이라면 만면에 화색이 돌았다. 백여 종에 달하는 수가의 명주를 모두 맛보려면 산(山) 하나는 팔아야 한다는 소리를 미요도 심심찮게 들었었다.

그녀는 여전히 꿍얼거리는 소흔과 감기라도 걸리는 날엔 버리고 간다고 을러대는 연청을 보며 생각했다.

저 망나니 같은 수연청이 신붓감이라며 데려온 소흔을 창해 수가 사람들이 보면, 정확히 말해서 상인 집안이라면 신부 측 세간을 통째로 바꿔주고서라도 얻고 싶어 할 야무진 재주꾼 소흔을 보면 과연 어떤 표정을 지을까 하고.

"말도 안 돼. 이쪽은 원래 이런 걸까요? 이제 겨우 시월 초인 데……."

드디어 성문이 열리고 일행은 무주성으로 접어들었다. 소흔이 차마 말을 잇지 못하고 창밖만 쳐다보았다. 소흔뿐만이 아니었다. 모두가 침묵에 잠겼다.

"미요 언니, 이거."

소흔이 팔을 뻗었다. 자줏빛 소매 위로 일행의 시선을 사로잡은 것이 내려앉았다.

"눈이죠?"

"눈이네."

줄곧 마부석에 앉아 있던 녹산도 이것만큼은 혼자 넘길 수가 없었는지 마차 문을 열었다. 살을 에어낼 듯 차가운 공기가 마차 안으로 훅 밀려들어 왔다. 뒤늦게 미안해진 소흔이 제 담요를 벗어 녹산의 어깨에 둘러주었다. 그의 등을 끌어안고 신력을 모으자 담요 전체에 훈기가 돌기 시작했다.

"오라버니, 따뜻하죠?"

팔을 풀지 않은 채 넓은 등에 얼굴을 묻은 소흔이 녹산의 감상을 물었다. 기분이 좋아지면 아무에게나 잘 매달리는 버릇을 잘 알고 있는 녹산은 고개를 끄덕이며 웃었다.

"계속 이렇게 매달려 갈 테냐, 소흔아?"

"눈이에요, 눈눈눈. 화국에서 눈 보기가 얼마나 힘든데요."

"오는 내내 춥다고 투정이더니?"

"눈 보니까 괜찮아졌어요. 아, 눈이다. 새하얀 눈."

녹산은 소흔이 하는 짓이 꼭 눈을 처음 본 강아지 같다며 귀여워했다. 그러나 애정을 담아 머리를 쓰다듬으려는 순간 그녀는 연청에게 뒷목덜미를 잡혀 끌려갔다.

"어딜 함부로 매달려."

연청이 제 옆에다 바짝 붙여놓은 뒤 주의를 줬다. 하지만 당사자는 딱히 귀담아들을 생각이 없는 듯 오로지 바깥에 흩날리는 눈만 쳐다보았다.

"녹산 오라버니가 남도 아니고."

"남이지. 지녹산이 남이 아니면 누가 남이야."

"저기, 오라버니 듣고 있거든요."

"들으라고 하는 소리다."

풍미요, 네 것 간수 좀 제대로 하지? 연청이 짜증의 화살을 미요에게 돌리려는 순간이었다. 갑자기 미요의 눈에 힘이 들어가더니 마차 밖을 향해 왼손을 뻗었다.

촤르륵! 항상 미요의 손목에 곱게 감겨 있던 하얀 명주천이 녹산의 어깨를 아슬아슬하게 스치고 지나 눈꽃 흩날리는 허공으로 뻗어 나갔다. 녹산이 뭐라 말을 할 새도 없이 미요가 오른손마저 뻗었다. 보일 듯 말 듯 거의 투명에 가까운 무영비수 네 자루가 쏜살같이 날아갔다.

"언니?"

영문을 모르는 소흔은 대체 이게 무슨 일인가 싶어 밖을 내다보았지만 그곳엔 아무것도 없었다.

"아아아악!"

소흔이 고개를 갸우뚱하기 무섭게 멀리서 비명 소리가 들렸다. 사내의 비명은 점점 가까워졌다. 전력을 다해 뛰어오고 있었다. 그리고 그가 골목을 빠져나와 대로에 구르다시피 달려들었을 때 저를 향해 뻗어오는 희고 긴 명주천을 보고 더 큰 비명을 내질렀다.

열두 자(尺)에 달하는 천이 저 혼자 날아다니니 모르는 사람은 귀의 짓으로 오해하기 딱 좋았다. 그가 무장하지 않았음을 확인한 미요가 손을 뻗어 무영비수를 회수했다. 그러나 명주천만은 거두지 않고 사내의 몸을 칭칭 휘감았다. 사내는 혼비백산한 끝에 정신을 잃었다. 소흔이 제일 먼저 달려 나가 상태를 확인했다.

"기절했어요."

가까이서 제대로 보자 왜 미요가 그를 경계했는지 알 것 같았다. 사내의 두 손이 붉은 피로 흠뻑 젖어 있었다.

"피비린내가 실려 왔어."

미요가 저는 잘못한 게 없다는 투로 말했다. 녹산은 그녀의 시선을 피한 채 중얼거렸다.

"진동이 느껴지긴 했지만 위험한 기운은 없었는데."

나직한 반박에 미요의 고개가 절로 돌아갔다. 녹산은 꿋꿋하게 다른 곳을 쳐다보다가 슬그머니 소흔 곁으로 다가갔다. 어지간히 미요가 무서운지 저보다 훨씬 조그만 소흔에게 의지하려 들었다.

"일단 안으로 옮겨야겠어요."

소흔이 둘 사이로 끼어들었다.

❖ ❖ ❖

사내의 성은 문(文)씨로 올해 스물둘이라 하였다. 성안보다 따뜻한 외곽에서 누이동생과 조용히 농사를 짓고 사는데 수확물이 실한 편이라 작년부터 성주(城主) 저택에 채소를 들이고 있었다. 사내는 예까지 이야기한 뒤 소흔이 닦아주어 이제 깨끗해진 자신의 손을 두려운 듯 내려다보았다.

"승낙하지 말았어야 했습니다. 그리 해선 안 됐는데, 동생 약값이 만만찮아서."

부모님이 지병으로 세상을 뜨는 순간까지 잘 보살피라 당부한 누이동생은 사내의 단 하나뿐인 핏줄이자 가장 소중한 사람이었다. 꾸준히 약을 먹이려면 어떻게든 돈을 마련해야 했다. 그래서 사내는 간담이 서늘한 흉문에도 성주 저택으로 찾아가 총관의 제안을 승낙했다. 정식으로 장부에 이름을 올리고 지장을 찍었다.

한 해 동안 별일이 없어 안심했는데 오늘 새벽, 평소보다 일찍 저택에 들어갔다가 무언가에 걸려 넘어져 엉덩방아를 찧었다. 피투성이가 된 사람이 총관의 처조카란 것만 알아보고는 숨이 붙어 있는지조차 확인하지 못하고 그대로 달아났다. 태어나 그렇게 많은 피를 본 건 처음이었다.

"저라도 놀랐을 거예요. 그런데, 흉문이오?"

소흔이 따뜻한 차를 건네주며 물었다. 사내는 감사히 받아 몇 모금을 넘겼다. 안색이 훨씬 나아졌다.

"모르십니까? 아이들이 부르고 다니는 노래, 못 들어보셨는지요."

"저흰 막 도착한 참이거든요. 그런데 노래는 또 뭔가요?"

사내가 주변을 두리번거렸다. 일행뿐인 여관방 안인데도 왠지 신경이 쓰이는 것 같았다. 그가 부른 노래는 다음과 같았다.

빨간 병, 파란 병, 하얀 병

어느 것을 던져도

여우가 온다

여우가 온다

꾹꾹 숨지 않으면

한입에 먹혀

달아나지 않으면

중간에 노래가 끊겼다. 일행은 의아했으나 사내는 원래 노래가 여기까지라고 말했다.

"달아나지 않으면…… 어떻게 되는 걸까요?"

소흔이 노랫말을 되짚어보다가 아이들이 부르기엔 묘하게 오싹한 점이 있다고 생각했다. 가락은 단순하고 밝은 데 반해 노랫말의 뒷맛이 개운치 않았다.

"이 노래는 성주님 일가의 저주를 빗댄 것입니다. 어른들은 입단속을 시키지만 애들이 뭘 아나요. 숨바꼭질을 하면서 이 노래를 부르곤 한답니다."

"호귀(狐鬼)인가요?"

귀와 관련된 일이라면 빠질 수가 없는 미요다. 의자에 앉아 가만히 듣고만 있던 그녀가 노랫말로 귀의 종류를 짐작했다. 저주, 흉문, 여우 노래, 그리고 무주성을 삼켜 버린 괴이한 추위. 귀의 짓임이 분명했다. 어떤 대답을 해야 할까 고민하던 사내가 일행을 쳐다보았다.

"여러분은 제후국 사신이라 하셨지요?"

아무래도 성주님을 직접 뵙고 얘길 듣는 게 좋겠다는 사내의 말에 미요가 일어섰다. 제발. 지치지도 않나, 풍미요. 연청이 질렸다는 듯 한숨을 내쉬었다.

❖ ❖ ❖

3품관을 겸하고 있는 성주의 저택은 그야말로 광활했다. 녹산은 대문을 들어서면서 '숨바꼭질하기 좋겠군' 이라고 다소 섬뜩한 말을 아무렇지도 않게 내뱉었다. 사내가 말을 전했고, 그 말을 들은 하인은 제 윗사람에게, 그 윗사람은 다시 총관에게 손님의 행차를 알렸다. 일각 정도 기다린 일행은 총관의 안내를 받아 접견실로 들어섰다.

"오늘 이렇게 귀인들을 뵙게 되어 참으로 기쁘오. 자, 어서 앉으시오."

권하는 대로 앉아 차를 마셨다. 그가 여태 무주성까지 온 사신은 손에 꼽을 정도였다며 일행을 거듭 칭찬했다. 소흔과 녹산이 나서 살갑게 말을 거들었다. 여관을 나설 때부터 거의 모든 일을 방관하고 있던 연청은 완전히 사건의 중심에서 거리를 둔 눈으로 성주를 관찰했다. 오는 길에 사내가 한 말이 겹쳐졌다.

"현(現) 성주님은 대단한 분입니다. 학문이면 학문, 무예면 무예 어느 것 하나 부족한 점이 없으시지요. 심지어 인품까지 훌륭하셔서 흉문을 겁내던 저조차도 일 년 넘게 꾸준히 저택을 드나들었습니다."

연청의 무심한 눈길이 성주의 손에 닿았다. 무인은 동류를 알아볼 수 있다. 저 손은 아주 오랜 기간 무술을 연마한 손이라고 연청은 확신했다. 마디마디 굳은살이 박여 있었다. 손등에는 갈퀴에 긁힌 듯 깊이 파인 흔적도 있었다.

접견실 벽에 걸린 족자는 이백여 년 전 외곽지대는 물론이요, 제후국까지 명성이 자자한 문인의 잘 알려지지 않은 시문이다. 애초에 이 시를 아는 사람이 드물뿐더러 호방한 기운이 넘실대는 대표작에 비해 심심할 정도로 담박해 이를 높게 평가하는 이가 많지 않았다.

하지만 정말 시문에 통달한 자들은 작품의 진면목을 알아보았다. 성주도 아마 그런 자들 중 하나이리라. 사내의 말은 틀림이 없었다.

"문제는 일가에 내려진 저주입니다. 흉문이 퍼진 근원이기도 하지요. 그것은…… 일가 중 남매, 그것도 오라비와 누이동생에게만 벌어지는 무서운 일입니다."

넓은 저택에 어둠이 내리고 멀리서 희미한 노랫소리가 들리면 오라비를 둔 누이동생들은 긴장해야 했다. 이는 오라비들도 마찬가지였다. 매일 일어나는 게 아니라 불시에 벌어지기 때문에 항시 긴장의 끈을 놓을 수가 없었다. 노랫소리는 미로 같은 저택 안을 구불구불 돌아다니며 꼭꼭 숨은 누이동생을 찾아다녔다. 그리고 소녀가 발각당하면,

"누이 쪽이 귀에 쓰입니다. 그러고는 이제 누이의 몸으로 오라비를 찾아다니지요. 오라비를 찾아내면 여아는 남녀의 정을 나눌 것을 요구하고, 오라비는 귀의 힘에 옴짝달싹도 못하게 됩니다."

미친 듯이 날뛰는 정욕을 견디려 들면 사지가 뒤틀리는 고통을 맛본다고 하였다. 선택지는 둘뿐이다. 팔이나 다리 한쪽을 끊어내 오라비의 피로 누이를 씻기든지 아니면 귀의 힘에 굴복하든지.

어느 쪽이 되든지 둘의 관계는 돌이킬 수 없게 된다. 앞날이 창창하던 청년은 하룻밤 만에 사지를 하나 잃고서 실의에 빠진다. 아니면 귀에 홀려 금단의 선을 넘은 뒤 누이의 손에 간이 뽑혀 죽고 만다. 실로 끔찍한 저주인 게다.

연청은 현실로 돌아왔다. 성주가 일행에게 저주에 대해 설명하며 시름 깊은 탄식을 흘렸다.

"시작은 큰형님의 남매였소. 다복한 오 남매로 장남 바로 아래에 여아가 있었는데 사단이 나고 말았지. 이 때문에 형수님은 몸져누우셨고 오 년 뒤에 돌아가시고 말았다오. 다음은 작은형님 댁 서출 남매. 다행인지 불행인지 평소 이들의 우애가 아주 깊어 오라비 녀석이 극심한 고통을 견디고 왼팔을 잘라 목숨을 구했다오. 쌍검 실력이 출중해 앞날이 기대되는 녀석이었건만……."

성주 삼 형제로부터 퍼져 나간 저주는 친척들에게도, 저택의 하인들에게도 옮겨갔다. 무거운 이야기가 이어지고 있는데 총관이 들어와 공자와 소저께서 당도했다고 아뢰었다. 성주가 양해를 구했고, 단정한 기품이 돋보이는 남녀가 접견실로 들어왔다. 소흔이 혼잣말로 '쌍둥이네' 하고 중얼거렸다.

"두 형님과 큰형수님, 숙부님 내외가 모두 슬픔을 못 이기고 일찍 세상을 등지셨소. 내겐 자식이 없어 후계를 위해 먼 친척으로부터 양자를 들였지. 한데 이 아이에게 실은 쌍둥이 누이동생이 있었던 거요. 석 달 전 아이들의 친부모가 죽으면서 밝혀진 사실이지요."

성주가 침울한 표정으로 고개를 떨어뜨렸다.

"애들이라도 다른 곳에 보내려 해도 우리 일가는 무주성을 벗어날 수가 없다오. 이미 외숙께서 시도하셨으나 무주성 문을 나선 그 즉시 전 일가가 피를 토하고 죽었소. 저택이 아닌 다른 집에 각자 떨어뜨려 놓아도 소용없었소. 귀는 우리 천씨 일가가 멸족할 때까지 그치지 않을 것이오."

성주가 일어나 사신들 앞으로 다가왔다. 마침 가장 앞에 앉아 있는 소흔의 손을 부여잡으며 그가 간곡히 청했다.

"어젯밤 총관의 처조카가 다리 하나를 잃었소. 부디 귀를 물리쳐 주시오. 아이들을 살릴 수 있다면 내 어떤 지원도 아끼지 않겠소."

"안 돼."

연청이 잘라 말했다. 당장에 소흔의 반문이 이어졌다.

"왜요? 녹산 오라버니와 난 이번 위장에 완벽하게 들어맞는데. 아까 천 소저도 우리보고 남매냐고 물은걸요?"

"말이 많다, 염소흔."

"억지 부리는 쪽은 연랑이에요. 아니, 한 번 생각해 봐요. 미요 언니와 녹산 오라버니? 사람도 저 둘이 남매라고 안 속는데 귀가 속겠어요? 언니와 연랑? 언니는 곧 죽어도 연랑을 오라버니라 부르지 않을걸요. 그럼 우리 둘? 연랑이 때와 장소를 가리지 않고 애정행각을 하려 들어서 이 조합은 애초에 꽝이에요. 귀의 목적은 금단을 범하게 하는 건데 귀에 씌기도 전에 오라비가 날뛰면 그게 뭐예요."

"허를 찌르는 거지."

"잘도 찔리겠네."

소흔이 코웃음을 쳤다. 그러고는 녹산의 옆으로 달려가 팔짱을 꼈다.

"나이로 보나 분위기로 보나 우리가 딱 좋은데."

소흔이 방긋 웃자 녹산이 머리를 쓰다듬었다. 누구도 부인할 수 없는 그림이다. 그러나 당사자들과 달리 '강자' 쪽이 여간 의견을 굽히지 않았다.

연청은 그렇다 쳐도 길어지는 논쟁을 가만 내버려 두는 미요는 어쩐 일인가 싶다. 연청처럼 대놓고 말하지는 않았지만 그를 저지하지 않는다는 것만으로도 그녀의 뜻이 어느 쪽에 가까운지 알 수 있었다.

"나이가 어때서."

연청이 맘에 들지 않는다는 듯 꼬투리를 잡았다.

"아홉 살은 나이 차도 아니야. 십 년, 십이 년 터울 형제를 못 봤나 보군, 소소."

그가 야무지게 팔짱을 끼고 있는 소흔의 팔을 지그시 노려보았다.

"녹산과 내가 뭐 그리 다르다고."

"다르죠. 하늘과 땅만큼이나 다르죠. 무엇보다 녹산 오라버니에겐 동생을 귀여워하는 분위기가 깔려 있다고요, 기본적으로. 그게 뭔지 알아요?"

딱히 할 말이 없자 연청은 괜히 소흔의 팔을 잡아채 제 옆에다 세웠다. 미요는 자존심 때문인지, 이런 데까지 나서긴 싫은 것인지 아까 전부터 아무 말도 않고 탁자만 내려다보았다. 탁자 중앙의 화병이 녹산 대신이라도 되는 듯 무게를 실어 쳐다보기도 했다. 화병이 깨지지 않은 것이 다행이라면 다행이었다.

"그럼 이걸로 정한 거예요?"

다음날 소흔과 녹산은 저택의 장부에 정식으로 이름을 올리고 지장을 찍었다. 이녹산(兄), 이소흔(妹). 녹산은 천씨 남매의 호위무사 신분을 받았고, 소흔은 천 소저의 몸종으로 분했다. 친화력과 부드러운 인상으로는 누구에게도 지지 않는 두 사람이 천씨 남매와 순식간에 친해진 것은 놀랄 일이 아니었다.

한 쌍의 진짜 남매와 한 쌍의 가짜 남매가 화려한 얼음 조각으로 꾸며진 정원에서 웃으며 이야기하는 모습을 '손님 자격'인 연청과 미요가 지켜보았다. 특히 연청은 이틀째 내리는 눈의 결정을 좀 더 날카롭게 만들어볼까 고심하기도 했다.

누군가 이유를 묻는다면 올해 열일곱인 천 공자가 저나 녹산 못지않게 성숙하면서도 준수한 외모를 지녀서라고 답할 것이다. 비록 양자이긴 하지만 성주의 후계자다운 기품이 배어 있는 귀족적인 청년이었다. 게다가 소흔이 화국 출신으로 불을 다룰 줄 안다는 사실이 알려지자마자 저택 안의 모든 사람들이 눈을 반짝이며 소흔을 탐냈다.

겨울이 긴 것은 마찬가지여도 성 밖은 농사를 지을 수 있을 만큼 온화한 데 비해 성안은 일 년 중 두세 달을 빼면 내내 스산한 추위에 시달려야 했다. 그런 무주성이니 무엇보다도 불씨를 꺼뜨리지 않는 것이 중요했다.

그들에게 불을 자유자재로 다루는 소흔이 어떻게 다가왔겠는가. 소흔과 몇 마디 나눠본 성주는 혹시 정혼자가 없는지 물어보기까지 했다. 부탁한 일이 무사히 끝나면 천 공자와 연을 맺어주고 싶다며 거듭 소흔의 의견을 물었다.

"머리를 틀어 올리라고 할까."

손바닥으로 식은 찻잔을 감싼 뒤 찻물을 데워 천 공자에게 건네주는 소흔을 보면서 연청이 혼잣말을 했다. 지나쳐. 너무 자주 웃고 있어, 소소. 천 공자가 잔잔한 미소를 띤 채 찻잔을 받았다. 둘의 손가락이 닿았다.

"일단 머리를 올리면 남편이 있는 줄 알겠지?"

"……소흔이는 머릴 내리는 걸 좋아해요."

귀 밝은 미요가 찬물을 끼얹었다.

"느슨하게 땋은 양 갈래를 가장 좋아하고 하나로 높이 묶는 게 그다음, 가끔 온전히 늘어뜨리고 살랑살랑 바람 맞는 것도 즐기죠."

연청을 보며 네 원하는 대로는 안 될걸 하는 표정을 지었다.

"은근히 고집이 세서 안 올릴 텐데."

"이마에 써 붙일 수도 없고."

"……그러고 보니 풍국의 옛 기록에 따르면 어떤 가문은 몸에 문신을 새겨 일족임을 증명했다더군요."

연청이 그녀의 말을 진지하게 생각해 보다가 맘에 안 드는 듯 인상을 굳혔다.

"문신은 아프지 않나?"

"그러니까요."

미요가 뜻을 짐작키 어려운 눈으로 녹산의 뒤태를 응시했다. 서로가 어떤 생각을 품고 어떤 이야기를 하고 있는 줄 모른 채 그렇게 하루해가 저물었다.

소흔은 천 소저의 방에 함께 머물고 바로 옆방에 미요가 자리를 잡았다. 녹산은 천 공자와 같이 방을 쓰기로 했다. 남매가 최대한 멀리 떨어지도록 방은 저택의 양 끝에 배치했는데 사이사이 건물이 있어 숨어 다니기 좋았다. 그 중간쯤에 연청이 혼자 넓은 방을 차지했다. 어느 쪽에 일이 생기든 최대한 빨리 그쪽으로 갈 수 있기 위함이었다.

소흔이 물에 젖은 얼굴로 방에 들어와 수건을 찾았다. 소담한 국화를 수놓던 천 소저가 이를 보고 고개를 갸웃거렸다.

"소흔, 세수는 아까 하지 않았어요?"

"네?"

소흔이 본인답지 않게 조금 허둥거렸다.

"아, 뭐가 묻어서 다시 씻었어요."

"그렇구나."

수긍하는 듯한 대답과 달리 천 소저는 소흔에게서 눈을 떼지 않았다.

"그런데 찬물을 썼나 보죠?"

"네?"

"뺨이 발그레한 것 같아서요. 왜, 찬물에 손을 담그면 발갛게 얼듯이."

"아아."

소흔이 애매하게 고개를 끄덕이며 뺨을 두드렸다. 이를 보던 천 소저가 재미있다는 양 입을 가리고 웃음을 터뜨렸다.

"연청 공자던가요."

소흔의 뺨을 그렇게 만든 분. 천 소저의 정확한 지적에 소흔이 어쩔 줄을 모르고 수건에 얼굴을 묻었다. 그러니까 티가 날 거라고 그렇게 말했는데도!

일이 해결될 때까지는 거리를 유지하자고 말했는데 연청은 이를 한 귀로 흘려 버렸다. 녹산과 천 공자에게 다시 한 번 계획을 확인하고 돌아오는 소흔을 중간에 낚아채 불빛 하나 없는 제 방으로 끌고 가 안은 것이다.

아무것도 보이지 않는 어둠 속에서 벽에 등을 기대선 채로 몸을 겹쳤다. 오늘의 연청은 다정하기보다 퍽 거칠고 집요했다. 소흔은 달아오른 뺨을 찬물로 식히며 녹산과 짝을 이룬 것을 아직 마음에 두고 있나 하고 생각했다.

"죄송해요, 천 소저. 사실 전 공사(公私)를 엄격하게 구분하는 편인데."

저 사내는 그렇지가 못해서요. 그러나 천 소저는 전혀 개의치 않는 것 같았다. 오히려 자수를 내려놓고 소흔에게 두근두근한 이야기를 들려달라고 졸랐다. 부모님과 함께 지낼 때도 그렇고 이곳에 와서도 이런 이야길 나눌 친우가 없어 외로웠다며 너무나 반가워하는데 그 말간 눈을 뿌리치기는 쉬운 일이 아니었다.

그리하여 소흔은 듣는 사람으로 하여금 애가 바싹 타게 하는 제 친우의 혼인 이야기부터 꺼냈다. 천 소저는 진한 정분을 나누는 대목에선 귀가 빨개질 정도로 수줍어하면서도 적절히 맞장구를 쳐 소흔의 이야기는 상당히 오래도록 이어졌다.

"그래도 잘 해결되어서 다행이에요."

"네, 지금은 벌써 쌍둥이의 어머니가 되었으니까요."

"어머, 쌍둥인가요?"

"꼬물꼬물 귀여운 자매예요."

천 소저가 아기들을 그려보는 듯 애틋한 표정을 지었다. 이미 잘 시각을 훌쩍 넘겼지만 둘 중 누구도 이를 문제 삼지 않았다.

"저도 오라버니와 행복하게 살 수 있을까요?"

그녀가 조용히 물었다.

"오라버니가 양자로 가기 전까지 칠 년을 꼭 붙어 지냈어요. 바늘 가는 데 실 간다는 말은 우리 남매에게 어울리는 말이었죠. 그 나이의 동갑내기면 으레 싸울 법도 한데 신기하리만치 사이가 좋았죠. 우린 쌍둥이라서 더 특별한 게 아닐까 하고 종종 그런 얘길 했어요."

그녀는 자수틀을 천천히 쓸더니 말을 이었다.

"부모님은 그런 우릴 보며 안타까운 표정을 지으셨죠. 지금 생각해 보면 오라버니만 양자로 보낸 것도 이 저주 때문이 아닌가 싶어요. 양부님께는 쌍둥이라는 사실을 숨겼고, 제게도 앞으로 오라버닐 없는 사람으로 여기라 당부하셨지요. 어르신들껜 죄송한 일이지만 우리 둘은 헤어진 이후로도 가끔 서신을 주고받으며 연락을 취했답니다. 그리고 석 달 전 오랜만에 재회하게 되었는데 십여 년의 공백을 조금도 느낄 수 없었죠."

천 소저가 슬픈 눈으로 소흔을 바라보았다.

"오라버닌 만약 그 상황이 오면…… 서슴없이 팔을 잘라 우릴 지키겠대요. 제가 속상한 나머지 눈물을 보이자 혹시 팔이 없으면 널 못 안아줄까 봐 그러느냐고, 한 팔로도 넉넉히 안을 수 있는 어른이 되었으니까 괜찮다고, 다리가 불편하면 네가 울 때 얼른 달려갈 수가 없으니 그래도 팔이 낫다고……."

지독한 악몽을 꾼 밤이면 울다 지쳐 잠들기 전까지 겁에 질려 떤다고 그녀가 부끄러운 듯 덧붙였다. 지금에야 웃음기 띤 얼굴로 말하지만 꽤 심각하니 쌍둥이 오라버니가 달려와 진정시켜 줘야 하는 게 아닐까. 소흔이 마주 웃지 못하고 가만있었다.

"오라버니와 저, 훗날 각자 혼인하여 대가족을 이루고 살고 싶은데 그럴 수 있을까요, 소흔? 오라버니의 잘린 팔을 볼 때마다 가슴이 너무 아플 것 같아요. 게다가…… 둘 중 누구라도 남매를 낳으면 어쩌죠? 또 사내아이더러 팔이나 다리를 자르라 시켜야 하는 걸까요?"

"도와줄게요."

소흔이 천 소저의 손을 잡고 온기를 나누었다.

"우리가 꼭."

미처 말이 끝나기도 전이다.

……여우가 온다…… 여우가 온다.

저 멀리서 아주 희미한 노랫소리가 들렸다. 두 사람의 몸이 그대로 굳었다.

귀가 왔다.

노랫소리는 조금씩 가까워졌다. 문씨 청년이 들려줄 때도 꽤 오싹한 느낌의 노래라 생각했지만 귀가 부르자 그 섬뜩함은 배가되었다. 가녀린 여인의 목소리는 기이하리만치 밝은 곡조와 어울려 '숨는 쪽'의 숨통을 죄어들었다.

빨간 병, 파란 병, 하얀 병…….

소흔이 천 소저의 손을 꼭 부여잡은 채 조심스레 몸을 움직였다. 이 저택의 특징은 수십 개의 복도와 비밀 통로, 방과 방을 잇는 문이다. 흡사 넓디넓은 미로와도 같다. 천 소저가 가늘게 떨며 숨을 죽였다. 숨소리마저 크게 들리는 순간이었다. 그녀는 이내 한 손으로 입가를 틀어막았다.

어느 것을 던져도…….

드르륵!

복도 저 끝에서 미닫이문 열리는 소리가 났다. 방 안에 아무도 없는 것을 확인했는지 다시 문 닫히는 소리가 났고, 노래가 이어졌다. 소리 방향과 크기로 짐작컨대 복도의 가장 왼쪽 방인 듯했다. 그 방과 지금 천 소저의 방 사이에는 여섯 개의 방이 있다. 미요의 방은 오른쪽이다. 어느 쪽으로 이동해야 할지 감이 잡혔다.

여우가 온다…… 여우가 온다…….

소흔이 천 소저에게 눈짓했다. 둘 다 저도 모르게 마른침을 삼켰다. 그사이에 귀는 점점 가까이 다가왔다. 드르륵! 또 한 개의 방문이 열리고 이어서 맞은편의 넓은 방문이 열리는 소리가 났다.

두 사람은 발소리를 죽여 왼쪽 벽의 문으로 다가갔다. 귀가 왼

쪽 방을 확인한 뒤 천 소저 방으로 이동하는 사이에 이미 확인을
마친 왼쪽 방으로 넘어갈 생각이다.

미요의 방문이 열리면 그녀가 잠시 귀를 상대할 것이다. 그럼
소흔은 천 소저와 함께 연청을 찾아가 공격에 합류할 것을 알리고
다시 몸을 숨긴다. 동이 트기 전까지만 잡히지 않으면 된다. 그리
어렵지 않은 계획이었다.

꼭꼭 숨지 않으면……

드르륵!
손에 힘이 들어갔다.

한입에 먹혀……

드르륵!
이제 남은 방은 세 개.

달아나지 않으면……

드르륵!
소흔이 벽과 병풍 사이로 바짝 붙었다. 기특하게도 천 소저는
겁에 질렸는데도 울지 않고 소흔이 이끄는 대로 따랐다.

달아나지 않으면…….

드르륵!

온몸이 긴장으로 팽팽하게 굳어졌다. 목 뒤가 돌처럼 경직되어 조금만 움직여도 아플 지경이다. 하지만 그런 불편함 따위에 신경 쓸 때가 아니었다. 다음은 바로 왼쪽 방문이 열릴 차례다.

드르륵!

천 소저의 몸이 더욱 크게 떨리기 시작했다. 문고리를 잡은 소흔의 손에 땀이 엷게 배어났다. 기분 탓인지 노래를 부르는 목소리가 한층 밝아진 것 같았다. 귀의 목소리가 밝아질수록 사람들의 긴장은 커져만 갔다.

탁.

왼쪽 방문이 닫혔다. 귀도 인간과 비슷한 보폭인지는 모르겠으나 만약 그렇다고 치면 이 방까지 오는 데 일고여덟 걸음이면 된다. 소흔이 아주 조심스럽게 문고리를 잡아당겼다. 왼쪽 방으로 통하는 문이 스르르 열렸다.

문틈 새로 살핀 방은 텅 비어 있었다. 소흔이 먼저 들어왔고 이어 천 소저가 이동했다. 아슬아슬하게 문을 닫은 순간 천 소저의 방문이 열렸다.

드르륵!

둘은 여전히 긴장의 끈을 놓지 않은 채 더 왼쪽 방으로 이동하기 위해 움직였다. 문고리를 잡기 전, 소흔은 미요의 방문이 열리는 소리를 듣기 위해 잠깐 멈춰 섰다. 불시의 공격이 쏟아지면 분명 귀는 당황할 것이다. 문이 부서지거나 물건이 떨어질 수도 있었다. 하여간 한바탕 소동이 일어날 게다. 소흔과 천 소저가 빠져나가기엔 좋은 상황이었다.

그런데 뭔가 이상했다.

미요의 방문이 열리는 소리가 들리지 않았다. 그리고 보니 흥얼거리는 듯한 노랫소리도 어느 순간부터 이어지지 않았다. 천 소저가 불안한 눈으로 소흔을 쳐다보았다.

거대한 저택 전체가 숨 막히는 침묵에 잠긴 순간이다.

"이상하지……."

귀의 목소리가 들렸다.

"여기가 맞는데……."

왠지 말끝을 흐리는 목소리에 묘한 웃음기가 느껴졌다. 모골이 송연하다는 말은 이럴 때 쓰는 것이었나 보다. 소흔이 입술을 깨물고 문고리를 잡았다. 왜 미요 언니는 안 나오는 거지? 급습은 물 건너갔다 쳐도 이쯤 되면 나와야 하는 거 아닌가?

"어딜 그리 가니, 누이들아……."

더는 기다릴 수가 없다. 소흔이 문을 열었다. 천 소저의 손을 꼭 잡고 달렸다. 정원을 거쳐 다른 건물로 가는 비밀 통로는 왼쪽에서 세 번째 방에 있다. 거기까지 소리 없이 이동해야 한다. 최대한 빠르고 조용하게. 들키지 않게.

드르륵! 드르륵! 드르륵!

갑자기 무시무시한 기세로 방문들이 열리기 시작했다. 귀가 쫓아오고 있었다. 두 사람은 이를 악물고 달렸다. 숨이 턱 끝까지 차올랐지만 큰 소리로 헐떡일 수도 없었다.

간신히 비밀 통로로 들어선 둘은 뒤돌아보지 않고 달렸다. 눈 쌓인 정원을 지날 때엔 발자국을 남기지 않기 위해 유일하게 눈을 치워둔 돌 위로 걸었다. 어둠 속에서 미끄러운 돌 위를 걷는 건 만 만치 않았다.

몇 번이나 넘어질 뻔한 위기를 모면한 두 사람은 한 식경이 안 되어 연청의 방에 다다랐다. 도중에 숨어 다니느라 낮보다 오랜 시간이 걸렸다.

"연랑."

문을 두드리지도 않고 방에 들어섰다. 연청이 둘을 맞았다.

"계획이 틀어진 것 같아요. 미요 언니가 나오지 않았어요."

거의 들리지도 않을 목소리로 속삭이자 연청이 의문스런 기색 을 비쳤다.

"설마 풍미요가 졸지는 않을 테고."

"그러니까 말이에요. 노랫소리가 들리고 귀가 방문 바로 앞에 서 왠지 알아챈 듯한 말을 하는데도 안 나오더라니까."

"노랫소리? 무슨 노랫소리?"

연청이 물었다.

"잠깐, 그런 게 들렸던가."

소흔의 표정이 이상해졌다.

"희미한 노랫소리와 함께 귀가 나타난다고 그랬잖아요."

"그건 알고 있다. 알고 있는데……."

연청은 오래전부터 신경을 곤두세우고 있었지만 그 어떤 소리도 듣지 못했다고 말했다. 그럴 리가. 소흔이 황당하다는 표정을 지었다. 귀는 아주 멀리서부터 돌고 돌아 천 소저의 방까지 왔다. 저택의 끝에 있는 녹산이라면 모를까, 중간에 자리한 연청이 못 들을 순 없는 것이다.

"잠시 딴생각 한 거 아니에요?"

"말도 안 되는 소리."

연청이 대답할 가치도 없다는 듯 대꾸했다. 어쨌건 든든한 사내도 끼었겠다, 사람이 늘어났다. 한결 진정된 모습으로 둘의 대화를 듣고 있던 천 소저가 갑자기 몸을 떨었다.

"또…… 또 들려요."

약속이나 한 듯이 모두 입을 다물었다. 과연 멀리서 그 선득한 노래가 들려왔다.

빨간 병, 파란 병, 하얀 병……

"지금 저거, 저 노래 말이에요."

연청의 얼굴이 굳었다.

"안 들리는데."

여자들의 표정이 아연해졌다. 거듭 물어봐도 연청은 들리지 않는다고 답했다. 심지어 문이 여닫히는 소리조차 들리지 않는다고 했다. 그러면서 문이 열리는 장면을 눈으로 보았느냐고 반문했다.

연청의 질문에 답할 수가 없었다. 그걸 직접 보았다면 이미 한 발 늦은 뒤일 테니까. 돌이켜 보니 숨통 조이던 그 경험도 '소리'

뿐이었다. 소흔과 천 소저는 서로를 마주 본 채 싸늘한 기분에 젖어들었다.

우리에게만 들린다.

저 소리는 우리에게만 들리는 것이다.

노랫소리가 차츰 가까워졌다. 소흔은 연청에게 천 소저를 맡기고 나가려 했다. 그가 강하게 만류했다. 소흔이 제 생각을 들려줬다.

"이유는 잘 모르겠지만 귀의 소리는 우리에게만 들려요. 남매에게만 내려지는 저주를 생각해 보면 아마 남매에게만 들리는 것 같아요. 그럼 미요 언니가 안 나온 것도 설명이 돼요. 아무 소리도 못 들었으니까 그런 거예요."

소흔은 두 갈래로 갈라지자고 말했다. 연청은 천 소저가 듣는 소리에 유의하며 숨어 다니고 자신은 미요와 함께 다니며 귀를 교란시키겠다고 하였다. 영 탐탁지 않아 하는 연청을 두고서 소흔이 문을 나섰다. 다시 미요의 방으로 돌아가야 한다. 지켜야 할 대상이 없어서인지 소흔의 발걸음이 한결 대담해졌다.

노랫소리는 적당한 거리를 유지하고 있었다. 소흔은 또 다른 비밀 통로를 거쳐 미요의 방이 있는 건물 쪽으로 들어섰다. 지금까지는 꽤 순조로웠다. 중간에 의외의 변수가 나타났지만 이만하면 큰 문제가 없는 편이다. 그녀는 수풀 뒤로 이동해 건물로 들어가려 했다. 그러다가 돌연 제자리에 멈춰 섰다.

왜 저 사람이 이곳에?

'있지 말아야 할 사람'이 '있어서는 안 되는 곳'에 있었다. 그것도 시퍼런 도(刀)를 들고서. 온후하고 기품이 배어나는 얼굴은 이제껏 한 번도 보지 못한 무시무시한 표정을 띠고 있었다. 두 눈은 충혈되고 입은 굳게 다물린 상태. 소흔은 저도 모르게 귀를 대한 것처럼 숨을 죽였다.

그때였다.

꼭꼭 숨지 않으면……

너무나 가까운 곳에서 노랫소리가 들렸다. 벌써 예까지 온 거야? 경악한 소흔은 미요의 방을 언저리에 두고 다른 건물로 뛰어들었다. 앞에는 사람이, 뒤에는 귀가 그녀를 긴장케 했다. 정신없이 움직이다 보니 다다른 곳이 하필 비밀 문이 없는 창고다. 소흔은 해진 이불을 넣어둔 상자 안에 몸을 숨겼다.

여차하면 혼자 귀와 싸워야 할지도 모른다. 눈으로 직접 봤냐는 연청의 물음도 그녀를 신경 쓰이게 했다. 눈에 보이지도 않으면 어쩌지? 오로지 소리에만 의존해야 하는 거라면 미요 언니도 제대로 힘을 발휘하지 못할 텐데.

한입에 먹혀……

귀의 소리가 다가왔다. 소흔은 언제라도 염화궁을 소환할 수 있게 신력을 모았다. 온 정신을 집중해야 할 판에 아까 목격한 '사람'이 자꾸 떠올랐다. 대체 그 사람은 왜 도를 들고 온 것일까. 잠깐 보기로는 누군가를 찾는 듯했는데.

달아나지 않으면…….

소리가 창고 앞에서 멈췄다.

달아나지 않으면…….

그러고는 너무나 오랫동안 아무 소리도 들리지 않았다. 소흔은 귀가 지나간 것인지 아직 앞에 버티고 선 것인지 긴가민가하다가 살짝 상자 덮개를 들어 올렸다.

문 아래 틈새로 아주 기분 나쁘게 생긴 검은 물이 스며들어 오고 있었다. 검은 물은 조금씩 안으로 들어와 바닥을 적시고 이내 탁자 다리나 기둥을 타고 올라왔다. 소흔이 불안한 눈으로 그 광경을 지켜보았다. 해월에게 조종당해 본 경험이 있는지라 예전처럼 함부로 움직일 수가 없었다. 더욱이 혼자 있는데.

갑자기 얼굴 옆으로 음산한 기운이 느껴졌다.

"찾았다."

긴 머리카락을 드리운 여자의 머리가 허공에서 소흔을 내려다보고 있었다.

녹산은 여느 때처럼 미요의 방에 들어갔다가 그대로 얼어붙었다. 항상 비슷한 시각에 일어나는 그녀는 눈 뜨자마자 낯선 이의 얼굴을 대하는 게 싫다며 녹산이 매일 아침 그녀를 깨우게끔 하였다. 이에 오늘도 어김없이 더운 물이 담긴 대야를 들고 방을 찾은 것이다.

그런데 평소라면 이미 반쯤 깨어 있어야 할 그녀가 여전히 침상에 누워 자고 있었다. 연보라색 침의를 입고 깃털 이불에 파묻힌 미요는 천진무구해 보였다. 눈짓으로 사람을 꼼짝 못하게 하는 위세는 찾아볼 수 없었다.

"미요……."

그녀를 깨우기 위해 나직하게 이름을 부르던 녹산은 갑자기 마음이 바뀌었는지 입을 다물었다. 티 한 점 없는 백자 같은 피부는 언제나 만져 보고 싶었던 것이다. 힘주어 잡으면 부러질 듯 가는 팔목은 어떻고.

그의 눈에 미요는 자칫하면 깨지기 쉬운 유리 꽃과도 같았다. 남들은 섬세한 꽃이 그에 걸맞은 태도를 지니길 바라겠지만 녹산에게 있어 미요는 이미 완벽 그 자체였다.

토후의 병사로 지내던 시절, 가끔 접한 제후나 고관대작의 여식들은 그야말로 범접할 수 없이 아득한 벼랑 위의 꽃 같았는데 미요에겐 그들 모두를 능가하는 분위기가 있었다. 지녹산을 휘두르는 무언가. 그는 미요를 만지고픈 사내로서의 충동과 함부로 건드려서는 안 된다는 복종자의 이성 사이에서 갈등했다.

딱 한 번.

눈 뜨기 전에 딱 한 번이라면 괜찮을지도.

간발의 차로 충동이 이성을 이겼다. 그는 숨을 죽인 채 손을 뻗었다. 험한 일로 거칠어진 손등에 비단결처럼 부드러운 살갗이 닿았다. 금기를 깨는 것은 두려우면서도 달콤했다. 녹산의 떨리는 손가락이 미요의 뺨을 쓸었다.

그와 동시에 미요가 눈을 떴다. 녹산은 이 방에 들어온 이후 두 번째로 얼어붙었다. 미요의 눈이 정면으로 그를 쳐다보고 있었다. 미처 손을 거두지도, 변명을 할 수도 없었다. 녹산이 할 말을 찾지 못하고 그저 멈춰 있는데 미요가 스르르 눈을 감았다. 새근새근 고른 숨소리가 들렸다.

다시 잠들었나? 내가 뭘 하는지 알아채지 못한 건가? 녹산은 일단 대야를 탁자에 내려놓고 침상 앞에 가만히 서 있었다.

"……추워."

미요가 조그맣게 중얼거렸다.

"……정말이지, 심각하게 춥네요, 여기."

"예……."

녹산이 분주하게 움직였다. 화로의 불을 지피고 뜨거운 차를 우려냈다. 끌어안고 자는 물주머니의 물도 더운 것으로 바꾸었다. 방 안을 따뜻하게 만들기 위해 급히 움직이는 그를 빤히 바라보던 미요가 말했다.

"노력에 비해 결과가 형편없군요."

빨리 따뜻해지지 않음을 질책하는 목소리는 바깥 공기보다도 사늘했다. 녹산의 가슴이 욱신거리면서 기묘한 두근거림이 동반

되었다.

"풍족은 공기에 민감해요. 그렇게 화로를 들쑤시다간 폐병에 걸릴 테죠."

질책의 강도가 더해질수록 녹산의 얼굴이 붉어지며 실수가 늘었다. 마침내 미요가 깊은 한숨을 내쉴 무렵 그는 다시없을 구제 불능이 된 기분을 맛보았다.

"올라와요."

"예?"

"직접 하는 게 낫겠어. 위로 올라오라고요."

"위…… 위로…….."

미요가 그를 응시했다. 녹산을 옴짝달싹 못하게 만드는 눈빛이 돌아왔다.

"침상으로 올라오라고."

"아아."

그가 신을 벗고 올라가려 했다. 미요의 지적이 잇따랐다.

"겉옷 벗고."

"아."

"바깥 먼지가 묻은 옷으로 이부자리를 더럽힐 건 아니죠?"

"아닙니다."

녹산이 매듭을 끄르는 동안 미요는 무덤덤한 눈으로 그를 쳐다보았다. 안에 입는 흰옷 차림으로 침상에 오른 그는 미요의 지시대로 팔을 둘렀다. 최대한 닿지 않으려고 엉거주춤한 자세를 취해 또다시 한 소리 들었다. 탄탄한 근육이 잡힌 팔이 미요의 몸을 덮었다. 가만히 온기를 느끼던 미요가 픽 웃었다.

"뜨겁기가 대단하네요."

그녀의 손바닥이 단단한 팔을 쓸었다.

"신기하네. 항상 몸이 이처럼 뜨거운가요?"

차갑고 매끄러운 손가락이 녹산의 감각을 두드렸다. 미요는 몸이 서늘한 편이다. 거기다 바람에 흔들릴 듯 가볍기까지 하다. 자신과는 모든 것이 정반대. 녹산은 저번에 미요의 차가운 발을 주물렀을 때도 그랬지만, 이런 생경하고도 이질적인 감각이 아찔하리만치 자극적이라 생각했다. 혀가 굳어 제대로 대답을 할 수조차 없었다.

"신기해."

다시 한 번 사르르 쓸고 지나간다. 소름이 돋으면서 아랫배가 뭉근해졌다. 반쯤 꿈속을 헤매고 있는데 미요가 그를 일깨웠다.

"그런데 이게 뭐죠? 뭔가 불편한……."

그녀가 몸을 들썩였다, 정확하게 엉덩이를. 녹산의 정신이 확 돌아오면서 황급하게 허리를 뒤로 뺐다. 이런 낭패가!

"뭔가 이물감이……."

미요가 인상을 찡그린 채 자꾸만 움직였다. 녹산은 뒤로, 더 뒤로 몸을 뺐지만 이미 몇 번이나 제대로 닿았다. 그의 자세가 이상해지자 미요가 눈을 마주쳤다. 녹산은 귀 끝까지 빨개지고 말았다.

"이, 이건, 저기……."

"머리는 참 둔한데."

"미안합니다."

"의외로 몸은 정직한 건가……."

그녀는 뜻 모를 말을 되뇌다가 진지한 표정을 지었다.

"그건 그렇고, 요 며칠 소흔이가 수상한 건 알고 있죠?"

번번이 미요에게 질책을 듣는 녹산이지만 이것만큼은 자신 있게 답할 수 있었다. 사흘 전 밤을 기점으로 소흔의 언행이 퍽 이상해졌다. 의사표현이 명확하고 밤낮 일관된 모습을 보이는 걸 보면 귀에 씐 것은 아니다. 그럼 무엇 때문에 그리 은근하고도 집요하게 성주의 입을 열려고 하는 걸까. 녹산이 곰곰이 당일 밤의 기억을 되짚었다.

천 소저와 함께 숨어 다니던 연청은 꽤 오랜 시간이 지났는데도 소흔이 돌아오지 않자 위험을 무릅쓰고 미요의 방을 찾았다. 미요는 소흔이 오지 않았다고 답했다. 천 소저는 두려워하면서 더 이상 귀의 노래가 들리지 않는다고 말했다. 세 사람은 잠시 침묵에 잠겼다가 소흔을 찾기 시작했다.

어디에도 보이지 않던 그녀는 동이 틀 무렵 창고 상자 안에서 발견되었다. 황당하게도 이불에 파묻혀 곤히 잠들어 있었다. 귀와 대면한 직후 정신을 잃었다고 했다. 귀가 아무 짓도 하지 않은 게 이상했지만 별일 없음을 다행으로 여기고 넘어갔다.

문제는 그날부터 소흔이 틈만 나면 성주와 단둘이 자리를 만들려는 것이었다. 다들 화기애애하게 다과를 즐기는 자리에서 성주를 괜히 자극하기도 했다. 사신들이 이유를 물으면 생긋생긋 웃는 특유의 애교로 얼버무렸다.

"분명 뭔가 있어요."

미요가 생각에 잠겼다. 사신들이 모르는 무언가가 그날 밤 소흔에게 일어났다.

❖ ❖ ❖

"둘만의 자리를 만들기가 참 힘드네요, 성주님."

소흔이 따끈하게 데운 감주 병을 살짝 들어 보였다. 그녀의 등 뒤로 서재 문이 닫혔다. 문고리를 걸어 잠그는 것을 본 성주의 얼굴이 굳어졌다. 그가 붓을 내려놓고 두루마리를 덮었다.

"염 소저."

"부엌에 부탁하니까 금세 준비해 주던걸요. 자, 한잔하세요."

탁자에 놓인 찻잔을 집어 술잔으로 삼았다. 제 앞에 한 잔, 맞은편에 한 잔 놓은 뒤 성주를 쳐다보았다. 이쪽으로 오라는 무언의 요구. 성주가 나직한 한숨을 쉬더니 소흔의 앞에 와 앉았다.

마흔 중반의 성주는 나이에 어울리는 분위기를 지닌 사내였다. 귀밑으로 듬성듬성 흰머리가 보였지만 그마저 온후하고 그윽한 외모와 조화를 이뤘다. 아마 이십여 년 전에는 훌륭한 미남이었을 것이다. 지금도 성숙한 매력을 자아내는 것이 이만하면 한 성을 책임지는 자로서 도무지 부족한 게 없다고 할 수 있었다.

"성주님도 눈치채셨죠?"

소흔이 잔을 들어 올려 예를 표한 뒤 감주를 한 모금 머금었다.

달콤한 향기가 감도는 순한 술은 목으로 부드럽게 넘어갔다.

"제가 비밀을 알고 있다는 거."

"염 소저의 뜻이 무엇인지 도통 짐작할 수가 없소만."

성주가 굳은 얼굴로 말했다. 술에는 손도 대지 않았다.

"사흘 전 천 소저를 일행에게 맡기고 방으로 돌아오다가 제가 뭘 봤는지 아세요? 바로 성주님이셨어요. 아주 무섭게 굳은 얼굴로 시퍼렇게 빛나는 도를 들고 계셨죠. 목적 없이 돌아다니시는 것 같진 않더군요. 무엇보다 저희가 방 밖으로 나오지 말라고 모두에게 당부했는데."

"……아이들을 지키는 일이오. 돕고 싶었소."

"들리시는 거죠?"

두 사람의 눈이 마주쳤다. 소흔이 희미한 미소를 지으며 성주의 대답을 재촉했다.

"성주님도 노랫소리가 들리시는 거예요. 그 소릴 따라오신 거겠죠."

그는 미동도 하지 않고 소흔을 바라보았다. 온몸이 경직되어 있다. 소흔은 감주를 한 모금 더 마신 후에 말을 이어갔다.

"저희 일행은 여기 무주성까지 오면서 많은 일을 겪었어요. 사람들의 부탁을 받아 귀를 물리치기도 하고 반대로 가여운 소녀귀들을 풀어주기도 했죠. 그런데 그 사건들의 공통점이 뭔 줄 아세요? 귀가 악행을 저지르는 데에는 이유가 있다는 거예요. 멀쩡한 사내들의 정기를 빨아 말려 죽이는 귀녀는 사실 회임한 몸으로 정인에게 버려진 과거가 있었어요. 원한과 애증이 깊어 그리된 거죠. 성주님, 이렇게까지 말씀드렸는데도 함구하실 건가요? 성주님께선 귀의 저주에 대해서만 알려주셨지 어째서 이런 저주를 받게 되었는지는 말하지 않으셨어요."

소흔의 눈이 차분하게 빛났다.

"어째서 성주님은 노랫소리가 들리는데도 무사하신 걸까요."

그녀가 성주의 몸을 아래위로 슥 훑었다. 무례하게 굴어 죄송하지만, 이라고 덧붙였다.

"팔다리도 멀쩡하신데 말이에요."

성주가 무릎 위에 올려둔 주먹을 꽉 쥐더니 한숨과 함께 시선을 돌렸다. 그의 눈가가 젖어든 것 같았다. 소흔은 말없이 한곳을 바라보는 성주를 지켜보다가 그의 시선이 닿은 곳으로 눈을 돌렸다. 작지도 크지도 않은 상자가 화병 옆에 자리하고 있다. 성주는 그녀의 시선을 느끼고 다시 눈을 돌렸다. 오랜 침묵 끝에 그가 탄식하듯 입을 열었다.

"원한과 애증이 깊다……."

소흔은 그의 입에서 무슨 말이 나올지 귀를 곤두세웠다. '내기'에서 이기려면 하나도 빠짐없이 제대로 들어둬야 했다. 성주가 대뜸 무주성 지역의 설화에 대해 아느냐고 물었다. 그녀가 고개를 저었다.

"염 소저는 귀가 악행을 저지르는 데는 이유가 있다고 말했지만 사실 그렇지 않은 경우도 있소. 말 그대로 '그냥' 저지르는 것이오. 아, 반박하고자 하는 심정은 알겠소. 나도 아주 오랜 세월 동안 곰곰이 생각해 본 거라오. 왜 그런 일이 일어났는지 천 번도 넘게 되짚어본 끝에 얻은 답은 이거요. '그들'은 인간이 분에 넘치는 욕심, 그리 크지 않아도 아주 작은 욕심을 품은 순간을 노려 틈새를 파고드오."

성주는 낮게 잠긴 목소리로 말을 이었다.

"옛날에 아들만 내리 셋을 둔 부잣집이 있었소. 남부러울 것 없는 집이었지만 부부는 어여쁜 딸을 가지고 싶어 했지. 그들은 매일 새벽마다 정성 들여 빌곤 했다오. 여우 같이 예쁜 딸 하나 점지해 주세요, 여우 같은 딸 하나만 내려주세요 하고. 결국 기도가 하늘에 닿았는지 부부는 곧 고운 딸을 얻게 되었소. 그런데 이 딸이 시집갈 나이가 되었을 쯤 자꾸만 외양간의 가축이 죽어 나가기 시작했소. 죽은 소는 상처 하나 없이 간만 사라진 상태였지. 부부는 듬직한 큰아들에게 외양간 감시를 맡겼다오. 그리고 큰아들은 그날 밤 아주 소름 끼치는 광경을 목격하게 되었소."

누이가 외양간으로 들어가더니 팔을 걷고 그 뽀얗고 매끄러운 팔뚝에 참기름을 묻혀 소의 뒷구멍으로 쑥 손을 집어넣었다고 한다. 그대로 간을 뽑아내자 소는 비명 한 번 지르지 못하고 털썩 쓰러져 죽었다. 누이는 입가에 시뻘건 피를 묻혀가며 간을 먹었다.

경악한 큰아들은 날이 밝자 부부에게 저가 본 것을 상세히 고했다. 부부는 하나뿐인 누이를 그리 시샘해 못된 말을 꾸며내느냐며 큰아들을 쫓아냈다. 둘째 아들도, 막내아들도 똑같은 과정을 거쳤다.

삼 형제는 수년간 타지를 전전하다가 다시 고향집에 가보기로 마음먹었다. 막내아들이 대표로 길을 떠났는데 가는 길에 만난 한 스님이 그의 이야기를 듣더니 빨간 병, 파란 병, 하얀 병을 주며 위기가 닥칠 때 하나씩 던지라고 충고해 주었다.

"돌아간 그곳은 이미 예전의 고향이 아니었소. 집은 폐가가 되었고 부모며 그 많은 하인이며 가축, 어느 것 하나 남아 있는 게 없었지. 그때 집 안에서 누이가 나와 막내아들을 반가이 맞았소. 이상한 낌새를 알아챈 막내아들이 말을 타고 도망가자 누이는 기괴하게 웃으며 쫓아갔다오."

말 한 끼, 오라비 한 끼.

말 한 끼, 오라비 한 끼.

"막내아들은 스님의 말씀이 생각나 하얀 병을 뒤로 던졌소. 그러자 가시덤불이 자라나 누이를 막았지. 하지만 누이는 온몸이 가시에 찔리면서도 이내 따라붙었소. 그다음은 빨간 병을 던졌다오. 활활 타오르는 불길이 누이를 뒤덮었지만 누이는 끝까지 막내아들을 쫓아왔소. 마지막으로 파란 병을 던졌을 때야 누이는 바다에 빠져 죽었다오."

성주가 설화 이야기를 마친 뒤 식은 감주를 들이켰다. 그가 알 수 없는 눈으로 다시금 화병 옆의 상자를 쳐다보았다.

"이것이 무주성을 중심으로 퍼져 있는 설화요. 염 소저, 한데 이 이야기가 사실이라면 소저는 믿을 수 있겠소?"

소흔이 대답을 망설였다. 그녀는 아직 섣불리 의견을 내놓을 입장이 아니었다. 성주는 아무래도 좋다는 듯이 깊은 한숨을 토해냈다.

"네겐 절대 잡히지 않겠다. 하지만 네가 날 찾아 돌아다니는 동안 나는 네놈 일족의 아이들을 찾아 죽이리라."

성주가 소흔을 똑바로, 아주 무거운 눈빛으로 응시했다. 그는 이 말을 끝으로 입을 다물었다.

"한때 내 누이였던 귀가 그리 말했다오."

❖ ❖ ❖

소흔은 며칠 전 약속대로 귀와 만나기 위해 창고를 찾았다. 낮에 들은 성주의 말을 전해주자 귀가 의중을 알기 힘든 미소를 지었다. 흰옷 군데군데 얼룩진 핏자국은 왠지 봄을 맞기도 전에 툭 떨어진 동백꽃을 떠올리게 했다. 소흔은 잔뜩 긴장한 중에도 귀의 웃는 얼굴을 감탄 어린 눈으로 쳐다보았다.

온전한 모습을 드러낸 귀는 정신이 아득해질 정도로 아름다웠다. 어두운 밤하늘과도 같은 머리카락에 맑은 피부, 깊고 또렷한 눈매는 끝이 살짝 올라가 요염했으며, 코는 맵시 좋게 오똑한데다 도톰하고 앙증맞은 입술은 붉었다.

여경도, 해월도, 소녀귀들도 모두 아리따웠지만 생전에 홍(虹)이란 이름으로 불린 귀만큼은 아니었다. 소흔은 이제껏 본 미인 중에선 미요가 단연 돋보인다고 생각해 왔으나 홍은 미요에 견줄 만큼, 어쩌면 미요보다도 더 대단했다.

저 미색은 평범한 사람이 가져선 안 되는 거라고 소흔은 속으로 되뇌었다. 보통 사람은 감당할 수가 없는 아름다움이다. 가만히 있는 옆 사람의 마음까지 뒤흔드는 위험한 미모다. 한데 그게 본인의 의지와 상관없는 거라면 인생이 힘들어진다.

여기까지 생각하던 소흔은 잠깐, 하고 생각을 멈췄다. 홍은 애초에 '평범한 사람'이 아니었지 않나? 갑자기 실타래가 엉켰다. 꾹꾹 눌러왔던 머릿속의 의문이 일시에 터져 나왔다.

"삼랑(三郎)이 그리 말했단 말이지."

홍이 참을 수 없다는 듯 입을 가리고 웃었다. 도저히 갈피를 못 잡고 아연해 있는 소흔을 쳐다본 그녀는 곧 웃음소리를 줄였다. 소흔의 생각을 알아챈 것 같았다.

"그걸 믿니?"

소흔이 침을 삼켰다. 입안은 물론 입술까지 말랐다.

"전 아직 소저의 말을 듣지 못했죠. 그러니 판단은 유보하겠어요."

"아아, 공정을 취하시겠다?"

홍은 머리카락을 쓸어내리며 창고를 천천히 거닐었다. 허공으로 흩어지는 미소가 서글프면서도 눈부셨다. 그녀는 길게 한숨을 내쉬더니 말했다.

"그럼 다른 이야기도 들어보겠어?"

그녀의 눈이 먼 기억을 되짚는 듯 흐려졌다.

"같은 듯 다른 내용이 될 거야. 그래, 시작은 가난한 집에서 다섯째로 태어난 계집아이가 좋겠군. 예나 지금이나 못사는 사람들이 아이는 왜 그리 많이 낳는지. 이곳 무주성 근처 마을에 살던 한 부부도 그랬지. 입에 풀칠하기도 어려운 형편에 다섯째 아이가 나왔어. 농사에 보탬이 되지도 않을 계집아이였지. 그러나 부부는 꽤 노력했어. 사실 아이 하나하나를 아끼고 사랑했지."

그러던 어느 날 무주성을 중심으로 기근(饑饉)이 퍼져 나갔다. 농작물은 시들고 땅이 메말라 붙었다. 부부가 부쳐 먹던 밭 한 뙈기도 예외는 아니었다. 자식을 파는 이들이 하나둘 늘어갔다. 슬프고 모질긴 하지만 그것이 양쪽 다 목숨을 보전할 수 있는 유일한 방법이었다.

부부의 집에도 중개인이 찾아왔다. 이미 큰아들의 일자리를 주선한 사람이라 부부는 그를 반겼다. 어렴풋이 둘째와 셋째의 일자리를 들고 왔나 보다 짐작하였는데 중개인은 맹물 한 모금을 들이켠 뒤 다섯째를 콕 지목했다.

이제 열두 살인데도 저렇게 어여쁜데 오 년 뒤엔 어쩌려오? 저리 고운 애에겐 하녀 자리를 찾아줄 수가 없소. 아무리 저가 조심해도 주인 나리부터가 눈이 돌아갈 텐데 못해도 열다섯을 넘기기 전에 홍등가 여자나 다를 바 없게 될 거요. 내 겁주는 것이 아니라 세상사가 그렇다오. 이 중개 일을 한 지 어언 서른 해가 다 되어가니 내 말은 믿어도 좋아요.

"감당 못 할 미모를 지녔으니 최대한 감당할 수 있게끔 자리를 만들어주자고, 중개인은 그리 말했지. 그가 들고 온 자리는 이웃 마을 부잣집의 양녀였어. 그 마을에서 제일가는 부호이니 먹고살 걱정이 없음은 물론이요, 양부모의 눈치를 봐서라도 사내들이 함부로 하지 못할 거라고. 말이야 맞는 말이었어. 결국 계집아이는 열두 살의 나이에 부잣집 양녀로 들어가게 되었지. 양부모는 평소 애타게 딸을 바라던 이들이라 늦은 나이에 보게 된 양녀를 끔찍이 생각했어. 그런데 노련한 중개인조차 예기치 못한 일이 일어났지."

홍이 비릿한 미소를 머금었다.

"그 집 삼 형제가 누이에게 눈독을 들였던 거야."

아름다운 얼굴이 점점 차갑게 굳어갔다. 소흔은 왠지 귀를 막고 싶어졌다. 온천장 일을 하면서 수많은 손님들의 이야기를 들었으나 그때는 어느 정도 선이란 게 있었다. 손님들이 실제로 어떤 사람인지는 몰라도 최소한 소흔이 듣기에 불쾌한 이야긴 없었던 것이다.

그러나 외곽지대에서 접하게 된 사연들은 하나같이 소흔의 가슴을 먹먹하게 만들었고 분노와 허탈을 동시에 느끼게도 했다. 그리고 지금 홍이 들려줄 이야기는 그중에서도 가장 힘든 이야기일 것 같았다.

"하지만 계집아이는 아무것도 몰랐지. 양부모는 저를 금이야 옥이야 키웠고 갑자기 생긴 세 오라비도 참으로 다정했거든. 특히나 집안의 자랑거리인 셋째 오라비가 각별히 대해주었지. 그렇게 육 년이 지났어. 기근도 지난 지 오래고 다들 살림이 활짝 필 무렵, 계집아이에게 좋은 혼처가 물밀 듯이 쏟아져 들어오기 시작했어. 그래도 양부모 눈에는 다 차지 않았지. 그러다가 누가 봐도 훌륭한 상대가 혼담을 청한 거야. 이번에는 양부모 마음도 움직였어. 혼사는 빠르게 진행되었고."

삼 형제는 당황했다. 양녀를 좀 더 오래도록 곁에 둘 줄 알았던 부모가 너무나 갑작스레 혼례 준비에 착수한 것이다. 다급해진 그들은 말을 꾸며냈다. 외양간 소를 바꿔치기한 이는 둘째였다. 애당초 말을 꾸며낸 쪽부터 과연 속을까 긴가민가하던 이야기였으니 양부모가 화를 낸 것은 당연한 수순이었다.

그런데 일이 아주 희한하게도 그 얼토당토않은 소리를 혼사 상대 집안에서 믿어버렸다. 예사롭지 않은 미모도 '그런 이유'라면 설명이 된다며. 누이의 앞길을 막은 죄로 형제들은 집에서 쫓겨나고 말았다.

"이 년이 지났어. 곳곳에 마적 떼가 날뛰었지. 그들은 거침없이 약탈을 자행했고, 우리 마을도 화를 피해가진 못했어."

어느새 홍은 '우리'라는 표현을 쓰고 있었다.

"장정들은 거의 죽었어. 남은 사람들은 뒷산 절 근처에 숨을 곳을 마련했지. 양식과 기물을 옮겨다 두고 여차하면 다들 뒷산으로 도망치기로 했어. 문제는 내 상태. 일흔 먹은 노인도 지팡이를 짚고 움직이는데 갓 스물이 된 나는 조금만 빨리 걸으면 대번에 머리가 핑 돌아 바닥에 쓰러졌지. 의원이 '어릴 적 너무 고생한 병'이라 명명한 증세는 세월이 흐를수록 심해져만 갔어. 날 신경 쓰다간 다른 사람들마저 위험할 판이라 마적이 나타나면 난 지하 창고 안에 숨겠다고 했어. 그 편이 차라리 나았지. 짐 사이에 파묻혀 숨죽이고 있다가 무사히 고비를 넘긴 적도 두 번이나 됐어."

그날도 마적이 온다는 소리에 마을 사람들은 모두 뒷산으로 대피했다. 홍은 여느 때처럼 지하 창고에 숨었다. 한데 익숙한 목소리가 들렸다. 집에 들어선 이는 마적이 아니라 삼 형제였던 것이다.

극심했던 두려움이 안도감으로 바뀌는 데는 오랜 시간이 걸리지 않았다. 무엇보다 든든한 장정이 셋이나 돌아왔다는 기쁨에 홍은 석연치 않았던 지난 과거도 다 잊고 오라비들을 반가이 맞았다. 먼 길을 와 출출하다는 그들에게 부족하나마 밥상도 차려주었다.

"뭔가 이상한 낌새가 느껴졌어, 그제야. 밥상을 내려놓고서야. 묘하게 바뀐 분위기를 알아챘지. 기분 나쁜 웃음소릴 흘리며 먼저 달려든 이는 큰 오라비였어. 이어서 두 오라비도 가세했지. 난 울면서 달아났어. 눈앞이 어지러워 몇 번이나 넘어지면서도 장작으로 쓸 가시나무 더미 끈을 풀었어. 뾰족한 가시나무가 와르르 쏟아졌지만 세 오라비는 악귀처럼 쫓아왔지."

홍의 몸이 덜덜 떨렸다. 저 오라비들은 내가 알던 자들이 아니다. 아니, 원래 그들은 저런 자였을지도 모른다. 화로에 꽂아둔 부지깽이를 들고 휘둘렀으나 무술이 뛰어난 오라비들은 이를 가볍게 쳐냈다.

급기야 홍은 뒷산으로 달리기 시작했다. 중간에 물이 불어난 계곡도 죽을 각오로 건넜다. 뒤에서 아악, 하는 비명 소리가 들렸다. 오라비 중 한 명이 물에 휩쓸린 것 같았다. 조금만, 조금만 더 가면 절이 나온다. 홍은 쉴 새 없이 눈물을 흘리며 살고 싶다고, 제발 살려달라고 천지신명에게 빌었다.

그러나 길을 잘못 든 홍의 앞에 펼쳐진 것은 천 길 낭떠러지였다.

"물을 뚝뚝 흘리는 세 오라비가 다리를 절며 내 뒤로 다가왔어.

점점 거리를 좁혀들었어. 난 다시 한 번 호소했지만 그들은 이미 사람의 탈을 쓴 짐승이었지."

어쩌느냐, 홍아. 더는 도망칠 곳이 없구나. 그러니 순순히 우리 품으로 안기렴. 그래야 착한 누이지.

홍은 다리가 풀려 주저앉았다. 어릴 적 찢어진 장지문 너머로 들었던 중개인의 말이 떠올랐다. 저가 아무리 행동을 조신하게 해도 주변에서 가만 놔두지 않는다던 그의 말. 그런 건가. 그게 이런 뜻이었나. 그럼 내가 어찌해야 했나. 인두로 뺨을 지지기라도 해야 했을까. 일부러 얼굴을 상하게 했다면 이런 일이 일어나지는 않았을까.

홍의 태도를 체념으로 받아들인 오라비들이 흐흐 웃음을 흘리며 다가왔다. 홍은 슬프고도 억울한 눈으로 다가오는 그들을 쳐다보았다. 그러다가 누가 말릴 새도 없이 낭떠러지로 몸을 던졌다.

"내가 그리 죽자 삼 형제는 황망해졌다. 부모와 친척, 마을 사람들에게 어찌 둘러대야 할지 막막했던 거지. 결국 그들은 산에서 여우 한 마리를 잡아 말을 맞췄어. 모두가 그 말을 믿었고."

홍이 눈을 가늘게 떴다.

"오라비들은 다시 받아들여졌단다. 누구보다 빨리 나를 쫓아왔던 셋째 오라비는 이후 관직에 올라 집안을 일으키기까지 했지."

소흔과 홍의 시선이 닿았다.

"어떠니, 이 이야기가?"

여우귀신이 까닭도 없이 부잣집 딸로 태어나 간을 빼먹고 다니는 이야기보다는 훨씬 설득력이 있지 않느냐며 홍이 냉소를 지었다. 씁쓸하고 기분 나쁜 이야기긴 하지만 몇 배나 더 있을 법한 이야기가 아니냐고. 소흔이 무슨 말을 해야 좋을지 머리를 굴렸다. 홍은 그런 소흔을 보며 눈을 빛냈다.

"한데 이렇게 되면 내기는 무산이구나."

소흔이 짧게 숨을 들이켰다. 사흘 전 창고에서 처음 홍과 대면한 소흔은 여경과 해월의 예를 들며 필사적으로, 끈기 있게 그녀를 설득했다. 거의 애원조였다. 당신의 이야기를 들려달라고, 알고 싶다고. 이에 홍은 찰나마 흔들렸고, 소흔이 그 틈을 파고들었다.

소흔은 위기를 모면하기 위해 내기를 제안했다. 내기 대상으로 천씨 남매를 걸자 딱히 잃을 것 없는 홍은 흥미를 보이면서 성주의 비밀을 알아오라고 했다. 완벽한 군자처럼 보이는 그에겐 숨기고 싶어 하는 어두운 과거가 있다고 일부러 말끝을 흐렸다. 후환이 걱정될 법도 했지만 당시 소흔으로선 그게 최선의 임기응변이었다.

"그럼 예쁜 누이를 찾으러 가볼까?"

홍이 몸을 날렸다. 바람처럼 빠르게 사라졌다. 소흔이 놀라 재빨리 그 뒤를 쫓았다. 길고 긴 복도에 홍의 노랫소리가 울렸다. 소리가 나는 쪽으로 달린다. 복도 끝으로 옷자락이 보였다. 소흔은 온 힘을 다해 뛰었다.

여우가 온다⋯⋯ 여우가 온다⋯⋯.

거의 부수듯 문을 열었다. 어둠이 내려앉은 밤, 달은 먹구름 뒤에 반쯤 몸을 감추고 있고 하늘에선 새하얀 눈이 하늘하늘 떨어졌다. 이미 지붕과 바닥엔 발목이 빠질 정도로 눈이 쌓였다. 홍은 너무나도 빨랐다.

꼭꼭 숨지 않으면 한입에 먹혀……

휙휙. 홍이 저택 중앙의 커다란 건물로 꺾어들었다. 소흔의 모든 신경은 그곳에 미요와 함께 있을 천 소저에게 쏠렸다. 다른 이들은 오늘 홍이 찾아오리란 것을 모른다. 천 소저는 노랫소리를 들었을까? 혹시 며칠간 아무 일도 없음에 안심하고 잠든 것은 아닐까?

소흔은 달리는 와중에 염화궁을 소환했다. 휭! 휭! 휭! 잇달아 세 발을 날렸지만 홍은 이를 가볍게 피했다. 만만치 않은 상대다.

그때, 저 멀리 문이 열리더니 천 소저가 머리를 내밀었다. 주위를 두리번거리며 귀의 위치를 가늠했다. 다른 곳으로 숨으려는 모양이었으나 하필이면 때가 안 좋았다. 천 소저가 미요에게 노랫소리에 대해 말하려는 순간 홍이 먼저 그녀를 낚아챘다.

"꺄악!"

천 소저는 홍이 움직이는 대로 휘둘렸다. 소흔과 미요가 합공했지만 홍이 천 소저를 방패 삼아 휘두르고 있어 맹공을 퍼붓기가 쉽지 않았다. 저택 저 끝에 있는 연청과 녹산이 비명을 들었을까? 들었다면 여기까지 오는 데 얼마나 걸릴까? 한 명은 남아서 천 공자를 지켜야 하는데.

"꺅!"

홍이 돌연 손을 놓자 천 소저가 제법 높은 허공에서 그대로 떨어져 내렸다. 바닥은 눈이 덮여 있어 얼핏 폭신해 보이지만 실은 꽝꽝 언 흙바닥이다. 미요가 재빨리 공격을 거두고 왼쪽 손목에 감아놓은 명주천을 출수했다. 눈처럼 새하얀 천은 어둠을 가르고 날아가 천 소저의 몸을 차르륵 감았고, 미요는 신력으로 이를 잡아당겼다.

소흔이 적시에 달려가 바람에 실려 떨어지는 그녀를 받아냈다. 두 사람의 손이 묶인 틈을 놓치지 않고 홍이 달려들었다. 무시무시한 기세대로라면 천 소저가 귀에 씌는 것은 시간문제였다.

쨍!

"아악!"

홍이 비명을 지르며 나가떨어졌다. 소흔과 미요가 놀란 눈으로 성주를 쳐다보았다. 검은 장포에 같은 색의 모피 외투를 걸친 성주는 새파랗게 빛나는 도를 횡(橫)으로 세워 들고 홍을 주시했다.

가문의 저주를 가슴 아파하던 모습도, 섬뜩하게 굳은 표정으로 귀를 찾아 헤매던 모습도 찾아볼 수 없었다. 모든 감정을 억제한 무인의 담담함이 좌중을 압도했다. 무엇보다도 둘은 외곽지대에서 귀를 상대하는 사람을 처음 본 터라 충격이 컸다.

"네가 죽이길 원하는 사람은 내가 아니냐."

성주가 무거운 입을 열었다. 눈발이 거세져 그의 어깨에 내려앉았다.

"홍매(虹妹)."

"……삼랑(三郎)."

홍이 입가의 피를 닦았다. 붉은 피는 흔적도 없이 사라졌다.

"준비를 꽤 제대로 했네요. 부적 태운 물로 담금질한 도라니."

"형님들도 돌아가셨다. 이건 너와 나 둘만의 일. 아이들은 빼다오."

"뭔가 잘못 알고 있군요, 오라버니."

홍이 잔혹한 미소를 띠었다.

"전 당신의 죽음을 바라는 게 아니에요."

성주의 턱에 힘이 들어갔다.

"네놈의 고통을 원하는 거지."

"그건."

성주가 말을 잇기 어려운 듯 입을 다물었다가 떼길 거듭했다.

"그, 그 일은."

"그 일이 뭐요, 오라버니?"

홍의 눈빛에 원망과 울분이 어렸다.

"그 일이 어쨌다는 거죠? 무슨 일이 있었기에 말을 못하죠?"

그녀가 한 걸음 한 걸음 가까이 다가왔다.

"당신을 존경하는 양녀 앞이라 차마 입이 안 떨어지시나?"

"그런 것이 아니다."

"저 아이 앞에서 똑바로 말해보시지, 천일항! 네놈 형제들이 작당하여 누이를 겁간하려 했다고. 죽음과 오욕 사이에서 넋을 놓은 누이는 낭떠러지에 몸을 던져 죽었다고!"

"악귀의 짓이었다!"

성주가 소리쳤다.

"뭐라고?"

"그날 네가 자리를 비운 사이 악귀가 우리 형제에게 씌었다. 정신이 몽롱해지더니 몸이 제멋대로 움직였지. 의식이 완전히 돌아오고 난 뒤는 이미…… 네가……."

홍이 잠깐 얼어붙었다가 세상에서 가장 우스운 농담을 들은 것처럼 소리 높여 웃었다. 짜랑짜랑 맑은 소리가 눈밭 위로 흩어졌다. 미요는 상황을 살펴가며 조심스레 천 소저를 잡아끌었다. 소흔이 앞을 가로막아 시선을 차단했다.

"만취하여 사람을 찔러 죽인 자의 변명과 다를 게 뭔가요?"

홍의 눈매가 날카로워졌다.

"기억이 나지 않는다면 그만인가? 그럼 내 혼사를 망친 건 어째서야? 너희 형제들이 꾸며내는 말은 이제 지긋지긋해!"

홍이 양손을 뻗자 피로 물든 소맷자락이 한없이 길어졌다. 성주가 도를 세워 공격을 막아냈다.

쨍! 쨍! 쨍! 눈 쌓인 공터에서 치열한 혈전이 벌어졌다. 홍이 약점을 날카롭게 파고들면 성주는 묵직한 도를 휘둘러 이를 막았고, 성주가 힘을 실어 공격하면 홍이 소매로 감아 쳐냈다.

"내가, 우리가 욕심을 품었다. 오랜만에 너를 봐 기쁜 나머지 틈을 보이고 말았어. 그 틈을 악귀가 파고든 것이다."

"듣기 싫어! 내가 자결하지 않았더라면 너희 형제들의 노리개가 되어 몸을 더럽혔을 테지. 감히 악귀 탓으로 돌려?"

"네게 하지 못한 이야기가 있다."

"그 어떤 말로도 이젠 돌이킬 수 없어."

"네가 모르는 이야기다."

"누이를 욕보이려 한 사정 따위 알고 싶지 않아."

멀리서 연청과 녹산이 달려왔다. 문제는 천 공자까지 함께 왔다는 것이다. 천씨 남매의 거리가 위험하리만치 가까워졌다. 천 소저는 본능적으로 오라비에게 달려가 안겼다. 그러자 홍의 표정이 사늘하게 변했다.

"내게 도를 휘둘렀지."

그녀가 몸을 틀어 휙 날아갔다.

"양녀에게도 도를 들이댈 수 있는지 볼까."

"앗!"

말이 끝나기 무섭게 천 소저가 혼절했다가 약간의 시간 차를 두고 눈을 떴다. 단아하던 얼굴의 표정부터가 바뀌었다. 사뭇 교태스러운 미소를 띤 천 소저는 저를 끌어안고 있는 천 공자에게 속삭였다. 주문을 넣자 천 공자가 허리를 꺾더니 가슴을 틀어쥐었다. 그러면서도 아직 붙잡고 있는 이성을 발휘해 누이에게서 멀어졌다. 아아아악! 사지가 뒤틀리는 고통에 그가 괴로워하며 바닥을 굴렀다.

"내가 잘못했다! 내 잘못이다!"

성주가 천씨 남매의 사이로 끼어들며 외쳤다. 그가 눈밭에 무릎을 꿇었다.

"나를 처단해라, 홍매. 부디 아이들을 풀어다오."

"이러지 마시죠, 오라버니. 또 혼자만 불쌍한 척, 착한 척인가요?"

천 소저의 몸에 씐 홍이 실소를 터뜨렸다. 그러는 동안에도 천 공자의 발작은 계속되어 연청과 녹산 두 사람이 온전히 달려들어서야 겨우 잡아놓을 수 있었다.

"널 마음에 담았다. 그것만은 사실이다."

"당신의 누이였어요."

별안간 성주의 눈빛이 달라졌다.

"피가 섞이지 않은 것도 사실이지."

"……드디어 본색을 드러내는군요."

"본색이랄 것도 없다. 내 마음은 언제나 같았으니까."

둘의 공방이 이어졌다. 이야기가 계속될수록 홍의 분노는 거세졌고, 성주는 궁지에 몰렸으며, 천 공자는 고통에 몸부림치다 실핏줄이 터진 눈으로 날붙이를 찾아 헤맸다.

대체 어느 쪽의 말이 맞는지 갈피를 잡기 힘들었으나 분위기가 점점 악화되고 있는 것만은 분명했다. 생전 두려움과 원망이 컸던 홍에게 성주의 한마디 한마디는 죄다 울분을 부채질하는 격밖에 되지 않았다.

이대로 가다간 일이 마무리되기도 전에 천 공자가 죽고 말겠어. 소흔이 조급함에 입술을 깨물었다. 그러다가 불현듯 성주의 서재에서 본 상자가 떠올랐다. 소흔과 이야기를 나누는 내내 성주는 화병 옆에 놓인 상자를 몇 번이나 쳐다보았다. 아예 상자에 시선을 머무른 채 말을 하기도 했다.

소흔의 직감이 발동했다. 그 상자 안에 든 것이 실마리가 되어 줄 거라는 직감이다. 더 늦기 전에 다녀와야 해. 누군가 죽기 전에! 그녀가 공격 기회를 살피고 있는 미요에게 눈짓했다. 그리고 사력을 다해 현장을 빠져나갔다.

"천씨 일가는 유난히 남매 애가 각별해요. 그렇죠?"

팔을 자르려 할 뿐 결코 누이 쪽으로 오지 않으려 하는 천 공자를 보며 홍이 말했다. 뭔가 결심한 바가 있는 듯 그녀가 직접 천 공자에게 다가갔다. 홍매! 성주의 다급한 부름이 그녀를 잡자 천 소저의 몸을 빌렸는데도 불구하고 핏빛 소매가 뻗쳐 나갔다.

"양부님!"

괴로워하는 중에도 천 공자가 소리를 질렀다. 너무나 순식간에 일어난 일인데다 홍이 아직 천 소저 안에 있기에 가장 가까이 있던 미요조차 손을 쓰지 못했다.

홍의 소매가 성주의 어깨를 뚫고 박혔다. 성주는 공격을 피하지 않았다. 오히려 홍이 손을 뻗을 때 도를 내려 길을 터주기까지 했다. 단단한 어깨에서 붉은 피가 울컥울컥 새어 나왔다. 피는 옷자락을 타고 흘러내려 희디흰 눈 위에 붉은 흔적을 남겼다.

"뭐 하자는 거죠? 이제 와서 어설픈 속죄 연기인가요."

"홍매."

성주가 한 걸음 다가갔다. 그리고 두 걸음. 홍이 다른 손을 뻗었다. 이번에야말로 미요가 무영비수를 날렸으나 홍은 불시에 천 소저에게서 빠져나가는 것으로 대응했다. 미요는 얼른 무기를 회수하는 한편 바람을 일으켜 천 소저를 부드럽게 밀었다. 연청이 천 소저를 받아 안음과 동시에 천 공자의 발작이 멈췄다.

차라락!

"……양부님! 피하세요!"

"양부님!"

정신을 차린 천씨 남매가 외마디 비명을 질렀지만 이번에도 홍의 소매는 성주를 꿰뚫었다. 굳건한 허벅지가 뚫리며 피가 콸콸 솟구쳤다. 화사한 미인의 얼굴이 차디차게 굳었다.

"오라버니가 죽어도 저주는 풀리지 않을 거예요."

"……우리 인연이 어디서부터 엉켰는지 모르겠구나."

"듣고 있어, 천일항? 당신이 죽어도 저주는 계속될 거라고!"

"오해와 불상사가 깊어 그 어떤 말로도 풀 수가 없으니."

천씨 남매가 큰 소리로 양부를 외쳐 불렀다. 누가 말릴 새도 없이 성주가 도를 휘어잡고 제 몸에 찔러 넣었다.

"양부님!"

"양부님!"

"안 돼!"

소흔이 눈물범벅이 되어 뛰어왔다. 그녀의 팔엔 상자 하나가 들려 있었다. 천씨 남매가 제각기 연청과 녹산을 뿌리치고 눈밭으로 뛰어들었고, 홍은 이해할 수 없다는 눈으로 소매를 거둬들였다. 촤르륵! 어깨와 허벅지를 꿰고 있던 소매가 뽑혀 나가자 성주가 천천히 중심을 잃고 스러졌다. 붉은 피로 얼룩진 눈밭에 그의 뺨이 닿았다.

"안 돼요, 천 소저……."

한발 늦게 도착한 소흔이 한때 천 소저였던 홍을 향해 울었다. 그녀가 떨리는 손으로 상자 고리를 풀려 애썼다. 추위에 곱아든 손이 자꾸만 미끄러졌다.

"정말 오해였어요. 몹시도 지독한…… 오해……."

소흔은 저가 서재에서 발견한 것을 떠올렸다. 성주가 복잡한 눈으로 쳐다보던 상자 안에는 낡고 두툼한 공책 한 권과 빛깔이 오묘한 색돌이 수북이 들어 있었다. 한 손에 들어오는 색돌은 겉면이 반질반질 윤기가 도는 둥근 조약돌이었는데 저마다 빛깔이 달라 소흔도 난생처음 보았다.

신기하긴 하지만 성주쯤 되는 위치라면 이보다 훨씬 진귀한 보석을 수집하는 게 더 이치에 맞았다. 게다가 돌이 무슨 오해를 푸는 실마리가 될 수 있겠어. 안타까움과 다급함에 한숨을 내쉬며 소흔이 공책을 펴들었다. 그리고 한 장, 다음 한 장을 넘길 때마다 너무나 오래전부터 얽혀 버린 인연에 가슴이 죄어들었다.

"성주님은 당신을 누이로 맞아들이기도 전에 이미 연심을 품었어요."

소흔이 애타게 말을 이었다.

"하필 천 소저가 양녀로 입적하기 위해 이웃 마을로 간 날이었죠. 번화가에서 천 소저를 놓쳐 버린 성주님은 해 질 무렵까지 골목을 누비고 다니다가 낙심하여 집으로 돌아갔어요. 그때 천 소저와 다시 마주친 거예요. 부모님과 두 형님이 도대체 어딜 돌아다니다 이제 오는 거냐며 꾸중하셨다죠? 하지만 성주님은 고대하던 누이동생이 다름 아닌 천 소저인 것을 알고 충격에 빠져 선물을 건네주는 것도 잊으셨다더군요."

"……거짓말."

홍이 고개를 저었다. 붉은 입가가 살짝 떨렸다.

"난 그 집에 들어가기 전에 그를 본 적이 없어."

"선물은 가면이었어요."

소흔의 큰 눈에서 굵은 눈물이 뚝뚝 떨어졌다.

"열두 살 소녀가 좋아할 만한 것을 고르려고 이것저것 써보고 있다가, 그러다가 가면 너머로 소저를 본 거예요."

"그랬다 해도 바뀌는 건 없어. 내 혼사를 망쳤고 형제들이 떼로 달려들어 날 겁탈하려 했지."

"혼사는 정말 빨리 진행되었다더군요. 소저가 말했던 대로 상대가 퍽 훌륭한 집안이었다죠. 부모님도 놓치고 싶지 않으셨을 거예요. 그렇지만 당시 성주님도 큰 결심을 하셨어요. 부모님으로부터, 형제와 친척으로부터, 소저로부터 절연당할 위험을 감수하고 소저에게 진심을 고백하려 했죠. 그러던 중에 갑자기 혼사가 터진 거예요."

"삼 형제가 작당하고 말을 꾸며냈지."

"형님들께 무릎 꿇고 비셨대요. 부디 당신을 도와달라고, 이대로 소저를 보낼 순 없다고 눈물로 호소하셨대요. 실은 형님들도 소저의 아름다움에 흔들리긴 했지만 셋째의 진심을 대하고는 마음을 접으셨다더군요. 혼례 일이 하루하루 다가오자 형제들은 조급해졌죠. 때마침 부모님께선 종종 집을 비우셨고."

홍이 이를 지그시 악물었다.

"어처구니없는 모해였어."

"……이런 말을 들으면 화를 내실지도 모르지만, 천 소저."

소흔이 슬픈 목소리로 말했다.

"당시엔 그분들도 잘 몰랐어요. 성주님은 소저보다 두 해 앞서 태어나셨더군요. 형제들은 연년생이었고……. 그럼 당시 다들 스물, 스물한둘이었단 이야기죠. 몸은 자랐으나 물정은 몰랐다고 하시더군요. 그리고 소저를 죽음에 이르게 한 그 일은."

정말 악귀에 씌어 저지른 것이었다. 성주는 형제들이 정신을 차린 뒤 저들이 조종당하여 저지른 일에 경악했다고 적었다. 특히 성주 자신은 자괴감과 극심한 슬픔에 바로 홍의 뒤를 따르려 했다고 기술했다. 두꺼운 공책에서도 이 일을 적어 내려간 면은 군데군데 물기로 얼룩져 종이가 뒤틀려 있었다. 단정한 필체가 유독 그 장면에서 엉망으로 흔들렸다.

"저도 귀에 씐 적이 있어서 알아요, 소저."

처음으로 소흔은 모두 앞에서 해월과 엮였던 일을 입에 담았다. 연청이 자신을 주시하는 게 느껴졌다.

"그래서 귀에 씌는 것이 얼마나 쉬운 일인지 알고 있어요. 얼마나 순식간에 일어나는 일인지. 신력을 지닌 저조차도 그리 쉽게 씌어버렸는데."

소흔이 떨리는 손으로 상자를 열었다. 저마다 고운 빛을 자아내는 색돌이 상자를 가득 채우고 있었다. 홍이 흠칫 놀랐다.

"기억나나요, 소저? 성주님이 그날 언덕에서 하셨던 말씀이?"

"……거짓말."

"소저가 죽은 해로부터 매년 빠짐없이 모아오셨어요."

홍이 점점 거세게 고개를 내저었다.

"이런 걸로 용서받을 수 있으리라 생각했다니."

"……홍매."

천씨 남매의 품에 안긴 성주가 마지막 숨을 뱉어내기 전 희미하게 웃었다. 소흔은 차마 그 모습을 보지 못하고 고개를 돌렸다. 성주는 이후로도 혼인하지 않고 홀로 지내왔다. 다른 형제가 일가를 이루는 중에도 그는 매년 색돌을 모으며 돌이킬 수 없는 과오를 탄식했다. 그에게 자식이 없는 것도 놀랄 일은 아니었다.

"죽어서는 너와 함께할 수 있을까……."

"……말도 안 돼."

"미안하다. 그러나 난 언제나 네게 있어 진심이었다, 내 아름다운 누이여……."

천씨 남매가 눈물을 흘렸다. 성주의 고개가 스르르 떨어졌다. 무주성주 천일항은 그렇게 마흔넷의 나이로 눈을 감았다. 홍의 얼굴이 망연해졌다.

"……그럴 리가."

그녀가 성주의 얼굴에 시선을 박은 채 뒷걸음질쳤다. 그 어떤 사신도 그녀에게 공격을 가하지 않았다. 홍은 다리에 힘이 풀린 듯 흐느적흐느적 뒤로 걸었다. 눈은 여전히 펄펄 날려 모두의 위로 떨어졌다.

"아니야……."

미인의 얼굴이 일그러졌다. 그녀는 소리 없는 비명을 지르더니 허공으로 몸을 날렸다. 동백을 닮은 그녀의 옷자락이 서글프게 멀어졌다. 소흔이 상자의 무게를 이기지 못하고 털썩 주저앉았다. 뒤에서 연청이 달려와 그녀를 강하게 끌어안았다.

하얀 눈밭 위로 고운 색돌이 흩어졌다.

❖ ❖ ❖

일항은 축축하게 젖은 손을 옷에 문질러 닦았다. 청회색 비단옷에 얼룩이 남았다. 문무에 능한데다 준수하고 겸손하기까지 하여 집안은 물론이고 마을 전체의 자랑이기도 한 그가 이토록 긴장하는 데는 이유가 있었다. 수년간 홀로 마음에 담아온 여인 때문이다. 그녀가 제 누이란 사실은 말 그대로 운명의 장난이었다.

"삼랑!"

멀리서 홍이 손을 흔들며 밝게 웃었다. 그녀가 웃자 온 세상이 활짝 만개했다. 적어도 일항에게는 그렇게 느껴졌다. 이 마음은 육 년 전 번화가에서 그녀를 처음 보았을 때부터 한결같았다.

"무슨 일이에요, 오라버니? 절 이곳으로 다 불러내고?"

홍은 눈부시도록 아름답고 성정마저 명랑했다. 일부러 사랑받기 위함이 아니라 본래가 그러했다. 꽤 자란 나이에 양녀로 들어왔음에도 순식간에 모두의 마음을 사로잡은 것도 이 때문이었다. 그녀가 일항의 옆자리에 사뿐히 앉았다. 은은한 꽃향기가 풍겼다.

"무슨 일이냐니까?"

"아, 그게 말이다."

입안의 침이 마르면서 정신이 아득해졌다. 일항은 오늘 진심을 고백하려 했다. 그는 최근 성안의 부유한 가게에서 일어난 일을 떠올리며 마음을 다잡았다.

그쪽은 누이가 먼저 집안의 양자로 들어온 오라비를 마음에 담아 부모에게 알렸다. 물론 한바탕 소동이 일어나긴 했지만 어디서 이상한 사내에게 빠져들어 사고를 치는 것보다야 저들 손으로 직접 길러낸 양자가 낫다고 판단하였는지 부부는 오라비 쪽을 호적에서 파한 뒤 둘을 맺어주었다. 몹시도 드문 일이긴 하나 일항에게는 큰 힘이 되는 이야기였다.

"오늘 오라버니는 좀 이상하네요."

홍의 얼굴이 가까이 들어왔다. 일항은 화들짝 놀라 옆으로 물러났다. 그 이상한 모습에 홍이 웃음을 터뜨렸다가 고개를 갸우뚱했다.

"제대로 말도 못하고."

"아아."

"혹시 어디 아픈 건가요? 지금 식은땀을 흘리는 것 같은데."

안 되겠다. 역시 오늘은 무리다. 일항은 황급히 마음을 거둬들인 뒤 평소의 오라버니로 돌아가 홍을 안심시켰다. 둘은 언덕 아래 펼쳐진 마을 풍경을 내려다보며 이런저런 이야기를 나누었다. 홍이 이만 내려가 밥을 먹자며 일어섰을 때, 일항이 주저하다가 말했다.

"홍매."

"네?"

"만약 내가, 정말 만약에 네게 큰 잘못을 저지르면 어쩌지?"

"응?"

홍이 뭐 그런 질문이 다 있냐는 듯 코를 찡그렸다.

"오라버니가 제게 잘못을 저지를 리 없잖아요."

"아니, 그래, 물론 그렇긴 하다만."

일항이 조마조마한 마음을 누르고 물었다.

"정말 만약에 말이다. 널 크게 놀라게 한다거나 마음에 상처를 주게 되면 내가 어찌해야 용서해 주겠느냐?"

"……이상한 질문이네요."

말과는 달리 홍이 곰곰이 생각해 보는 듯 눈을 가늘게 떴다. 고민하는 시간이 길어질수록 일항의 가슴은 바싹바싹 타들어갔다.

"오라버니는 못하는 게 없으니까 분명 이후에 번듯한 관리가 될 테죠. 그럼 부귀영화가 절로 따라올 거예요. 돈도 있고, 명예도 있고, 부족한 게 없지만…… 그렇지, 시간만은 부족할 거예요. 그렇겠죠?"

일항은 그저 고개만 끄덕였다.

"오라버니에게 가장 부족한 '시간'을 내서 해야 하는 게 좋겠어요. 그래야 뭔가 공평하죠. 다른 누구도 아니고 소중한 누이 눈에서 눈물을 나게 한다는데."

홍은 무주성 안에서만 구할 수 있는 색돌을 가져와 달라고 했다. 일항도 오묘한 빛깔의 색돌이라면 들은 바가 있었다.

그것은 단순히 색이나 무늬가 특이한 돌이 아니었다. 사람들이 진귀하게 여기는 색돌은 어두운 밤, 그것도 눈 내리는 밤에 야광주처럼 빛을 발했다. 구하기도 어렵거니와 눈 쌓인 추운 겨울밤에 몸을 숙이고 찬찬히 찾아야 겨우 발견할 수 있는 것이라 그에 드는 정성이 이만저만이 아니었다. 홍이 이만하면 어떠냐는 듯이 생긋 웃었다.

"하인에게 시키면 안 돼요. 꼭 오라버니가 직접 찾아야 해요."

"알겠다. 무주성의 색돌. 기억하마."

"흐응, 애초에 울리지 않으면 될 텐데요."

홍의 말에 일항은 뜨끔했다. 나도 그러면 좋겠다만 여기저기서 네 혼담이 들어오니 마음이 조급해지는구나. 그럴 리가 없는데도, 우린 영원히 함께 지낼 수 있을 거라 생각했다. 일항의 굳은 얼굴을 본 홍이 그에게 매달렸다. 여린 몸이 탄탄한 팔에 닿아왔다.

"농담이에요, 농담."

그녀가 일항을 믿음 어린 눈으로 바라보았다.

"오라버니라면 괜찮아요, 다른 누구도 아닌 오라버니라면."

홍이 말했다.

"나의 소중하고도 특별한 오라버니."

천일항. 잠깐 진지했던 홍의 얼굴에 서서히 장난기가 돌아왔다. 홍은 모르겠지만 이따금 그녀가 이렇게 장난삼아 그의 이름을 부를 때마다 일항은 가슴이 철렁 내려앉았다. 오라버니가 아닌 천일항, 한 명의 사내로서 네 앞에 설 수 있을까.

"어서 가요. 저 배고파요."

홍이 앞서 갔다. 일항은 그녀의 뒷모습을 눈에 담으며 속으로 조용히 중얼거렸다.

그래, 어서 가자.

나의 소중하고도 특별한 누이 홍매.

❖ ❖ ❖

충성스러운 총관에게 맡겨둔 유지에 따라 성주는 삼일장을 치른 뒤 화장되었다. 유골함을 가묘(家廟)에 안치하던 날, 무주성 사람들은 귀에 홀린 얼굴로 거리를 돌아다녔다. 하늘을 멍하니 쳐다보다가 손을 뻗어 햇빛을 움켜잡으려 하기도 했다.

눈이 그쳤다. 사신들이 무주성에 들어온 날부터 내리고 멎길 반복하던 눈이 어제 새벽 들어서 점차 잦아들더니 동이 트자 완전히 멎었다. 달라진 것은 그뿐이 아니었다.

날씨가 풀린 것이다. 한겨울을 무색케 하던 추위는 가고 가을다운 선선한 날씨가 돌아왔다. 쌓인 눈이 녹기 시작해 성안의 모든 길바닥이 진창으로 변했지만 사람들은 개의치 않고 이리저리 쏘다녔다.

사신들은 천씨 남매, 총관과 성벽을 따라 거닐다가 북문에 이르렀다. 총관을 알아본 파수꾼이 문을 열었다. 남매가 주춤했다. 본래대로라면 이 문을 나서는 즉시 피를 토하며 죽는다.

가만히 남매를 지켜보던 미요가 먼저 앞으로 나아갔다. 시간 차를 두고 녹산이 뒤를 따랐다. 소흔이 남매에게 힘을 실어주려는데 천 공자가 한 발 움직였다. 천 소저가 숨을 급히 들이켰다. 총관은 눈도 깜빡이지 못하고 어린 주인의 등을 주시했다.

모두가 불안함에 조마조마한 순간 천 공자가 한 걸음 한 걸음 움직여 성문을 넘었다. 세 걸음 멀어졌을 땐 무슨 일이 일어나지 않을까 걱정되던 것이 다섯 걸음, 열 걸음으로 늘어났고, 마침내 천 공자가 가을 햇살을 등진 채 웃었을 때 일행은 진심으로 기뻐했다.

"천지신명이시여, 감사드립니다. 대소저(大小姐), 감사합니다."

근엄한 총관이 눈물을 글썽이며 합장했다.

"노구(老軀) 살아생전에 이런 기적을 보게 되다니요……."

소흔이 천 소저의 등을 살짝 떠밀었다. 그녀가 얼떨떨한 눈으로 소흔을 쳐다보았다.

"나가봐요, 우리."

"소흔……."

"누이야, 이리 와보렴."

천 공자가 부드러운 미소로 누이를 반겼다. 천 소저는 마음을 단단히 먹고 신중하게 발을 내디뎠다. 그녀가 오라비 앞에 무사히 서게 되었다. 눈이 부신 듯 손차양을 하고 맑은 하늘을 올려다보던 그녀는 아주 오랜 시간을 들여 성 밖 경치를 눈에 담았다. 어느새 가까이 다가온 소흔이 감상을 물었다. 그녀는 사뭇 떨리는 목소리로 답했다.

"따뜻해요."

그녀가 눈을 감고 온몸으로 쏟아지는 햇살을 듬뿍 마셨다.

"시월이면 절기가?"

"가을이에요."

"……그렇구나. 이런 걸 가을이라 하는군요. 서책에서만 봤어요. 춘하추동 네 계절이 있다고. 어렴풋이 상상만 해왔는데."

천 소저가 소흔을 보았다.

"태어난 이후로 무주성을 벗어난 적이 없어요."

부모님이 보셨으면 기뻐하셨을 거라고 천 소저가 덧붙였다. 굳이 성주까지 언급할 필요는 없었다. 지금 누구보다 기쁠 이가 바로 일항일 테니까. 정말 홍의 마음이 풀린 것인지 알 길은 없었으나 다들 그렇게 믿고 싶었다. 그 둘은 너무 오래도록 엇갈리며 고통받았으므로.

"고마워요, 소흔."

고마워요, 모두들. 천 소저가 급기야 눈물을 보이고 말았다. 총관과 함께 햇빛을 만끽하던 천 공자가 다가와 누이를 달랬다. 그가 온전한 두 팔로 누이를 안아줬다. 그가 두 다리로 걸어와 두 팔로 누이를 안을 수 있어서 소흔은 가슴이 먹먹할 정도로 기뻤다.

"무주성주 천목, 다시 한 번 감시 인사를 올립니다."

열일곱, 한 성을 책임지기엔 어린 나이다. 그러나 그에겐 목숨을 위협받는데도 묵묵히 선대 주인을 지켜온 총관이 있으며 서로 보듬어갈 쌍둥이 동생이 있다. 무엇보다 그에겐 시련과 상관없이 흔들리지 않는 굳은 심지가 있었다. 아마 천 공자는 잘해 나갈 것이다. 눈물을 닦은 천 소저 역시 예를 차렸다.

"천초, 감사 인사를 드립니다."

총관마저 머리를 숙이기 전에 소흔과 녹산이 나서서 이들을 말렸다. 일행은 성문이 아득하게 보일 때까지 가을 벌판을 걷고 또 걸었다. 천 공자는 얼마나 오랜 시간이 걸리든 양부의 고향 마을을 찾아가 뒷산 절벽 아래에 남아 있을 홍의 유해를 수습하겠다고 조용히 다짐했다. 괜히 저가 울컥해 눈물을 훔치는 소흔을 연청이 품으로 끌어다 안았다.

❖ ❖ ❖

"아아, 덧없는 권세여."

수레 위에 널브러진 소흔이 늙은이 같은 탄식을 뱉어냈다. 회랑의 난간에 걸터앉아 있던 연청이 술병을 기울이다 말고 피식 웃었다.

"눈보라 휘몰아치는 무주성에서 염소흔의 인기는 정말 대단했는데. 저거 봐요. 날이 풀리니 처지가 이렇게나 바뀌었어요."

소흔이 쳐다본 공터에서는 꽁꽁 얼어붙은 땅을 갈아엎는 작업이 한창이었다. 두세 달 후면 다시 겨울이 오겠지만 너무 오랫동안 땅이 굳어 있던 터라 봄까지 기다릴 수가 없었다. 거기다 사신들이 성에 머물 때 큰일을 해치우자는 분위기가 지배적이었다.

농부의 아들이자 토국의 사신인 녹산이 거의 신처럼 떠받들어지는 것은 당연하고도 남았다. 그가 땅의 상태를 확인해 가며 밭으로 가꾸기 좋은 곳을 골랐다. 이번에도 흑사절편 한 쌍이 제 몫을 해냈다.

처음엔 그 무시무시한 위용에 겁먹던 사람들도 돌처럼 굳었던 땅이 구석구석 풀리는 광경을 보고 탄성을 내질렀다. 녹산은 그런 떠받듦이 쑥스러운 듯 어색한 웃음을 흘리며 곡괭이질을 도왔다.

"은근히 위험하네, 오라버니."

소흔이 중얼거렸다.

"저런 얼굴로, 저런 몸으로 일 잘하면 곤란한데."

감탄 반, 걱정 반 섞인 눈으로 소흔이 녹산의 일하는 모습을 지켜보았다. 신력을 연이어 운용한데다 직접 몸을 써서 일하기까지 하여 녹산의 몸이 열기로 가득 찼다.

그가 겉옷 소매를 걷어 올렸다. 상흔이 몇몇 남아 있는 탄탄한 팔뚝이 햇살 아래 드러났다. 곡괭이를 능숙하게 휘두를 때마다 땀에 젖은 옷 아래로 근육이 꽉 잡힌 등이 꿈틀댔다. 위험해, 위험해. 소흔의 눈이 가늘어졌다.

이미 그를 탐내는 부인네들이 혼기가 찬 딸의 손을 끌고 현장 주변으로 몰려들었다. 괜히 목 축일 냉수다, 술이다, 간식이다 하여 딸 손에 뭔가를 들려 보냈다. 그러면 사람 좋은 녹산은 차마 거절하지 못하고 소저가 건네주는 것을 받아 들었다. 어른들의 부추김에 나오긴 했지만 정작 가까이서 본 녹산이 상당히 근사하자 반쯤 떠밀려 왔던 소저들의 얼굴에도 홍조가 돌았다.

"사신님, 이것 좀 들어보세요."

"사신님, 이 수건으로 땀을 닦으세요."

작업에 차질이 생길 만큼 몰려드는데도 녹산은 난감한 표정을 지을 뿐 소저들의 권유를 모두 들어주었다.

"언제 끼어들어야 할까요, 연랑?"

"끼어들긴 왜 끼어들어."

"미요 언니가 폭발하기 전에 적당히 끊어내야죠."

연청이 다 마신 술병을 바닥에 내려놓았다. 누가 다칠 수도 있다며 소흔이 눈을 흘기는데도 아랑곳하지 않았다.

"내가 보기에 풍미요는."

그가 수레로 다가와 소흔을 번쩍 안아 들었다.

"이미 옛적에 폭발했어."

내려놔요. 사람들이 본다니까. 바르작대는 소흔을 안아다가 제 무릎 위에 걸터앉혔다. 처음부터 이래 왔다는 양 행동에 거리낌이 없었다.

"옛적이라니. 녹산 오라버니가 주목받은 건 오늘 아침부턴 걸요?"

"가해자들이 기억 못하는 건 예나 지금이나 다를 게 없군."

그건 또 무슨 소리냐며 소흔이 되물었다. 연청은 부드러운 뺨을 잡아당길까, 아프지 않게 꿀밤을 먹일까 고민하다가 짐짓 한숨을 내쉬는 것으로 대신했다. 위험한 일에 뛰어들지 말라고 그토록 당부했는데 이번 사건 역시 소흔이 중심이 되고 말았다.

연청은 마음 가는 대로 굴면 되었던 여정의 초반을 떠올리며 어디서부터 제 계획이 엉키게 된 건지 고심했다. 귀와 관련된 일이라면 일단 뛰어들고 보는 풍미요 때문인가? 아니면 자꾸 험한 일에 몸을 아끼지 않는 몹쓸 녀석 때문인가?

탐탁지 않은 그의 눈이 소흔의 말간 얼굴에 닿았다.

그래, 내가 죄인이지. 연청이 실소했다.

이 얼굴만 보면 정신을 못 차리고 휩쓸리니.

"그런데 연랑의 말을 듣고 보니 바람이 이런 것도 이해가 되네요. 어제, 아니, 오늘 동틀 무렵만 해도 기분 좋게 살랑이던 바람이 언젠가부터 뚝 그쳤잖아요? 일하는 사람들이 저리 땀을 흘리는 것도 바람 한 점 안 불기 때문이에요. 아, 점점 더 걱정되네."

있잖아요, 연랑. 소흔이 조그맣고 어여쁜 입술로 재잘거렸다.

"언니가 녹산 오라버닐…… 때리진 않겠죠? 꼬집는 정도는 하려나?"

연청은 본의 아니게 미요와 둘이서 보냈던 시간을 떠올렸다. 문신 이야기가 나왔지, 아마. 미요가 휘두르는 새하얀 명주천이 녹산의 몸을 스르륵스르륵 감는 장면도 그려졌다. 지금 처음으로 상상해 보는 장면이지만 그다음 장면으로 넘어가는 데 아무 문제가 없을 만큼 자연스러웠다.

"언니는 어디 있는 걸까요? 분명 이 광경을 보고 있을 텐데 아까부터 모습이 보이지가……."

이만하면 됐어. 충분해. 나도 많이 참아준 거야. 연청은 소흔의 말이 끝나기도 전에 입술을 겹쳤다. 한 팔로 허리를 감싸고 남은 손은 부드러운 머리카락 속으로 집어넣었다.

불시의 기습에 소흔이 놀랐으나 사람들이 잔뜩 몰린 현장과 너무도 가까워 제대로 소리조차 못 내고 굳었다. 한 명이라도 돌아보면 민망함이 극에 달할 것이다. 연청은 소흔을 완전히 지배하는 이 상황이 지극히 흡족했다.

소흔은 눈도 감지 않은 채 현장 쪽을 흘깃거렸다. 그는 이만해 두려는 듯 떨어져 나갔다가 소흔이 안도의 한숨을 내쉰 순간 다시 달콤한 입술을 물었다. 방금 마신 국화주의 향이 서로의 타액과 얽혀들었다. 연청이 혀를 밀어 넣어 소흔의 말캉한 혀를 감아올렸다. 닿았다 떨어질 때마다 젖은 소리가 났다. 소흔이 더욱 당황하여 연청의 어깨만 힘주어 잡았다.

"이러면, 이런 곳에서, 어떡해요."

소흔이 창피함에 금방이라도 울 것 같은 얼굴로 연청과 현장을 번갈아 보았다. 연청은 아쉬운 뒷맛을 다시며 나른하게 웃었다.

"더한 것도 할 수 있다."

"제정신이 아니군요. 사람들이 보기라도 하면."

"보여주기 위해 입을 맞췄던 적도 있는 걸로 아는데. 그걸 기억하는 건 나쁜가?"

소흔이 온 힘을 다해 쏘아보았다. 그런 모습마저 귀엽다는 듯 연청이 턱을 잡고 까닥까닥 흔들었다.

"내게 집중해야지, 소소."

"……어떻게 이보다 더 집중할 수가 있겠어요."

"풍미요와 지녹산 얘기만 늘어놓았잖아. 그 녀석들이야 뭐 빤하지. 풍미요는 지금쯤 열두 번째, 어쩌면 열세 번째 위기를 겪고 있을 테고, 아직 해가 지려면 한참 남았으니 녹산은 앞으로 몇 시진 더 소저들의 관심을 받겠지. 그리고 밤이 되면……."

"밤이 되면?"

소흔이 눈을 동그랗게 뜨며 뒷말을 따라 했다. 얼마나 연청의 이야기에 몰입했는지 그 열성이 아까 입을 맞출 때보다 더한 것 같아서 그는 괜히 심사가 불편해졌다.

"일이 터져도 꽤나 크게 터지지 않을까."

"무슨 일이오? 언니가 아무리 화가 났대도 본래 성정이 서늘하고 담담한데 그렇게 요란스럽게 굴까요?"

연청이 웃는 낯으로 고개를 내저었다.

"서늘하고 담담하다고?"

"네."

"신기하군. 며칠 같이 붙어 있던 내 눈에 풍미요는 폭풍처럼 보이거든."

언제 불어닥칠지는 모르지만 한 번 나타나면 모든 것을 집어삼킬 폭풍이라고 연청이 덧붙였다. 소흔은 우리가 같은 사람을 두고 이야기하고 있는 게 맞느냐 표정을 지었지만 연청은 자신 있게 말할 수 있었다. 바람은 흙을 이리저리 옮기고 휘두른다. 과연 어디까지 끌고 가는지가 문제일 뿐.

이런, 소소에게 그만 이야기하라고 해놓고 정작 나까지 궁금하다니. 그는 품 안에 안긴 연인과 작업 현장을 번갈아 보나가 회랑과 바로 이어진 방을 눈에 담았다.

장지문 하나로 안팎이 나뉘는 곳이다. 햇살이 쏟아져 들어오고 사람들이 오가는 기척이나 말소리도 드문드문 들릴 것 같았다. 아까 소흔이 소리도 못 내고 당하던 모습이 떠올랐다. 그의 입가에 위험한 미소가 걸렸다.

❖ ❖ ❖

이제는 무주성주가 된 천 공자가 자리에서 일어나 두 손으로 술잔을 높이 들었다. 무주성의 다른 관리, 근처 마을의 부호들을 초대하여 간소한 연회를 연 것이다. 짙은 색의 예복을 입은 그는 열일곱의 나이가 믿기지 않게 의젓하고 품위가 있었다.

"상중에는 본시 이런 자리를 만드는 것이 아니나 남은 이들이 슬픔에 잠겨 있길 원치 않는 양부님의 유지를 받들어 이렇게 선배님들을 모시게 되었습니다. 본인 천목, 비록 성주 자리를 잇게 되었지만 아직 경험이 일천하므로 기꺼이 여러분을 선배로 모시고 많은 가르침 받길 바랍니다."

그가 좌중을 둘러보더니 말을 이었다.

"특히 이 자리를 빌려 여기 참석하신 제후국의 사신 네 분께 감사 인사를 드립니다. 귀한 인연이 닿아 묵은 갈등이 해소되고 드디어 무주성도 새 출발을 하게 되었습니다. 본 성주, 일족과 무주성을 대표하여 인사합니다."

성주를 따라 술잔을 든 손님들이 일제히 사신들을 향해 고개를 숙였다. 천 공자가 먼저 술잔을 비웠다. 성주의 마지막 축원을 따라 외친 손님들이 술을 마셨다.

소흔이 옆에 앉은 연청에게 속삭였다.

"총관님이 휘장 뒤에서 눈물을 훔치실 만도 해요. 저렇게 듬직한 공자라니, 보는 내가 다 뿌듯하네요."

다른 사내 칭찬이다. 그것도 젊고 준수하며 유능한 자다. 연청이 별로 내키지 않는 미소로 답을 대신했다. 그러나 소흔은 그의 반응을 알아채지 못한 듯 연신 감탄을 흘렸다.

"열일곱에 성주가 되다니 정말 대단하죠? 화국에서도 드문 일이에요. 아, 난 열일곱에 뭘 했더라. 아무 생각 없이 여관 일만 도운 것 같은데. 연랑은 어때요? 열일곱에 뭘 했어요?"

소흔이 빤하다는 듯이 소리 죽여 웃었다.

"보나마나 집안의 술을 축내고 있었겠죠?"

"그뿐이겠나. 아리따운 기녀들과 끈적하게."

소흔의 눈이 매서워졌다. 이제야 대화가 제 뜻대로 굴러가는 것 같아 연청은 기분이 썩 유쾌해졌다.

"끈적하게? 끈적하게 뭐요?"

"아, 시시한 옛날이야긴 그만두지."

"연랑은 열일곱이 옛날인가 몰라도 난 고작 이 년 전이라구요. 그래서 기녀들이랑 뭐?"

미치겠군. 질투받는 게 원래 이토록 즐거운 일이었나? 입가가 절로 올라갈 만큼? 방금 전까지 소흔이 천 공자를 칭찬한 것 때문에 불쾌했던 것은 그새 잊었다. 연청이 흐뭇한 눈빛으로 소흔을 바라보았다.

"난 아니고, 잠시 어울리던 자들의 이야기다. 그들이 상당히 방탕했지."

"자고로 유유상종이랬어요. 옆에 있다가 슬쩍 끼었을지 누가 알아."

"눈치 없이 달려드는 기녀들은 모조리 뺨을 쳐서 떨쳐 냈으니 걱정 마라."

"……빠, 뺨을 쳐요?"

과격한 표현에 소흔이 말을 더듬었다. 연청은 쿡쿡 웃으며 모양

좋은 코끝을 톡 건드렸다.

"놀라긴. 농담이다."

"……어떤 부분이오? 뺨을 친 거, 아니면 거부한 거?"

"더 했다간 그대로 널 안고 나가는 수가 있어."

그가 경고했다. 소흔은 설마 이 자리에서 그러겠느냐 눈으로 주변을 둘러보다가 수연청은 이제껏 이런 경고를 허투루 한 적이 없다는 걸 떠올렸다. 망신을 당하지 않으려면 잠자코 있어야 한다. 연회는 슬슬 흥이 올라 다들 스스럼없이 옆 사람과 이야길 나누었다. 한 바퀴 순회를 마친 천 공자가 술잔을 들고 다가왔다.

"염 소저, 수 공자, 본 성주가 올리는 술 한잔 받으시지요."

"성주님, 축하드려요."

소흔이 얼른 두 손으로 이를 받았다. 앞으로 모든 일이 잘 풀리시길 바란다는 축언과 함께 술을 삼켰다. 향기롭지만 의외로 뒤끝이 강한 술이다. 밖에 잠시만 나가 있어도 몸이 얼던 무주성에선 이런 술로 열기를 끌어올려야 했으리라.

예를 다한답시고 독주를 한입에 털어 넣은 소흔이 차로 입을 헹구면 결례가 될까 울상만 짓고 있자 천 공자가 웃으며 찻잔을 건네주었다.

"염 소저가 마시기엔 꽤 독할 겁니다."

"아, 아니에요. 제가 워낙 약해서 그래요."

콜록, 하고 기침까지 한다. 소흔을 보는 천 공자의 시선이 더욱 부드러워졌다. 두 살 연상이라기보다 두 살 연하의 소저를 대하는 듯하다. 열일곱이라지만 사내는 사내. 연청은 제 소유를 주장하듯 소흔의 허리를 끌어안고 직접 차를 먹였다. 웃는 낯으로 잔을 다시 천 공자에게 넘겨주고 새 술을 받아 가볍게 비웠다.

넘볼 걸 넘봐야지, 꼬마. 소흔이 눈치를 살펴가며 얼른 과일 조각을 입에 넣는 동안 두 사내의 눈빛이 한 치의 물러섬도 없이 팽팽하게 부딪혔다. 천 공자가 여전히 미소를 띤 채 고개를 숙여 보였다. 그리고 제자리로 돌아갔다. 일단은 연청의 승리.

"소소."

"응?"

"우린 적당한 틈을 봐서 빠져나간다."

"무슨 소리예요? 연회는 이제 시작인데."

"술이 저급해."

그가 툭 내뱉었다. 간신히 평상시로 돌아온 소흔은 독주이긴 하지만 향은 좋은데, 하고 고개를 갸우뚱했다. 요리라면 모를까, 술은 아직 잘 모른다.

"그래요? 난 모르겠는데."

"한 잔만 마셔도 내일 끔찍한 숙취에 시달릴 거다."

그가 짐짓 으름장을 놓았다.

"도와주지 않을 줄 알아."

"뭐야, 너무해요."

연청은 보란 듯이 술잔을 비웠다. 전(前) 성주가 그랬듯 젊은 새 성주도 손님을 대하는 데 정성을 아끼지 않았다. 이만하면 최고급 명주다.

어떡해요. 벌써 한 잔 마셨는데. 도와줄 거죠? 말만 그렇게 한 거죠, 연랑? 소흔이 그의 소매를 잡아당기며 매달렸다. 이번엔 어떤 대가를 받을까 곰곰이 생각해 보던 그가 비로소 만족스런 웃음을 띠었다.

❖ ❖ ❖

미요는 옆자리 손님들에게 정중히 양해를 구한 뒤 연회장을 빠져나갔다. 달 밝은 가을밤, 시원한 바람 줄기가 미요의 뺨에 닿았다. 남들 눈에 띄지 않는 곳에 다다라서야 그녀는 긴장을 풀고 계단참에 앉았다. 기둥에 머리를 대자 자제력으로 눌렀던 취기가 확 올라오며 눈앞이 흐릿해졌다.

연회에서도 식지 않는 녹산의 인기에 부아가 치민 그녀는 손님들이 권하는 술을 마다 않는 것으로 분을 풀었다. 낮의 부인네에 이어 밤에는 아버지들의 구애가 이어지는 건가. 녹산이 그녀를 걱정스런 눈으로 힐끔거리는 게 느껴졌지만 오히려 그럴수록 눈길도 주지 않고 손님들과 어울렸다.

본래 사교적인 성격은 아니나 풍국에서도 제후의 질녀로서 이런 자리에 참석하는 데 익숙했기에 크게 불편하진 않았다. 게다가 그녀는 눈길을 끄는 미인이다. 손님들은 앞다투어 잔을 채웠고, 그렇게 받아 마신 양은 상당했다.

"지녹산."

그녀가 한 자 한 자 씹듯이 녹산의 이름을 입에 담았다. 그와 엮이기만 하면 화가 났다. 그는 미요에게 낯선 감정을 불러일으켰는데 평상심을 금과옥조로 여겨온 무인의 입장에선 하나같이 부정적인 것뿐이었다.

"원래 흐리멍덩한 줄 알고는 있었지만 기막힐 정도로 거절을 못하더군."

한 지주가 혹시 정혼처가 있는지 물었을 때는 실로 가관이었다. 낮에 여인들에게 그리 당해놓고도 질문의 의도를 파악하지 못한 채 솔직한 답을 내놓았기 때문이다. 어쩌면 녹산도 그 뜻을 알아챘을지 모른다. 문제는 그걸 알더라도 달리 둘러댈 말을 생각해내지 못하리란 데 있었다.

"저렇게 물러서 이제껏 어찌 살아온 거야."

죽으라면 죽는 시늉도 하겠네. 미요가 입술을 지그시 깨물었다. 갑작스레 불어닥친 돌풍에 날아다니는 빨랫감을 주우려 저택의 하녀가 연회장 근처까지 뛰어왔다. 허둥지둥하는 그 소리에 미요가 상념에서 벗어났다. 바람이 일시에 멎자 하녀는 혼자만 바보가 된 얼굴로 나뭇가지에 걸린 빨랫감을 걷어갔다.

"미요 소저."

어이가 없어 실소하는 미요의 귀에 익숙한 목소리가 들렸다. 녹산이었다. 성주 측에서 내어준 예복을 입은 그는 대지주의 아들이라 해도 손색이 없었다. 근육이 붙은 몸만 아니면 부임지에 갓 발령을 받은 관리라 해도 믿을 판이다. 그러나 미요의 눈에는 오늘 내내 도무지 거절을 못하는 태도부터 들어왔다. 난감함에 희미하게 떨리는 눈가도.

다른 사람들은 그의 왼쪽 눈가에 작은 흉터가 있는 걸 알고 있을까. 그가 토후의 병사로 들어간 해에 동료들과의 싸움에 휘말려 다친 흔적이라 들었다. 분명 원치 않은 싸움이었겠지만 그보다도 미요는 선한 인상의 그가 상처를 입을 정도로 싸웠다는 것에 묘한 흥분을 느꼈다.

"괜찮습니까?"

녹산이 머뭇거리며 다가왔다. 계단에 앉아 힘없이 머리를 기대고 있는 미요는 위태롭게 아름다웠다. 사내라면 절대 그냥 지나치지 못할 것이다.

그녀는 자꾸 흐려지는 초점을 잡기 위해 눈을 깜빡였다. 눈꺼풀이 무거웠다.

"나간 지 한참 지나도 돌아오질 않아서."

"가요. 상관 말고 돌아가. 둘이나 자리를 비우다니 결례예요."

마음에도 없는 소릴 차갑게 내뱉었다. 그러나 때마침 머리가 핑 돌아 중심을 잃은 몸이 앞으로 쏠렸다. 녹산이 쏜살같이 달려와 무너지는 그녀를 받아 안았다.

"방으로 데려다 드리겠습니다."

실례합니다, 하고 조용히 말한다. 곧 미요의 두 발이 땅에서 떨어졌다. 방으로 가는 동안 녹산에게 흠모의 눈길을 보내는 하녀와 마주쳤으나 오늘 들어 처음으로 녹산은 정중하지만 단호하게 상대를 밀어냈다. 미요가 웃음기 어린 목소리로 그를 놀렸다.

"왜, 나 데려다 주고 따라가지 그래요."

"……싫습니다."

미요의 웃음이 사라졌다. 원하던 대답이긴 하지만 이제까지 녹산은 단 한 번도 그녀의 말을 거스르거나 반박한 적이 없기에. 그녀의 굳은 얼굴을 알아차린 녹산이 서둘러 말을 이어갔다.

"그, 그게, 그러니까, 미요 소저의 자리도 봐드려야 하고."

"됐어요."

그런 이유라면 급하게 지어낸 변명이라 해도 듣고 싶지 않았다. 드디어 방에 도착했다. 녹산이 조심스레 그녀를 내려놓았다. 계속 몸이 기우는 미요를 지탱해 가며 상앗빛 예복을 벗기고 침의를 거의 뒤집어씌우다시피 했다. 꽉 잠긴 목소리로 더운 물을 받아오겠다고 했다. 푹신한 이불 더미에 몸을 기댄 미요는 제법 늦는 녹산을 기다리다가 스르르 눈을 감았다.

❖ ❖ ❖

며칠 전만 해도 눈과 얼음으로 뒤덮여 있던 무주성이다. 이제 완연한 가을 날씨가 찾아왔지만 깊은 밤이면 아직 구석구석에 남아 있는 한기가 땅 위로 올라오는 것 같았다.

이런 날씨에 얼음물을 찾는 건 제정신이 아니란 증거겠지. 녹산은 아쉬운 대로 냉수를 들이켠 뒤 남은 물을 얼굴에 끼얹었다. 위험 수위까지 치민 열기를 식히려면 다른 수가 없었다.

오늘 미요는 연회장에 들어선 순간부터 그곳에 있던 모든 이의 주목을 받았다. 다들 녹산의 큰형님, 아버지뻘이라 하나 사내로서 미인에게 끌리는 건 자연스러운 일. 접근하는 즉시 그 자리에서 상대를 얼려 죽일 듯 보호하고 있는 연청 때문에 차마 소흔에게 가까이 가지는 못하고 모두 미요에게 술을 권했다.

불안하게도 그녀는 한 잔도 사양치 않고 모두 받아 마셨다. 미요의 주량에 대해 무지하지만 연청 정도가 아닌 이상 그리 마시다가는 탈이 날 정도라 녹산은 그녀에게서 눈을 뗄 수가 없었다.

"연청 형님께 취기를 없애달라 청할까."

소흔을 통해 알게 된 연청의 능력이 생각났다. 녹산은 연회장 쪽으로 몸을 틀었다가 까르르 웃고 있는 소흔을 발견했다. 연청에 의해 두 눈이 가려진 채 끌려가고 있었다. 역시 만면에 화색이 가득한 연청과 눈이 마주쳤다.

녹산이 그를 부르려고 목소릴 내기도 전에 연청의 눈빛이 스산하게 바뀌었다. 방해하면 죽을 줄 알라는 뜻이 똑똑히 전해졌다. 결국 녹산은 입도 벙긋 못하고 두 사람을 보내야 했다.

"죽겠군……."

미요는 다시 녹산의 손에 맡겨졌다. 어쩌면 그 반대일지도 몰랐다. 번민을 거듭하던 녹산이 더운물을 들고 방으로 돌아갔을 때 허무하게도 미요는 깊이 잠들어 있었다.

"미요 소저, 씻겠습니다."

미동도 하지 않는다. 행여 깰세라 조심조심 손발을 씻겼다. 만질 때마다 느끼는 것이지만 미요의 몸은 너무도 섬세했다. 저가 힘 조절을 못하면 그만 톡 부러질 것만 같았다. 녹산은 떨리는 한숨을 흩어냈다.

"솥도 줘요. 입을 헹구고 싶으니까."

꽤 또렷한 목소리가 들려와서 흠칫 놀라고 말았다. 미요가 눈을 떴다. 조금 느리긴 하지만 도움을 받지 않고 이를 닦는 걸 보니 아까 전보다 훨씬 나아진 듯하였다. 녹산은 이만 가도 좋다는 말이 떨어지길 기다렸다. 그런데 아무리 기다려도 미요는 그를 물리지 않았다. 속을 알 수 없는 눈으로 쳐다만 볼 뿐.

"여기서 엿새만 가면 귀왕국이라더군요."

"예, 그리 들었습니다."

"풍미요의 끝도 머지않았네요. 죽느냐 황제가 되느냐."

사실 녹산은 둘 중 무엇도 마음에 들지 않았다.

"무섭지 않아요, 녹산? 귀왕이 어떤 짓을 할지 두렵지 않아요?"

그녀가 속삭였다. 녹산은 질문 자체보다도 미요가 처음으로 저를 다정하게 부른 것에 놀라 몸이 굳었다. 언제나 사늘한 날을 세우고 그를 다그치던 미요다. 그리 굴 때도 정신이 혼미하고 가슴이 두근거렸는데 상냥해진 미요는 그보다 배는 위협적이었다.

"상처를 입으면 어쩌죠?"

여기 이곳처럼. 미요의 손끝이 눈가에 닿았다. 그의 숨통이 죄어들었다.

"아플 텐데."

뭐라 아무 말이라도 해야 할 것 같아 입을 열었다가 그대로 호흡까지 멎고 말았다. 있을 수 없는 일이 일어났다. 부드럽고 말캉한 감촉이 눈가에서 느껴진 것이다. 미요의 달콤한 목소리가 귓가를 울렸다.

"여인을 안아본 적 있어요?"

눈앞이 하얗게 명멸한다. 녹산은 겨우 고개를 저었다.

"다행이네. 끌려다니는 건 질색이거든요."

거역할 수 없는 명이 이어졌다. 벗어요, 녹산. 그는 반문 한 번 하지 못하고 예복과 상의를 벗어 옆에다 가지런히 개었다. 아른거리는 촛불 아래 단단한 몸이 드러났다. 미요가 뒤에서 업히듯 매달렸다. 차갑고 매끄러운 손바닥이 녹산의 몸을 훑고 지나갔다.

"녹산도 잘 알겠지만 난 누가 허락 없이 몸에 손대는 걸 용납하지 않아요."

손목에 색다른 감촉이 전해졌다. 내려다보니 미요의 새하얀 명주천이 손목을 감아들고 있었다. 세 번 휘감아 매듭짓는다. 살짝 힘을 주자 부드러우면서도 팽팽한 압박이 느껴졌다. 녹산은 단전 아래로 열기가 뭉치고 있음을 깨달았다.

"움직이지 마요."

그녀의 말이 끝나기가 무섭게 귓가에서 아찔한 감각이 느껴졌다. 미요가 혀끝을 세워 핥고 있었다. 녹산은 거칠어지는 호흡을 고르려 애썼다. 그러나 번번이 실패하고 말았다. 차마 고개를 돌려 그녀를 마주하지도 못하고 침상 바닥만 쳐다보았다.

희미한 어둠 속에서도 꼿꼿하게 부풀어 오른 몸이 윤곽을 드러냈다. 민망함에 그가 손 위치를 움직여 이를 가리려 하자 미요가 돌연 이를 세워 귓불을 깨물었다.

"윽!"

쾌감이 등을 타고 내달렸다. 미요는 멈추지 않고 몇 번이나 잘근잘근 그의 귓불을 씹었다. 녹산이 이를 악물었다.

"움직이지 말라고 했을 텐데."

등 뒤에서 침의 매듭을 풀고 옷섶을 열어젖히는 소리가 났다. 미칠 것 같았다. 보이지 않으니, 볼 수 없으니 더욱 자극적이다. 그가 자제력과 충동 사이에서 널뛰기를 하는 동안 미요가 다시금 그를 끌어안았다. 이번에야말로 맨살과 맨살이 닿았다. 당장에라도 움켜쥐고 싶은 가슴이 그의 등에 짓눌러졌다.

"보고 싶어요?"

대체 뭐라고 답해야 하지.

"만지고 싶은가요?"

그는 헛웃음이 나올 지경이다.

"대답해요."

"……예."

"더 애절하게."

녹산은 그녀가 원하기라도 하면 무릎을 꿇고 빌 수도 있을 것만 같았다. 하지만 살아오면서 한 번도 입에 담은 적이 없는 부탁을 하자니 온몸이 달아오르는 기분이다. 창피하고 부끄럽다. 희한하게도 그런 감정에 흥분이 동반되었다.

"제발."

그가 간신히 목소리를 쥐어짜냈다.

"볼 수 있게, 만질 수 있게……."

미요가 그의 앞으로 돌아와 얼굴이 붉어질 때까지 빤히 쳐다보았다. 그러더니 녹산의 가슴에 손을 대고 지그시 힘을 주어 밀었다. 개어놓은 이불 더미 위로 녹산이 쓰러졌다. 그는 제 몸 위로 타고 오르는 미요를 홀린 듯이 바라보았다. 아스라한 연보랏빛 침의 사이로 풍염한 둔덕이 드러났다.

그는 더 이상 참지 못하고 손을 뻗어 미요를 끌어당겼다. 손목을 묶은 명주천 따윈 사실 그를 방해할 수 없었다. 이까짓 천 조각은 녹산이 제대로 힘을 주기만 하면 찢어질 것이다. 중요한 건 미요에게 복종하고 싶다는 마음인데 방금 전, 충동이 그 복종심을 이겼다.

그를 완전히 통제하고 있다고 여기던 미요는 놀란 얼굴로 엎어졌다. 녹산이 허겁지겁 미요의 입술을 빨아들였다. 말랑한 아랫입술을 깨물고 치아 사이로 혀를 밀어 넣는다. 잠시 힘의 균형이 깨어졌다.

이제껏 억눌러 온 감정이 폭발하면서 주도권이 녹산에게로 넘어갔다. 미요가 거세게 저항했다. 그의 어깨를 밀치고 손톱을 세워 할퀴고 혀를 깨물었지만 그 어느 것도 먹혀들지 않았다. 오히려 녹산의 쾌감을 부채질했을 뿐이다.

그가 이성을 잃고 가슴을 움켜쥐려는 순간 미요가 입술을 떼면서 그의 뺨을 때렸다. 힘을 실어 때렸기에 찰싹, 하는 소리가 방 안에 울려 퍼졌다. 그와 동시에 녹산의 것이 꿈틀거렸다.

"감히 먼저 움직였어."

미요가 손등으로 입술을 훔치며 가쁜 호흡을 골랐다. 녹산이 멍한 눈으로 그녀를 올려다보았다.

"내가 허락하지 않았는데도."

"……된다고, 된다고 했잖습니까."

"그것까진 아니었어요!"

한 번만 더 거스르면 채찍으로 때려 버리겠다는 말에 녹산의 허리가 찡 하고 울렸다. 이상한 일이다. 그녀가 못되게 굴수록, 무서운 위협을 할수록, 저를 난처하게 만들수록 허리 아래가 욱신거렸다. 미요가 화가 난 듯 다소 거친 손길로 녹산의 바지를 끌어 내렸다. 저 멀리 아득해졌던 정신이 돌아왔다. 녹산이 다급하게 그녀를 잡아 세웠다.

"아직, 안 됩니다."

"거스르지 말라는 경고 못 들었어요?"

"아니, 미요 소저. 잠깐."

그가 할 수 없이 완력을 써서 그녀의 손을 막았다. 미요의 눈매가 날카로워졌다.

"아, 아직 준비가 덜 된 것 같습니다."

"이거 놔요."

"그게 아니라."

"이쪽은 당장에라도 준비가 된 것 같은데."

미요가 부풀어 오른 그를 움켜잡았다. 녹산이 신음을 흘리며 허리를 꺾었다. 길고 가는 손가락이 움직일 때마다 묽은 액이 방울지며 흘러내렸다. 그는 미요에게 잡힌 채 허리를 들썩이지 않기 위해서 안간힘을 써야 했다.

"제가 아니라 미요 소저가…… 아직……."

종종 기루를 찾거나 연인을 두곤 하는 동료들에 비해 신기할 만큼 이쪽으로 경험이 없는 녹산조차도 여인을 안을 때는 충분히 시간을 들여야 함을 알고 있었다. 아주 능숙하게 그를 통제했지만 정작 미요는 녹산보다도 잘 모르는 게 아닐까.

그러고 보니 아까 이와 비슷한 말을 들은 것도 같다. 그는 갑자기 행동을 저지당해 화가 난 미요를 달래려고 말을 골랐다.

"젖어야 합니다. 그러니까, 제가 들어갈 때 아프지 않도록 충분히."

미요의 인상이 풀리질 않았다.

"피도 비칠 테고 많이 힘들 겁니다."

"난 누구보다 통증에 익숙해요."

미요는 신력으로 소환한 무기에 찔리고 베이길 십수 년이나 해왔다며 어서 손을 놓지 못하겠냐고 노려보았다. 어째서 그런 통증과 비견해야 하는 거지. 녹산은 잠깐 할 말을 잃었으나 그의 힘이 약해진 틈을 타 미요가 위로 내려앉았다.

"으윽……."

"흑."

녹산이 부들부들 떨었다. 미요의 안은 좁고 **빽빽**했다. 거의 강제로 밀어 넣은 터라 촉촉한 느낌은 없었지만 강하게 죄어드는 내벽은 이미 그 자체로도 이성을 앗아가기에 충분했다. 미요는 마치 힘든 수련을 견뎌내듯 입술을 깨물고 통증이 가라앉길 기다렸다. 남녀관계에 대해 아는 바는 적지만 원래 이 정도 아프다는 것은 알고 있었다.

그런데 이다음부터는 어떻게 해야 하지? 이걸로 끝인가? 녹산이 곧 죽을 사람처럼 앓는 것에 비해 저는 다소 간의 통증이 느껴질 뿐 별다른 느낌이 없었다.

"제발⋯⋯."

녹산이 애원하기 시작했다.

"이걸 풀어도 되겠습니까. 부탁이니까 제발."

그가 거친 숨을 토해냈다. 미요는 이만하면 되었겠지 싶어서 고개를 끄덕이려다가 녹산이 허리를 들썩이자 뭔가 끝나지 않았다는 느낌을 받았다. 그러나 한발 늦었다. 그가 이미 명주천을 끊어내고 있었다.

순식간에 단단한 몸 아래로 깔린 미요는 갈급한 사람이 물을 찾듯 그녀의 입술을 빨아들이는 녹산의 등을 할퀴었다. 손톱을 따라 붉은 흔적이 남았지만 그는 지독한 열락을 버티는 이처럼 신음을 흘렸다.

"아플⋯⋯ 겁니다. 미안하지만, 도저히, 멈출 수가 없어서⋯⋯."

그가 미요의 안으로 밀고 들어왔다. 몇 번이고, 몇 번이고 허리를 타며 뜨거운 몸을 박아 넣었다. 미요의 매끈한 다리가 허공에서 사정없이 흔들렸다. 비명과 교성 사이의 소리가 터져 나왔다. 단말마와 같은 소릴 내지르며 그녀의 위로 무너진 녹산은 자꾸만 다음은 다를 거라고 속삭였다.

그건 미요가 할 말이었다.

귀왕

　소흔은 발소리를 죽여 녹산의 뒤로 다가갔다. 여관 일을 하면서 조용하고도 빠르게 움직이는 법에 도가 텄다고 자부해 왔는데 제 손이 닿기도 전에 흠칫 놀라 물러서는 녹산을 보고 퍽 놀랐다. 바람처럼 소리 없이 움직이는 풍족을 연인으로 두면 무던하던 사내도 달라지는 걸까. 소흔이 김샜다는 표정을 지으며 아쉬워했다.

　"에이, 놀라게 할 수 있었는데."

　녹산이 웃으며 그릇을 넘겨받았다. 오늘 점심은 국수를 만들어 먹었다. 소흔의 솜씨다. 여비가 넉넉하므로 되도록 가게에서 끼니를 해결하자는 주의지만 어제부터 그럴 수도 없는 것이 귀왕국과 가까워질수록 인가가 줄어들었기 때문이다.

　가게는 고사하고 사람 자체를 찾아볼 수가 없었다. 끝없는 허허벌판이 이어졌으며 잔챙이 악귀는 더욱 기승을 부렸다.

"다음엔 꼭 놀랄 테니 너무 실망 마라."

"그런 게 어디 있어요?"

소흔이 입술을 삐죽거렸다.

"미요 언니가 너무 예민하게 갈고닦아 놨다니까."

"그건 또 무슨 소리냐. 아, 아니, 말할 필요 없다. 궁금하지도 않고."

"그래, 연회 날부터 오라버니의 예민함이 극에 달했다니까요. 특히 누가 몸에 손을 대기라도 할라 치면 흠칫."

녹산이 필요 이상으로 열심히 그릇을 닦기 시작했다.

"뭘 한 거예요?"

"응?"

"어떻게 한 거지? 단 며칠 만에 감각이 이 정도로 살아날 수가 있나?"

녹산이 그릇을 더운물에다 담갔다. 조금 서두른 탓에 손이 미끄러져 달그락거리는 소리가 크게 났다. 난감함에 고개를 들지 못하는 그를 좀 더 밀어붙이려는데 누군가 소흔을 서 있는 자세 그대로 들어 안고 갔다. 갑자기 눈높이가 확 올라가자 소흔이 비명을 지르며 그의 어깨에 매달렸다.

"너도 풍미요에게 나쁜 물이 들었어."

연청이었다. 두 사람은 녹산에게서 멀어져 야트막한 언덕으로 향했다. 뒤를 돌아보니 눈에 띄게 안도하는 녹산의 모습이 보인다. 연청보다 더 높은 곳에 위치하게 된 소흔은 진한 아쉬움에 그를 탓했다.

"조금만 더 하면 넘어왔을 텐데."

"상처."

연청이 말을 이었다.

"어깨와 등에 난 상흔 때문에 더 예민해진 거다. 손이 닿으면 따끔하니까."

"아?"

생각지도 못한 대답에 소흔이 잠깐 말을 잃었다. 이제 녹산은 꽤 조그맣게 보였다.

"연랑은 그걸 어떻게 알아요?"

"같이 씻을 때 봤지."

"그럼 어제저녁이네요. 시냇가에서."

녹산은 최대한 아무렇지 않은 척하고 있었지만 눈에 빤히 보이는 걸 안 보인다 할 수 있나. 어깨와 등에 손톱자국이 선연했다. 둘의 관계를 몰랐더라면 녹산이 어디 가서 들고양이에게 공격을 당했나 했을 것이다.

"그렇구나…… 손톱……."

소흔이 멍한 얼굴로 수긍하다가 대뜸 한마디 했다.

"좋은 연분이에요."

좋은 건 모르겠으나 끼리끼리 잘 만났다고 연청은 생각했다. 미요는 저보다 강한 사내를 견뎌내지 못할 것이다. 그런 자가 접근한다면 연인이 아니라 꺾어야 할 적수로 받아들일 터. 그런 미요에게 녹산은 맞춤 상대였다. 소흔도 비슷한 생각을 하고 있는 듯 말이 없었다.

소흔이 이만 내려달라며 어깨를 두드렸다. 둘은 한동안 말없이 언덕을 걸었다. 굳이 북쪽을 쳐다보는 수고는 하지 않았다.

무주성을 떠나온 지 닷새째 되는 날이다. 북쪽 지평선 끝에 검게 몰려든 먹구름이 보였다. 모든 먹구름이 오직 그쪽으로만 몰려들어 낮인데도 하늘이 검푸르다.

내일이면 험준한 산맥으로 둘러싸인 귀왕국에 도착한다. 나라라고는 하지만 실제로는 녹주나 영주, 무주처럼 커다란 성에 가깝다. 다만 산맥이 성벽을 대신하며 산에는 어울리지 않게 마차가 오갈 수 있는 길이 닦여 있었다.

드나드는 이를 꽤나 배려한 것 같다만 접견의 의무를 진 사신을 제외하고는 산 사람이라면 그 누구도 '드나들지' 않았다.

"미요 언니와 얘길 해봤어요."

소흔이 먼저 운을 뗐다.

"언니도 살면 안 되냐고 물었죠. 가늠할 수 없는 위험 속에 몸을 던지지 말고 지금이라도 마음을 돌리는 게 어떠냐고. 꼭 풍국으로 가야 하는 건 아니지 않느냐고. 녹산 오라버니와 토국에 가도 되고 언니가 원하기만 하면 쭉 온천장에 머물러도 좋다고 했어요."

이에 미요는 애잔한 미소를 지었다. 연청이 마음을 굳게 먹으라고 했지만 소흔은 미요의 처지가 안쓰러워 견딜 수가 없었다. 아무도 그녀가 '무사히' 살아 돌아오길 원치 않는다니. 너무나 어릴 적부터 감정을 통제당한 채 병기로만 키워졌다니, 듣는 소흔의 눈물이 핑 돌 지경이었다.

"녹산 오라버니에게도 이미 말했지만 언니가 접견을 마치고 다

른 곳으로 몸을 숨기면 풍국에서 가만있지 않을 거래요. 언니의
재능도 재능이거니와 이제껏 풍후의 질녀로 걱정 없이 살게 해준
은혜를 잊었다며 자객을 풀 거래. 어디 숨든지 득달같이 찾아내어
다시 외곽지대에 던질 거라고."

다시 외곽지대로 던진다는 말에 연청의 눈빛이 어두워졌다. 신
경을 끊고 살려고 해도 제후국은, 권력을 쥔 자들은 자꾸만 고통
스러운 기억을 들춰냈다. 빌어먹을 놈들이 하는 짓은 예나 지금이
나 똑같았다. 그것은 풍국이든 수국이든 다를 게 없었다.

"그냥 외곽지대에 던지는 게 아니라 아예 귀왕국 앞에 떨어뜨
릴 거래요. 임무를 완수하지 않는 이상 도망치지 못하도록 감시를
붙이고."

미요는 오히려 다른 사신들을 걱정했다. 너희들은 '정말' 접견
만 하고 돌아가도 되는 게 맞느냐고 그녀가 물었다. 그 질문에 이
제껏 가족들 품으로 돌아갈 날만 손꼽아 기다리던 소흔의 세계가
흔들렸다.

미요는 정곡을 찔렀다. 이번 사신들은 모두 제후가 직접 키워낸
인재들인 것이다. 애초에 오십 후보니 다섯 인재니 선발한 목적도
귀왕을 물리치는 데 있었다. 구 년 전이나 지금이나 비슷한 외모
를 유지하고 있는 화후는 미요가 들은 것처럼 노골적인 위협을 하
지는 않았으나 그 역시 예전부터 소흔에 대한 기대를 공공연히 드
러내 왔다.

"왜 이걸 이제야 떠올린 걸까요? 연랑, 어쩌죠. 우리 처지도 미
요 언니와 다를 게 없어요."

내색하진 않았지만 연청 역시 충격에 빠졌다. 그러나 그의 깊은 내면에서는 이 문제가 전혀 낯선 것만은 아님을 알리는 목소리가 들렸다. 소흔과 만난 뒤로 행복에 잠겨 잠시 잊긴 했지만 그도 예전에 같은 생각을 한 적이 있었다. 나는 귀왕에 의해 죽게 될까, 아니면 인간에 의해 죽게 될까.

"너무 행복해서, 그리고 가족이 그리워서 '본분'을 까마득히 잊고 말았어요."

소흔은 애써 쳐다보지 않으려 했던 북쪽으로 고개를 돌렸다. 이미 접견을 끝내고 돌아온 사신의 말보다 보름은 더 늦은 일정이나 할 수만 있다면 그녀는 마차를 돌려 멀리, 더 멀리 이곳에서 달아나고 싶었다.

녹주성 노인이 말한 대로 두 달, 석 달, 반년을 늦추면 화국에서도 자객을 파견할까? 내 행동으로 인해 온천장 사람들이 위태로워지는 건 아닌지. 잔뜩 먹구름 낀 북쪽 하늘을 바라보며 소흔이 시름에 잠겼다.

우린 과연 어떻게 해야 하는 걸까.

❖ ❖ ❖

심장이 요동친다. 쿵쾅쿵쾅 뛰는 소리가 너무 커서 마차 밖에서도 들릴 것만 같다. 소흔은 연청의 손을 꼭 잡은 채 불안한 눈으로 마차 밖을 쳐다보았다. 결계가 쳐져 있기라도 한 것인지 사신들은 산을 넘는 즉시 한 움큼의 피를 토해냈다.

그러자 황량한 벌판이던 공터에 마치 인간들의 것을 빼닮은 도시가 나타났다. 식당도 여관도 거리를 따라 늘어선 가판도 꼭 외곽지대의 여타 성을 닮아 있었다.

이곳은 낮인데도 희미한 형체의 귀들이 자유로이 떠다녔다. 그러나 이 모든 것이 기묘하리만치 공허한 느낌을 주었고, 사신들은 점점 죄어드는 시선의 압박을 견뎌야 했다. 텅 빈 회색의 도시. 소흔은 속으로 이런 생각을 하며 언제 다시 볼지 모르는 거리를 눈에 담았다.

히이이잉. 산을 넘으면서부터 경직되어 있던 말들이 녹산의 지시에 멈춰 섰다. 부드러운 인상의 녹산은 오늘 들어 한 번도 웃질 않았다. 그가 귀왕의 궁전에 도착했음을 알렸다. 초행길인데 어찌 단번에 찾았느냐는 물음은 불필요했다.

아득하게 높은 벽이 칠흑 같은 어둠으로 뒤덮여 사신들을 집어삼킬 듯 일렁이고 있었다. 검은 늪처럼 보이는 벽에는 수천 개의 핏발 선 눈이 박혀 있었다. 사신들이 마차에서 나와 나란히 서자 그 눈은 먹잇감을 발견한 굶주린 걸귀같이 희번덕였다.

끼이이 하고 소름 끼치는 소리가 나더니 굳게 닫힌 벽이 반으로 나뉘어 열렸다. 그러자 그 어느 제후의 성보다 크고 높지만 음산한 궁전이 모습을 드러냈다.

사신들은 침묵에 잠긴 채 한 걸음 한 걸음 다가갔다. 녹산이 고삐를 잡고 말들을 끌었다. 말이 너무 겁에 질려 있어서 그들은 인가에 말을 맡기고 올 걸 그랬다고 생각했다.

끼이이이. 또 하나의 문이 열린다. 그리고 조금 있다가 또 한 개

가. 밖은 먹구름이 끼긴 했지만 그래도 낮인데 비해 궁전 안은 말 그대로 암흑이었다. 그나마 기둥을 따라 밝혀진 불빛이 발을 어디에 내디뎌야 할지 알려주었다.

초에는 심지가 없었다.

무슨 궁전에 시중드는 이 하나 보이지 않을까. 눈이 차츰 어둠에 적응하자 사물의 윤곽이 잡히기 시작했다. 소흔은 두렵고 불안한 눈으로 주변을 살피는 한편 아무리 이곳이 인간계와는 동떨어진 곳이라 해도 명색이 왕이 사는 곳인데 이렇게 텅 비어 있는 건 이상하다고 생각했다.

이대로 땅속으로 먹혀 들어가는 게 아닐까 싶을 만큼 오래 걸었다. 또 다른 문이 열린 그곳에 누군가 있었다.

"염소흔, 수연청, 풍미요, 지녹산."

성별을 가늠할 수 없는 목소리가 대전의 깊숙한 곳에서 들려왔다.

"어서 오라."

사신들이 잠깐 멈춰 섰다가 하나둘 걸음을 옮겼다. 어둡고 넓은 대전은 용상으로 다가갈수록 조금씩 환해졌다. 이제껏 지나온 방들처럼 대전 역시 의자 하나를 제외하고는 텅 비어 있었다.

용상과의 거리가 오십 보쯤 되었을 무렵 아까 전의 목소리가 다시 들려와 멈춰 서길 명했다. 사신들은 나란히 서서 제후국에서 교육받은 대로 무릎을 꿇었다.

"화국의 사신 염소흔, 귀왕을 뵈옵니다."

"수국의 사신 수연청, 귀왕을 뵙습니다."

"풍국의 사신 풍미요, 귀왕을 뵙니다."

"토국의 사신 지녹산, 귀왕을 뵙습니다."

눈을 내리깐 터라 용상에 앉아 있는 이를 보지 못했다. 사실 거기에 앉은 이가 사내인지 여인인지, 누가 있긴 한 것인지조차 알 수 없었다. 그만 일어서도 좋다는 명이 떨어졌다. 여전히 시선을 바닥에 고정한 네 사람이 몸을 일으켰다. 어둠 속에서 누군가 다가오는 기척이 느껴졌다.

"얼굴을 들라."

제법 가까운 곳에서 소리가 들려 모두들 긴장했다. 먼저 미요가 고개를 들었다. 나머지 사신들이 거의 동시에 명에 따랐다. 귀왕은 그들 앞에 있었다.

먹구름에서 뽑아낸 듯한 빛깔의 옷자락이 바닥으로 길게 드리워졌고, 검은 머리는 느슨하게 틀어 올려 은비녀를 하나 질렀다. 삼십대 초반으로 보이는 아름다운 여인이 온유한 미소를 띠고 그들을 바라보았다.

피도 눈물도 없는 냉혹한 절대자와 대면할 줄 알았던 사신들은 적지 않게 당황했다. 그러나 그 누구도 연청만큼 경악하진 않았다.

"……어머니?"

다른 이들이 그 말뜻을 이해하는 데 꽤 오랜 시간이 걸렸다. 당혹감은 서서히 경악으로 바뀌어갔다. 귀왕이 고개를 돌려 연청과 시선을 맞추었다. 미소가 더욱 그윽해졌다.

"오랜만이구나, 연아."

넓디넓은 대전에선 숨소리 하나 들리지 않았다.

❖ ❖ ❖

"……어머니라고요? 연랑의 어머니?"

"확실합니까, 형님?"

다들 너무 놀라 귀왕의 앞이라는 것도 잊고 연청에게 질문을 퍼부었다. 아무 대답도 하지 못하고 귀왕만 쳐다보는 그를 일깨운 이는 미요였다.

"장여경도 처음에 연약한 목소리로 임생을 회유했죠."

사신들이 임생을 여경으로부터 떼어놓았을 때 문밖에서 애처롭게 호소하던 일을 떠올리라고 했다. 여경은 몇 번의 시도가 무산되자 본색을 드러내어 모두를 위협했었다. 겉모습에 현혹되지 말라는 뜻이다. 이에 연청을 비롯한 사신들이 조금씩 정신을 차렸다. 귀왕이 어쩔 수 없다는 듯한 미소를 지었다.

"풍국의 사신 미요 소저, 역시 냉철하군요."

귀왕이 천천히 사신들의 뒤로 걸어갔다. 연청은 이를 곁눈질하면서 걸음걸이가 어머니 가희와 똑같다고 생각했고 미요는 너무나 물 흐르듯 한 움직임이 의심스럽다고 여겼다.

"이번 사신은 연이를 포함한 네 명이니 즐거움도 네 배가 되겠어요."

기대해도 좋을까. 고운 목소리로 정말 즐겁게 말한다. 사신들은 생각이 복잡해졌다. 연청처럼 가희의 얼굴이나 습관을 알지도 못하고 그렇다고 미요처럼 한눈에 이상함을 판별해 내지도 못하는 소흔은 잠자코 고개를 숙이고 있다가 귀왕이 제 뒤를 지나갈 무렵 살짝 발을 움직여 기나긴 옷자락을 밟았다. 오묘한 먹구름 색의 옷자락은 소흔의 발아래 안개처럼 흩어졌다.

"염소흔."

다시 사신들 앞으로 돌아온 귀왕이 소흔을 똑바로 쳐다보았다.

"소저를 내버려 두었다간 외곽지대의 모든 원귀들이 성불할 판이더군요."

"언짢으셨다면 죄송합니다."

"그런 건 아니에요. 난 그저 소저라면 내 기대를 충족시켜 줄 수 있을까 하고."

"외람되오나."

미요가 둘 사이로 끼어들었다.

"조금 전부터 거듭 '기대'라는 말씀을 하시는데 정확히 무엇에 대한 기대감인지 여쭈어도 될는지요."

다정한 눈으로 소흔을 바라보던 귀왕이 미요에게로 시선을 돌렸다. 연청이나 소흔을 볼 때와는 다소 다른 눈빛이다.

"여러분은 시험을 통과할 수 있을까 하는 기대랍니다, 미요 소저."

"시험이 있나요?"

"아무것도 하지 않고 돌려보냈다면 지금껏 무사히 돌아간 사신이 그리 적을 리가 없겠죠?"

귀왕이 사신들 주위를 거닐며 말했다. 이야기가 이어질수록 즐거운 기색이 더했다.

"여러분이 외곽지대를 거쳐 왔으니 알겠지만 그곳은 생각보다 무섭거나 힘들지 않은 곳이에요. 물론 변변한 신력도 없는데 불운하게 뽑힌 자들은 늦가을 낙엽처럼 중도에 탈락하곤 하죠. 하지만 여러분 이전에도 실력자는 꽤 있었고 실제로 나를 접견한 이들은 제후국에서 알고 있는 것보다 훨씬 많아요. 여든 명 정도 되죠."

제후국으로 무사히 돌아온 자들은 삼백 년간 다섯 명뿐이었다. 각 제후국마다 다섯이 아니라 모두 통틀어 다섯인 것이다. 그런데 귀왕은 여든 명을 만났다고 한다. 그럼 나머지 일흔다섯 명은 어떻게 된 것인가. 사신들은 숨도 제대로 쉬지 못하고 귀왕의 말에 귀를 기울였다.

"좀 뜬금없는 말이지만 난 사신들을 좋아해요. 삼 년에 한 번 열리는 축제와도 같다 할까. 그래서 온갖 어려움을 극복하고 살아남은 사신을 보면 자꾸 시험하고픈 충동에 빠져요. 통과하면 황금을 안겨 무사히 돌려보내죠."

"그럼 일흔다섯 명은 시험을 통과하지 못했나요?"

귀왕의 표정이 묘해졌다. 소흔은 귀왕과 미요의 대화를 조용히 들으면서 아까 전부터 계속 꺼림칙한 기분이 드는 것은 무슨 까닭인지 생각해 보았다. 우선 가장 큰 문제는 괴리감이었다. 연청에게 들은 가희와 지금 눈앞의 가희는 느낌이 완전히 달랐다. 연청이 알아보지만 않았으면 전혀 다른 이라 여겼을 정도다.

달밤의 시냇가에서 연청에게 들은 가희, 그러니까 설 부인은 온화하고 아름다우면서도 강인한 여인이었다. 약자를 돕기 위해 위험을 무릅썼고, 그자로부터 배신을 당했을 때도 남은 이들에게 사람을 미워하지 말길 당부했다. 그녀는 따뜻함이 넘치는 대인이었다.

그런데 지금 눈앞의 가희는 겉모습은 상상과 일치하지만 분위기는 아예 다르다. 대화는 미요에게 맡겨두고 소흔은 입을 꼭 다문 채 귀왕을 살폈다. 그리고 오랜 관찰 끝에 한 가지 답을 밝혀냈다.

　잔혹한 천진함.

　분명 수많은 이가 죽어 나가는데 이를 두고 귀왕은 삼 년에 한 번 열리는 축제라거나, 무슨 시험처럼 중도에 탈락한다고 하고 있다. 귀왕에게 있어서 이 모든 과정은 하나의 유희와도 같은 것이었다.

　"아, 대부분은 그랬죠."

　"……대부분이라시면 통과하고도 돌아가지 못한 자가 있었다는 말인가요?"

　귀왕이 대답하려는 순간이다. 이제껏 단 한 마디도 하지 않고 있던 연청이 낮게 가라앉은 목소리로 귀왕에게 말했다. 당신은 내 어머니가 아니라고. 너무나 단정적인 말투에 모두가 움찔하며 그를 쳐다보았다.

　귀왕은 그게 무슨 소리냐는 듯 연청에게 다가갔다. 가는 섬섬옥수를 들어 연청의 뺨을 어루만지려 했다. 그는 신력을 소환한 손으로 귀왕의 팔을 낚아챘다. 푸른 기운이 스멀스멀 손바닥에서 새어 나왔다. 귀를 퇴치하는 힘, 신력. 연청의 신력이라면 수국 제일이라 할 만한데 이를 그대로 받고 있는 귀왕은 아무런 동요도 없어 보였다.

　"어머니는 주가(酒家)의 며느리로 직접 누룩을 빚곤 하셨지. 그래서 서른이 훌쩍 넘어서도 어린 소녀처럼 손이 고우셨다. 그러나 어머닌 봉을 잡는 무인이기도 하여 하루도 거르지 않고 수련하였기에 구석구석 굳은살이 박여 있었지."

연청의 눈빛이 차가운 불꽃처럼 일렁였다.

"네 손은 지나치게 곱기만 하군."

그가 오물을 만지기라도 한 듯 귀왕의 팔을 뿌리쳤다.

"설가희는 귀가 될지라도 그 손만은 변치 않았을 것이다."

그 손이 변할 리 없다. 어머니의 손. 누룩을 빚고 봉을 잡고 연청에게 따스하게 내밀었던 손은 어머니의 생을 오롯이 담고 있었다. 이는 어머니가 행여 귀가 되었다 해도 바뀌지 않을 것이라고 연청은 생각했다. 그러므로 이 부드럽기만 한 손의 주인은 어머니가 아니다.

"이런."

귀왕이 입을 벌려 웃었다.

"어이없이 들통 나버렸군."

벌린 입이 그대로 길게 찢어져 머리 가죽부터 허물처럼 아래로 흘러내렸다. 드디어 귀왕의 본체가 모습을 드러냈다. 검은 늪에서 걸어 나온 듯한 귀왕은 네 사람을 쳐다보며 싸늘하게 웃었다.

그의 눈길이 닿는 것만으로도 사신들의 팔다리가 뻣뻣하게 굳었다. 그저 기분만 그런 게 아니라 정말로 몸이 움직이지 않았다. 이토록 쉽게 제압당해 버리자 아연해진 사신들을 향해 그가 말했다.

"시험에 대해 알려주겠다."

가희의 모습을 했을 때와 같이 마냥 즐거워하는 목소리다.

"오늘 밤 한 명씩 나를 찾아와라."

형체도 없이 사라지기 전, 그가 연청을 보며 더욱 섬뜩한 미소를 머금었다.

"특히 네가 기대되는군, 수연청."

❖ ❖ ❖

어디선가 나타난 도깨비불이 사신들을 넓은 방으로 안내했다. 나란히 이어진 네 개의 방은 어둡고 텅 빈 다른 방들과 달리 입이 떡 벌어질 만큼 화려한 곳이었다.

바닥에는 능라비단과 모피가 깔려 있고 벽 역시 금사로 수를 놓은 휘장이 걸려 있었다. 다섯 명이 누워도 넉넉할 정도로 넓은 침상은 옥을 조각한 위에 푹신한 비단 요를 겹겹이 깔았다. 가히 제후의 침실이라 해도 부족함이 없겠다. 평범한 삶을 살아온 이라면 황홀함에 넋을 잃고 말리라.

그러나 소흔은 마음을 놓지 못하고 그 화려한 방 한가운데 버려진 듯 주저앉아 있었다. 궁전 안에는 시간을 가늠할 수 있는 것이 없기에 어림짐작으로 일각이 지날 때마다 비단 깔개의 끄트머리를 가늘게 찢었다.

깔개가 스무 갈래로 나뉘어졌을 무렵 누군가 방문을 두드렸다. 도깨비불이 내는 소리는 아닐 것이다. 소흔은 잔뜩 긴장하여 대답했다가 문을 열고 들어오는 이를 반겨 맞았다.

"그런데 함부로 돌아다녀도 돼요?"

연청의 품에 안긴 채 소흔이 물었다. 그가 어깨를 으쓱했다.

"녹산은 말에게 여물도 주고 오던데."

"그래요? 나만 바보같이 틀어박혀 있었네."

"얌전히 있었으니 잘한 거다. 또 혼자 사라졌어 봐. 귀왕궁을 뒤엎을 수도 없고."

탄탄한 허벅지를 베고 누운 소흔이 눈을 흘기자 그가 소흔의 머리를 쓰다듬었다. 두 사람 다 연청의 마지막 말이 사실임을 알고 있었다. 그저 내색하지 않을 뿐. 아까 귀왕이 본모습을 드러냈을 때, 정말 잠깐이었지만 귀왕의 힘을 깨닫기엔 충분한 시간이었다.

사신 중 어느 누구도 무력으로 그를 능가할 수 없다. 넷이 동시에 덤벼도 이길 수 없다. 귀왕은 이미 인간이 어찌할 수 있는 존재가 아닌 것이다. 이를 깨달은 사신들은 저마다 상념에 잠겼다. 그 때문인지 연청의 표정이 더욱 어두워 보였다.

"불안해."

"응?"

"불안하게 그런 표정 짓지 마요. 시험이 걱정되는 거죠? 나도 그래요. 하지만 다섯 명이 살아 돌아갔으니 아예 희망이 없는 것도 아니에요."

연청이 쓸쓸한 미소를 지었다. 소흔의 긴 머리카락을 만지면서 그는 아주 먼 옛날을 떠올리는 눈을 했다.

"너무 오랜만이라 앞뒤 가릴 것 없이 속아버렸다. 풍미요가 아니었으면 우습게 될 뻔했어."

결정적인 단서를 잡아낸 이는 연랑이지 않느냔 소흔의 말에 그가 엷은 한숨을 내쉬었다.

"짧은 순간, 정말 눈앞의 여인이 어머니이길 바랐다면 날 어리석다 하겠지. 그럴 리 없다는 걸 알면서도. 조금만 깊이 생각해 보면 앞뒤가 맞지 않는데…… 그대로 넘어갔군."

그가 말을 이었다.

"소소, 한데 그자가 어머니의 모습을 알고 있다는 건 어머닐 직접 만나봤다는 뜻이겠지?"

"아마…… 그렇겠죠?"

"하지만 어머닌 돌아오지 못하셨지. 시험을 통과하지 못한 일흔다섯 중 하나였단 소리야. 여기서 난 의아해지는 거다. 대체 어떤 시험이기에 뛰어난 무인인 그녀가 통과할 수 없었는지."

그의 목소리가 한층 더 잠겨들었다.

"그 다섯은 뭘 했기에 돌아갈 수 있었는지."

소흔의 표정도 먹구름 낀 하늘처럼 흐려졌다. 넓디넓은 방의 분위기는 침묵으로 무겁게 내려앉았다. 자신의 근심이 소흔에게까지 전해졌다는 생각에 연청은 곧 표정을 바꾸었다. 그리고 수국의 풍습과 거리 풍경, 제 가족에 대해 이야기하기 시작했다.

소흔도 그의 노력을 알아채고 화국 이야기로 분위기를 맞춰주었다. 그녀는 특유의 재기 발랄함을 한껏 발휘해 연청의 입가에 몇 번이나 큰 웃음이 걸리도록 만들었다.

"그러니까 온천장부터 들러야 한다니까요."

둘은 무사히 돌아가면 어느 집부터 찾아뵙느냐는 문제로 한참을 옥신각신했다. 연청이 이유를 묻자 소흔은 생긋 웃으며 답했다.

"나야 어느 집에서든 반길 며느릿감이죠. 요리, 집안일부터 장부 정리, 가격 흥정까지 어느 것 하나 못하는 게 없잖아요. 게다가 연랑이 매일 밤마다 말한 대로 예쁘고 애교도 많으니까 그 유명하신 창해 수가라도 날 탐탁찮게 여기진 않을 거란 말이죠. 그에 비해 연랑은."

"내가 뭐?"

"수가의 공자라는 거 말고는 그다지."

"그다지?"

소흔이 몸을 일으켜 앉은 뒤 짐짓 평가하는 눈으로 연청의 아래위를 훑어보았다.

"과하게 잘생긴 것 빼고는 뭐 없잖아요?"

"뭐가 어쩌고 어째, 염소흔?"

그가 눈을 가늘게 뜨더니 소흔을 끌어다 품 안에 가두고 옆구리를 간질였다. 대번에 꺅 하는 비명이 터져 나왔다. 그만두라는 말은 하되 절대 잘못했다는 소린 않는다. 괘씸하고 고약한 소소. 연청이 더 세게 공격하자 그녀가 숨넘어가는 소리와 함께 백기를 내걸었다.

"항복이에요, 항복! 그만! 더는 못 견디겠어요."

"그래서 내가 어떻다고?"

"연랑은."

말을 하다 말고 웃음을 터뜨린다. 어째 제법 순순히 항복한다 했어. 그는 소흔이 거의 쓰러질 때까지 괴롭혀 준 뒤 조용히 을러댔다.

"소소 네가 자포자기한 수연청부터 봐서 모르나 본데, 창해 수가 둘째 공자 자리가 그리 만만한 게 아니다. 각국의 대상인이며 고관을 마주해야 하는 자리지. 아버지와 형님을 도와 이백이 넘는 일꾼들을 이끌어야 하고."

"이백 명이오?"

제 식구만으로 해 내가는 온천장에 비하면 어마어마한 숫자다. 모르긴 해도 그 정도 규모라면 각 제후국에서도 다섯 손가락에 꼽힐 만한 상가(商家)인 것이다. 그러나 이쪽도 견실한 온천 여관이니 그저 헤, 하고 감탄할 수만은 없다. 그러기엔 온천장의 자부심이 있어서 소흔은 얼른 놀란 표정을 지우고 고개를 대충 끄덕였다.

"아, 그래요? 꽤 크구나."

"평소엔 술독에 빠져 있지만 필요할 때면 완전히 다른 사람이 된다고. 내가 싸늘하게 일갈하면 방 안 공기가 얼어붙는 모습을 소소 네가 봐야 하는 건데 말이다."

"상상이 안 돼요, 그런 연랑은."

소흔이 두 손으로 연청의 뺨을 감쌌다. 목소리가 더 작아지고 더 달콤해졌다.

"내겐 이렇게나 다정한데."

말랑한 입술이 내려앉았다. 부드럽게 서로의 입술을 물었다가 빨아들이길 반복했다. 혀를 밀어 넣지 않고 입술만으로 하는데도 충분히 달았다. 뭔가 솜털처럼 간질거리는 게 가슴속을 돌아다니는 것 같았다.

"웬일로 먼저 기특한 짓을 하는 거지?"

연랑이 좋아서 몸이 먼저 나가 버렸다는 설명에 그가 웃었다. 그리고 푹신한 바닥 위에 누운 채로 그녀를 안아 '몸이 먼저 나갔다'라는 말이 무슨 뜻인지 몸소 보여주었다.

끊어질 듯 이어지는 어여쁜 신음 소릴 들으며 그는 함께 바닷가를 거니는 두 사람을 떠올렸다. 그리고 둘 다 기진맥진하여 쓰러진 뒤 몽롱함에 젖어들 때쯤엔 철썩이는 파도와 발바닥으로 느껴지는 부드러운 모래와 하얗게 흩어지는 포말에 대해 들려주었다. 두 사람은 조개껍질 이야기를 하다가 누가 먼저랄 것도 없이 달콤한 잠 속으로 빠져들었다.

❖ ❖ ❖

"흐으응."

소흔이 모피 담요와 비단에 휘감겨 곤히 자다가 몸을 뒤척였다. 얼마나 오래 잤는지 온몸이 뻐근할 지경이었다. 비몽사몽 중에 탁자로 다가가 물 한 잔을 달게 마셨다. 그리고 다시 이부자리로 돌아왔을 때서야 옆이 비었다는 사실을 알아차렸다. 연청이 없었다.

"어디 갔나? 방에 돌아간 걸까?"

소흔은 옷을 대충 여미고 맨발로 나갔다. 차갑고 매끈한 바닥이 느껴졌다. 심지 없는 초가 활활 타고 있지만 그래도 여전히 어두워서 그녀는 제 방문을 열어두었다. 바로 옆방이 연청의 방임은 알고 있다. 그녀는 조심스레 문을 몇 번 두드린 뒤 문고리를 잡아당겼다. 육중한 문이 열리며 소흔의 방 못지않게 화려한 방이 나타났다.

그러나 그곳에도 연청은 없었다. 묘한 불안감에 그녀는 연청이 머물렀을 방을 서성이며 그의 흔적을 찾아보려 애썼다. 연청이 즐겨 입는 짙푸른 겉옷이 능라비단 위에 포개져 있어 소흔은 그것을 주워 들었다. 몸에 걸치자 청량한 수향(水香)이 났다.

"대체 어딜 간 거야……."

가만있을수록 불안감은 심해져 소흔은 연청의 방에서 나왔다. 그 옆은 녹산의 방이고 맨 끝에 미요가 있다. 소흔은 녹산의 방문을 두드렸다. 무슨 소리가 난 것 같아 문을 열었는데 기분 나쁘게도 그 방마저 텅 비어 있었다. 미요의 방도 마찬가지였다.

"모두 사라졌어……."

저가 너무 오래 잔 것일까. 그래서 다들 이미 시험을 치러 간 건가. 그렇다면 왜 자신을 깨워주지 않은 것인가. 밀려드는 질문에 답해줄 이는 없었다. 소흔은 슬슬 온몸이 떨려왔다. 아주 어릴 때 이후로 하지 않았던 손톱 끝을 잘근잘근 깨물었다. 어둡고 텅 빈 귀왕궁에 저 혼자 남았다.

바보 같은 염소흔, 조금만 정신을 차리고 깨어 있을걸. 적진에서 다리 뻗고 잠든 셈이잖아! 자꾸만 한기가 스며서 소흔은 연청의 옷 속으로 파고들었다. 그녀의 몸에는 턱없이 길고 큰 옷이지만 그나마 온기를 찾을 데는 이것뿐이었다.

"혹시…… 벌써 내 시험이 시작된 건가?"

중얼거리며 어두운 복도를 누비던 소흔은 이윽고 대전에 이르렀다. 그리고 그녀는 저가 한 말이 사실이길 바랐다. 이것도 시험의 일부이기를 바랐다. 이게 현실일 리 없다고, 소흔은 오직 그 생각밖에 할 수가 없었다. 지금 제 눈으로 보고 있는 광경은 견딜 수 없는 충격이었기에.

"미요 언니! 녹산 오라버니!"

소흔이 비명을 지르며 용상 쪽으로 달려갔다. 피에 흠뻑 젖은 미요와 녹산이 마치 낚싯줄에 꿰인 물고기처럼 허공에 매달려 있었다. 그들에게서 흘러나온 붉은 피가 바닥에 웅덩이를 이루었다. 소흔은 즉시 염화궁을 소환해 허공으로 화살을 날렸다.

두 사람의 몸이 차례로 소흔의 품에 떨어졌다.

아니야. 그럴 리 없어. 이게 현실일 리 없어. 소흔은 덜덜 떨리는 손으로 미요의 뺨을 두드리고 몸을 주물렀다. 평소에도 서늘한 편이던 미요의 몸은 완전히 식어 있었다. 맥을 짚어보기 위해 가는 손목을 잡았다. 맥이 잡히지 않았다.

안 돼. 어떻게 이럴 수가 있어? 바로 몇 시진 전까지만 해도 내 옆에 서 있었던 사람이라고! 소흔이 울음을 참으며 녹산에게 몸을 돌렸다. 온 신경을 집중하여 목덜미에 손을 가져다 대자 너무나 희미한 떨림이 느껴졌다. 그녀는 녹산의 손을 잡고 온 힘을 다해 주물렀다. 대체 어디를 어떻게 다쳤는지 모르지만 출혈이 너무나 심했다.

"오라버니, 정신 차려요! 내가, 내가 왔으니까!"

손가락 끝이 미약하게 움직였다. 여전히 정신을 차리지 못했지만 소흔은 그것만으로도 기뻐져 울음을 터뜨렸다.

"잠깐만요. 수건이랑 이불을 가져올게요!"

맨발로 넓은 대전을 가로질러 제 방으로 뛰어갔다. 몸이 휘청거릴 정도로 많은 명주 수건과 담요, 물주전자를 한 번에 끌어안고 다시 대전으로 향했다. 물로 얼굴을 씻기고 몸을 닦았다. 하지만 그 어디에도 상처는 없었다.

"지혈을 해야 하는데……."

소흔이 어찌할 바를 몰라 하는 순간 녹산의 코에서 검붉은 피한 줄기가 흘러나왔다. 거의 반사적으로 수건을 갖다 댄 소흔은이 모든 피가 몸의 구멍에서 흘러나왔음을 알게 되었다. 평생 듣지도 보지도 못한 공격법이다. 그녀는 녹산에게서 눈을 떼지 않은채 다시 미요의 맥을 짚었다.

숨소리마저 죽이고 집중하자 아까 놓쳤던 희미한 박동이 잡혔다. 불안한 건 녹산의 맥보다도 더 약하다는 것이었다. 소흔은 미요에게도 똑같이 한 뒤 담요로 몸을 감쌌다. 두 사람을 한꺼번에부둥켜안고는 신력을 발했다. 담요 전체가 따뜻해지면서 훈훈한열기가 셋을 감쌌다. 소흔이 해줄 수 있는 거라곤 이것뿐이었다.

"정성이 대단하군."

들어본 적 있는 목소리다. 어두운 대전 한쪽에서 귀왕이 걸어나왔다. 얼굴이 눈물로 얼룩진 채 자신을 노려보는 소흔을 향해슬며시 웃었다.

"살 수 있을 것 같나? 그 둘 말이다."

"어째서……."

소흔이 울음기에 잠긴 목소리로 물었다.

"시험에 통과하면 살려 보내준다고 했잖아. 그런데 두 사람이왜 이렇게 된 거지?"

만약 미요와 녹산이 시험 때문에 이렇게 된 거라면 소흔에게도희망은 없다. 네 사람은 한 달 하고도 보름 동안 동고동락한 사이.서로의 실력이 어느 정도인지, 강점과 약점이 무엇인지 누구보다도 정확하게 파악하고 있는 것이다.

이십 년 가까이 훈련받아 온 미요가 이 정도라면 소흔은 일찌감치 나가떨어질 터. 그녀의 질문을 들은 귀왕이 쿡쿡 소리 죽여 웃었다.

"뭐가 웃기지?"

"아, 너희들은 참 서로 닮았군."

그가 즐거운 듯 말을 이었다.

"재차 생각해도 이번 사신은 정말 본왕이 잘 뽑은 것 같단 말이지. 본왕을 꺾겠다고 풍국이 십수 년 공을 들인 자도 그렇고, 태어나서 단 한 번도 주목받지 못한 자도 그렇고, 게다가 그 이름도 잊기 어려운 설가희의 자식이라니."

그가 낮은 목소리로 덧붙였다.

"그리고 그와 붉은 실의 인연으로 엮인 염소흔이라……."

영웅 염소흔이라고, 귀왕이 말했다. 소흔이 당치 않는 말이라며 부인하자 귀왕은 정해진 삶을 볼 수 있는 기록에 이미 '영웅 염소흔'이라 쓰여 있다고 대꾸했다. 귀왕은 앞으로 그녀의 인생이 이런 식으로 흘러갈 예정이었다며 줄줄 읊었다.

"스물두 살이 되는 해 전례 없는 수해가 화국 전역을 덮치지. 큰물이 휩쓸고 간 자리에는 온갖 더러운 병이 창궐하고 희한하게도 물은 넘쳐 나지만 이미 오염된 물이라 마실 수가 없게 된다. 그런데 일개 여관집 막내딸이 이를 예견해 제후와 관리들에게 수해에 대비할 것을 호소하는데, 그중 한 고관이 그녀의 말을 귀담아들어 결과적으로 수도 홍안의 피해가 가장 적게 되지. 화국에서 화족이 물을 다룰 줄 아는 건 흔치 않은 일이고 높이 치켜세워 마땅한 일이라, 그 일을 기점으로 너 염소흔은 화국 백성 사이에서 영웅으로 불리게 되지. 물론 이후로도 외곽지대 백성들을 보살피고 약자를 보호하여 마흔이 되기 전에 거의 천녀(天女) 급의 추앙을 받는 것은 따로 언급할 필요도 없고."

소흔은 귀왕의 말에 휘말리지 않으려 애썼지만 그가 너무도 확신을 갖고 기정사실인 듯 이야기하는 터라 중간에 말을 자를 수도 없었다. 영웅이라고? 내가 천녀처럼 떠받들어진다고? 지금으로선 상상도 할 수 없는 이야기였다.

한데 그 순간 소흔의 머릿속에 불현듯 떠오른 질문이 있었다. 잠깐, 마흔이라니? 그럼 내가 그때까지 산다는 소린가? 흡사 그녀의 머릿속을 들여다보기라도 한 듯 귀왕이 말했다.

"염소흔의 수명 줄은 길고도 튼튼해서 아흔에 눈을 감는 순간까지 크게 아픈 곳 없이 살아간다. 무병장수, 그야말로 인간이 누릴 수 있는 가장 큰 축복이라 해도 과언이 아닐 터."

일순 귀왕의 눈이 위험스레 번득였다.

"원래라면 말이다, 원래라면……."

"그 말은 지금은 상황이 달라졌다는 건가?"

"넌 똑똑해서 마음에 들어."

말이 통한다 할까. 그가 입가를 늘려 웃었다.

"본왕이 쥐고 있는 것은 명부. 인간이라면 두려워 마땅할 힘이지. 위세 당당한 제후들이 직접 군대를 끌고 오지 못하고 사신으로 위장한 자객이나 보내는 데 그치는 이유이기도 하고. 그런데 이쯤이면 너도 짐작하겠지만 말이다, 염소흔. 본왕은 사신 건을 제외하고는 제후국을 건드리지 않는다. 외곽지대도 비슷하지. 악귀와 원령이 떠돌아다니긴 하나 서생들은 여전히 과거 준비를 하고 여인들은 좋은 사내에게 시집가기 위해 화장으로 저를 꾸며. 그래, 아이도 열심히 낳지 않더냐. 제후들이 너희에게 뭔가 잘못 주입시켰던데, 본왕은 인간들을 몰살시키러 올라온 게 아니야. 너희들이 다 죽어 귀가 되면 명계(冥界)나 여기나 다를 게 뭐냐."

소흔은 계속 신력을 돌려 미요와 녹산에게 온기를 흘려보내면서도 귀왕의 의중을 파악하기 위해 머리를 굴렸다. 낮에 알아차린 '잔혹한 천진함'의 연장선상에서 생각해 볼 때, 귀왕이 하고자 하는 말이 어느 정도 짐작이 되었다.

"본왕은 너희가 궁금한 거다."

검고 어두워 그 깊이를 짐작조차 할 수 없는 그의 눈동자가 빛났다.

"너희의 어리석음이, 생동감이, 꿈이 궁금해. 그리고 그걸 관찰하는 건 그 무엇보다도 즐겁지. 특히 무작위로 뽑은 사신들이 본왕 앞에 무릎 꿇고 앉아 시험에 드는 것은……. 아, 염소흔 네가 딱 삼천 년만 빌어먹을 명계에 처박혀 있어보면 내 기쁨을 알 텐데."

스르륵. 뒤쪽에서 나타나 천천히 용상으로 올라갔던 귀왕이 소리 없이 사라졌다가 소흔의 코앞에 나타났다. 흠칫 놀라지도 못하고 굳어 있는 그녀의 귓가에 대고 귀왕이 속삭였다.

"시험은 사람의 목숨을 걸고 결정하는 것이다. 주어지는 시간은 단 일각."

소흔의 귀에 그의 한마디 한마디가 바위처럼 내려앉았다.

"지금 이 순간부로 너와 네 소중한 자의 목숨은 일각뿐이다. 그 자의 여생을 가져와 네 목숨을 연장하든지 그자에게 네 여생을 양도하고 저 끔찍한 무간지옥으로 떨어지든지 둘 중 하나를 선택해라. 만약 일각 내로 답하지 못한다면 네 목숨을 앗겠다."

그가 손짓하자 용상을 중심으로 오른편에는 화염에 휩싸인 지옥문이, 왼편에는 소흔에게 있어 가장 소중한 자의 형상이 나타났다.

활기 넘치는 온천장을 배경으로 염씨 부부가 있었다. 손님들은 막내딸 이야기를 들었다며 소흔이라면 씩씩하게 돌아올 거라고 부부를 위로했다. 그러면 부부는 의연한 미소를 띠며 신경 써주셔서 감사하다고 응대했다.

다른 이들의 눈에는 보통내기가 아닌 부모로 보일 것이다. 사랑해 마지않는 딸을 사지로 보내고도 저렇게 웃을 수 있다니, 온천장은 역시 다르다며 혀를 내두를 터다. 그러나 소흔의 눈에는 아버지의 수척해진 얼굴과 어머니의 어두운 눈가가 밟혔다.

내가 살면 두 분이 죽고, 내가 죽으면 두 분이 살 수 있다고? 부모님이 이 자리에 있었더라면 당황하여 시간만 보내는 소흔을 크게 나무라실 것이다. 도대체 뭘 우물쭈물하는 것이냐, 여관집 사람이라면 모든 결정이 정확하고 빨라야 한다고 누차 말해오지 않았느냐 꾸짖고는 담담한 목소리로 '우리 딸아이를 살려주시오' 하시겠지.

그런데 소흔은 두 분을 너무나 사랑하는 마음에도 불구하고 자꾸만 생각에 생각을 거듭하게 되는 자신이 미워 견딜 수가 없었다. 그런 소흔을 가만히 바라보던 귀왕이 돌연 '아' 하는 탄성과 함께 입을 열었다.

"그런데 본왕이 이 말을 했던가? 네가 마지막 시험자라고."

소흔의 눈동자가 흔들렸다.

"시험에 대해 듣자마자 기다렸다는 듯 달려든 풍미요가 두 번째, 피 흘리며 쓰러지는 풍미요를 보고 달려온 지녹산이 세 번째."

그의 마지막 한마디가 귀에 박혔다.

"수연청이 첫 번째였다."

소흔은 저가 뭐라 말하고 있는지도 몰랐다. 입이 제멋대로 움직인 것 같은데 제 귀에 목소리가 들리지 않았다. 온몸의 감각이 둔해졌다. 눈은 침침하고 귀는 먹먹하고 목소리는 맥없이 꺼져 들었다. 하지만 귀왕에게는 제대로 들린 듯 그가 되물었다.

"왜 수연청이 보이지 않느냐고?"

시작이 좋군. 질문이 썩 괜찮다며 귀왕이 만족감을 드러냈다.

"풍미요와 지녹산은 여기 죽어 있는데."

소흔이 반박하듯 그들을 끌어안자 귀왕은 어차피 곧 죽게 되어 있다고 아무렇지도 않게 말했다.

"어째서 수연청만 보이지 않는가. 염소흔, 그 이유는 말이지, 수연청은 제 어미 못지않게 인상적이었기 때문이다."

설가희. 귀왕이 그리운 옛 연인이라도 추억하는 듯한 눈으로 설 부인의 이름을 입에 담았다.

"십육 년 전이군. 설가희는 수국에서 추방당한 이후 외곽지대를 거쳐 이곳 귀왕궁까지 왔다. 뛰어난 무인이라지만 여인의 몸으로, 그것도 혼자서 오기란 쉬운 일이 아니었지. 본왕 앞에 무릎을 꿇었을 때 그 여인은 상당히 지쳐 있었다."

귀왕은 그녀에게 몸을 회복할 수 있는 하룻밤의 시간을 준 뒤 어김없이 시험 문제를 들이밀었다. 가희의 눈앞에 두 개의 형상이 나타났다. 용상을 중심으로 오른편에는 활활 불타는 지옥문이, 왼편에는 그녀가 가르쳐 준 대로 수련하고 있는 어린 연청이 있었다.

가희는 귀왕의 말이 떨어지자마자 아들을 살려달라고 하였다. 그러고는 아직 일각이 온전히 남았으니 남은 시간 동안 아들의 모습을 보고 싶다고 말했다. 귀왕은 흥미가 동했다. 이전에도 자식의 목숨을 걸게 된 자들이 있었다. 그 대상은 부모, 부인, 남편, 형제자매를 비롯한 가족부터 은인이나 제후까지 다양했다.

물론 가희처럼 자신을 희생한 경우도 있었지만 그녀만큼 빨리 대답한 경우는 없었다. 다들 일각 동안 치열한 번뇌를 거듭하거나 아무 생각도 하지 못하고 멍하니 시간을 보내곤 했다. 돌아가지 못한 수십 명 중에 거의 대부분이 그랬고, 그중 절반이 시간을 지체해 목숨을 잃었다.

"본왕은 일각 동안 그 여인을 뒤흔들어 보기 위해 갖은 말을 다 했지. 남은 가족들이 겪을 슬픔과 상실감, 특히 수연청이 훗날 이를 알게 되었을 때 얼마나 자학할지에 대해 말해줬다. 잔인한 말이긴 하지만 자식은 또 낳으면 되는 게 아니냐고. 돌아가 아이를 가지면 수연청을 닮은 아들이 나올 거라고도 알려줬지. 그러자 설가희가 잔잔한 미소를 띠더니 말하더군. 귀왕께서만 입을 다물어 주시면 됩니다."

부고는 알리되 그 이유는 함구해 달라는 뜻이었다. 이런 경우는 처음이었기에 귀왕은 명부에 이름을 올리기 직전, 이례적으로 그녀에게 남기고픈 말이 없는지 물었다.

"탄성을 터뜨려야 할지 기가 막힌 웃음을 흘려야 할지 모르겠더군."

가희가 한 말은 이것이었다.

'남은 사람들에게 제 말이 전해질 기회가 있다면 부디 사람을 미워하지 말라고 해주세요. 그리고…… 귀도 미워할 필요 없다고 전해진다면 좋겠습니다. 미움은 또 다른 미움을 낳고 모두의 삶을 파국으로 이끕니다. 저는 제 사람들이 누군가를 미워하며 소중한 시간을 헛되이 보내길 바라지 않습니다.'

말을 마친 가희는 어느 때보다 행복한 얼굴로 아들의 모습을 한 번 더 눈에 담은 뒤 힘없이 쓰러졌다. 눈을 감는 그 순간까지 평온한 모습이었다.

"뭇 사람들이 말하는 '대인'이란 게 어떤 자인지 설가희를 보고서 깨달았다."

그리고 그녀의 아들이 궁금해졌다고 귀왕이 말했다.

"갑자기 강하게 끌리더군. 본왕의 눈앞에 십수 년 뒤가 펼쳐지는 것 같았다. 어머니가 죽은 진짜 이유를 알게 된 아들은 어떤 얼굴을 할까. 그리고 그는 어떤 선택을 할까. 너무나 궁금해서 견딜 수가 없었지. 그렇지만 수연청이 지독한 상실감에 빠져 사람을 믿지 않고 오랜 세월을 보냈기에 본왕은 그를 불러들이지 못했어."

그러다가 연청과 닿을 붉은 인연을 보게 되었다고 했다. 수연청의 여생을 행복으로 물들일 여인. 다시 사람을 믿게 해줄 여인이었다. 원래대로라면 수(水)가에서 머리를 식히라며 연청을 화국 수도로 보내고 그곳에서 소흔과 마주치며 인연이 시작될 것이었는데 귀왕은 이를 비틀어 그들을 사신으로 불렀다.

"과연 수연청은 남다르더군."

가장 먼저 대전으로 들어왔단다. 가희보다는 훨씬 복잡한 얼굴로. 그러나 어쩐지 슬픈 미소를 띤 얼굴로 들어와 시험에 대해 물었다. 그다음은 다른 이들과 같았다. 귀왕이 시험에 대해 알려주자 용상을 중심으로 두 개의 형체가 나타났다. 지옥문과 소중한 사람.

"너, 염소흔."

소흔이 입술을 깨물었다. 자신의 가장 소중한 사람은 연청이 아니라는 게 너무나 미안했다. 아니, 연청도 소중하다. 정말 둘도 없는 사람이다. 소흔 자신의 목숨과 연청의 목숨 중에 선택해야 한다면 그를 살리고 싶을 정도로. 그러나 연청과 부모님이 동시에 위험에 빠진다면 두 번 생각 않고 연청에게 가지는 못할 것 같았다.

"본왕은 그에게 설가희의 이야기를 들려주었다. 역시 표정이 어두워지더군. 그 자리에서 돌이 된 것 같아 본왕이 상념에서 꺼내주어야 했지. 그런데 신기하게도 설가희의 아들도 어미와 같은 선택을 했단 말이지."

연청은 귀왕의 말이 끝남과 동시에 마음을 결정했다. 마지막으로 남길 말이 없느냐는 질문에 이렇게 답했다고 했다. 화려한 방에 남겨두고 온 새근새근 잠든 소흔의 모습에서 눈을 떼지 않은 채.

"돌아가라, 소소. 가서 잘살아."

소흔의 뺨을 타고 눈물이 흘러내렸다. 귀왕이 그녀에게로 몸을 숙여 손끝으로 눈물을 찍어냈다. 당연히 투명한 몸체에 묻어나진 않았으나 그는 희한한 구경이라도 하듯 그것을 지켜보았다.

갑자기 용상 뒤로 펼쳐져 있던 상(像)이 사라졌다. 벌써 일각이 지났나. 나는 이대로 죽는 건가. 그나마 부모님이라도 무사하게 되어서 다행이라 저를 위로하는 소흔에게 귀왕이 말했다.

"돌아가라, 염소흔. 가서 잘살아."

소흔이 말뜻을 파악하지 못하고 가만히 있었다.

"못 알아들었나? 어서 가라고."

"그게 무슨……."

"넌 자유다. 화국으로 돌아가도 좋아."

"대체……."

"아아, 갑자기 머리가 돌아가지 않는 게로군. 본왕이 아까 전에 말하지 않았나. 네 수명은 아흔까지라고. 한데 너와 한날한시에 죽는 수연청의 수명은 백수(白壽)였단 말이지. 그가 남은 생을 네게 준다 하였으니 부모에게 네 여생을 넘겨도 네겐 여전히 칠십일 년이 남아. 원래대로 아흔에 죽을 수 있지. 설마 부모를 살리지 않을 건가?"

"일각, 일각은……."

"곧 끝난다만 네가 우물쭈물하지만 않는다면야."

귀왕이 재차 부모의 여생을 빼앗아올 거냐고 물었다. 소흔에게는 달리 선택의 여지가 없었다. 아득한 얼굴로 부모님을 살리겠다고 말하기 무섭게 그가 일각이 지났음을 알렸다. 그렇게 모든 것이 끝났다. 귀왕은 정말로 가도 좋다고, 시험을 통과하고 돌아가는 자에 한해 주는 황금은 이미 마차로 옮겨놓았다고 말했다.

소흔은 양팔에 끌어안은 미요와 녹산을 내려다보았다. 온기 덕분에 숨은 가늘게 이어가고 있으나 이대로 두면 오늘 밤을 넘기지 못하리라. 그녀는 연청이 했던 말을 떠올렸다. 살아야 한다고, 꼭 살아서 돌아가라고, 살 수만 있다면 어떤 굴욕도 참고 살아내라고, 제 어머니 같은 선택을 하지 말라고 했었다.

거짓말쟁이. 수연청은 거짓말쟁이야. 소흔이 망연자실하여 눈물만 뚝뚝 떨어뜨리다가 어떤 결심이 선 듯 귀왕을 올려다보았다. 그녀의 입에서 흘러나오는 말을 귀왕은 아주 흥미롭게 들었다.

석실의 문이 열렸다. 소흔은 물 먹은 솜처럼 무거운 다리를 움직여 안으로 들어갔다. 벽을 따라 횃불이 타고 있어서 안이 밝았다. 그녀의 눈에 차디찬 석판 위의 연청이 들어왔다. 창백한 얼굴, 핏기 없는 입술, 굳은 몸. 그에게선 조금의 생기도 느껴지지 않았다.

"거짓말쟁이."

소흔이 입을 틀어막았지만 거센 울음이 터져 나오는 것을 막을 순 없었다.

"날 속였어."

그의 뺨을 때리고 어서 이곳으로 돌아오라고, 당장 눈을 뜨지 못하겠냐고 외치고 싶었다.

"영웅이 되지 말라고 해놓고선, 제일 먼저 죽으러 가다니."

마치 침상을 연상케 하는 석판 옆에 소흔이 무릎을 꿇었다. 그의 손을 잡자 섬뜩하게 차가운 감촉이 느껴졌다.

"수국의 혼례복은 청보라빛이라면서요……."

화국의 붉은 옷과 얼마나 다른지 보여주기로 약속했잖아요. 바닷가에 데려가 주겠다고, 무주성의 색돌보다 신기하진 않지만 매끈매끈 만지기 좋은 조약돌을 주워주겠다고, 백옥 같은 조개껍질을 보여주겠다고 했으면서. 백 가지에 달하는 수가의 술을 맛보여주고 나를 위한 새 술을 담가주겠다고 했으면서 여기 이렇게 싸늘히 누워 있다니.

"나쁜 수연청."

말과 달리 소흔은 그의 손등에 뺨을 가져다 댔다. 감은 눈 사이로 쉴 새 없이 눈물이 흘러나왔다.

"다시는, 다시는 연랑이라 부르지 않을 거야. 수국 쪽으론 쳐다보지도 않을 거고 튼튼하고 다정한 화국 사내와 만나 잘 먹고 잘 살 거예요. 한 사오 년쯤 지나면 연랑이란 사람이 있었나 하고 가물가물해질 테죠."

"……그랬다간 화국이 물에 잠길 줄 알라고."

너무나 익숙한 목소리가 들렸다. 소흔은 눈을 뜨기가 두려웠다. 이 역시 귀왕의 장난이면 어쩌지? 귀가 된 연청이 말하고 있는 거라면?

그러나 본능을 억누를 순 없었다. 그 무엇이라도 좋으니 다시 한 번만 그를 볼 수 있다면. 떨리는 눈꺼풀을 밀어 올리자 그녀를 쳐다보고 있는 연청이 보인다. 여전히 핏기 없는 낯이지만 소유욕을 드러내는 눈빛만은 살아 있었다.

"온천을 얼려 버릴 거다."

소흔은 아무 대꾸도 할 수가 없었다.

"그럼 여관이 망하겠지. 자리를 옮겨도 온천장을 따라다니는 불운은 여전할 거야. 네가 울면서 수가의 문을 두드리는 날만 기다리고 있겠다, 소소."

연청이 맥없이 웃었다.

"알아들었나, 염소흔?"

소흔의 눈에서 굵은 눈물이 뚝 떨어져 내렸다.

"……살아 있어요? 이거, 꿈은 아니죠?"

"빌어먹을 석실에 화로 하나 안 넣어주다니. 횃불도 진짜 불은 아니고 말이야. 아무리 내가 수국 출신이라지만 이건 좀 심하게 춥다고."

"……낮에 본 것처럼 환영은 아니죠?"

"어째 저주 걸린 무주성보다 더 추운지."

"수연청!"

소흔이 빽 소리 지르자 연청이 딴 짓을 멈추고 몸을 일으켜 세웠다. 그가 소흔의 뺨을 어루만지며 희미한 미소를 띠었다.

"그래, 살아 있다. 살아서 함께 돌아가기로 약속했잖아."

소흔이 다시 울먹이기 시작했다.

"그런데 왜 아까는, 귀왕은……."

"……우릴 무사히 만나게 해준 걸 보니 너도 나와 비슷한 생각을 했나 보군."

연청이 가볍게 소흔의 이마를 톡 때렸다.

"너만 머리를 굴릴 줄 아나 본데, 소소. 정인을 얕보지 말라고 했지 않나."

연청은 가희의 얼굴을 하고 나타난 귀왕에게서 자신을 흔들고자 하는 속셈을 엿보았다. 그리고 그의 언행을 되짚어봤을 때 귀왕을 움직일 수 있는 것은 단 하나, 그의 흥미를 동하게 하는 것임을 깨달았다. 연청은 귀왕이 가희와 같은 대인에게 관심을 보이는 것에서 착안하여 생에 연연하지 않는 태도를 꾸며냈다.

그의 계획대로 흘러간다면 네 사람은 무사히 이곳을 빠져나갈 수 있을 것이다. 그러나 까딱 잘못 엉키기라도 한다면 단 한 번의 실수만으로도 모든 일을 망칠 수 있었다.

그런 절박함이 연청의 선택에 힘을 실어주었다. 조금도 지체하지 않고 소흔을 살리겠다는 그의 말이 가볍게 느껴지지 않은 이유였다. 귀왕은 어머니와 똑같은 길을 걷는 아들에게 눈을 빛냈다. 그리고 일각이 다하기 직전, 연청은 마지막으로 한마디만 더 해도 되겠느냐고 물었다.

호오라, 생각이 바뀐 거냐? 더욱 싱글벙글하는 귀왕에게 연청은 소흔의 시험이 끝나기 전까지 제 목숨을 연장시켜 달라고 청했다. 자신의 목숨이야 어차피 귀왕의 손에 달린 것이니 그때 거두어도 늦지 않다고. 대신 자신을 그때까지 살려놓으면 소흔이 아주 재미난 제안을 할 것이라 말했다.

"어쩌자고 그런 도박을 했어요? 내가 연랑 생각대로 행동하지 않앗으면 어쩌려고? 이 석실 안에서 그대로 죽어버렸을 것 아니에요!"

"사실 두렵긴 했다, 꽤 많이."

연청이 소흔을 끌어다 안았다. 눈물이 그의 가슴께에 얼룩을 남겼다.

"하지만 너에 대한 믿음이 두려움보다 강했어."

소흔이 말없이 그의 품을 파고들었다. 그녀가 전해주는 따뜻함으로 인해 차갑게 얼어붙은 그의 몸에도 훈기가 돌았다. 잠시 서로의 체온을 나누고 있는데 지축이 흔들리는 느낌이 전해졌다. 귀왕궁 전체가 조금씩 흔들리고 있었다.

"드디어 이곳을 나갈 때가 되었군."

연청이 일어섰다. 두 사람은 오직 앞만 보고 달려 궁전의 입구에 다다랐다. 미요를 안아 든 녹산이 그들이 오는 것을 눈으로 확인한 후 마차 쪽으로 이끌었다. 네 사람 모두 마차에 올랐다. 귀왕이 내렸다는 황금의 무게 때문에 마차가 묵직했다.

고삐를 잡아당기자 히히힝 하는 소리와 함께 말들이 내달렸다. 마차가 귀왕궁에서 어느 정도 멀어졌을 무렵, 그들의 뒤로 궁전이 무너졌다.

끼이이이이! 끼이이! 귀들이 기이한 소리를 내지르며 괴로움에 몸부림쳤다. 버텨보려는 발악도 활짝 열린 귀문 앞에선 소용없었다. 귀왕궁이 무너진 자리에 시커멓게 불타는 귀문이 무서운 기세로 이 땅에 남아 있는 귀들을 빨아들였다.

마차는 계속 앞으로 나아갔고, 귀들은 귀문 너머로 사라졌다. 폭풍처럼 몰아치는 귀문의 흡수는 밤이 지나고 동이 트기 직전까지 이어졌다.

❖ ❖ ❖

사흘 뒤, 각 제후국의 마차가 산맥을 넘어왔다. 4제후와 그들을
모시는 재상들이 수백의 군사를 끌고 나타난 것이다. 모습을 드러
낸 시기와 정황으로 보아 제후들 모두 비슷한 생각을 하고 사신단
뒤를 따라왔음이 만천하에 밝혀졌다. 이례적으로 네 사신이 모두
살아 있다. 그렇다면 우리에게도 기회가 있다! 가장 먼저 도착하
여 우위를 선점하리라!

어차피 이렇게 된바, 서로의 눈치를 볼 것도 없었다. 그들은 드
넓은 공터 어딘가에서 노숙을 하고 있던 네 사신을 찾아냈다.

여기가 귀왕국이 있던 곳인데 황량한 공터가 되었다. 게다가 외
곽지대의 모든 귀가 사흘 전 밤을 기점으로 모습을 감추었다. 이
는 분명 귀왕을 물리친 것일 터, 가장 큰 공을 세운 자가 누구냐.
제후의 입을 대신하여 재상들이 물었다. 사신들은 그저 '모두가
동등했음'을 강조했다.

"너희들의 뜻은 알겠다만 그래도 가장 결정적인 타격을 준 자
가 있지 않겠느냐. 귀왕의 목을 베어 모든 것을 확실히 마무리 지
은 자가 누구냐?"

사신들은 고개를 내저으며 다시 한 번 같은 말을 반복했다. 제
후와 재상들의 표정이 굳어갔다.

"어허, 뉘 안전이라고 제대로 된 대답을 고하지 않는 것이냐!"

"당장 말하지 못하겠느냐?"

한참 실랑이가 오갔다. 분란을 잠재운 것은 소흔의 한마디였다.

"굳이 한 사람을 집어내란 뜻이라시면."

"그렇지, 그렇지."

"어서 고하라."

소흔의 고개가 뒤쪽으로 돌아갔다. 사신들의 고개도 뒤를 향했다. 그러자 모든 이가 영문도 모르고 뒤편을 보았다.

"저분입니다."

안개 속에서 누군가 나타났다. 육 척이 훌쩍 넘는 장신에 어깨는 벌어지고 허리가 튼튼했다. 두 팔과 두 다리는 곧고 길어 전형적인 무인의 모습이었다. 영준한 외모의 젊은 사내가 다가와 사신들 옆에 섰다. 뜬금없는 사내의 등장에 다들 의아해져서 이 사람이 누구냐고 물었다.

"저흴 도와 귀왕을 물리친 분이세요. 여러분이 말씀하신 '결정적인 한 방'은 이 주 공자의 몫이었습니다. 덧붙이자면 주 공자께선 삼백 년 전 귀왕과 맞서 싸웠던 대장군의 숨겨진 후손이시죠."

충격적인 이야기에 제후와 재상들은 잠시 말을 잇지 못했다. 자로부인에게 네 명의 아이가 있어 각각 제후국의 시조가 되었다는 건 알고 있었지만 숨겨진 후손이라니? 다들 침묵에 잠겨 황망해하고 있는데 전 제후국의 역사를 모조리 암기하고 있는 한 고관이 있어 그가 조심스레 앞으로 나섰다.

"천신(賤臣) 아뢰옵니다. 실은 대장군께서 자로부인과 혼인하시기 전 잠깐 정을 붙였던 여인이 있다는 소문을 알고 있습니다. 정사(正史)에 기록된 것은 아니옵고 민간에 떠도는 말을 엮은 서책이 있사온데 그곳에서 봤습니다."

"확실한가?"

"당시 이야기를 기록한 서책 중에서는 사실과 일치하는 정도가 가장 높습니다."

"……그렇단 말이지."

제후와 재상들이 조용히 이해타산을 따졌다. 그들이 머리를 굴리는 소리가 사신들에게까지 들릴 정도였다. 귀왕을 무찌른 자를 황제로 추대한다는 공언(公言)을 떠올리며 어느 쪽이 더 유리한지 셈하고 있으리라.

제후 중 제일 젊은 수후가 먼저 한 걸음 앞으로 나섰다. 그러자 다른 제후들이 헛기침을 하며 목을 가다듬었다. 주 공자가 정말 대장군을 조상으로 둔 후손인지 여부는 더 이상 중요한 점이 아니었다.

"토국의 관리께서 우리 제후들이 미처 떠올리지 못한 사실을 되짚어준 것에 감사드리오."

관리가 깊숙이 허리를 숙여 답례했다.

"하면 주 공자, 제후국 사신들에게 우리의 협정 내용을 들었소?"

"예, 귀왕을 처단하는 자는 그 즉시 황제로 추대된다."

주 공자가 또박또박 내용을 읊었다. 크흠. 여기저기서 점잖은 헛기침이 터져 나왔다.

"그렇소. 잘 알고 있구려. 본래는 제후국 사신들을 염두에 두고 체결한 것이나 이렇게 된 이상 아무래도 주 공자에게 영광을 돌려야 할 것 같소. 그리고 다른 누구도 아니고 위대한 대장군의 후손이시니 도리에도 어긋나지 않는 일이오. 오히려 황위가 제자리를 찾은 느낌이오."

주 공자가 온유한 미소를 띠었다. 크게 반박을 하진 않았다. 수후의 말을 듣고 나니 다들 그가 황위에 오르는 것이 제일 합당하고 공정한 일처럼 느껴졌다. 사신 네 사람은 주변 분위기를 살피며 조용히 자리를 빠져나왔다. 이제 그들에게 신경 쓰는 이는 아무도 없었다.

"저 사람들 옷 보셨죠? 피를 토한 흔적이 없어요."

여닫이창으로 고개를 빼고 구경하던 소흔이 말했다. 고삐를 잡은 녹산이 고개를 끄덕였다.

"결계도 사라진 모양이다. 정말 다 걷어낸 모양이야."

"다 걷어서 저 사내 몸속으로 들어갔죠."

창밖으로 스쳐 지나가는 풍경을 보며 미요가 말했다. 다리를 쓰지 못하는데도 허리를 꼿꼿이 세우고 앉아 있는 자세만은 여전하다. 녹산보다 더 심각한 내상을 입었던 미요는 회복에도 오랜 시간이 걸렸다. 결국 그녀는 혼자서 걸을 수 없게 되었다. 계속 그런 것은 아니고 아마 완치하는 데 이삼 년이 걸릴 거라고 귀왕이 말했다.

그나마 다행인 것은 미요가 바람을 다룰 수 있어 웬만한 물건은 끌어당길 수 있다는 점과 녹산이 두 다리가 되어준다는 점이리라. 소흔이 미요의 표정을 살폈다.

"미요 언니는 역시 이 결과가 마음에 들지 않나요?"

속을 알 수 없는 담담한 얼굴이던 미요가 소흔을 돌아보았다. 생긋 하는 부드러운 미소가 그녀의 입가에 잠시 머물렀다가 사라졌다.

"예전의 풍미요라면 그랬겠지. 하지만 여정이 끝난 지금엔 뭐가 절대적으로 옳고 그른 건지 모르겠어."

그녀는 어떻게 귀왕에게 인간이 되어보라는 제안을 할 수 있었느냐고 소흔에게 물었다. 소흔과 연청의 시선이 마주쳤다. 그들은 대답 대신 미묘한 웃음을 띠었다. 미요도 재차 묻지는 않았다. 그녀는 다만 귀왕이 인간으로서의 삶에 실증을 느끼면 어쩌느냐 하였다. 변덕스런 흥미를 잃고 다시 날뛰게 되면 어떻게 하느냐고.

이에 소흔이 이제 맑게 갠 아침 하늘을 올려다보며 말했다. 확실하게는 모르지만 뭔가 달라졌다고. 귀왕의 힘이 대단하기는 하지만 그 역시 귀인데 어찌 결계마저 사라진 아침 하늘 아래 서 있을 수 있겠느냐 반문했다. 인간의 몸으로 들어가면서 엄청난 위력 역시 지하에 묻은 것이 아닐는지.

"그의 몸을 찌르면 그의 혼도 자연히 명부로 돌아가게 될지도 몰라요. 어쨌든 뭔가 예전과는 다른 방법이 있을 것 같다는 거죠."

미요가 고개를 끄덕이더니 다시 창밖으로 눈길을 돌렸다. 소흔은 연청의 품에 안겨 화국의 음률을 흥얼거렸다. 그들의 뒤로 황제 폐하 만세를 외치는 소리가 들렸다. 연청이 '그 어린 성주'가 있는 무주성은 비켜가자고 한마디 하였다.

❖ ❖ ❖

삼 년 뒤, 정말 귀왕이 말한 대로 사상 최악의 수해가 화국을 덮쳤지만 수도 홍안은 신기하리만치 피해가 적었다. 사실 한 달 내내 퍼부은 비의 양을 고려해 보면 전국적으로 피해가 적은 셈이었다. 이런 일 뒤에 온천장의 막내딸 부부의 공로가 컸음은 알 만한 사람은 다 아는 사실이다.

온천장에서 독립해 나간 둘은 창해 수가의 분점을 이끌어 나가며 바쁜 하루하루를 보냈다. 벌써 마흔 명의 식솔을 거느리게 되었지만 젊은 나리의 서늘한 위세와 염 부인의 야무진 일 처리에 분점은 나날이 번성을 거듭했다.

"연랑! 연랑!"

새벽하늘을 떠올리게 하는 푸르스름한 비단옷을 걸친 소흔이 대문을 들어서면서부터 연청을 불렀다. 남들 앞에선 수가의 작은 며느님답게 굴지만 둘만 있을 때는 여전히 입술을 삐죽이고, 볼을 부풀리고, 별것도 아닌 일에 토라지기도 하는 '귀여운 소소'인 것이다. 술 한 잔을 곁들여 창술을 연마하던 연청이 그녀의 목소리를 듣고 인기척을 냈다.

"연랑!"

저러다 옷자락을 밟고 넘어지는 건 아닐까 걱정이 될 정도로 빨리 달려온다.

"편지 왔어요, 편지! 토국에서 온 편지예요!"

이번 편지는 넉 달 만에 온 것이라 소흔의 두 볼이 상기되었다. 연청은 소흔이 들려주는 이야기를 듣고자 창을 내려놓았다. 한쪽이 자리를 비웠을 때 편지가 날아오면 귀가할 때까지 기다렸다가 둘이서 함께 편지를 보는 것이 이제는 하나의 습관처럼 굳어졌다.

소흔은 몹시 들뜬 목소리로 미요가 드디어 혼자 힘으로 일어서게 되었다고 전했다. 느린 속도이긴 하지만 한 걸음 한 걸음 걷게 되었다고. 다음 소식으로 넘어가기 전 연청은 그녀가 소매로 눈가를 훔치는 걸 모른 척 넘겼다.

이 밖에도 두 사람이 해안가 마을에 정착해 배 빌려주는 일을 하고 있다는 것, 처마 끝에 달아놓은 풍경 소리가 어여쁘다는 것, 땅에 익숙한 토국 사람들은 미요가 바람을 다스린다는 이야기에 미요네에서 앞다퉈 배를 빌린다는 것과 같은 내용이 찬찬히 이어졌다. 그리고 편지 말미에 오랜만에 화국을 찾겠다는 말이 있어 소흔은 연청의 손을 잡고 방방 뛰었다.

"영 꺼림칙한데."

연청이 즐거운 기분에 찬물을 끼얹자 소흔의 눈이 세모꼴이 되었다.

"그게 무슨 소리예요. 언니랑 오라버니가 온다는데 창고 문을 열어도 부족하고만."

"그러니까 말이야. 너무 지나치게 들뜬 게 아니냐고, 소소. 네가 이토록 즐거워하는 걸 본 지가…… 열흘은 된 것 같거든."

소흔의 입이 딱 벌어졌다.

"설마 언니와 오라버니를 질투하는 거예요? 질투할 사람이 없어서 풍미요와 지녹산을?"

"누가 됐든 내가 아닌 건 맞잖아."

나만이 널 웃게 할 수 있었으면 좋겠다고 그가 말했다. 소흔은 보란 듯이 까르르 웃고 말았다.

"난 웃음이 많은 여자예요. 몰랐어요, 연랑? 연랑의 말대로라면 내 웃음은 지금의 절반으로 줄어들어 버리고 말걸? 그건 너무하잖아요."

지금 염소흔을 웃게 하는 것이 나를 제외하고도 그렇게 많은 거냐며 싸늘해진 연청에게 소흔이 안겨들었다. 거부하기 힘든 애교를 부리며 달라붙는다. 정말이지, 못된 짓만 늘었다고 연청은 생각했다. 그리고 그는 이 '못된 짓'이 퍽 마음에 들었다.

"그 둘이 오면 또 날 소홀히 할 테지?"

"그럴 리가 있나요. 우리 연랑만 쳐다보고 있어야지."

"지금 이 말도 그냥 둘러대는 말인 줄 알고 있다."

"아니라니까. 소소는 연랑에게 진실만 말한다니까요."

소흔은 부드럽게 입을 맞춰 제 말에 무게를 더했다. 연청은 이 기회를 놓치지 않고 그녀를 더욱 강하게 끌어안았다. 하녀가 뭔가를 물으려고 들어왔다가 급히 사과하며 돌아가는 소리가 들렸다. 잠시 간격을 두고 둘 사이에서 웃음소리가 터져 나왔다.

"인간이 되어보라?"

귀왕이 기가 막힌 웃음을 흘리며 소흔의 말을 반복했다.

"대신 풍미요와 지녹산을 도와달라고?"

그가 황당하다는 듯 소흔의 주위를 빙빙 돌다가 물었다.

"어째서 본왕이 그런 호의를 베풀면서까지 네 제안을 수락할 거라 자신하나?"

"인간의 삶은 확실히 흥미로우니까."

소흔이 귀왕을 응시하며 말을 이었다.

"쉽게 다치고 아프고 자칫 잘못하면 죽어버릴 수도 있으니 귀찮을 거야. 하지만 당신 눈엔 턱없이 짧아 보이는 생이 얼마나 다채로운지는 직접 인간이 되어보기 전엔 알 수 없을걸."

"지하가 열린 후로 수십, 수백만 귀들의 하소연을 들었는데 그것도 한 사백 년 들으니 질리더군."

"그 귀들에게 다시 인간 세상으로 돌려보내 주겠다고 해봤어?"

소흔이 확신 어린 말투로 자답(自答)했다.

"울고불고 한탄하던 귀도 그 제안을 거절하지는 못할 텐데. 괴롭다 어떻다 하소연하지만 또 한 번의 기회를 걷어차진 않을 거든. 인간의 삶은 그만큼 가치가 있지."

귀왕이 잠시 생각에 잠긴 듯 눈을 가늘게 뜨고 소흔을 쳐다보았다. 급할 게 없는 쪽이라 그런지 결정까지 꽤 오랜 시간이 걸렸다. 그동안 소흔은 입안이 바싹 마르고 온몸의 솜털이 곤두서는 기분을 맛보았지만 끝까지 이를 악물고 견뎌냈다. 거의 영겁에 가까운 시간이 흘렀다. 귀왕이 입을 열었다.

"사실 너 말고도 거래를 제안한 자는 몇 있었다."

모두 시답잖은 이야기였지. 듣기만 해도 지루해서 일각이 끝나기도 전에 죽여 버렸을 만큼. 감정이 느껴지지 않는 목소리에 소흔이 살짝 떨었다.

"하지만 인간이 되어보라는 제안은 처음이군. 제법 신선해."

그가 미요와 녹산에게로 손을 뻗자 두 사람은 소흔의 품에서 떨어져 용상으로 날아갔다. 소흔은 비명을 지르지 않기 위해 입술을 깨물었다. 귀왕의 양손에서 검은 연기처럼 스멀거리는 기운이 나와 두 사람의 몸을 휘감았다. 온천장에서 나고 자란 소흔에게 익숙한 냄새가 느껴졌다.

유황이다. 지옥에서 들끓는 유황불의 냄새가 코를 자극했다. 그가 지금 두 사람을 살리고 있는지 확실하게 명을 끊어놓고 있는지

終 385

는 소흔조차 알 수 없었다. 느낌상 반 각 정도 지났을 무렵, 귀왕이 손을 거둠과 동시에 두 사람이 바닥으로 풀썩 쓰러졌다.

"미요 언니! 녹산 오라버니!"

"……소흔아?"

"오라버니, 정신이 들어요? 좀 어때요?"

"……모르겠다. 그, 그저 온몸이 갈기갈기 찢기는 기분이구나."

녹산이 정신을 차린 반면, 미요는 맥도 안정적으로 잡히고 호흡도 편안했지만 눈을 뜨지 않았다. 귀왕은 이제껏 만난 사신 중에서 미요가 가장 독종이었음을 밝히며 워낙 내상이 깊어 팔다리 한 군데는 제대로 쓰지 못할 거라 잘라 말했다. 완치까지 이삼 년은 걸릴 거라고.

그는 지긋지긋하다는 눈으로 대전을 한 번 둘러보더니 어둠 속으로 사라지려 했다. 이미 허리 아래는 검은 연기로 변한 그가 소흔을 돌아보았다.

"그런데 왜 수연청을 살려달라는 말은 안 하지?"

녹산이 놀라 숨을 들이켰다. 미요를 안아 든 채 소흔의 뒷모습만 쳐다보았다. 차마 연청이 죽었느냐고 묻지 못하고 그저 소흔만 뚫어지게 바라보았다. 소흔이 주먹을 꼭 쥐었다. 염소흔의 대담함 따윈 밑바닥을 친 지 오래다. 가장 큰 도박을 앞두고 소흔의 심장이 쿵쾅거렸다.

"그가 죽었다면."

가슴이 조만간 뻥 터지지 않을까 싶다.

"귀왕인 당신이라도 살려내지 못할 테니까."

대전에 무시무시한 침묵이 내려앉았다. 귀왕의 검은 눈동자가 잠시 유황빛으로 번득였다가 다시 어두워졌다. 이제까지 얻어낸 모든 것을 무위로 돌릴 수도 있을 발언이다. 귀왕이 속을 알 수 없는 표정으로 소흔을 응시했다. 이윽고 그가 덤덤히 수긍했다.

"맞는 말이다."

소흔과 녹산의 안색이 창백해졌다. 그러나 소흔은 치미는 울음을 애써 억눌렀다.

"본왕에게 죽음은 조금도 새롭지 않지만 그렇다고 인간들까지 죽음을 가벼이 봐선 곤란하지. 천지가 개벽한 이래로 죽은 자를 되살려 보낸 적은 없다."

그가 대전 너머의 석실을 한 번 쳐다본 뒤 완전히 어둠 속으로 모습을 감추었다. 석상처럼 굳어 있던 소흔은 다리를 간신히 움직여 귀왕이 일별한 쪽으로 걸어가기 시작했다.

"무슨 생각을 하기에 불러도 대답이 없니?"

소흔이 상념에서 깨어났다. 화들짝 놀라 고개를 돌리자 미요가 웃는 얼굴로 말했다.

"곧 홍안이래."

"아."

소흔이 본능적으로 창을 열었다. 연청이 봤다면 분명 위험하다고 한 소리 했을 정도로 몸을 쭉 내밀었다. 저 멀리 홍안성이 보였다. 일정한 간격으로 꽂혀 바람에 휘날리는 붉은 깃발도, 그곳에 이르기까지 펼쳐져 있는 들판도 모두 눈물 나게 그리웠던 것이다. 활짝 열린 문으로 많은 사람들이 오갔다. 그리웠던 고향 사람들, 그리웠던 고향 냄새.

소흔은 눈을 감고 11월 말의 싸늘한 공기를 흠뻑 들이마셨다. 맑고 차가운 공기가 폐를 부풀리며 들뜬 웃음이 터지게 만들었다. 그러나 왠지 모를 울컥함도 올라와서 그녀는 바람으로 눈물을 말렸다. 미요가 이를 가만히 보다가 물었다.

"그렇게 좋은 거니? 웃다가 울고 또 웃을 만큼? 사실 아직 집에 도착한 것도 아닌데."

마부석에 앉아 있는 녹산이 대신 대답했다.

"고향을 오래 떠나본 적 있는 사람이라면 다 소흔이와 비슷할 겁니다. 그저 고향 땅에만 들어서도 벌써 포근한 집 안에 들어온 것 같죠."

아는 사람만 아는 애착이다. 미요는 녹산의 설명을 듣고도 고개를 갸웃했다.

귀왕이 대장군의 성을 따라 주 공자가 되고 그의 황제 추대가 결정된 이후 사신들은 일말의 미련도 없이 제후국으로 향했다. 올 때와 달리 돌아가는 길은 여유롭고 유쾌했다.

사신들은 무주성을 들러 천씨 남매와 회포를 풀고 이어서 영주성으로 갔다. 녹주에 이르러서는 소녀들과 임생을 만나 오래도록 이야기를 나누었다. 그리고 외곽지대를 떠나기 전, 앞으로의 행보에 대한 말이 나왔다.

소흔은 두 번 생각할 것 없이 모두 함께 온천장으로 가자고 하였다. 어차피 풍국으로 돌아가도 반겨줄 이가 없는 미요는 선선히 그러마 하였고, 자연스레 녹산의 거취도 결정 났다. 그런데 연청이 돌연 무리에서 떨어지겠다고 선언했다. 볼일이 있으니 먼저 가라고 소흔의 등을 떠민 것이다.

"아이고, 이게 누구야? 온천장의 소흔이가 아니냐?"

"안녕하세요, 노 아저씨!"

"아이고, 내 온천장에 갈 때마다 네 자리가 허전하더니. 정말 살아 돌아왔구나, 돌아왔어."

쌀가마니를 옮기던 사내가 눈시울을 붉혔다. 소흔은 팔이 빠지도록 크게 손을 흔들어 화답했다. 미요가 아는 사람이냐 물었고, 소흔은 온천장에 쌀과 잡곡을 대주는 아저씨라 답했다. 엄밀히 말하면 고용주의 딸과 납품상의 관계다. 돌아온 것을 축하할 순 있겠지만 눈물을 훔치는 건 아무래도 과하다. 미요의 생각은 그러했다. 하지만 이는 시작에 불과했다.

홍안에 들어선 이후로 온천장에 도착하기까지 소흔은 거의 반 각마다 누군가와 인사를 나누었다. 기뻐 만세를 부른 자도 있었고, 팔려고 내놓은 과일을 바구니째 떠안기는 사람도 있었다.

녹산의 표정도 점점 미요를 닮아갔다. 그는 온천장에 도착해 마차를 멈춰 세우고는 이건 무슨 귀갓길이 아니라 국경일 가두행진을 벌인 기분이라고 중얼거렸다.

"어머니! 아버지! 외할아버지! 외할머니!"

큰언니의 아들이자 소흔의 조카인 사내아이가 목청을 높였다.

終 389

어린아이의 두 볼이 상기되어 있었다.

"막내이모가 왔어요!"

녹산이 미요를 안아 내렸다. 소흔 일행이 온천장 안으로 들어섰다. 언제나 조용하고 정갈한 온천장에 어울리지 않게 우당탕탕 소리가 나더니 가족들이 하나둘씩 일층으로 모였다. 이미 제후국 전체에 귀왕 소탕과 사신들의 귀환을 알리는 공포문이 붙었다고 들었지만 다들 제 눈으로 확인하기 전에는 믿을 수가 없었던 것이다.

"아버지, 어머니."

소흔이 애써 환하게 웃었다.

"저 왔어요."

염씨 부부가 떨리는 손을 뻗었다. 소흔이 그들의 품으로 뛰어들었다. 딸아이의 익숙한 체취와 온기가 느껴져 부부는 눈을 감고 더 힘을 주어 껴안았다. 그 모습을 지켜보던 남은 가족들도 저마다 눈물을 훔쳤다. 소흔이 언니와 형부들에게 다가가 두 손을 맞잡았다. 다들 차례로 소흔을 껴안고 무사해서 다행이다, 다행이다하고 되뇌었다.

"그런데 이분들은……."

누구보다도 마음고생이 심했을 것이나 내색하지 않던 송 부인이 얼굴을 닦은 뒤 소흔에게 물었다. 가족들만의 시간을 방해하지 않도록 입구 쪽에 물러나 있던 미요와 녹산이 인사했다.

"풍미요입니다."

"토국의 지녹산입니다, 송 부인."

"이번에 돌아온 사신이자 둘도 없는 친우들이에요, 어머니. 제가 온천장에 초대했어요."

미요 언니는 풍후님의 질녀 되시고, 까지 말했는데 송 부인을 선두로 모두의 표정이 순식간에 바뀌었다. 자세도 곧아지고 눈은 언제 울었냐는 듯 부드럽게 빛났다. 심지어 어린 조카마저 완벽한 여관 일꾼으로 돌아간 것 같았다.

"두 분을 모시게 되어 영광입니다."

송 부인이 우아함을 지키는 내에서 최대한 허리를 깊이 숙였다. 이어서 다른 식구들이 입을 모아 인사했다.

"온천장에 오신 것을 환영합니다."

저보다 연배가 높은 분들이 허리 숙여 예를 표하자 녹산은 어찌할 바를 모르고 마주 숙였다. 귀한 대우에 익숙한 미요조차도 조금 놀란 얼굴이다. 소흔은 그제야 집에 돌아온 것을 실감했다. 귀신들아, 안녕. 안녕. 언니는 치열한 노동의 현장으로 돌아왔단다.

❖ ❖ ❖

"수연청, 대체 어딜 간 거야?"

소흔이 마른 수건을 개며 중얼거렸다. 외곽지대 경계에서 헤어진 후로 닷새째 소식을 듣지 못했다. 심각한 얼굴로 연청의 행방에 대해 궁리하던 소흔은 설마 이 남자가 진짜 수국으로 돌아가 버린 게 아닐까 하는 생각에 빠졌다.

"그래, 고향집에 가는 건 좋아. 나도 하루빨리 온천장으로 돌아오고 싶었으니까."

소흔의 시선이 문득 산처럼 쌓인 수건 더미에 이르렀다. 일단은 넘어가자. 그래도 어제 당일은 호의호식하게 해줬다. 그게 어디냐.

"그래도 그렇지, 어쩜 연락 한 번 없어? 미요 언니 말이 수가에 넘쳐 나는 게 돈이라며. 그럼 사람을 사서 편지 정도는 날려줄 수 있잖아. 집에서 쉬다가 천천히 가겠다, 이렇게 말하면 누가 못 알아들어? 정말이지 편지 한 통 보내는 게 뭐 그리 힘들어서."

화가 치밀수록 손끝이 매워졌다. 도톰한 감촉을 살려가며 접어야 할 수건이 인정사정없이 납작해진 것이다. 서른 장 정도의 수건이 볼품없는 꼴로 변했을 무렵, 조카아이가 문을 열고 들어왔다. 막내이모, 하고 좀 얼떨떨한 목소리로 불렀다.

"우리 강아지, 무슨 일이야?"

대낮부터 방에서 목욕하겠다는 손님이 있니? 아니면 물건을 못 찾겠어? 다정하게 물었건만 영 이상한 표정으로 딴소릴 했다.

"누가 왔어."

"손님이셔? 작은형부는 뭘 하는데 네가 날 찾아와?"

"어, 손님은 아닌데, 아니, 손님인 것도 같은데."

야무진 아이답지 않게 말을 더듬었다.

"몰라. 아무튼 엄청 커."

"크다고?"

"막내이모 찾는 것 같던데."

"뭐? 그걸 이제 말하면 어떡해!"

손님이 불편을 느끼기 전에 미리 알아채고 행동한다. 한 번 부르시면 다시 목청을 높일 일이 없도록 재빨리 찾아뵙는다. 온천장 사람이라면 몸에 밴 규칙이다. 소흔은 손님이 저를 지명하기까지 했는데도 오래 기다리시게 했다는 생각에 벌떡 일어섰다.

"어디 계셔?"

"아직 입구."

최소한의 말만 하면서 분주히 계단을 내려갔다. 걷는 중에 매무새를 만지는 것쯤이야 익숙하다. 날랜 걸음으로 일층에 도착한 소흔은 생각보다 큰 규모의 일행에 잠깐 놀랐다가 마차에서 내리는 사람을 보고 그대로 얼어붙었다.

"수연청?"

수연청이되 수연청이 아니다. 소흔은 아까 조카가 우물쭈물한 이유를 알 것 같았다. 도대체 수연청의 탈을 쓴 저 남자는 누구야?

"놀랄 노 자군."

어느새 아래로 내려온 녹산이 황당하단 눈으로 밖을 쳐다보았다. 감탄과 경악 중간쯤의 반응이다. 미요는 창해 수가의 재력이 대단하다 들었지만 마차부터 저리 호화로울 줄은 몰랐다고 덧붙였다. 과연 예전에 미요가 타고 온 흰 비단을 바른 마차보다 족히 서너 배는 크고 아름다웠다.

단순히 금칠한 화려함이 아니라 격자창에 새겨진 문양 하나하나부터가 섬세하고 고풍스러워 사람들의 이목을 끌었다. 마치 제후나 고관의 행차를 연상케 하는 수행인들은 어림셈으로도 열둘은 되었으며 각자 윤기가 반지르르 흐르는 흑마(黑馬)를 끌고 왔다. 하지만 소흔은 대단한 마차도, 말도, 수행인도, 궤짝과 술독이 가득 찬 수레도 눈에 들어오지 않았다.

느슨하게 풀어 헤친 장포에 한 갈래로 묶은 머리, 항상 구석이나 벽에 몸을 기대어 자작(自酌)하는 모습이 뇌리에 남아 있는 소흔에게 오늘의 수연청은 엄청난 충격이었다.

단정하게 틀어 올린 머리에 검은 관을 올리고 청옥이 박힌 동곳을 질렀다. 날렵한 목깃이 돋보이는 의복은 수국의 예복이었는데 은사 수가 놓인 검은 비단과 보랏빛 비단을 겹쳐 흰 피부와 훌륭한 대조를 이루었다.

그밖에도 손가락에 자리한 복잡한 문양의 은제 지환(指環)이나 오른쪽 귀에 늘어뜨린 귀고리가 평소의 연청이라면 들여다보지도 않을 물건이라 위화감을 더했다. 사내다움이 느껴지는 얼굴엔 웃음기 하나 없어 잘 벼린 칼날을 보는 것 같았다.

그가 소흔을 발견하고 다가왔다. 걸음걸이 역시 주정뱅이로서 대면한 첫날의 기억을 깡그리 지워 버리듯 느긋하면서도 품위가 있었다.

"정인을 얕보면 안 된다고 하지 않았나, 염소흔."

아직 충격에서 빠져나오지 못한 소흔은 아무 대꾸도 할 수 없었다.

"내가 그렇게 그렇게 다르다고 말했는데도."

연청이 살짝 고개를 숙여 소흔의 귓가에 속삭였다.

"헤어지기 바로 전날 밤까지 신랑감 소개를 걱정했겠다?"

그의 품 안에 달콤하게 늘어진 것과는 별개로 소흔은 한숨까지 내쉬며 연청을 소개하는 것에 대해 걱정했었다. 동 트기 전에 일어나 밤이 될 때까지 부지런히 일하고, 함부로 낭비하지 않으며,

요령이라곤 피울 줄 모르는 온천장 사람들 눈에 연청은 어찌 보일까. 그 생각만 하면 소흔은 자다가도 머리가 아팠다.

옷이야 멀쩡하게 입힌다고 해도 몸에 배어 있는 말투나 자세, 습관 같은 것은 고치기가 힘드니 아침부터 술을 찾는다거나 가족끼리의 식사 시간에도 구석에 앉아 따로 먹겠다고 하는 건 아닐지.

저가 여정 내내 봐온 것이 있는 만큼 소흔은 좀처럼 '다르다'고 말하는 연청의 말을 믿지 않았다. 그런데 지금 눈앞에 있는 남자는 섣불리 연랑이라 부르기가 머뭇거려졌다. 동시에 그 어느 때보다도 연랑이라 부르며 제 사람임을 주장하고 싶었다.

"소흔아."

뒤에서 어머니 송 부인의 목소리가 들렸다.

"언젠가부터 너와 관련하여 일층에 소집당하는 일이 자주 벌어지는 것 같구나."

어쩜 우리 어머닌 별생각 없이 던지는 것 같은 말씀에도 저렇게 뼈가 느껴질까. 소흔이 순종적인 막내의 표정을 꾸며냈다. 몸을 틀었다. 도저히 적응 안 되는 사내를 곁눈질하며 그를 소개하고자 입을 열었다.

그런데 연청이 한발 빨랐다. 송 부인을 위시한 가족들에게 다가가더니 상대에게 손등이 보이도록 포갠 두 손을 눈높이까지 들어 올린 채 허리를 숙였다. 나라마다 풍습이나 예법이 조금씩 다른 제후국이지만 이 인사법만큼은 네 나라가 공통이었다. 가장 큰 어른께 드리는 인사로 상대에 대한 극상의 존경을 표하는 것이다.

終 *395*

홍안 토박이로 어엿한 온천 여관의 여주인이나 어찌 보면 남을 모시는 데 익숙한 송 부인으로서는 평생 받아보지 못한 예절이었다. 한눈에도 신분이 높은 공자가 올리는 입례(立禮)에 황망해진 송 부인이 얼른 허리를 깊이 숙여 화답했다.

"소생 창해 수가의 수연청, 송 부인께 인사드립니다."

"차, 창해 수가."

뒤에 서 있던 온천장 둘째의 눈이 휘둥그렇게 변했다가 다시 본래로 돌아왔다. 다른 가족들도 비슷하게 모두 놀란 눈을 하고 연청을 쳐다보았다. 송 부인만이 흐트러짐 없는 태도를 되찾고 연청을 상대했다.

"온천장의 송 씨가 수 공자를 뵙니다."

인사말을 건넨 뒤 살며시 의중을 떠봤다.

"혹여 수 공자께서도 우리 막내아이의 초대를 받고 오신 것인지……."

"아아."

연청의 서늘한 눈매가 소흔에게 머물렀다가 지나갔다. 분명 온천장에 도착한 것은 어제 낮일 텐데 하루가 훌쩍 지난 여태까지 입도 벙긋 안 한 것이렷다? 소흔이 괜히 움찔했다. 옆을 쳐다보지 않기 위해 필사적이었다.

"소소가 아직 말씀드리지 못했나 보군요."

"……소소?"

이번엔 큰언니의 목소리가 뒤집어졌다. 소흔이 주먹을 틀어쥐고 부들부들 떨었다. 가족들 앞에서 저토록 아무렇지 않게 애칭을 입에 담을 줄 몰랐다. 저 능청스러움은 수연청 본연의 모습이다. 이미 연청의 그런 행태에 익숙해진 미요와 녹산마저도 공범이 된 듯한 기분에 덩달아 낯이 뜨거워졌다.

"저 수연청은 댁의 막내따님과 정혼하기 위해 이곳에 왔습니다."

연청의 목소리가 암자(庵子)처럼 조용한 온천장에 잔잔히 퍼졌다.

"정혼."

"우리 소흔이와."

"창해 수가."

항시 흐트러짐이 없는 사람들이 오늘따라 앵무새처럼 남의 말만 따라 한다. 소흔은 정신들 좀 차리라고, 이놈이 원래 어떤 모습인지 아느냐고 외치고 싶었다. 이제까지의 걱정근심은 모두 부질없는 짓이었다.

망나니? 주정뱅이? 호색한? 그게 다 뭐냐. 지금 꼿꼿하기로 홍안 둘째가라면 서러울 사람들이 수연청의 후광에 압도되어 바보가 되었지 않나.

아, 답답해! 억울해! 소흔은 자신의 울분을 공유하기 위해 미요와 녹산 쪽을 바라보았으나 둘은 갑자기 온천장에서 제공하는 기본 차(茶)에 지대한 관심을 보이며 그녀와 눈을 마주치지 않았다.

"창해 수가에서 왜 우리 소흔이와."

작은언니가 무심코 중얼거렸다가 얼른 말을 주워 담았다. 그러나 다들 비슷한 심정이다. 저들 눈엔 당연히 소흔이 귀엽고 어여쁘고, 저만 하면 어디 내놔도 부족함이 없을 아이로 보이지만 그게 창해 수가라면 말이 좀 달랐다.

애초에 규모나 격부터가 다른 게다. 수가 정도라면 더 부유한 대상인이나 관리의 딸과 맺어지는 게 보통이지 않나 하는 생각이다. 연청이 희미하게 웃었다. 그러자 어느새 몰려들어 구경하던 온천장의 여자 손님들이 숨을 들이켰다.

"그렇게 말씀하시면 전 조금 화가 납니다만."

연청이 말을 이었다.

"소소야말로 제게 과분한 사람이기에."

이번엔 온천장 식구들을 포함한 모든 손님들이 입을 딱 벌렸다. 그러나 그 누구라도 소흔 본인만 하랴. 그녀는 어째 지금 상황이 귀왕과 대면할 때보다 더 힘든 것같이 느껴졌다.

적어도 귀왕 그 녀석은 처음부터 끝까지 일관되게라도 굴었단 말이다! 이놈의 수연청이 만취하여 벌인 행각을 이들은 상상이나 할 수 있을까? 미요 언니보다 못생겼으니까 마부석에나 앉아 가라고 망언을 퍼부었는데! 엉덩이를 발로 차기까지 했는데! 허락도 없이 입술을 빼앗았는데!

왠지 생각할수록 화나는 일만 떠오르는 소흔이었다. 그러고 보니 퍽도 많은 짓을 저질렀군, 수연청. 하지만 이제 와서 그의 과거를 폭로하면 제 얼굴에 침 뱉는 꼴이 되고 만다. 소흔은 그저 이 상황이 지나가기만을 인내하고 또 인내했다.

"그럼 실례가 되지 않는다면 송 부인, 여러분."

연청의 손짓에 수행인들이 사람도 들어갈 만한 궤짝과 푸른 비단 꽃을 단 술독을 줄줄이 온천장 안으로 날랐다. 도합 아홉 개의 궤짝이 입구 쪽을 가득 메웠다. 수행인들이 차례로 뚜껑을 열 때마다 사람들의 눈이 왕방울만 해졌다. 누군가 이런 '실례'라면 만날 당하고 싶을 것 같다고 옆 사람에게 말했다.

"이미 본가로부터 일이 성사될 때까지 머물러도 좋다는 허락을 받았습니다. 제가 이곳에 머물러도 될까요, 송 부인?"

"물론입니다. 그, 그럼 소흔이가 안내를 해드리렴."

"……부엌 옆 딸린 방에 재울까요?"

"뭐라고 한 거니, 소흔아?"

"삼층 오른쪽 방이 최고라고 했어요, 어머니."

마침 그 방이 비어 있다며 소흔이 앞장섰다. 연청은 다시 한 번 예를 갖춘 뒤 소흔의 뒤를 따랐다. 반질반질 닦인 바닥과 계단은 온천장 사람들의 성품을 보여주는 것 같아서 연청의 입가에 묘한 미소가 걸렸다.

사실 영주성을 떠나기 이틀 전 연청은 이미 심부름 가게를 찾았다. 일단 수국에 당도하기만 하면 그다음부턴 성(城)마다 있는 지점이 알아서 다음 지점으로 연락을 취한다. 특별히 길들인 전서구(傳書鳩)를 날리는 것이었다.

연청의 편지는 그렇게 수도의 본가로 들어갔고 망나니 둘째가 갑자기 혼인을 하겠다는 말에 본가는 한바탕 뒤집어졌다. 반신반의하며 예물을 준비하는 중에 사람을 시켜 상대 아가씨에 대해 알아보았는데 돌아오는 말이 하나같이 믿을 수 없을 만큼 훌륭했다.

홍안의 모든 상가(商家)가 눈독 들이고 있는 아가씨라니, 명랑한 성격에 손끝도 야무지고 곱기는 그리 곱다니, 본가 사람들은 모두 귀를 파며 저가 들은 것이 사실인지 거듭 확인하였다. 홍안에 온천장이라는 여관이 하나 더 있는 건 아니냐고 심부름꾼을 추궁했다.

주신 돈으로 온천장에 이틀 묵기까지 했다고 밝힌 심부름꾼은 그 아가씨를 직접 보진 못했지만 평판이 사실이라면 반드시 이 혼인을 성사시켜야 한다고 목소리를 높였다. 아니면 우리 공자께선 영원히 성가(成家)하지 못할 것이라 위기감을 부추겼다. 수도에서의 연청의 평판을 떠올려 본 본가 사람들은 마음이 덜컥 급해지고 말았다.

상대 아가씨의 괴이한 취향이 바뀌기 전에 일을 밀어붙이자는 데 의견이 모아졌다. 그러면 연청이 본가를 들를 것도 없이 바로 온천장으로 향하게 하자는 제안이 나왔다. 한동안 수가의 비둘기들은 마치 송골매처럼 날아다녔다. 결국 화국 입구에서 상봉한 연청과 수행인들은 즉시 홍안으로 오게 되었다.

수도에서의 내 평판이라. 연청이 쓴웃음을 지었다. 확실히 한 번 무안당한 여자들은 수가 쪽으로 고개도 돌리지 않지.

"뭐예요, 연락도 없이 들이닥치기나 하고."

복도를 앞서 걷던 소흔이 투덜거렸다.

"닷새나 연락이 없었어, 닷새나."

팔짱을 낀 채 입을 삐죽댄다.

"그럼 사람이 걱정이란 걸 하……"

"보고 싶었다."

연청이 뒤에서 와락 껴안으며 말했다.

"보고 싶어 미치는 줄 알았어, 소소."

소흔이 그대로 멈춰 섰다. 화내는 중인데 이러는 건 반칙이라고 웅얼거렸다. 연청은 개의치 않고 더욱 힘을 주어 끌어안았다. 그녀만의 깨끗한 향취를 흠뻑 들이마시며 부드러운 머리카락에 얼굴을 묻었다.

"복도라구요. 손님과 마주칠지도 모르는데."

"내가 언제 그런 걸 신경이라도 쓰던가."

"난 신경 쓰여요."

"이제 그만 익숙해지라고. 언제까지 그렇게 남들 눈치를 볼 거야."

뭐, 네가 어쩔 줄 모르는 모습을 볼 수 있으니 나야 즐겁지만. 연청이 소흔의 귓불을 살짝 깨물었다.

"연랑, 여긴 우리 집이에요!"

소흔이 팔짝 뛰었다. 그렇지만 여전히 목소리는 모깃소리만큼이나 작다.

"알았어. 지금은 이 정도로 하지."

"지금만이 아니라 온천장에 머무르는 동안은 내게 손대기 없기예요."

"무정한 소소."

소흔은 어림도 없다는 듯 코웃음을 치고는 그가 머물 방으로 안내했다. 그리고 일꾼의 자세로 돌아가 수행인들을 어느 방으로 넣으면 좋을지 고민하고 있는데 그럴 필요 없다고 연청이 잘라 말했다. 그들은 벌써 화평장(火平場)에 짐을 풀었다는 게다.

"화평장?"

소흔의 목소리가 저절로 올라갔다. 화평장은 무서운 기세로 온천장의 명성을 추격하고 있는 새로운 온천 여관이자 요주의 견제 대상이었다. 그런데 그 화평장에 묵게 했다고? 온천장 예비사위의 사람들을? 어쩜 그럴 수가 있느냐 발을 구르는 소흔에게 그가 말했다.

"한 방 먹이는 거지."

"뭘 어떻게요?"

"어느 날, 잘 차려입은 이국 사람들이 그 여관의 가장 좋은 방을 차지하고 앉아서 매상을 올려주지. 주인이야 기쁠 테지. 그러다가 이 사람들이 무슨 일로 이곳에 왔는지 궁금해질 거야. 그때 밝히는 거다. 우리 공자님께서 온천장 셋째 따님과 정혼키 위해 왔다고. 화평장 주인은 공자의 신분을 묻지 않을 수 없겠지."

창해 수가. 외곽지대까지 이름이 널리 퍼져 있는 가문 이름이 나온다. 화평장 주인은 아무 말도 하지 못하고 그 자리에서 굳고 말 것이다. 창해 수가를 사위로 들이다니. 그것만으로도 온천장의 위용이 훌쩍 올라가기에.

소흔의 분이 대번에 가라앉았다. 대신 눈을 가늘게 뜨고 생글생글 웃음을 흘렸다.

"제법이네요, 연랑."

손가락으로 연청을 콕콕 찔렀다.

"벌써부터 기특한 짓도 할 줄 알고."

"기특하다고?"

연청이 어이없다는 듯이 웃었다.

"지금 나보고 기특하다 칭찬한 건가, 소소? 감히 하늘 같은 남편을 어린애 취급해?"

"꺅!"

연청이 그녀를 품 안에 가두고 옆구리를 간질였다. 아픈 건 참아도 간지러운 건 못 참는 소흔으로선 애초에 저항이 불가했다. 터져 나오는 웃음소릴 죽이려고 입을 막고는 필사적으로 몸을 틀었다. 까르르 웃는 소리가 그칠 줄을 몰랐다.

똑똑.

누군가 문을 두드렸다. 너무 큰 소리에 손님 항의가 들어온 것인가 긴장한 소흔이 벌떡 일어났다. 문을 열자 작은형부가 조용히 웃는 낯으로 서 있었다. 아무것도 듣지 못했다는 얼굴의 그가 연청을 향해 말했다.

"기왕 오신 것, 온천장 구경이라도 하시지요."

옷을 갈아입는 게 좋겠다는 그의 말에 소흔이 쿡 하고 웃었다. 작은형부가 먼저 간 뒤 연청이 웃은 이유를 묻자 소흔은 휘파람을 불며 형부가 오라버니 노릇을 하려는 모양이라 말했다.

❖ ❖ ❖

연청은 차라리 잠을 자지 않고 수련하는 게 낫겠다는 생각이 들었다. 온천장의 둘째 사위이자 소흔의 작은형부라 소개한 사내는 조곤조곤 다정한 말투로 그의 숨통을 죄어들었다.

자신이 온천장에 들어왔을 때 어린 처제를 처음 보고 얼마나 매료되었는지부터 아직 부부 사이에 자식이 없어 소흔을 누이동생이자 딸처럼 여기고 있다는 이야기까지, 그는 하나도 빠짐없이 귀담아들어야 했다. 거기다 불쑥 당황스러운 질문을 던져 긴장을 풀수도 없었다.

"허리 힘은 좋습니까?"

"예?"

허리 힘? 설마 '그런 걸' 묻는 건 아니겠지?

"여인은 특히 아이를 낳고 나면 주의해야 하죠. 무거운 물건을 함부로 들면 몸이 축납니다. 많이 도와주셔야 할 겁니다."

"……예, 물론입니다."

"다행이군요."

이런 식의 이야기가 두 시진 정도 오가자 본시 '경청과 존중'에 익숙지 않은 연청의 인내심이 슬슬 바닥나기 시작했다. 거기다 소흔의 웃음소리가 들려 고개를 돌리니 탕욕 중인 손님과 이야기를 나누고 있는 모습이 보였다. 손님은 건장한 젊은이고 맨몸 위에 욕의만 한 장 걸치고 있었다.

무럭무럭 피어오르는 온천의 김 사이로 연청의 질투 역시 불타올랐다. 혼인이 성사되고 나면 당장에 수가로 데려가야겠다는 생각부터 들었다. 불온하기 짝이 없는 작업 환경에 한 송이 꽃 같은 신부를 방치한다면 그야말로 천치가 아니고 뭔가.

하, 술을 건네? 저놈은 덩치에 어울리지 않게 술 한 잔에 뻗는다고 아까 동행과 떠들지 않았었나? 그런데 두 잔이나 연달아 청해 마셔?

"아니, 염 소저. 감주가 이상한데요?"

"감주가요? 그럴 리가 없는데? 혹시 맛이 변했나요? 정말 죄송합니다."

"그, 그게 아니라 얼어서."

"……네? 얼었다고요?"

얼어붙은 술잔을 건네받고 당황해하던 소흔이 갑자기 주변을 휘 둘러보더니 연청과 눈을 마주쳤다. 무슨 짓이냐고 노려보는 시선에 당장 건물로 돌아가지 않으면 진짜 온천을 얼려 버리겠다고 을러대는 눈빛을 쏘아주었다. 소흔은 다시 가져다 드리겠다며 고운 웃음을 지었다. 정말이지 마음에 안 드는 것투성이다.

둘째 사위는 연청이 폭발하기 직전에야 그를 놓아주었다. 슬쩍 겁이 나는 것은 이 집엔 한 명의 사위와 두 명의 딸이 더 있다는 것이고, 아직 염씨 부부와는 제대로 된 이야기를 나누지도 못했다는 점이다. 여덟 살짜리 사내아이와는 무슨 말을 해야 하지?

방으로 돌아온 연청이 침상에 누워 눈을 감았다. 선잠이 들려는 참에 방문 두드리는 소리가 났다. 시간 차 공격인가? 다시 자세를 바르게 하는데 소흔이 다과를 들고 들어왔다.

"어때요, 우리 작은형부?"

"너와 비슷해."

"나랑 비슷하다고요?"

"날 쥐고 흔들더군."

소흔이 웃음을 터뜨렸다. 연청과 이야길 나누면서도 탐스러운 계절 과일을 보기 좋게 깎아냈다. 그 모습을 물끄러미 지켜보던 연청이 불쑥 물었다.

"제후국은 일부일처인 것 알지?"

너무 당연한 물음에 소흔이 어깨를 으쓱했다.

"다른 남편은 둘 수 없다. 그러려면 이혼을 해야 하는데 우리 수가는 한 번 들인 여인은 잘 놔주지 않기로 유명하지. 다시 말해, 이 혼인은 무를 수 없다고."

"알고 있어요."

"나중에 돼서 후회하는 건 아니겠지? 혼례복이 화국과 다르다고 혼례식에 안 나타나면 안 돼."

"도대체 아까부터 무슨 소릴 하는 거예요? 혼례복이 다르다고 식에 불참하다니? 그게 무슨 말도 안 되는."

"불안해서 그래."

연청이 나직하게 말했다.

"내가 머무는 동안 온천장에서도 사람을 보내 수국에서의 평판을 조사할 텐데 그들을 기다리는 건."

"주정뱅이, 안하무인, 몰염치?"

"……정인에게 못하는 말이 없군."

소흔이 웃으면서 배 한 조각을 입에 물었다. 오물오물 씹는 모습마저 소름 끼치게 예뻤다.

"온갖 말이 날아들 거라고. 번듯하게 차려입고 가문의 후광을

업었던 첫인상이 무너질 테지. 그때 가서 소소 너마저 변심해선 안 돼."

수틀리면 널 납치해 가도 수가에선 저를 칭찬해 줄 거라고 연청이 말했다. 소흔은 뿌듯함에 소리 내어 웃었다. 그러고는 연청에게 다가가 팔에 매달렸다. 그는 결코 뿌리치지 않았다.

"우리 연랑이 왜 이러실까."

말이 노래하듯 흘러나왔다.

"연랑은 불안할 게 하나도 없는데. 소소는 이미 도장도 꾹 찍혔는데."

연청이 빈정거리는 웃음을 띠었다. 정확히 말하면 그런 표정을 짓기 위해 노력했으나 입꼬리가 올라가는 건 어찌할 수 없었다. 그럼 말이라도 차갑게 뱉어야 한다.

"어디서 어설프게 달래는 시늉이냐."

"어설퍼요? 그럼 안 되지. 좀 더 열심히 달래줄까요? 그럴까요, 연랑?"

팔이며 어깨를 콩콩 두드린다. 홍안까지 오느라 고생했다며 안마를 해주겠다는 것이다. 연청이 소흔을 향해 눈을 흘겼다.

"실은 알고 있지, 염소흔?"

"뭘요?"

"네가 우위에 있다는 걸 알고 휘두르는 거잖아."

"연랑은 그걸 이제야 알았어요?"

당돌하게 한마디 받아쳐 주고는 연청이 대꾸하기 전에 그의 품에 안겼다.

"사실은 연랑이 앞에 있어요."

소흔의 목소리에 장난기가 가셨다.

"나 하나 믿고 귀왕에게 목숨을 걸었잖아요. 그게 얼마나 큰 의미인지 자꾸 생각할수록 겁이 나요. 이미 끝난 일인데도 겁이 나. 내 한마디에 연랑의 목숨이 달려 있었다고 생각하면."

"바보로군."

연청이 그녀를 안았다. 작은 머리 위에 턱을 올려놓았다.

"다시 말하지만 넌 내 말을 지독히도 안 들어."

그가 말을 이었다.

"너 아니면 누굴 믿겠냐고 내가 그리 말했는데도."

이젠 내 말을 좀 들어. 연청이 나직하게 말했다. 소흔이 조그맣게 고개를 끄덕였다. 열린 창문 틈새로 맛있는 냄새가 흘러들어왔다. 곧 저녁 식사 시간이 돌아온다. 연청은 예비 처가의 환심을 사기 위해 다시 친절과 정중의 가면을 쓰고, 소흔은 그의 정체를 폭로하고픈 고비를 몇 번이나 넘길 것이다.

하지만 우선 지금은 이대로 서로를 안고 소중한 시간을 보내고 싶었다. 한순간에 잃어버릴 수 있는 것이 목숨임을 누구보다도 잘 알게 되었기에.

"연랑."

"듣고 있다."

"나, 시문(詩文)을 배울까 봐요. 노래랑 춤이랑 악기랑 꽃꽂이도 좀 배워야겠어요."

"그런 걸 배워 뭘 하려고?"

"창해 수가 며느리로 들어가는 거잖아요. 높은 가문 소저들만큼은 아니더라도 기본은 배워가야지."

"필요 없어."

연청이 웃음을 터뜨렸다.

"진심이다. 정말 필요 없어. 본가에선 네 존재 자체만으로도 황송해할걸."

그리고 넌 이미 완벽하니까, 하고 연청이 속삭였다.

소흔은 제 가슴 안에 나비가 팔랑팔랑 날아다니는 것 같았다.

아주 파랗고 어여쁜 나비가.

수가의 꽃

　소흔이 마차에서 내렸다. 허리를 곧추세우고 고개를 들어 저택의 대문을 올려다보았다. 검은 바탕에 돋을새김 글자가 금빛으로 빛났다. 이어서 그녀는 대문 양옆에서 포효하는 신수(神獸) 상을 번갈아 보고, 끝 모르고 뻗어 나간 검은 기와를 올린 담장을 보았다.

　"왠지 주눅 들어요."

　소흔은 저가 걸친 수국의 예복을 내려다보며 맥 빠진 소리를 했다.

　"이렇게 대단할 줄은 몰랐어요."

　"설마 지금 수가의 위세 때문에 혼인을 물리려는 건 아니지?"

　연청이 황당함과 당혹감의 중간쯤에서 멈칫했다. 그런 태도를 보이는 것은 연청뿐만이 아니었다. 홍안에서 이곳 창해로 오는 동안 부담스러울 정도로 공손하던 수행인들도 덩달아 불안한 얼굴을 하였다.

예비신부가 도망갈지도 모른다!

모두의 안색이 창백하게 질렸다. 저가 무심코 흘린 말의 영향력을 모르는 소흔은 한숨을 폭 내쉬었다.

"이 넓은 집을 언제 다 청소하죠? 쓸고 닦는 데만도 며칠은 걸리겠어요."

"그런 쓸데없는 걱정."

연청이 기가 차다는 듯 헛웃음을 흘어냈다.

"넌 수가의 며느리로 들어오는 거지 하녀로 들어오는 게 아니야. 대체 누가 네게 청소를 시킬 거라고 생각하지?"

"그야……."

"됐어."

더는 들을 필요 없다는 태도로 연청이 그녀의 손을 낚아챘다. 성큼성큼 대문으로 향했다. 절묘한 시점에 대문이 열린 것을 보면 하인들이 문 너머에서 귀를 기울이고 있었나 보다. 청록색 옷을 말끔하게 차려입은 오십대 초반의 사내가 인사했다.

"돌아오신 것을 환영합니다, 소공자."

사내가 흘깃 소흔을 쳐다보더니 지옥에서 부처님 얼굴이라도 뵌 양 허리를 숙였다.

"수가에 오신 것을 환영합니다, 염 소저."

"이러실 필요 없어요. 반갑습니다."

사내를 어찌 불러야 할지 몰라 말끝을 흐리자 연청이 저택의 총관이라고 알려주었다. 총관님, 하며 평소대로 생긋 웃었더니 사내는 그 자리서 굳고 말았다. 처음부터 저가 무슨 실수라도 한 건가 머뭇거리는 소흔을 연청이 잡아끌었다. 한발 늦은 총관이 허겁지겁 뒤따랐다.

어른들이 기다린다는 본채에 이르기까지 한참을 걸었다. 마주치는 하인들마다 총관과 비슷한 반응을 보였다. 연청에겐 차마 눈도 마주치지 못하고 고개를 숙였다가 나란히 서 있는 소흔을 신기한 눈으로 보았다. 이거 점점 분위기가 이상해지네. 소흔은 고개를 갸웃했다.

"나리, 소공자께서 염 소저와 드십니다."

총관의 알림이 있었다. 저택에서 유일하게 가을 하늘처럼 푸른 기와를 올린 본채로 두 사람이 들었다. 어른들을 뵌다는 생각에 소흔이 긴장하여 손을 꼼지락대자 이를 오해한 연청이 더욱 힘을 주어 잡았다. 안에는 열 명의 사람이 그들을 기다리고 있었다.

먼저 연청이 고개 한 번 까딱하지 않고 저가 돌아왔음을 알렸다. 다들 몇 달 만에 처음 보는 것일 텐데도 눈물을 보이지 않았다. 상봉의 감격을 나누기엔 놀라움이 너무 큰 것이리라. 그리고 그 놀라움의 근원인 소흔이 온천장에서 갈고닦은 몸가짐으로 인사를 올렸다.

"홍안의 염소흔, 수가 어르신들께 인사드립니다."

여기저기서 손으로 입을 가렸다. 1월 중순, 유난히 추위를 타는 예비신부가 행여 감기라도 걸릴세라 연청은 눈처럼 새하얀 털이 달린 외투를 입혔다. 그 안으로 제비꽃 수가 놓인 하늘빛 예복이 보였고, 머리에는 보랏빛 수정 장식을 달았다. 이 모든 것이 또렷한 이

목구비와 어울려 흡사 비취로 만든 인형을 떠올리게끔 하였다.

고운 외모만으로도 놀라운데 거기다 나긋한 몸가짐까지 갖추었다. 심부름꾼의 말이 정말 사실이었던 모양이다. 수가 사람들은 잠시 감격에 젖어들었다가 얼른 화답을 하였다.

"어서 앉으세요."

"이쪽으로."

"다과를 내오게."

소흔은 반쯤 떠밀리듯 의자에 앉았다. 다들 무슨 말을 꺼내야 할지 망설였다. 묘한 긴장감이 흐르는 와중에 하녀들이 다과를 내왔다. 차의 향기로움도 그렇지만 무엇보다 홍안에서 보지 못한 섬세한 과자에 소흔이 눈을 빛냈다. 권유를 받고 한입 물었더니 생전 처음 느껴보는 맛이었다.

"마음에 드나요?"

연청의 숙모라고 밝힌 여인이 넌지시 물었다.

"네, 정말 맛있어요."

"다행이네요. 참, 그 과자는 여기 창해에서만 맛볼 수 있답니다."

"특산품인가 보죠?"

"아주 유명한 과자 가게 물건이지요. 다른 곳에선 구할 수도 없고 오직 창해에서만……."

"크흠."

연청의 숙부가 점잖게 목을 가다듬었다. 아무리 급하다지만 조카며느리 될 사람을 과자로 회유하는 광경을 더는 두고 볼 수가 없는 듯 헛기침으로 눈치를 주었다. 조금 머쓱해하면서도 저가 그리 큰 잘못을 했냐는 얼굴로 여인이 한발 물러났다. 연청의 부친이 부드럽게 말을 이었다.

"그래, 오느라 고생이 많았지요?"

"고생은요. 다들 너무 잘 챙겨주셔서 불편이라곤 모르고 왔습니다."

"그랬다니 다행입니다만."

부친 수 씨의 눈이 슬쩍 차남 연청에게 향했다. 귀한 신붓감을 수가까지 데려왔으니 제 할 일은 끝났다는 듯 찻잔만 들여다보고 있다. 왠지 제 발등에 도끼를 찍는 기분이었지만 수 씨는 이 질문을 하지 않을 수가 없었다.

"한데 염 소저는 저 아이의 어디가 마음에 들어서……."

"크흠."

"아주버님."

사방에서 수 씨를 만류하는 목소리가 나왔다. 이제 막 분위기가 누그러졌는데 무슨 짓이냐는 눈치다. 하지만 단호히 말리는 이는 없었다. 실은 모두들 수 씨와 같은 생각이었다.

"연랑이 마음에 든 이유라면……."

연랑! 달콤한 애칭의 충격이 수가 사람들을 강타했다. 생전 소흔 나이의 아가씨 입에서 들을 일이 없으리라 여겼던 것이다. 소흔이 자연스레 연청을 쳐다보았다. 관심 없는 척하면서도 그의 귀는 소흔에게 열려 있었다.

"일단 다정해서 좋구요."

자꾸만 낯선 말이 들려오자 수가 사람들의 표정이 기이해졌다.

"무심한 듯 절 챙겨주는 모습도 좋아요. 제가 그걸 지적하면 언제 그랬냐는 듯 삐딱한 말을 할 때는 귀엽기까지⋯⋯."

"염소흔."

수가에서의 체면이 위험해진 연청이 개입했다. 다 맞는 말이긴 하지만 모두에게 들려줄 필요는 없었다. 이미 소흔의 몇 마디만으로도 수가 사람들은 멍한 얼굴이 되었다. 이제껏 알아온 연청의 모습과 도무지 겹쳐지지가 않는 것이다. 그가 소흔의 손바닥 안쪽을 살짝 긁었다.

"적당히 해."

"흐응, 내가 뭐 틀린 말 했나요."

"맞는 말도 너무 많이 하면 안 좋다고."

"어르신께서 먼저 물으셨어요."

수가 사람들은 단체로 귀에 홀린 기분이었다. 이제까지 상대 아가씨의 취향이 기이한 줄로만 알았는데 지금 보니 그런 것만도 아닌 듯. 별것도 아닌 문제로 토닥토닥하는 모습은 창해 거리에서도 흔히 볼 수 있는 연인이다.

도대체 이게 어찌 된 영문인가. 수가의 차남 연청이라고 하면 고약한 손님 비위도 넙죽넙죽 맞추는 기녀들마저 침을 뱉고 돌아설 정도로 남의 속을 뒤집어놓는 인물이 아니었나. 기녀들조차 그러하니 멀쩡한 집안 아가씨들이야 더 말할 것도 없었다. 화가 치민 나머지 연청의 뺨을 때렸다가 십수 명이 보는 앞에서 동이째로 술을 뒤집어쓴 여인도 있었다.

확실한 것은 연청이 가녀린 여인이라고 해서 딱히 봐주지 않았다는 점이다. 본인의 혼삿길이 막힌 걸로도 모자라 수가의 위신이 무너질 판이었다. 그런 연청이 보통 사내들처럼 아가씨와 아옹다옹하다니. 자리를 지키는 총관을 포함한 하녀들마저 자꾸 눈을 비비고 다시 보게 되었다.

"허허, 허허, 다정이라. 그래, 다정이라."

연청의 숙부가 애써 웃음을 지었다.

"우리로서는 조금 낯설지만, 그래, 염 소저에게라면 누군들 다정하지 않을 수가 있겠소."

"그러게 말이에요."

숙모가 남편의 말을 거들었다.

"심부름꾼도 입에 침이 마르도록 염 소저를 칭찬하더군요. 화국에서, 아니, 제후국에서 이만한 신붓감이 없을 거라나. 그러려니 했지만 정말 이렇게 훌륭한 아가씨가 올 줄이야."

"숙모님의 말씀은 '멀쩡한' 아가씨를 이르는 거지."

어떻게든 잘 풀어 나가려는 어른들의 공로에 연청이 초를 쳤다. 모두가 지그시 이를 악물고 가문의 골칫덩이를 노려보았다. 예의를 갖춘답시고 더 지체하다간 일을 그르치겠다 싶었는지 연청의 형이란 사내가 나서서 온천장의 허혼서(許婚書)를 부탁했다.

"여기 있습니다."

소흔이 직접 이를 전달했다. 허혼서를 손에 쥔 수 씨의 눈이 형형하게 빛났다. 절대 놓치지 않겠다는 의지가 돋보였다. 이로써 소흔은 혼례식을 올리기까지 한 달여 동안 수가의 저택에 머무르

게 되었다. 소흔보다 닷새 늦게 출발한 온천장 사람들이 당도하는
대로 식을 올릴 예정이었다. 하루라도 늦춰지지 않도록 빈틈없이
일정을 짠 수가의 노력이 짠할 정도였다.

"먼 길 온 사람을 오래 붙잡아놓아선 안 되지. 자, 어서 짐을 풀
고 쉬도록 해요."

"불편한 점이 있거든 주저 없이 말하고."

"그럼 우린 이만 자리를 피해줄 터이니."

본시 소흔과 연청이 떠나야 맞거늘 다들 삼삼오오 본채를 나갔
다. 넓은 건물 안에 단둘이 남겨진 상황. 소흔은 여전히 적응이 안
된 듯 고개를 갸웃하였다.

"연랑, 좀 이상해요."

"또 뭐가?"

"모두들 왜 이렇게 날 떠받들죠? 이건 단순히 '우리 애와 혼인
해 줘서 고맙다'는 정도가 아니잖아요. 마치 내가 무시무시한 괴
물을 해치워 준 양."

연청이 대수롭지 않게 고개를 끄덕이며 차를 마셨다.

"대체 무슨 짓을 해왔기에 집안 분위기가 이런 거예요?"

"넉 달 전의 나를 떠올려 보면 대충 예상이 되지 않나?"

"넉 달 전…… 이라 해도 이미 다정한 연랑에 익숙해져서."

기억이 나긴 하는데 딱히 화가 나진 않는다는 말에 연청이 소리
죽여 웃었다.

"아아, 망각이란 큰 축복이지."

그가 소흔의 머리카락을 손끝에 감았다. 비단실 같은 머리카락

이 부드럽게 감겼다가 사르르 흩어졌다. 두 사람 모두 달콤하고 나른한 기분에 젖어들었다. 그녀가 연청의 품에 안겼다.

"그런데 다들 어딜 그리 바삐 가셨을까요?"

소흔의 물음에 연청이 슥 주변을 훑어보았다.

"일단 나가지 않은 사람은 없는 것 같고."

"응?"

"몇몇은 사당에 달려가 이제 편히 눈감아도 된다며 향을 피우거나."

"……그 정도인가요."

"몇몇은 문틈으로 우리 모습을 보고 경악하고 있겠지."

힉, 하고 급히 숨을 들이켜는 소리가 조그맣게 들렸다. 설마 나이 지긋하신 분들이 그러겠느냐 싶어 소흔은 오는 길에 눈을 마주쳤던 어린 하인들의 호기심이라 믿기로 했다. 연청을 올려다보자 그가 나른하게 웃었다. 제후국은 물론이요, 대륙 전체를 통틀어 이만큼 저를 행복하게 할 사내는 없으리라. 소흔은 충동적으로 그의 뺨에 살짝 입을 맞추었다.

혼례식까지 어떻게 기다리죠, 하는 귀여운 물음에 연청은 일단 초야부터 보내는 게 어떠냐고 응수했다.

❖ ❖ ❖

코끝이 맵싸한 2월 중순, 차남의 혼례식을 맞아 수가의 술 창고가 열렸다. 식에 참석하는 손님들은 물론이요, 저택 앞을 지나다니는 행인에게까지 향기로운 술을 넉넉히 돌렸다.

보통 혼례식이라 하면 꽃 피는 봄에 하는 것을 제일로 치고 선선한 가을도 괜찮게 여기는데, 이처럼 늦겨울에 하는 것은 드물었다. 그러나 사정을 아는 손님들은 신부 마음이 바뀌기 전에 얼른 '해치워 버리는' 것이 맞다 수군거렸다.

"신부가 듭니다!"

모두의 시선이 신부에게 쏠렸다. 눈 아래를 푸른 면사로 가린 신부가 한 걸음 한 걸음 식장으로 들어왔다.

"곱네, 고와."

"듣자 하니 신부가 그리 야무지고 애교가 넘친다더군."

"화국에서 평판이 아주 훌륭하다던데."

"이제 이 댁 나리도 한시름 놓겠어."

여인의 눈처럼 새하얀 목덜미를 아름다움의 절정으로 치는 수국답게 혼례복도 다소 독특했다. 검은 머리카락을 풍성한 모양으로 올리고 그 아래로 사슴 같은 목이 드러나게 하였다. 일부러 예복의 목깃을 살짝 젖혀서 뒷덜미부터 가늘고 곧은 쇄골까지 보이도록 만들었다. 백옥 피부를 위해 분을 덧바르는 신부들도 있지만 소흔은 굳이 그럴 필요가 없었다.

순백의 꽃문양이 들어간 푸른 옷 위에 가장자리를 따라 흰여우 털이 달린 옷을 입고, 마지막으로 뒷자락이 바닥에 끌리는 우아한 청보랏빛 예복을 걸쳤다. 손님들은 고운 목덜미와 나긋한 허리를 보며 감탄을 금치 못했다.

"이 댁 하인들이 화국에서 꽃 한 송이가 들어왔다더니 입에 발린 소리가 아니었구면."

"기막힌 표현입니다그려, 그야말로 수가의 꽃일세."

"벌써부터 어르신들의 귀여움을 독차지한다면서요."

눈을 살포시 내리깐 소흔이 연청의 앞에 섰다. 집례의 주도에 따라 양가 부모에게 절을 하고 이어서 천지를 향해 절을 했다. 세 번째는 맞절. 시녀의 부축을 받아 조심스레 절을 하고 일어나면서 소흔은 연청을 흘깃 보았다. 그녀가 들어서는 순간부터 눈을 떼지 않던 연청과 시선이 마주쳤다.

혼례식 일주일 전부터 서로 얼굴을 보지 못하게 하는 수국의 풍습 때문에 둘의 눈빛은 더욱 애절했다. 특히 연청은 이 자리에서 소흔을 한입에 삼키고 싶다는 욕심을 노골적으로 드러냈다. 소흔이 저택에 머무는 한 달 동안 절제하고 마지막 일주일은 얼굴을 보지도 못했으니 그럴 법도 하였다.

"처가 사람들 앞에선 얌전히 있어줄래요, 연랑?"

지나치게 뜨거운 눈빛이 쏟아지자 소흔의 볼이 붉게 물들었다.

"날 곤란하게 만들지 마요."

"본식만 끝나면 바로 신방에 들어가는 거다."

서로에게만 겨우 들릴 만큼 목소리를 낮춰 말하는데도 소흔은 누가 들었을까 걱정되어 눈을 이리저리 굴렸다. 왠지 옷자락을 정리해 주는 시녀의 얼굴이 불그스름한 것 같다.

"돌아다니며 손님들께 술을 올려야 하고 신랑 길들이기도 남아 있어요. 바로 사라지는 건 실례……."

"내 혼례식이지 저자들이 하는 것도 아니잖아."

연청다운 말이다.

"더는 안 돼."

"양가 어르신의 덕담을 듣겠습니다!"

소흔이 뭐라 대꾸하려는 순간 집례가 본식의 마지막 순서를 알렸다. 연청의 부친 수 씨가 사돈댁에 대한 고마움, 새아기에 대한 지극한 만족을 표한 뒤 덕담을 하였다. 수가에서 세 번째로 큰 창고의 열쇠가 담긴 푸른 봉투가 소흔에게 전해졌다. 시녀가 대신 받아두었다.

다음은 온천장의 염씨가 말할 차례. 그가 손수건으로 눈 밑을 찍고는 입을 열었다. 소흔의 표정이 애틋해졌고 연청의 얼굴은 점점 더 밝아졌다.

그때였다.

"황명이오!"

쩌렁쩌렁한 목소리가 문 너머로 들렸다.

"황명이오!"

수후의 성에서 왔다는 관리가 금빛으로 빛나는 어지(御旨)를 두 손으로 받쳐 들고 등장했다. 관리의 뒤로 병사, 내관, 궁녀가 줄줄이 따랐다. 다들 어리둥절해하면서도 무릎을 꿇고 머리를 조아렸다. 소흔과 연청, 그리고 신부 측 지인으로 참석한 미요와 녹산만이 떨떠름한 표정을 지었다. 특히나 연청의 표정은 거의 지나간 겨울이 다시 돌아온 것처럼 싸늘해졌다.

"수연청, 염소흔은 황명을 받드시오."

"……황명을 받잡습니다."

소흔과 연청이 고개를 숙였다. 관리는 엄숙한 목소리로 황제의 축사를 낭독한 뒤 원한다면 언제고 황제를 알현할 수 있는 금패를 소흔에게 하사했다. 신부는 딱히 기쁘지 않은 얼굴로 금패가 든 함을 받았다. 연청이 줄 물건은 빨리 주고 어서 가라는 눈치를 주었으나 관리는 꿋꿋하게 말을 이었다.

"수연청은 식이 끝나는 즉시 수후의 성으로 들어가 남은 황명을 받드시오."

"······식이 끝나는 즉시?"

사람을 산 채로 얼려 버릴 듯한 연청의 눈빛에 관리가 움찔했다.

"그대에게 단독으로 내려온 황명이 있소."

이미 마차를 끌고 왔다며 문밖에서 기다리겠다고 하였다. 어차피 남은 순서는 염 씨의 덕담 몇 마디뿐이었다. 반쯤 얼떨떨한 정신으로 염 씨가 덕담을 하였고, 이로써 본식이 끝났다.

괜히 불안해진 양가 사람들이 관리에게 술을 대접하며 연청만 불러들인 의도를 넌지시 물었다. 관리는 구체적으로 알려줄 순 없지만 가문의 영광이자 대단한 황은이라는 말을 강조했다.

"빌어먹을 귀신 놈."

옷을 갈아입기 위해 방으로 들어간 연청이 악다문 잇새로 내뱉었다. 가리개 너머에선 소흔과 미요, 녹산이 찜찜한 기분을 나누고 있었다.

"단독으로 내려온 황명이라니, 그게 뭘까요?"

"가문의 영광, 황은. 하나같이 애매모호한 표현이야."

"혹시······ 벌써 인간놀이에 질린 건 아니겠지요?"

은회색 장포에 검은 모피 외투를 걸친 연청이 나왔다. 아직 혼례복 차림의 소흔이 그의 눈에 들어왔다. 아찔하리만치 매혹적인 신부다. 그의 계획대로라면 지금쯤 신방 침상에 누워 있어야 할 신부다. 그가 고운 턱을 들어 올려 눈을 맞췄다.

　"친견할 수 있는 금패를 네게만 준 게 걸려."

　연청이 낮게 으르렁댔다.

　"두 번 다시 보기 싫은 낯짝을 '원할 때마다' 보라고?"

　"연랑, 말투를 조심해요."

　소흔이 주의를 주었다.

　"우린 그의 실체를 알지만 다른 이에겐 새 시대를 연 위대한 황제 폐하라고요."

　"함부로 굴었다간 목이 뎅강 잘릴 테죠."

　미요가 무심한 얼굴로 섬뜩한 말을 했다. 그러나 연청의 굳은 표정은 풀리지 않았다. 인간이 되었으면 인계(人界)의 법에 따라야 할 것이 아니냐고, 혼례식 당일에 신랑을 소환하는 건 지옥에서 배워먹은 도리냐고 이를 갈았다. 방문 너머에서 관리의 재촉을 전하는 소리가 들려왔다.

　"기다릴게요."

　소흔이 조그맣게, 그러나 또렷한 목소리로 말했다. 이런 신부를 두고 떠나야 하다니. 연청의 눈매가 더욱 사나워졌다.

　"다녀오지."

　연청이 방을 나서다 말고 몸을 돌렸다. 뭘 깜빡하기라도 했냐는 듯 소흔이 고개를 갸웃거렸다. 신랑만이 벗겨줄 수 있는 푸른 면사 위로 그의 입술이 부드럽게 내려앉았다. 나비의 날갯짓 같은 입맞춤. 소공자를 모시러 온 하녀가 저도 모르게 안타까운 한숨을 흘렸다.

❖ ❖ ❖

"빌어먹을 귀신새끼."

도저히 아리따운 새 신부의 입에서 나왔다고는 믿기 어려운 험한 말이었다. 하지만 이 순간 소흔에게만은 그럴 자격이 있었다. 연청이 관리 일행과 떠난 뒤 신랑의 빈자리를 그녀가 대신 채웠다. 손님들에게 걱정을 끼치지 않으려고 얼마나 밝게 애교를 부렸는지 그녀가 신방으로 떠날 때쯤엔 다들 수가에 겹경사가 생긴 줄로 알았다.

늦은 오후에 신방에 든 소흔은 하녀가 가져다준 저녁상을 받았다. 멀리서 손님들이 떠들고 마시는 소리가 들렸다. 도대체 연청은 언제쯤 오는 것인지. 평소보다 훨씬 정성이 들어간 잔치 요리를 먹는데도 그 맛을 모르겠다.

"저, 소부인."

어제까지 염 소저라 부르던 하녀가 새로운 호칭으로 그녀를 불렀다. 연청의 소식을 가지고 온 것이리라. 반갑게 맞아들이니 하녀가 죄송해 몸 둘 바를 모르는 얼굴로 고했다.

"많이 늦겠으니 먼저 주무시란 말씀이 왔습니다."

"먼저 자라고요?"

"예……."

이미 해시(亥時) 초를 지났다. 저택에서 수후의 성까지만 해도 한 시진은 넘게 걸린다. 이렇게 말을 전한 걸 보니 연청은 정말 늦으리라. 어쩌면 내일 해가 뜨고서야 들어올지도 모른다. 초야에 독수공방 신세. 하녀는 제 잘못도 아닌데 어쩔 줄을 몰라 했다.

"어쩔 수 없죠."

"그럼 목욕물을 올릴까요?"

"부탁해요."

애써 웃는 낯으로 하녀를 보낸 뒤 제 손으로 혼례복을 벗었다. 그러나 푸른 면사만은 그대로 두었다. 구름처럼 올린 머리에도 손을 대지 않았다. 이 두 가지만은 어떤 경우에라도 신랑이 거둬주어야 한다고 들었다.

신부의 마지막 자존심이라고 소흔은 야무지게 입을 앙다물었다.

희고 붉은 꽃송이를 띄운 뜨거운 물에 몸을 담그자 절로 앓는 소리가 나왔다. 온천장에서 하루도 빠짐없이 혹사당하던 몸이 벌써 수가의 공주님 대접에 익숙해졌나 보다. 무거운 예복을 걸치고 종일 긴장한 채로 있었더니 온몸이 뻣뻣해졌다. 소흔은 물에 적신 수건으로 천천히 몸을 닦았다.

와하하하, 손님들의 웃음소리가 들려왔다. 즐거운 시간을 보내고 있는 듯하다.

"기쁘시니 다행이네요."

소흔이 허공에 대고 혼잣말을 했다.

"전 조금 쓸쓸한데."

바쁠 것 하나 없다. 필요 이상의 공을 들여 몸을 닦은 소흔은 괜히 꽃잎을 하나씩 뜯다가 나른한 기분에 잠겼다. 긴장이 풀리면서 졸음이 쏟아졌다. 어차피 시간이 좀 지났다 싶으면 하녀가 목욕물을 비우러 올 테고 그때 침상으로 옮겨가면 된다. 지금은 손가락 하나 까닥 못하겠다.

"이게 뭐야, 초야에……."

투덜대는 말을 끝으로 소흔은 까무룩 잠이 들었다.

야릇한 기분이 들었다. 여전히 반쯤 잠에 빠진 채로 소흔은 몸을 들썩였다. 찰방이는 물이 맨몸에 닿았다. 아직 식지 않은 것으로 보아 중간에 하녀가 뜨거운 물을 더 넣어준 듯했다. 아, 나른해. 온몸이 녹신녹신해져 소흔의 입가가 절로 늘어졌다.

왠지 따뜻한 물이 점점 올라오는 기분이 들었다. 몸이 가라앉는 건 아니고 물줄기가 혼자서 몸을 타고 오르는 느낌이랄까. 탐스러운 둔덕을 서서히 타고 올라가 쇄골을 거쳐 매끄럽게 목을 돌아갔다. 가녀린 어깨로 내려오는 것 같더니 순식간에 방울방울 흩어졌다. 또르르 물방울이 촉촉이 젖은 몸을 타고 떨어졌다.

"으음."

묘한 기분에 소흔이 살짝 눈썹을 움직였다. 이번엔 물속에서 뭔가 느껴졌다. 수면은 잔잔한데 몸이 담그고 있는 물 아래가 따로 놀았다. 미미한 흐름이 발끝에서부터 시작해 가는 발목, 날씬한 종아리를 지나 우윳빛 허벅지를 부드럽게 밀었다. 그러더니 찰랑, 하고 다리 사이에 닿아 포말처럼 흩어졌다.

조금씩 소흔의 정신이 돌아왔다. 그동안에도 몇 번이나 물줄기가 소흔의 다리를 파고들었다. 물에 희롱당하는 기분이라고 소흔은 생각했다. 내가 몸을 움직이는 것도 아닌데 왜 물이 혼자 찰랑이는 거야. 무거운 눈꺼풀을 밀어 올리자 목욕통에 팔을 걸친 연청이 눈에 들어왔다. 턱을 괸 채 색이 뚝뚝 떨어지는 느른한 눈빛으로 그녀를 지켜보고 있었다.

"……연랑, 언제 왔어요?"

보일 듯 말 듯 희미한 웃음을 짓더니 꽃송이로 빼곡한 수면을 내려다보았다. 거의 보이는 것이 없을 텐데도 소흔은 어쩐지 그 시선 아래 낱낱이 탐해지는 기분이 들었다. 그 순간 또다시 물결이 다리 사이를 밀었다. 잘잘하게 흩어지는 물거품이 아랫배를 간질였다.

"……연랑의 짓이었구나."

소흔이 눈을 흘겼다. 그제야 그가 제대로 웃었다.

"깼군, 내 신부."

"언제 왔어요?"

"반 시진쯤 전."

얼마나 오래 잠들었는지는 모르지만 자정이 되도록 먹고 마시는 손님들의 소리가 들리지 않는 걸로 봐서 퍽 늦은 시간인 듯했다.

"왜 바로 깨우지 않구요. 얼른 깨우지."

쪼글쪼글해진 손끝을 비비던 소흔은 어느새 푸른 면사가 거둬진 것을 깨닫고 주위를 두리번거렸다. 연청이 그녀의 곁으로 다가와 수정 보요가 달린 비녀며 화려한 머리 장식을 빼냈다. 고정시키던 것이 빠질 때마다 머리카락이 어깨 위로 사락사락 내려앉았다.

"이대로 자면 불편했을 텐데."

"……머리와 면사만은 꼭 신랑이 내려줘야 한다고."

"그래서 그 말을 철석같이 지키고 있었군."

연청이 길게 늘어진 머리카락 한 줌을 감아쥐더니 소흔에게서 시선을 떼지 않은 채로 자신의 입가에 가져갔다. 천천히 입술이 닿는 모습을 보며 소흔은 머리카락에도 감각이 있었던가 하고 생각했다. 수면 밖으로 드러난 어깨가 흠칫 떨렸다.

"사랑스런 소소."

늦은 밤이라 그런가, 연청의 목소리가 조금 쉬어 있었다.

"이런 널 두고 귀왕 따위나 상대해야 했다니."

"귀왕이 여기 왔어요? 여기 수국에?"

소흔이 놀라서 눈을 크게 떴다. 황명이 기다리고 있다고 했지 황제 본인이 와 있다고 하진 않았잖은가. 연청이 기막히다는 듯 실소했다.

"내게 수후가 되지 않겠냐고 묻더군."

"수후요?"

"그 말을 수후와 고관들이 있는 자리에서 했어."

사람들의 안색이 말 그대로 창백해졌다고 한다.

"그런 귀찮은 걸 내가 왜 하냐고 되물었지."

"……실제로 물을 때는 좀 더 예의 바른 말투였겠죠?"

"그러자 이어서 공(公)이 되진 않겠느냐 하더군."

이번엔 소흔의 얼굴마저 하얘졌다. 수가에 머무르는 동안 역사

를 포함해 여러 가지 교양을 익혔는데 관리들의 계급도 그중 하나
였다. 공이라 하면 왕(王)의 또 다른 칭호로 제후보다 한 계급 위가
된다. 황제를 제외하고 작위 중에서는 그보다 높은 자가 없다.

"그래서요?"

"뭐라 답했을 것 같나."

연청이 말을 돌렸다. 순순히 답해주지 않자 안달이 난 소흔은
그에게 얄밉다는 듯 물을 튀겼다가 말했다.

"그 입 닥치라고요?"

"어허."

"너 아직 정신 못 차렸냐고?"

"이런이런."

연청이 어쩔 수 없다는 미소를 지었다.

"고운 새 신부 입이 이리 거칠어 쓰나."

"신랑에 대해 워낙 잘 아는지라."

탓하는 말과 달리 연청의 입가엔 미소가 떠나질 않았다.

"비슷했지."

"……설마 진짜로 그 자리에서."

"좋아하던데?"

그가 마지막으로 남은 머리 장식을 뺐다.

"벌벌 기는 다른 자들과 달리 신선하다고 웃었어. 그놈, 재미를
위해서라면 제 부모도 팔 거다."

귀왕에게도 부모가 있는지는 모르겠다만. 연청이 짧게 내뱉었다.

"그래서 아무 작위도 없이 그저 수연청으로 돌아온 건가요?"

"그래, 수연청이 어떤 자인데 그런 속박을 받아들이겠나."

"왕이 되면 더는 수후의 눈치를 보지 않아도 되는데요?"

"……이전에도 딱히 눈치 본 적은 없었어."

조마조마하게 듣던 소흔이 비로소 활짝 웃으며 안겨들었다.

"이래야 나의 연랑답죠."

맨몸인 것도 잊고 나긋한 두 팔로 그의 목을 감았다. 연청이 잠시 굳었다가 꽃잎 같은 살결을 느릿하게 어루만졌다.

"초야는 이제 시작이다."

연청이 소흔을 안아 들어 침상에 뉘었다. 심해처럼 짙푸른 비단 위의 싱그러운 나신이 그의 눈을 어지럽혔다. 그가 제 옷을 찢듯이 벗었다. 성마른 손길에 매듭이 자꾸만 엉겼다.

"연랑."

기다리지 못하고 소흔이 입부터 맞추자 연청에게서 한숨이 흘러나왔다. 다디단 입술을 빨아들이며 그는 분주히 매듭을 풀었다. 입을 땐 몰랐는데 상당히 귀찮은 옷이다. 찌이익. 우악스런 힘을 견디지 못하고 매듭이 옷에서 찢겨 나갔다. 소흔이 허리띠를 푸는 것과 동시에 연청이 옷을 벗어 침상 밖으로 내던져 버렸다.

온천장에 머무는 이십여 일, 그리고 수가에서 한 달. 이제 막 열락을 알게 된 둘에게는 너무도 긴 시간이었다. 연청의 괴로움은 특히 더했다.

조각 같은 나신이 소흔의 위로 겹쳐졌다. 오랜 목욕으로 소흔의 몸 전체가 발갛게 달아올라 있었다. 따뜻하고 나긋한 몸체를 연청이 쓸었다. 입술도 손도 쉴 새가 없었다.

"언제쯤 네게 익숙해질까."

잠깐 입술을 뗀 연청은 거친 호흡을 고르며 소흔의 입술 위에서 속삭였다.

"언제쯤이면 매번 이렇게 발정 난 사내처럼 널 탐하지 않게 되는 거지?"

소흔의 손바닥이 그의 허리를 타고 올라와 넓은 등을 부드럽게 문질렀다. 항상 맑게 빛나는 눈이 물기를 머금어 흐릿해졌다.

"초야니만큼 좀 천천히 하고 싶은데."

살짝 손톱을 세워 긁자 그가 무너졌다.

"못 참겠다……."

그가 손에 넘칠 듯한 가슴을 세게 움켜쥐었다가 꼿꼿이 선 분홍빛 정점을 핥았다. 혀끝을 세워 희롱하자 소흔이 신음을 흘렸다. 저 역시 연청과 같은 생각이었다. 아무것도 모를 땐 그저 천천히 부드럽게 나누는 사랑만이 초야에 어울리는 거라 믿었다. 먼저 혼인한 친우도 신랑의 배려와 인내를 강조하지 않았던가.

그런데 지금은.

"흐웃!"

숨 돌릴 틈 없이 거칠게 탐해지는 것도 좋았다. 몸이 피어나고 있어서일까, 아니면 상대가 연청이라 그런 것일까.

"예뻐 미치겠어."

연청이 잘록한 옆구리에 이르러 이를 세웠다. 미미한 통증과 간지러움, 쾌감이 한꺼번에 소흔을 덮쳤다. 너무 빨라. 소흔이 도리질을 쳤다. 몸 어딘가 이상이 생긴 게 아닐까 싶을 만큼 지나치게 달아올랐다.

"연랑…… 더……."

잔인한 만족이 일렁이는 눈으로 불그스름한 치흔을 내려다보는 연청에게 소흔이 애원했다.

"더 빨리."

젖은 입술로 간청했다.

"원하는 대로 해도 돼요."

제 몸을 지탱하고 있던 연청의 두 팔이 떨렸다. 어깨가 흠칫거렸다.

"초야에 널 죽이고 싶진 않아."

"……이미 죽겠는걸."

사내의 심장을 쿵 내려앉게 만드는 달콤한 재촉. 그녀를 배려해야 한다는 압박과 사내의 갈급한 충동 사이에서 숨이 끊어질 지경이던 연청은 그만 헛웃음을 흘어내고 말았다. 그의 소소는 가끔 이렇게 지독한 행복으로 수연청을 아찔하게 만든다.

"그럼 이번만."

가당찮은 변명을 하며 손가락으로 뽀얀 다리 사이를 파고들었다. 매끄럽게 찰박이는 꽃물이 그의 호흡을 앗았다. 더는 기다리지 못하고 연청은 커다랗게 몸집을 부풀린 자신을 소흔의 안으로 밀어 넣었다. 즈윽, 하고 들어간 몸은 뿌리까지 단번에 파묻혔다.

"흐윽, 연랑……."

"소소……."

물기 어린 내벽이 연청을 뜨겁게 죄어들었다. 극도의 쾌감을 견디느라 그의 어깨가 부들부들 떨렸다. 근육으로 꽉 짜인 아랫배에 힘이 들어갔다. 애락에 젖어 위험하게 번들거리는 눈으로 그가 소흔을 내려다보았다. 이마에 살짝 땀이 배어났다.

"아프진 않고?"

이미 소흔이 허락한 일인데도 다시금 그녀의 의사를 물었다. 당장에 내달리고 싶지만 그녀가 약간의 불편함이라도 호소하면 여기서 멈출 것 같은 느낌. 그에게 있어선 언제나 소흔이 먼저다. 항상 그랬다. 완전히 사랑받고 있다는 느낌에 소흔이 아릿하게 웃었다.

"연랑이 날 아프게 할 리가 없어요."

"그 얘기가 아니잖아……."

투덜대면서도 소흔의 뺨을 쓸었다. 혀를 밀어 넣는 농밀한 입맞춤이 아닌, 입술만 빨았다가 떨어지는 달달한 입맞춤이 이어졌다. 작고 어여쁜 파란 나비들이 또다시 그녀의 안에서 하르르 날아다녔다.

"하아……."

저도 모르게 내벽이 죄어들었는지 연청이 나직한 탄식과 함께 허리를 꺾었다. 소흔의 안을 뻐근하게 채운 그의 몸이 꿈틀거렸다. 둘의 눈이 마주치고 무언의 교감이 오갔다. 잠깐 식었던 몸이 순식간에 불타오르는 것 같았다.

그가 이를 악물고 허리를 탔다. 심장이 터져 나갈 듯 뛰었다. 등줄기를 타고 머리끝까지 치밀어 오른 쾌락에 정신이 멍해졌다. 근육이 뒤틀릴 때마다 소흔이 가는 교성을 내질렀다. 조금만 내달으면 닿을 듯 정점이 머지않은 끝에서 그가 뭉친 이불 더미를 그녀의 허리 아래에 받쳤다. 훨씬 더 열린 몸. 그의 움직임에 소흔이 입술을 깨물었다.

먼저 다다른 이는 소흔이었다. 소리 없는 비명을 지르며 몸을 틀었다. 곧이어 거세게 밀어닥친 쾌감에 연청이 무너졌다. 그의 손아귀에 비단 요가 쥐어 틀렸다.

한차례 폭풍이 지나가고 난 뒤 연청에게 기댄 채 맥없이 늘어져 있는 소흔의 귀에 아, 하는 소리가 들렸다. 그가 침상 아래를 내려다보더니 뭔가를 주워 들었다. 팥알이었다.

"그게 뭐예요?"

"붉은 팥은 잡귀를 물리친다 하여 신방 침상 위에 두세 줌 올려두지."

연청이 침상 지붕을 가리켰다. 소흔은 뒤늦게 그런 게 있었나 싶어 침상 위를 쳐다봤다.

"게다가……."

"게다가 뭐요?"

연청이 말끝을 흐리더니 짓궂게 웃었다.

"팥알이 바닥으로 많이 떨어질수록 부부 금실이 좋다고."

"어머."

훤히 목덜미를 드러내는 혼례복도 그렇고 왠지 수국의 풍습은 하나같이 야릇하다. 소흔이 두 볼을 붉혔다가 이내 그에게 물었다.

"우린 얼마나 떨어졌어요? 많이 남았어요?"

몸을 일으킬 기운은 없어 소흔은 침상 안쪽에 누운 그대로 고개만 들었다. 넓은 침상에 연청까지 가로막고 있으니 바닥이 보일

리 없다. 거의 한 톨도 남김없이 떨어진 팥알을 슬쩍 내려다본 연청은 팔을 뻗어 한 줌을 쥐었다. 그리곤 가볍게 침상 지붕 위로 던져 올렸다.

"아니, 아직 분발해야 돼."

정말이냐며 몸을 일으키려 바르작대는 소흔을 그가 끌어안았다. 마지막 팥알 한 줌이 뭔지, 그것은 동녘이 밝아올 때까지 침상과 바닥을 오르내리고 또 오르내렸다.

❖ ❖ ❖

그로부터 1년 후, 제후국이 연합하여 쌓은 철의 성벽이 황명에 의해 철거되었다. 제후국과 외곽지대 간의 교류가 점차 늘기 시작했다. 한편 소흔과 연청은 홍안 중심가에 창해 수가의 분점을 열었다. 개점(開店)을 기념하여 수가의 새로운 술을 손님들에게 선보였다.

모두의 찬사를 받은 백한 번째 술의 이름은 '소연랑(笑緣郎)'이었다.

『파벽』完

작가 후기

파벽은 원래 이번 해 계획에 없던 글이었습니다. '계획에 있던' 사야 초고를 끝낸 지 겨우 한 달이 된 시점에 무작정 시작했지요. 그런 까닭에 연재 후반에는 간신히 시간을 맞추곤 했습니다만 이 글을 쓰는 동안 정말 단 한 번도 힘들다고 생각한 적이 없답니다. 이렇게 스스로 재밌어하며 글을 쓰기도 쉽지 않은데 말이에요.

여기까지 오신 분들은 어렴풋이 짐작하시겠지만 파벽은 곳곳에 8, 90년대 홍콩 무협영화 느낌이 물씬 나는 글입니다. 쓰면서도 참 닮았다 싶던 것이 여우누이 에피소드에 이르러 확실해졌지요. 그래서 아예 에피소드 속 남녀 이름을 영화에서 따왔습니다. 추억의 스타 장국영과 임청하 주연의 백발마녀전, 시간 날 때 한번 보시면 파벽의 여운이 더 진해지지 않을까 싶습니다.

참, 많은 분들이 소흔과 연청 두 사람의 아이를 보고 싶어 하셨는데 그분들껜 죄송하게도 본편에선 이를 다루지 않았습니다. 현실이라면 소흔이는 벌써 연년생 엄마가 되고도 남겠지만(연청이 저렇게나 가만두질 않는데!) 왠지 전 두 사람을 이대로 두고 싶었어요. 둘만으로도 행복이 차고 넘치니 아직 몇 년은 그냥 두어도 괜찮지 않을까요?

그리고 '소소와 연량'이 예쁜 가정을 이룰 거라는 건 분명하니까.

깔끔한 권선징악을 좋아하시는 분께는 세 개의 에피소드를 비롯하여 본편 엔딩마저 개운하지 않을 거예요. 씁쓸하면서도 아릿한, 그런 여운이 남길 바랐습니다. 인연에 대해 말하기엔 아직 제 나이가 적을지 모르지만 소통에 관해서라면 괜찮지 않을까 했답니다.

무너진 벽이라는 뜻의 파벽(破壁). 이 글 속에는 눈에 보이는 벽과 눈에 보이지 않는 벽이 여럿 나옵니다. 그 벽이 하나씩 사라지는 과정을 통해 저는 소통에 대해 이야기하고 싶었나 봅니다.

내 두 번째 책이 나왔으니 너도 어서 분발하라는 말을 오랜 친구 민정이에게 전합니다. 1년에 잘해야 한두 번 보는 사이지만 항상 친구의 행복을 빌고 있답니다. 이번엔 애칭으로 불러달라는 절친 만나리와 본명을 고집하는 새롬, 현정이에게도 어김없는 사랑을 보냅니다. 후기를 쓰는 지금도 실시간으로 카톡을 주고받고 있네요(笑).

앞으로 사야 작업도 함께하게 될 청어람의 손수화 편집자님, 감사합니다. 우리 함께 열심히 달려봐요! 연재 내내 응원해 주신 독자님들과 이 책이 나오는 소식을 모를 아빠, 엄마, 그리고 증정본이 도착하는 즉시 냉큼 받아갈 두 동생에게도 하트를 보낼게요.

오늘도 행복한 하루 보내시길 바랍니다.

진심으로요.

2013년 늦가을,

바닷바람에 낙엽이 흩날리는 부산에서.

밀밭 드림.

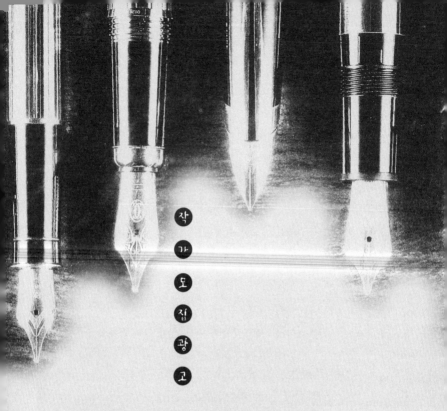

작
가
모
집
광
고

도서출판 청어람의 문은 항상 열려 있습니다.
실력있는 작가 분들의 많은 관심 부탁드립니다.

TEL:032-656-4452 • FAX:032-656-4453
http://www.chungeoram.com
e-mail:chungeorambook@daum.net